FLOR M. SALVADOR

BOULEVARD

tradução
Marianna Muzzi

Copyright © Flor M. Salvador, 2020
A autora é representada por Wattpad WEBTOON Studios
Copyright © Editora Planeta do Brasil, 2023
Copyright da tradução © Marianna Muzzi, 2023
Todos os direitos reservados.
Título original: *Boulevard*

Preparação: Laura Folgueira
Revisão: Fernanda Guerriero Antunes e Carolina Forin
Projeto gráfico e diagramação: Márcia Matos
Capa, ilustração de capa e lettering: Paula Milanez

Dados Internacionais de Catalogação na Publicação (CIP)
Angélica Ilacqua CRB-8/7057

Salvador, Flor M.
    Boulevard / Flor M. Salvador; tradução de Marianna Muzzi. - São Paulo: Planeta do Brasil, 2023.
    352 p.

ISBN 978-85-422-2317-0

Título original: Boulevard

1. Ficção mexicana I. Título II. Muzzi, Marianna

23-4341   CDD M860

Índice para catálogo sistemático:
1. Ficção mexicana

 Ao escolher este livro, você está apoiando o manejo responsável das florestas do mundo

2023
Todos os direitos desta edição reservados à
EDITORA PLANETA DO BRASIL LTDA.
Rua Bela Cintra, 986 – 4º andar
Consolação – 01415-002 – São Paulo-SP
www.planetadelivros.com.br
faleconosco@editoraplaneta.com.br

Para o meu pai, que, neste momento, está descansando em paz. Obrigada pela viagem e pelas músicas boas. Eu te amo.

Para todas aquelas pessoas que enterraram os seus sonhos, apagaram a sua luz interior e não a deixaram brilhar.

Para você. Para você, que segue lutando por mais um dia.

"O amor foi inventado por um garoto que estava com os olhos fechados. Por isso, todos os apaixonados somos cegos."

Anônimo

PRÓLOGO

Luzes vermelhas e azuis iluminavam o local, e o barulho ao redor atordoava seus ouvidos. A rua úmida da garoa fina que tinha caído sobre a cidade refletia os faróis; alguns sussurravam por perto e outros preferiam fugir dali.

Os pedidos de ajuda tinham parado, e o tráfego colapsava; vários carros buzinavam desesperadamente, ensurdecendo todos os presentes. Enquanto os paramédicos faziam o seu trabalho, os agentes de trânsito sinalizavam por onde atravessar para que o congestionamento de veículos diminuísse.

Uma cena terrível de se protagonizar.

Você sabia que a última batida do coração acontece no mesmo lugar que a primeira?

Às vezes, a vida nos surpreende muito: enquanto uns testemunham a morte, outros presenciam um nascimento. Dizem que, atrás do choro de um recém-nascido, se esconde o pranto de alguém que nos deixou.

Também dizem que morrem mais pessoas boas do que más.

E que geralmente escolhemos arrancar a flor mais bonita que encontramos no jardim.

E, ainda, que os pássaros mais coloridos são aqueles que estão engaiolados.

A vida é efêmera: curta, passageira, não é duradoura e inclusive pode terminar num piscar de olhos. Ninguém faz ideia se nascemos com um propósito ou se temos que encontrar algum sentido para a vida. Não se pode simplesmente vivê-la? Sim, viver a vida, por mais redundante que isso pareça. Apenas esquecer a absurda ideia de por que e para que nascemos.

É preciso sorrir, sorrir sem que doa.

É preciso rir, rir sem chorar.
É preciso chorar, chorar sem ter medo.
E é preciso temer, mas temer sem se calar.

Porque está tudo bem, porque isso é viver; sentir-se, um dia, tão forte como Sansão e, no outro, tão fraco que até respirar parece uma tortura. Alguns pensarão que tudo isso é patético, mas não importa.

Certa vez, alguém disse com o cigarro na mão: "Deixe que riam do quanto acham que você é patética, porque, no final das contas, todos acabamos do mesmo jeito, no boulevard dos sonhos despedaçados".

CAPÍTULO 0

Nunca fui uma pessoa que pensasse com clareza sobre as coisas. É óbvio que não. Lembro que minha mãe dizia que pensar demais podia fazer com que tudo desse errado, mas também que era um erro escolher a primeira opção sem antes refletir.

Isso não era lá de muita serventia, pelo menos não quando se tratava dos meus pensamentos caóticos, desesperados e... dos mais simples também, como quando eu ia ao cinema ou esbarrava em ofertas incríveis. Não seria bom pensar demais, segundo minha mãe, mas decidir imediatamente, hum... muito menos, também segundo minha mãe. Então, no final, eu terminava escolhendo um copo grande de refrigerante e um balde médio de pipoca salgada, além de uma barra de chocolate. A não ser que Zev, meu melhor amigo havia alguns anos, estivesse comigo para me salvar daquela escolha terrível.

Eu morava em Sidney, uma cidade daquele país onde dá para encontrar os animais mais exóticos e selvagens: os cangurus golpeadores, vombates com patinhas curtas, coalas comendo eucalipto e crocodilos com mandíbulas muito fortes. A bela fauna da Austrália.

Minha casa, que ficava nos arredores da cidade, era habitada só por minha mãe, Bonnie Weigel, uma excelente psicóloga que amava seu trabalho, e por mim.

Meu pai abandonou a gente quando eu completei dois anos, exatamente no dia do meu aniversário. Uma história trágica para poder chorar no meu quarto durante a noite. Embora eu sempre tivesse me perguntado como seria ter uma figura paterna, isso não era triste o suficiente para mim, porque sempre tive uma mulher que nos fez seguir adiante, nós duas, com todo o seu esforço, que nunca se afastou e permaneceu sempre ao meu lado.

As pessoas me perguntavam como se pronunciava o meu sobrenome. A origem é do meu avô, "o alemão", como o chamavam aqui na cidade. Ele nasceu em Hamburgo e conheceu minha avó quando atravessou o oceano graças ao trabalho do pai, meu bisavô. Eles tinham só dezesseis anos quando conversaram pela primeira vez e se casaram aos dezenove. Minha mãe nasceu um ano depois naquela cidade, onde morávamos na época. Ela era filha única, assim como eu.

Eu preferia usar o meu sobrenome materno. No colégio, todos os professores me chamavam por ele, e eu ficava muito agradecida... Bom, nem todos; tinha um em particular que gostava de me ver com a testa franzida todas as vezes que se dirigia a mim como Derricks. Havia algum tempo, eu tinha chegado à conclusão de que talvez ele me odiasse por eu sempre chegar atrasada às aulas dele, mas não era nada pessoal, muito menos uma forma de vingança. Eu juro! Meu Deus, como eu era irresponsável!

Eu tinha um sério problema com as primeiras aulas, aquelas que começavam às sete da manhã; eu chegava com o cabelo despenteado ou com a marca do travesseiro ainda na bochecha. Eu quase nunca escutava o alarme e, quando acordava, só um dos meus dois olhos abria, encorajando o outro a fazer o mesmo.

Nos dias em que minha mãe entrava cedo no trabalho — o que eu poderia chamar de salvação —, era ela quem me levava até a porta do colégio, porque, para chegar até ali, era preciso pegar dois ônibus. O colégio ficava afastado do centro da cidade, perto da estrada onde os trailers e os caminhões desobedeciam às placas de trânsito. Apesar de ter uma enorme indicando a velocidade permitida, pedestres e uma comunidade estudantil, eles pareciam circular livremente, como se não existisse qualquer tipo de sinalização.

Tínhamos feito uma manifestação para mudarem a nossa localização havia alguns meses. Mas não obtivemos nenhuma resposta.

Além disso, eu odiava o programa educacional, sempre reclamei das aulas aos sábados. Por que eles nos faziam sofrer daquele jeito? Não bastavam as onze matérias que tínhamos todos os anos? As reclamações dos alunos eram um estilo de vida para a coordenação? Talvez.

Eu estava cursando o último ano do Ensino Médio e ainda não tinha certeza de para qual universidade prestaria o vestibular. Sabia que queria estudar Design Gráfico; tinha conversado com a minha mãe sobre as profissões, desde as que pagavam melhor até aquelas que praticamente desapareceriam com o tempo.

Meu plano de vida não era o melhor, mas também não era o pior. Eu queria estudar, me formar, ter uma casinha pequena e morar com três gatos e um cachorro. Seus nomes combinariam, todos com quatro letras para caberem na plaquinha de identificação, e eles usariam coleiras que ressaltariam a cor do pelo. Era um ótimo plano.

Assim caminhava a minha vida resmungona, mas, como era o último ano, eu tinha me proposto a não me atrasar mais para as primeiras aulas, especialmente as do professor Hoffman, a não chegar com o cabelo despenteado nem com a marca do travesseiro no rosto, muito menos com uma mancha de pasta de dentes na blusa. Mas foi naquele último ano que a minha perspectiva de vida mudou, quando eu o conheci: Luke Howland Murphy.

Um clichê clássico não tão clichê assim.

Você já ouviu falar da Lei de Murphy? Ela definitivamente é verdadeira.

CAPÍTULO 1

Primeiro objetivo do último ano: descartado. Chegar cedo era, definitivamente, um estilo de vida, mas não o meu. A sorte nunca esteve ao meu lado; aliás, sempre achei que eu fosse tipo um ímã que atraía azar quase o tempo todo. Mas por acaso os ímãs não têm um polo negativo e outro positivo?

Sei lá.

Afinal de contas, eu não era um ímã, mas um amuleto... de muito azar.

Eu estava exausta e com as pernas doloridas por causa do grande esforço que tinha feito para correr a toda velocidade pelos corredores do colégio, nem aí para se minha testa estava suando, com as gotas escorrendo pelo rosto. Meu cabelo um desastre, e a marca do travesseiro na bochecha, pelo menos desta vez, do lado direito.

Estava chegando mais de vinte minutos atrasada à aula de Literatura, a aula do professor Hoffman, o mesmo do ano anterior, que já conhecia a minha impontualidade.

Eu começava, outra vez, mal. Muito mal.

Respirei fundo quando estava em frente à porta da sala e me preparei para bater e perder a dignidade mais uma vez, desculpando-me com o professor pela minha irresponsabilidade. Em menos de um minuto, ele abriu a porta, e eu pude vê-lo. O professor Hoffman era um homem calvo, gorducho e tinha a pele clara; ele me olhava com a testa franzida através dos seus óculos, com o rosto visivelmente irritado com minha presença.

Ele me odiava, eu podia perceber em todos os poros da sua pele.

Dei um sorriso tímido, tentando esconder debaixo dele a vergonha que começava a me invadir.

— Hasley — falou ele, firme, tentando me intimidar com os seus olhos sobre mim. — Então, me diga, qual é a sua desculpa desta vez?

— Eu estava dormindo — confessei.

Apertei o maxilar e me soquei mentalmente pela estupidez que eu acabava de dizer, mas, infelizmente, já não tinha mais como voltar atrás. Eu não deveria ter dito aquilo, deveria ter mentido ao invés de dizer a verdade. Fala sério, Hasley!

— Tudo bem. — Ele sorriu para mim sem nenhum pingo sequer de graça. — Espero que, na próxima vez, você não fique dormindo.

Por um segundo, pensei que ele me deixaria entrar, mas eu fui muito ingênua. O homem entrou de novo na sala e acenou em despedida.

— Professor... — tentei falar.

Mas entre seus planos não estava o de me escutar, então ele apenas me interrompeu, voltando a falar:

— Até a próxima aula, Derricks. Agradeça que hoje eu não quero ir à sala da diretoria com você.

Como sempre, franzi a testa quando ouvi como ele me chamou.

Ele fechou a porta, e eu fiquei plantada no lugar, sem me mexer nem sequer piscar. Eu estava confusa, relembrando o que tinha acontecido. *Ele não podia fazer isto comigo! Ele não tinha feito! Mas o que eu estou dizendo? Claro que ele fez!*

Ah, por favor!

Revirando os olhos em fúria, bufei e me virei para começar a caminhar pelo corredor e, assim, arrastar comigo a dignidade que ainda me restava.

Era a primeira vez que ele não me deixava entrar na sala. Eu tinha chegado atrasada algumas vezes, umas cinco, seis ou nove vezes. Embora, pensando bem, eu chegasse atrasada com alguma frequência, fazia o meu trabalho e sempre tentava prestar atenção às aulas, apesar de a dele me dar sono.

Literatura me entediava, simples assim. Eu gostava de ler, mas não as histórias que ele costumava nos recomendar.

Eu deveria rever os meus hábitos, deixar de ser adepta de dormir até muito tarde por causa das séries a que costumava assistir e colocar o colégio como prioridade. Quem sabe assim eu fosse capaz de mudar a minha sorte.

Pestanejei e comecei a caminhar em direção à arquibancada. Para dizer a verdade, eu não tinha um lugar específico em mente, apenas deixei que as minhas pernas me guiassem. A grama entrava em contato com a sola do meu tênis e o vento bagunçava o meu cabelo curto, fazendo com que algumas mechas pequenas tampassem o meu rosto.

À determinada distância, onde a sombra incidia de leve sobre uma das partes da arquibancada, bem ali, um corpo estava sentado com as pernas abertas e virado de costas para o campo.

Parei para observá-lo. Era estranho que alguém estivesse ali, naquele lugar, quando todas as turmas estavam em aula. Teria tido ele o mesmo destino que eu? Teria sido expulso da sala?

Curiosa, virei um pouco a cabeça e respirei fundo, mas o gesto dele de tirar algo do bolso da calça para então começar a rasgar me encorajou a caminhar hesitantemente em sua direção. Antes de subir a arquibancada, pensei duas vezes e dei um passo atrás. Olhei os meus tênis sujos e não sabia qual das duas opções da minha mãe eu deveria escolher naquela ocasião.

— O que você está fazendo?

Sua voz me assustou, deixando-me gelada por alguns segundos. Olhei para cima, e o nervosismo me devorou viva. Ele não olhava para mim, continuava virado de costas, e isso me assustou por um instante.

Tinha sido ele?

— Nada — murmurei. — Apenas... estava subindo.

Os movimentos estavam coordenados com as minhas palavras, e eu subia os degraus da arquibancada. No entanto, naquele dia, eu tinha levantado com o pé esquerdo, porque, quando estava quase chegando até ele, eu tropecei e caí.

— Merda!

Supliquei ao Todo-Poderoso que me fizesse desaparecer naquele exato momento.

Apoiei as mãos no corrimão e tentei me levantar, reclamando em voz baixa. Não consegui, meu braço doía. Pude sentir que alguém me observava e sabia de quem se tratava. Com a humilhação pesando sobre os meus ombros, olhei para cima e encontrei o olhar daquele garoto.

Ele estava de pé na minha frente e com a cara fechada.

— Eu... sinto muito.

Foi só o que eu consegui dizer.

Fiquei pensando no que tinha dito. Por que eu estava pedindo desculpas? Eu não estava arrependida de nada. Certo, talvez um pouco; o que quer que ele estivesse fazendo, eu tinha interrompido.

Ele passou a língua pelos lábios, e graças àquilo fui capaz de perceber um pequeno piercing preto que enfeitava o lado direito do seu lábio inferior rosado. Ele revirou os olhos, deu um suspiro, irritado, e, com um único passo, aproximou-se de mim e me ofereceu a mão, encorajando-me para que eu a agarrasse.

Envergonhada, aceitei para me levantar. A altura dele foi a primeira coisa que pude perceber quando me coloquei de pé, pois, mesmo estando um degrau acima de onde ele estava, ainda assim ele me ultrapassava. Ele era muito alto.

— Obrigada — sussurrei, tentando fazer com que o vermelho nas minhas bochechas desaparecesse completamente.

— Uhum... — Foi a única coisa que ele murmurou sem abrir os lábios.

Por um segundo, eu me senti um pouco desastrada, mas, em seguida, compreendi que eu realmente tinha sido.

Eu o encarei sem tentar dissimular. Ele era muito lindo: seus olhos eram de um azul-vivo com olheiras escuras embaixo; seu cabelo loiro balançava por causa de uma brisa suave, fazendo com que a franja cobrisse a sua testa; seus lábios eram de um leve tom rosado que ressaltava a pele clara, quase pálida.

Então eu me dei conta de que estava encarando-o abertamente quando ele começou a tossir.

— Você está bem? — perguntei, descendo um degrau da arquibancada.

Ele fez um sinal com a mão que eu não soube bem como interpretar, não sabia se era uma resposta à minha pergunta ou simplesmente um pedido para eu me afastar. Talvez as duas coisas. Respirei fundo, um pouco incomodada, e peguei minha mochila.

— O que você está fazendo aqui? — ele perguntou assim que recuperou o fôlego.

Ao contrário de antes, desta vez eu tinha conseguido escutar bem a voz dele: suave e um pouco rouca.

Olhei para ele, e a sua cara não tinha expressão alguma, era vazia e neutra; a seriedade dele me dava calafrios. Uma coisa era clara: eu não ia lhe contar que a curiosidade de saber o que ele tinha tirado do bolso havia me atraído até ali, porque, pensando bem, ia parecer uma *stalker*.

Formulei bem minha resposta para que ele acreditasse em mim:

— Eu só estava querendo matar o tempo — falei, indiferente, e dei de ombros.

Mas é obvio que ele não acreditou em mim, e sua sobrancelha erguida me sinalizava isso.

— Você não deveria estar na aula?

Sua voz tinha um tom debochado.

— Você não deveria estar em aula também? — revidei, segurando com força a alça da minha mochila, enfatizando cada palavra com um tom de superioridade.

O garoto girou a cabeça e sorriu, um sorriso meio abatido, daqueles que escondiam muitas coisas, mas diziam tudo.

— Será que desta vez não te deixaram entrar na aula, Hasley? Ou você está começando o ano com o pé esquerdo?

Há?

Como ele sabia o meu nome?

Isso me intrigou e rapidamente fechei a cara.

— Como você sabe o meu nome?

— Fazemos uma matéria juntos — respondeu ele, revirando os olhos. — Além disso, a maioria das pessoas aqui conhece você: ser a melhor amiga do grande Zev Nguyen aumenta o seu status.

A última frase ele completou com ironia e uma vaidade um pouco fingida.

Estávamos na mesma turma? Eu nunca tinha visto aquele garoto antes, apesar de, na verdade, eu não conhecer a maioria dos meus colegas. Desde o começo do ano, outros grupos de alunos tinham se juntado à nossa sala, e eu não era uma pessoa que costumava prestar atenção no rosto nem no nome de outras pessoas. Por outro lado, o outro motivo tinha certa coerência: Zev era o meu melhor amigo e o capitão do time de rúgbi, por isso a maioria dos alunos o conhecia. Eu ia aos jogos e aos treinos, mas sempre passava despercebida.

Ou, pelo menos, tentava.

— Que matéria? — perguntei.

— História, com a professora Kearney.

Fiz uma careta e concordei com a cabeça. O garoto desviou o olhar para os pés e ficou assim durante alguns minutos; então, do bolso da calça tirou um papel branco enrolado. Sem se incomodar com a minha presença, o acendeu e o levou aos lábios sem vergonha nenhuma. Assim, eu me esqueci completamente do que estávamos falando.

Eu era tonta, mas nem tanto. Aquilo não era só um cigarro.

— O que é isso? — me atrevi a perguntar, curiosa. — Acho que não é cigarro.

Ele deu uma risadinha cínica e, antes de falar, deu uma tragada:

— É um baseado.

Ele estava se divertindo.

A fumaça saiu dos seus lábios e chegou ao meu rosto.

O cheiro era um pouco forte e diferente do cheiro de nicotina. Eu nunca tinha fumado um baseado antes. Fiz uma cara de nojo e me afastei um pouco.

— Por que você está fazendo isso aqui na escola?

Eu estava preocupada. Se alguém me visse com ele, nós dois seríamos pegos ou, pior, presos. No entanto, eu me acalmei ao perceber que todos estavam em aula e que quase ninguém ia naquela direção. Os campos eram um inferno para muitos.

— Porque eu quero e posso — respondeu de maneira grosseira.

— Isso é nojento — resmunguei, enrugando o nariz.

— Então por que você continua aqui?

Abri a boca para responder, mas eu não tinha ideia do que dizer. Agora eu sentia vergonha.

Eu o escutei respirar e voltei minha atenção para ele.

— O que é isso?

Ele apontou com o dedo indicador para a minha blusa, apertando os olhos.

Meu olhar deslocou-se para a direção em que ele apontava e senti minhas bochechas corarem.

Não pode ser.

— Pasta de dentes.

Ele me olhou com uma pitada de diversão durante alguns segundos para depois cair na gargalhada; seu riso era meio contagiante, eu teria me juntado a ele se não fosse a responsável por aquilo. Por essa mesma razão, levantei o rosto e cerrei os dentes.

— Você se levanta de olhos fechados, né? — murmurou ele, entre risos.

— Não sou muito boa para acordar! — confessei de forma estridente, chutando a arquibancada de metal com o pé.

— Eu percebi.

Ele fez uma careta de dor e sua expressão ficou séria; jogou o baseado no chão da arquibancada e o apagou com a sola do tênis para depois pegar. Passou a mochila sobre o ombro e, a passos largos, de dois em dois degraus, desceu a arquibancada.

— O que você está fazendo? — perguntei, tentando segui-lo.

Ele virou-se para olhar para mim.

— Estou indo embora. Não é óbvio?

— Por quê?

— As aulas continuam, Weigel.

Ele virou-se e continuou caminhando.

Tinha me chamado pelo meu sobrenome. Como é que ele sabia? *Ele faz uma matéria com você*, gritou o meu subconsciente. Percebi que ele não tinha falado nada sobre si mesmo, nem sequer havia se apresentado, por isso voltei a falar com ele:

— Você não me disse o seu nome! — gritei, colocando as duas mãos ao redor da boca, transformando-as em um megafone.

Ele virou-se e continuou caminhando de costas para mim. Pensei que fosse falar alguma coisa, mas apenas levantou os polegares e virou-se outra vez. Seu jeito de andar era diferente. Caminhava como se nada o preocupasse, deixando seus ombros caírem de forma relaxada, suas pernas entaladas naquelas calças pretas levemente justas.

Eu me sentei em um dos degraus da arquibancada, e o meu olhar se perdeu no campo esverdeado, repetindo mentalmente mais uma vez o quanto eu odiava o professor Hoffman.

***

Chegou a hora do intervalo. Eu não gostava de comer na cantina; desde pequena, não suportava o cheiro de comida e o cochicho de várias pessoas ao mesmo tempo. Eu só fazia isso por Zev, porque curtia sua companhia e estar com ele durante o intervalo.

Empurrei a porta da cantina com a ponta do tênis e caminhei diretamente até a máquina de sucos, desenterrei algumas moedas para pagar e depois pegar o meu suco de uva pela abertura de baixo. Meu corpo se tensionou quando senti uns braços me segurando pelas costas fazendo pressão, mas relaxei rapidamente ao escutar a risada alta e familiar de Zev, provocando cosquinhas no lóbulo da orelha. Eu me mexi nos seus braços e, quando ele me soltou, me virei de frente para ele com um sorriso largo no rosto.

— Ei! — cumprimentei, mexendo no cabelo dele.

— Não faz isso — resmungou, divertido, com uma cara fofinha.

Eu neguei, zoando, e repeti o gesto.

— É sério, Hasley — ele me repreendeu rindo.

Zev segurou meus punhos e me abraçou de novo, mas com um pouco mais de força.

— Me deixa respirar — pedi, rindo.

Ele parou de me apertar, passando um braço por cima dos meus ombros para, assim, me puxar em direção ao seu corpo, oferecendo-me proteção. Começamos a caminhar até uma das mesas no centro da cantina onde estavam alguns de seus companheiros de equipe, que, assim que nos viram, deram um sorriso.

— Você vai no meu treino hoje? — perguntou Zev.

Algo que eu adorava nele eram os seus olhos cor de avelã; eram de um tom muito lindo. Um grande trunfo, porque, quando ele pedia um favor, não dava para negar.

— Claro que vou — respondi com um aceno de cabeça. Ele abriu um sorriso de orelha a orelha. — Como é que eu ia perder?

— Não indo — brincou Neisan, o vice-capitão.

— Hum... engraçadinho — respondi.

O garoto não disse nada, só me mostrou a língua como qualquer pessoa madura faria. Ah, pelo amor!

— Passo para te pegar então? — Zev retomou a conversa.

Eu sabia que, mesmo que eu negasse, ele iria de qualquer jeito. Isso já era um pequeno costume nosso, mas, ainda assim, ele tinha a decência e a sutileza de me perguntar.

Quando chegamos à mesa, o garoto de cabelo castanho empurrou um de seus amigos e sentou-se em seguida. O garoto de cabelos pretos que ele tinha empurrado o olhou desconfiado enquanto mastigava seu pedaço de pizza.

— O que você acha, Zev?

— Então eu passo para te pegar — confirmou sorridente diante do meu sarcasmo.

— Você vai no treino hoje? — perguntou Daniel, outro garoto do time, que jogava na posição de pilar.

— Quando é que Hasley não foi a um treino seu, Zev? — Dylan, que era o tacleador de apoio, juntou-se à conversa.

— No dia em que a cachorrinha dela morreu — respondeu o meu melhor amigo, olhando-me de canto de olho.

— É verdade, ela chegou no final do treino — ele recordou. — Eu me lembro porque foi o dia que fomos comer pizza e, para você não ficar triste, a gente se meteu nos brinquedos infantis.

— E não esqueça que nos expulsaram do lugar — completou Neisan.

Todos na mesa riram.

Eu não saía sempre com eles, mas tínhamos ficado mais próximos durante o último ano. Como eu ia aos treinos, no final, ia junto comer alguma coisa ou senão Zev me levava de volta para casa e os alcançava mais tarde.

Parece triste, né? Meu Deus, que tragédia!

— Quase todos na escola acham que vocês têm um relacionamento — informou Daniel.

Ele comia batatas fritas enquanto seus olhos se dirigiam a mim e a Zev.

— Mas nós sabemos que Hasy baba pelo Matthew — ele disse rapidamente, e eu lhe lancei um olhar implacável.

O colégio tinha várias equipes de diferentes esportes, mas só rúgbi, basquete e vôlei participavam dos campeonatos estaduais. Matthew era o capitão do time de basquete e o garoto de quem eu gostava havia uns dois anos. Zev se irritava sempre com ele; eles trocavam algumas palavras quando os chamavam para algum evento pelo simples fato de serem os capitães das equipes mais importantes do colégio.

Matthew Jones era um garoto alto, de cabelos ruivos, olhos verdes e pele muito clarinha. Zev dizia que ele se parecia com o Gasparzinho, o fantasma.

Rapidamente, todos na mesa me olharam com uma sobrancelha arqueada, fazendo com que as minhas bochechas corassem. Isso acontecia com frequência.

Brinquei com meus lábios uma vez mais antes de dizer:

— Vou comprar algo para comer — avisei, querendo evitar a situação.

Fiquei de pé, e Neisan me seguiu imediatamente, acrescentando:

— Eu te acompanho.

Assenti, e nos afastamos do grupo. O garoto me avisou que iria para o outro lado da cantina e desapareceu da minha vista. Olhei a comida que estava na minha frente procurando algo gostoso, mas nada me chamou atenção. Depois de alguns minutos tentando encontrar algo que me agradasse, decidi pedir um pedaço de pizza e refrigerante de gengibre.

— Isso é nojento. — Escutei alguém falando atrás de mim.

Eu me virei, encontrando com o garoto loiro com quem eu tinha conversado na arquibancada.

— O quê? — perguntei, confusa diante da afirmação.

— Isso — respondeu, fazendo um ligeiro movimento com a sua cabeça e indicando o copo.

Como ele podia dizer aquilo? Era a minha bebida preferida, e ele a tinha insultado.

— É refrigerante de gengibre e tem um gosto superbom! — eu me defendi, fechando a cara.

Ele balançou a cabeça sem tirar os olhos do meu copo, negando algumas vezes.

— Tem gosto de remédio.

Ele franziu o nariz.

— O que você está fazendo aqui? — perguntei, fazendo o mesmo gesto e tentando fugir do assunto.

— Vim comprar comida — mencionou ele, com um sorriso brincalhão, apertando os olhos e fazendo com que eu me sentisse uma idiota. — É o que a maioria das pessoas normais faz quando vem na cantina.

Eu quis me defender, mas as portas da cantina se abriram, e o garoto ruivo apareceu. Ao seu lado, estavam alguns amigos dele do time de basquete. Ele era muito lindo. Seu sorriso brilhava enquanto os olhos se apertavam.

— Quer um lencinho? — A voz do garoto loiro fez com que eu saísse da minha órbita e tirasse os olhos de Matthew para olhar para ele. — Você quase inundou o refeitório com a sua baba — observou, irônico.

Senti as minhas bochechas arderem de vergonha e tentei disfarçar.

Ele riu e empurrou delicadamente meu ombro para pedir um suco de laranja. Eu não entendia por que os meus pés não se moviam para sair dali. No entanto, quando eu percebi, sua voz voltava a soar:

— Você gosta do capitão do time de basquete? — perguntou, colocando-se de novo na minha frente. E continuou: — Melhor não responder, é óbvio demais. — Ele riu. — Por que você não tenta se aproximar dele?

— É inútil — falei sem muita vontade de continuar com aquela conversa.

— Ele? Concordo.

— Não, inútil tentar — expliquei.

Bebi um pouco do refrigerante pelo canudinho enquanto olhava para os lados. Alguns olhares prestavam atenção na gente. Por acaso ele estava esperando outra pessoa?

— Você não vai saber se não tentar — disse ele, fechando os olhos ao mesmo tempo que dava um suspiro.

Ele umedeceu os lábios e coçou o queixo.

— A gente acabou de se conhecer e você já está me dando conselhos? — perguntei, com um pouco de deboche, para não soar tão chata e grosseira diante de sua ajuda ou do que indiretamente ele estivesse tentando fazer.

— Entenda como quiser, Weigel — murmurou ele, sem empolgação.

Ele colocou a mão livre no bolso da calça e fez uma cara de desgosto.

Repeti mentalmente o que eu tinha dito e o olhei com cautela.

— Você não me falou o seu nome.

— Se você tem tanto interesse em saber isso... — ele parou de falar, interrompendo a frase e se aproximando de mim para sussurrar no pé do meu ouvido: — Investigue.

Eu ia reclamar da maldade dele por não me dizer seu nome de uma vez por todas. Na verdade, eu tinha uma pitada de curiosidade, mas a voz de Neisan, chamando o meu nome à distância, me impediu de insistir.

— Hasley!

O garoto loiro e eu olhamos para o garoto de cabelo preto, que estava com a cara levemente fechada por causa da cena que observava.

— Tchau, Weigel! Estão te esperando — o desconhecido se despediu.

Antes que eu pudesse lhe responder, ele já estava longe.

— O que você estava fazendo com ele? — perguntou Neisan quando chegou do meu lado.

— Estávamos conversando — respondi neutra, sem dar muita importância ao assunto, mas aparentemente para ele era exatamente o contrário... Ou parecia ser.

— Você conhece ele? — Tentou descobrir, e me virei para olhá-lo com determinação.

Seus olhos estavam cravados nos meus, esperando minha resposta clara e precisa.

— Conheci hoje de manhã — confessei um pouco apática. — Mas, para ser sincera, não sei o nome dele.

A última parte foi dita quando chegamos à mesa, e eu me sentei. Zev levantou os olhos do celular com um sorriso simpático e me olhou enquanto movia os dedos sobre a mesa.

— Você não sabe o nome de quem? — perguntou, olhando para Daniel enquanto bebia o refrigerante do garoto, que reclamou com um grunhido.

— De um garoto que eu conheci hoje de manhã — repeti.

— Ah, é? — Ele levantou uma sobrancelha com um risinho provocador e me olhou com malandragem. — Quem é o galã que vai tirar o lugar do Matthew?

— Acho que você preferiria que continuasse sendo o Jones — admitiu Neisan.

Pelo seu rosto, pude ver o arrependimento, e ele soltou uma lufada de ar.

— Por quê? — Zev franziu a testa diante do comentário do seu amigo e olhou para ele. — Quem é ele?

— Você conhece ele? — intervim interessada, perguntando a Neisan.

O garoto revirou os olhos.

— Howland.

Esse era o nome dele?

Zev me olhou rapidamente com uma expressão dura que deixava óbvia a mandíbula tensionada. Sua cara parecia irritada, como se o que o seu amigo tinha dito fosse muito ruim.

— Desde quando você conversa com ele? — perguntou de maneira rude, com a voz firme e dura.

— Eu já te disse, conheci ele hoje de manhã. — Molhei os lábios me defendendo, voltei a olhar para Neisan e perguntei: — O nome dele é Howland?

— Esse é o sobrenome, ele se chama Luke — desta vez foi Dylan quem respondeu.

— Luke — repeti.

— O nome dele não interessa merda nenhuma! — respondeu o meu melhor amigo. — Hasley, fica longe dele.

— Por quê? — perguntei.

— Só faz isso — ordenou ele.

Levantei uma sobrancelha.

— Você não manda em mim — falei, irritada pelo seu comportamento.

— Não, mas o cara se droga — informou ele, com desdém.

Abri ligeiramente a boca e tentei processar o que ele tinha dito. Agora eu entendia o que ele tinha tirado do bolso e o que havia fumado na minha frente.

— Luke tem problemas psicológicos — voltou a falar Zev, passando a mão pelo cabelo. — Não é uma boa ideia ser amiga dele.

— Se é assim, ele só precisa de ajuda — murmurei.

— Claro — concordou —, mas não é você que vai ajudar.

— Meu Deus, Zev...

— Você não sabe nada sobre ele nem como ele se comporta quando usa aquelas merdas.

— E você sabe?

Eu me levantei do meu lugar.

Ele fechou os olhos por alguns segundos, tentando se controlar. Seus amigos presenciavam a cena em silêncio, Zev abriu os olhos novamente para falar comigo com uma cara de sério.

— Sei o suficiente para te dizer para ficar longe dele. Não vem fazer de conta que pode ajudar, você não é uma porra de um hospital.

Suas palavras embrulharam o meu estômago.

— Zev, você está sendo um pouco dramático, não acha?

— Parem, todo mundo está olhando para a gente. — Neisan foi o único capaz de tentar intervir, falando do outro extremo da mesa.

— Hasley, eu estou falando sério...

Antes que ele pudesse terminar de falar, eu o interrompi.

— Olha, eu não quero continuar com esta conversa — disse e me afastei.

— Hasley! — Eu o ouvi gritar, mas ignorei.

Saí da cantina em direção ao meu armário. Zev sabia mais do que quis me contar. Eu entendia que ele se preocupava comigo, afinal, era meu melhor amigo, e agradecia a intenção de me proteger, mas era capaz de cuidar de mim mesma.

Eu não era um hospital, e era óbvio que não queria ser. O que passava pela cabeça dele?

Cheguei ao meu armário e o abri para guardar alguns livros. Pelo canto do olho, pude ver a silhueta de alguém; por um segundo, cheguei a pensar que pudesse ser Zev. Estava errada, não era ele.

Matthew vinha andando pelo corredor com sua calça jeans azul e sua camiseta preta e branca. Seu olhar cruzou com o meu, e tive vontade de desmaiar. Ele piscou um dos seus olhos verdes, sorriu para mim e em seguida continuou caminhando.

Ah, meu Deus, ah, meu Deus!

O sangue subiu até as minhas bochechas, e mordi os lábios para evitar de dar um grito de alegria. Enfiei a cabeça dentro do meu armário e ri.

Ele era um gato, dos pés à cabeça. Ele era o meu *crush* havia muitos anos. O simples fato de vê-lo de longe já me provocava um friozinho na barriga, fazia com que as minhas bochechas corassem e que o meu rosto pegasse fogo diante dos meus pensamentos.

CAPÍTULO 2

Para Zev, eu fingia arrogância. Nossa pequena desavença tinha sido mais séria do que eu pensava e, embora eu não gostasse de discutir com meu amigo, me chateava muito aquela postura dele.

Talvez ele tivesse as suas razões para agir daquela forma, mas não foi a melhor opção para ele me alertar sobre o *Luke*.

Quando o professor de Estudos Sociais avisou que tinha terminado a aula, respirei exausta, deixei cair a caneta na mesa e guardei tudo. A espiral do meu caderno se enroscou na minha pulseira, e eu revirei os olhos para, em seguida, tentar resolver aquele pequeno acidente. Não tive muita sorte, pois, na hora que puxei a mão, acabei me arranhando.

Eu estava reclamando mais do que o normal.

Saí da sala. Era a aula de Literatura e, depois, a da professora Kearney. O bom era que havia um intervalo curtinho de dez a quinze minutos entre as aulas. Meu corpo esbarrava no de outras pessoas, e eu as ouvia reclamar; tentei fugir daquela agitação e, quando finalmente saí do corredor principal, percebi que alguém tinha me manchado com um pouco de ketchup.

Ah, por favor!

Tentei limpar a mancha, mas consegui como resultado outra ainda maior. Na verdade, era impossível ser mais desajeitada do que eu. Xinguei mil vezes para o nada e comecei a caminhar na parte contrária do corredor principal, onde o campo dava para as instalações dos prédios de Química.

Meus olhos viajaram até o lado direito da arquibancada, curiosamente, e confirmei o que por um segundo passou pela minha cabeça. O garoto do dia anterior e culpado pela minha briga com o meu melhor amigo estava lá. Eu devia ter contido minha curiosidade, mas parece que ela era mais forte que a minha saúde mental porque, em vez de ir para a aula de Literatura e não dar um perdido, fui até onde ele estava.

Pensei em muitas desculpas para quando ele me perguntasse por que eu estava ali, mas, mesmo que não funcionasse, eu não me arrependeria nem um segundo sequer de estar me aproximando dele.

— Você não deveria estar em aula? — perguntou Luke com a testa franzida ao me ver subir.

— Devia, mas eu estava sem vontade de entrar.

Dei de ombros.

Luke me olhou como se o que eu tivesse dito fosse a coisa mais estranha do mundo. Ele tirou do seu bolso um maço e, em seguida, um cigarro, que levou aos lábios e acendeu. Acomodou-se em um dos degraus da arquibancada e esticou as pernas. O céu estava azul, e o ar continuava fresco no clima no qual nos encontrávamos.

— Então, Luke, por que você gosta tanto de fumar? — perguntei, sentando-me ao seu lado, pronunciando o seu nome lentamente enquanto eu o olhava com alguma incerteza.

— Ora, ora! Você já sabe o meu nome.

Ele riu e deu uma tragada.

— Não me deu muito trabalho descobrir — admiti. — Agora responde a minha pergunta.

Ele me olhou vacilante.

— Olha, não vai achar que eu vou responder todas as suas perguntas, Weigel, mas eu fumo porque gosto, para aliviar o estresse.

Sim, é o que a maioria das pessoas que fumam costuma responder. Nada fora do comum. Nada diferente do esperado.

— Tem outros jeitos, você sabia? Você já tentou?

— Sim, e não quero.

Ele virou a cabeça, me mostrando que seria a última coisa que sairia da sua boca.

— Você é completamente irracional — repliquei.

Ele deu de ombros. Suspirei fundo.

Não seria tão fácil descobrir mais sobre ele, não daria em nada. Eu o observei por alguns segundos, gostava de como ele se vestia. Usava uma camisa xadrez azul e debaixo dela uma camiseta preta, que chamou a minha atenção: era um triângulo e, de um dos lados, saía um arco-íris.

— O que isso significa?

O meu dedo indicador apontou, ele percorreu a sua direção e levantou uma sobrancelha de novo para mim.

— Você não sabe? — perguntou, incrédulo, e eu neguei com a cabeça, apertando os lábios. — Meu Deus, quem é você?

— Por acaso isso é tão importante assim? — contra-ataquei.

— Isso tem nome e é uma das melhores bandas que já existiu. É Pink Floyd, e o desenho é da capa de um dos discos — ele disse.

— Eu me lembro de ter visto algo parecido na...

— Loja de discos?

— Não.

— Então?

— Aula de Física — murmurei.

— Lei de Snell?

— Acho que sim. Dispersão da luz?

— Sim. — Ele assentiu com a cabeça. — Mas a minha camiseta é um disco deles.

— Eles já se separaram?

— Qual é o seu problema? — Ele piscou algumas vezes e me olhou durante vários segundos. — Você só pode estar de brincadeira.

— Pelo menos você poderia tentar me dizer que música eles tocam, talvez eu poderia escutar e... — Não consegui terminar porque ele me interrompeu.

— Não é Michael Bublé.

Luke torceu os lábios.

— Michael Bublé é muito bom! — defendi, gritando, com a cara fechada.

— Para a época de Natal — disse ele, zombeteiro.

Abri a boca, ofendida.

— Agora eu estou indignada — falei e olhei para a frente. Minha cabeça pensava rápido, e eu voltei a olhá-lo confusa. — Como você sabe que eu gosto?

— Você costuma cantarolar uma ou outra música dele na aula de História.

Ele soltou um pouco de fumaça.

Senti minhas bochechas arderem de vergonha. Não é que a minha voz fosse a melhor para cantar, e ele já sabia.

— Que vergonha — falei. — E como você conhece se acha que não gosta dele?

— Não posso gostar de uma coisa sem antes ter provado, neste caso, escutado. Mas, na verdade, eu conheço porque a minha mãe escuta as músicas dele em dezembro — confessou ele, esboçando um sorriso apático.

— Minha mãe também!

— Legal — disse e levantou o polegar para mim.

Teria sido sarcasmo?

Fiquei calada sem saber o que falar. Luke estalou a língua e me olhou, deixando-me confusa diante do seu semblante. Estava pensativo. Fez um biquinho com os lábios e girou a cabeça para um lado durante alguns segundos para, em seguida, dirigir o olhar para a mochila e pegá-la.

De dentro dela, tirou um caderno de espiral com a capa preta, sobre a qual havia um quadrado branco onde tinha algo escrito que não consegui ler, porque ele já tinha aberto o caderno para procurar uma página. Pude ver que tinha listas, desenhos e palavras obscenas. Luke parou em uma lista e pensou duas vezes se deveria me mostrá-la ou não, mas no final decidiu fazer isso.

Minha mão segurou o caderno, e meus olhos curiosos começaram a ler.

— São muitas bandas, mas eu só conheço o John Mayer — falei, com um sorriso de superioridade.

— Foi o que eu pensei.

Ele deu uma risada e sacudiu a cabeça.

— Qual é a graça?

Luke olhou em minha direção e franziu o rosto, lamentando-se em voz baixa.

— Olha, John é um ótimo cantor, mas fico triste de saber que você não conhece ninguém mais desta lista — falou ele, sem poder acreditar, apontando para o caderno. — Nem Green Day. Não pode ser verdade!

— Eu talvez tenha escutado alguma música deles — suspirei. — Não sou uma fanática de heavy metal!

— Mas não é heavy metal, Weigel — explicou com uma pausa, fazendo um gesto com os seus dedos, cheio de irritação.

— Para mim, tudo que é barulhento é! — berrei, cansada da discussão.
— Então você é *heavy* também, porque é muito barulhenta.
— Ei?!
— Você precisa descobrir o caminho para a música boa de verdade.
— Você é um grosso! É falta de educação criticar o gosto das outras pessoas só porque é diferente do seu, não sabia, não?
Ele me ignorou, desviando o olhar para o outro lado.
— Me pergunta de alguma outra — insisti.
Luke suspirou.
— Vamos ver... Simple Plan?
Eu o olhei durante alguns segundos, tentando lembrar algo. Zev tinha conversado com Dylan sobre alguma coisa, embora eu não tivesse certeza de que era sobre música. Eu nunca prestava atenção às conversas dele, mas faria de agora em diante.
Mordi o lábio. Não, eu não sabia.
— É um vocalista? — perguntei hesitante.
— Que coisa terrível — murmurou, levantando-se para se afastar um pouco, como se estivesse cansado. — Eles cantam a *intro* do *Scooby-Doo*.
— O cachorro que descobre mistérios! — gritei, emocionada.
— Se eu fosse o Zev, tenho certeza de que você não seria minha melhor amiga.
— Isso me ofendeu. — Eu levei a mão ao peito, tentando não ligar para o comentário. — Se bem que o Zev gosta de mim como amiga, sim.
— Como você sabe? — Ele se aproximou de mim, sorrindo de lado. — Talvez, lá no fundo, ele tenha vergonha do seu gosto musical.
— Ele me apoia — confessei.
E era verdade. Zev me apoiava e eu apoiava ele. Assim era a nossa amizade.
Escutei-o cantarolar em um tom irônico alguma coisa ininteligível. Luke se afastou ainda mais e começou a caminhar de um lado ao outro, talvez estivesse pensando... Fiquei de pé, segurando a mochila junto com o caderno dele, e desci os degraus da arquibancada.
— Você pode me devolver o meu caderno? — pediu.
Eu lhe entreguei, e ele o segurou. Foi até a mochila e a pegou do chão.
— E então? — perguntei.

Luke uniu as sobrancelhas, sem entender.

— O quê?

Dei de ombros, e ele piscou. Começou a caminhar em silêncio, e eu o segui, sem muito mais a fazer. Evitei perguntar ou dizer algo, e ele não se deu ao trabalho de conversar comigo. Luke não se dignou a me contar mais nada sobre as bandas que ele escutava, mas, pelo que pude entender, ele amava muito música, sobretudo as bandas e cantores que formavam parte da sua lista naquele caderno.

Ele era aquele típico cara que caminhava pelos corredores de alguma loja de discos enquanto murmurava tudo o que pensava.

Caminhamos pelo colégio, falando de quanto os meus gostos eram distantes dos seus. Ele também disse que tinha feito aquela lista, a que ele me mostrou, havia alguns meses, colocando as suas bandas favoritas na ordem. Fiquei impressionada com a quantidade de nomes que ele guardava na memória. Eu só era capaz de lembrar um: Jonas Brothers.

No final, eu tinha perdido a aula de Literatura com o professor Hoffman. E aquilo me traria problemas.

Chegamos ao pé da escada do andar térreo, ele parou e se virou na minha direção, mantendo os olhos em mim durante alguns breves segundos.

— Para de me olhar — reclamei, incomodada com aquilo.

Uma curvinha apareceu no canto dos seus lábios.

— Por quê? — perguntou ele.

— Porque é incômodo — respondi, e ele me lançou um olhar alegre, como se o simples fato de me ver assim o divertisse muito.

E talvez divertisse mesmo.

— Que princesa você se saiu, Weigel. — Seu olhar se desviou para a manga da minha blusa, e o que tinha começado como uma risada inocente se transformou em uma gargalhada barulhenta. — Que diabos aconteceu com você?

— Em minha defesa, as pessoas que caminham pelo corredor principal deveriam saber que não se pode andar com comida, e elas também são todas muito mal-educadas — disse, tentando esconder a mancha com a mão.

— Ou você deveria ser mais cuidadosa. — Sorriu. — Você é muito desastrada.

— Não sou desastrada — eu me defendi.

— Tem certeza, Weigel?

Luke me olhou perplexo ao ver que eu não dizia nada. Fechei a cara e desviei o olhar para o relógio que adornava o pulso dele. Ao me concentrar, reparei em uma cicatriz que havia ali. Será que Luke se cortava? A cicatriz ia de um canto da palma de sua mão até o outro extremo em diagonal; dava para ver que media uns seis ou sete centímetros de comprimento e era de um rosa suave que se destacava em sua pele branca.

Aparentemente, o garoto percebeu que eu o observava, porque desceu rapidamente a manga da sua camisa xadrez azul, fazendo com que eu perdesse o contato visual com a ferida. Procurei os seus olhos e o olhei confusa. Seu rosto estava tenso e suas pupilas, dilatadas.

Eu queria lhe perguntar, mas me dei conta do enorme aviso na sua testa que dizia claramente: "Não diga nada!". Suspirei diante da simples ideia de Luke se machucando. Eu não achava que ele fosse capaz de fazer aquilo.

— É melhor você ir para a aula — falou, quebrando o incômodo silêncio que havia se formado durante aquela troca de olhares.

— Vamos ter aula juntos — respondi, cautelosa, lembrando-lhe que ele deveria entrar também.

— Eu não vou entrar.

Ele respondia tão despreocupado e sem vontade de tentar mentir, como se, na verdade, não lhe importassem todas as repercussões que a sua falta de interesse pudesse acarretar.

— Podem chamar a sua atenção — falei, mordendo o interior da bochecha, sentindo-me um pouco mal pela sua decisão, talvez com culpa.

Possivelmente ele não queria entrar porque tinha medo que eu lhe perguntasse sobre a marca no seu punho... Ou que eu continuasse lhe irritando.

— Não importa. De qualquer jeito, eu já sou um caso perdido. — Ele deu de ombros. Por alguma razão, o fato de ele ter falado de si mesmo daquela forma me entristeceu. Ele não deveria pensar assim sobre si. — Vai, que depois de cinco minutos já não te deixam mais entrar.

— Tá bem — concordei, rendida.

Eu não podia fazer nada, ele já tinha resolvido e eu não ia conseguir obrigá-lo a entrar na sala. Comecei a subir preguiçosamente os degraus, olhei por cima do ombro e ele continuava parado no pé da escada. Quando estava prestes a virar a esquina, eu o escutei falar de novo:

— Weigel, eu estou só te protegendo.

CAPÍTULO 3

O olhar da minha mãe me pedia que eu lhe desse uma explicação. Eu era incapaz de desviar os meus olhos dos dela, tão penetrantes. Ela me olhava como se os meus fossem uma caverna escura, procurando um pouco de luz nela.

— Eu não acredito que o colégio esteja me ligando para me dizer que você está matando aula — disse com um tom de voz duro.

Baixei meus olhos timidamente até os dedos das mãos, que estavam em cima do banco da cozinha, entrelaçando-se nervosamente. Respirei fundo para tentar suavizar a tensão que se espalhava por todo o ambiente em que estávamos.

Aparentemente, o professor Hoffman tinha comunicado a minha falta, e a diretora ligara para informar minha mãe sobre a minha ausência. Agora eu estava no meio de uma discussão com ela na cozinha, na qual ela exigia uma explicação que justificasse por que eu não havia comparecido à aula de ontem. Bonnie Weigel era muito rígida com relação aos meus estudos e sempre repetia que seria a única coisa da qual dependeria o meu futuro. Ela vinha trabalhando muito para poder pagar o meu colégio, e cada gota de seu suor devia ser recompensada lá.

Eu não conseguia de jeito nenhum me esconder do seu olhar.

Ela apoiou a mão sobre a mesa e começou a tocá-la com a unha dos dedos, criando um barulho ritmado, informando-me que esperava uma resposta. Aquilo apenas aumentava a minha vontade de me transformar de novo em uma criancinha para poder rolar no chão.

— Hasley Diane Derricks Weigel, estou esperando uma explicação — ela me pediu, brava e com autoridade.

Meu nome completo. Bem, sempre que ela usava aquele tom de voz junto com o meu nome completo significava que o assunto era sério.

— Esse colégio é pior que uma creche — foi a única coisa que eu disse em voz baixa, recebendo um olhar de desaprovação.

— Hasley! — minha mãe me repreendeu, impaciente.

Eu a estava tirando do sério. Ela era muito calma, e a perseverança era algo que ela nunca perdia no meio de uma discussão, sobre qualquer tema ou conflito.

— Desculpa, tá? — Eu tinha me arrependido. E eu não mentia... Ou, talvez, um pouco.

— Isso não é o suficiente, Hasley. — Ela suspirou, umedecendo os lábios. — Você sabe perfeitamente que eu não gosto que você mate aula.

— Foi a primeira vez que o professor Hoffman não me deixou entrar, ele me odeia — eu me desculpei, fazendo um beicinho.

— Ah, Hasley, de acordo com você, todo mundo te odeia.

Ela revirou os olhos.

— Ele me odeia mais!

Levantei os braços e deixei a cabeça cair sobre a mesa.

— Claro — minha mãe falou ironicamente. — Me diz, então: por que você não foi na aula de Literatura ontem? Você nem tentou entrar na sala.

— Porque obviamente não valia a pena tentar; eu já estava quinze minutos atrasada, e só temos uma tolerância de cinco minutos de atraso. Eu não queria receber outra advertência; seria a terceira esta semana, e só nos permitem duas.

— Ah, você se deixa humilhar? — zombou.

— Às vezes eu me desafio — respondi.

Ela piscou várias vezes e levantou a mão na altura do ombro.

— Você é muito difícil.

Apesar de eu não ter entendido o sentido de suas palavras, sorri orgulhosa para ela. Minha mãe preferiu ficar em silêncio e pegar a bolsa à procura de algo.

— O que você está fazendo? — perguntei.

— Procurando o meu celular — respondeu olhando para os lados, com a cara fechada.

Eu me levantei do banco e comecei a ajudá-la, indo na direção do meu quarto. Não perdi muito tempo procurando, porque o famoso toque do seu celular era muito antigo. Ele soou em um dos sofás.

— Acho que eu já encontrei! — eu a avisei.

— Atende! — ela me ordenou, aproximando-se.

Rapidamente, eu peguei o celular nas mãos e deslizei o dedo pela tela, porém não disse nada. Estiquei o braço para ela alcançá-lo e levar ao ouvido.

— Alô? — ela falou. Fiquei parada bem na sua frente enquanto ouvia tudo o que ela dizia, que pelo visto era algo sobre o trabalho. — Ah, mas eu deixei todos os arquivos e documentos em uma das gavetas. — Ela franziu a testa. — Está bem, estou indo para lá agora.

Ela desligou o telefone e voltou para a cozinha.

— Você vai sair? — perguntei, acompanhando o seu passo.

— Sim, perderam os documentos de alguns pacientes. — Ela bufou com má vontade e fez uma careta. — Mas não pense que você se safou — avisou. — Não faça isso de novo ou vou ser obrigada a te castigar. Estou falando sério, Hasley.

— Tudo bem — murmurei.

— Faça alguma coisa para comer e, se for sair com o Zev, me avise. Quero que você esteja aqui de volta antes das oito da noite — ordenou enquanto vestia o seu sobretudo creme.

— Antes das oito? Ah, isso me dá bastante tempo para... humm... nada! — falei, sarcástica. — Além disso, acho que eu não vou sair com o Zev.

— Vocês continuam brigados? — perguntou minha mãe, pegando as chaves.

Ela estava aqui quando ele veio me buscar para ir ao treino. E foi assim que escutou os nossos insultos e gritos. Mesmo assim, com má vontade, entrei no carro dele fazendo gestos. Infantil? Não sei. Mais ou menos.

— Você quer conversar?

— Pode ser quando você voltar?

— Claro que sim, minha querida.

— Obrigada, mãe.

— A gente se vê mais tarde. Se cuida, eu te amo. — Ela se despediu e saiu.

Fiquei deitada no sofá e olhei para o teto. A casa estava em um silêncio absoluto, de deixar qualquer um arrasado. Sempre tínhamos tentado fazer com que ela tivesse vida e fosse alegre, como toda casa normal, mas tinha se tornado impossível. Depois que o meu pai foi embora, minha mãe carregava aquela casa sozinha, e, embora fosse grande demais para duas pessoas, ainda assim, nós estávamos juntas. Ela e eu tínhamos uma relação muito linda de mãe e filha; não nego que havia desentendimentos e brigas entre a gente, mas, no final, terminávamos abraçadas assistindo a um filme de que ela não gostava e na metade do qual acabava dormindo.

Naquela solidão, as palavras de Luke se projetaram de novo na minha cabeça. "Weigel, eu estou só te protegendo."

Afinal de contas, não tinha adiantado nada. Daria no mesmo se eu tivesse perdido a aula da professora Kearney. Não, teria sido pior. Não sei quanto tempo fiquei no sofá até o som da campainha me obrigar a me levantar. Eu não tinha ideia de quem poderia ser. Arrastei os pés pelo chão, olhei pela abertura da porta e vi aquela mata de cabelos cacheados dourados que estava ali.

— Ei — Zev cumprimentou assim que eu abri.

Seu olhar era como o de um animalzinho arrependido. Eu não podia continuar tratando Zev mal; estava evitando as suas ligações e durante o treino eu o observava sem qualquer pitada de emoção. Todos os seus colegas perceberam. Por mais idiota que ele tivesse sido, não ia deixar de ser o meu melhor amigo. Afinal de contas, ele estava só cuidando de mim.

— Desculpa — sussurrou ele, e seus olhos começaram a ficar úmidos.

Meu coração ficou apertado.

— Não, não, não — falei rapidamente e o abracei. — Se acalma. Não tem nada a ver com a nossa discussão, né?

Ele não disse nada, mas concordou. Fiquei morrendo de medo, sentindo-me muito pequena diante dele ao vê-lo chorar sem sequer saber o motivo. Eu me afastei dele e fechei a porta para nos sentarmos.

— O que está acontecendo? — perguntei, colocando a mão no seu joelho.

Ele umedeceu os seus lábios e deu um suspiro.

— Meus pais vão se separar — disse, tentando abafar um soluço.

Minhas sobrancelhas se juntaram e eu engoli em seco sem ter nada positivo para lhe dizer naquele momento. Zev sempre esteve ao meu lado todas as vezes que tive problemas e tentava me dar conselhos, embora ele fosse péssimo e sempre terminasse me fazendo rir. Agora que ele precisava de mim, eu não sabia o que fazer para ajudá-lo. Eu me odiava por isso e me sentia uma inútil diante do meu melhor amigo, então só encurtei a distância entre nós dois e o abracei, permitindo que ele afundasse o rosto entre o meu pescoço e o meu ombro.

Suas lágrimas molharam a minha pele e a minha blusa, mas eu não me importava nem um pouco com isso. Perdi a noção do tempo que ficamos ali. Finalmente, Zev decidiu afastar-se. Seus olhos estavam inchados e seus lábios, muito vermelhos. Apesar de me parecer muito fofo vê-lo daquele jeito, eu não podia aceitar o fato de que ele estivesse assim por causa de algo que o destruía por dentro.

— Estou tentando ver o lado positivo nisso tudo. Os casamentos forçados viram um inferno e, se os dois não estão felizes, acho que... o melhor é se separarem. Não quero que continuem juntos por nossa causa, mas... é difícil.

— Às vezes, o fato de os pais continuarem juntos e brigarem constantemente pode afetar os filhos.

— Eu sei, Hasley. — Ele respirou fundo. — Mas não é fácil aceitar, Alex não para de chorar. Algumas horas atrás, eles brigaram, e minha mãe pediu o divórcio.

Alex era o irmão mais novo dele. Seus pais sempre tiveram muitas discussões, e Zev me contava como ficavam mal a noite toda sempre que o pai chegava de madrugada e começava a discutir com a mãe. Havia meses que essas brigas se repetiam. Aparentemente, o sr. Nguyen tinha conhecido outra pessoa.

— Olha só — murmurei —, sei que não vai ser a mesma coisa, mas pensa que é o melhor para a sua mãe. Alguns casamentos têm muitos problemas, não entendo o motivo, afinal, quem se casa devia amar a outra pessoa. Sei que falo demais e que estou fazendo isso agora. — Dei risada, afastando-me para olhá-lo. — Você quer continuar com esta conversa? Não sou muito boa nisto, mas você sabe que tem o meu total apoio e o meu ombro para chorar. Tudo bem você se sentir mal, Zev.

— Isso é horrível.

— Terrível.

— Acho que eu não deveria ter deixado a minha mãe sozinha, nem meus irmãos.

— Mas você queria desabafar.

— Sim, e não posso fazer isso na frente deles. Não quando todo mundo acha que eu devo ser o mais forte dos três. Que apoio eu posso dar se ela me vir chorando?

— Você é humano e tem sentimentos. Não deve fingir que é uma pedra.

— Estou muito decepcionado com o meu pai.

— Você tentou falar com ele?

— Quis falar há alguns dias, mas ele nunca está em casa.

Umedeci os lábios e acariciei as bochechas dele.

— Vai doer muito, mas lembre que os momentos ruins são apenas isto: momentos. Logo vai passar e a ferida vai estar curada; não só a sua, mas a dos seus irmãos e, principalmente, a da sua mãe.

Zev enxugou uma lágrima na bochecha e se jogou de costas contra o encosto do sofá, fechando completamente os olhos, tentando descansar, até que acabou dormindo.

Ele era muito forte e no dia seguinte continuaria com o seu lindo sorriso e com as covinhas nas bochechas, dando aquelas gargalhadas barulhentas e contagiantes. Zev estar naquele estado me incomodava, nunca gostei de ver ninguém triste, e pior ainda quando se trata de alguém que eu amo.

Que situação mais desagradável presenciar duas pessoas que tanto amamos discutindo de uma hora para outra.

CAPÍTULO 4

No final do dia de ontem, Zev acordou com um pouco de fome. Pedimos pizza e comemos enquanto conversávamos sobre coisas que iam surgindo aleatoriamente, sem nenhum tema fixo. Fiquei um pouco mais tranquila de perceber que ele tinha esquecido, mesmo que por um breve momento, a situação em que a sua família se encontrava.

Ficamos assim até que a minha mãe chegou à noite e o cumprimentou. Ele lhe contou tudo, e tive que ir para a cozinha, fazendo de conta que estava lavando os pratos para eles poderem conversar um pouco em particular. Eu o ouvi chorar e vi que a minha mãe estava dizendo algumas palavras de encorajamento. Ficou muito tarde, por isso tivemos que chamar um táxi. Ele me avisou quando chegou em casa e me contou que o pai não estava lá. Aproveitou que os irmãos estavam dormindo para conversar com a mãe. Eu ainda não sabia o que tinha acontecido depois daquilo.

No dia seguinte, vinte minutos antes do começo da aula, eu já estava entrando na sala. Meu olhar procurava rapidamente as suas madeixas loiras, e eu o encontrei no fundo da sala, em um canto, olhando para baixo. À vontade, caminhei em sua direção e me sentei na cadeira vazia. Luke olhou para cima e franziu a testa ao me ver.

— O que você está fazendo? — perguntou, parando de rabiscar no seu caderno e fechando-o.

— Estou sentando — informei, sorrindo em provocação.

— Isso eu sei, Weigel, não sou burro — rosnou ele, revirando os olhos. — Eu quero saber por que você está se sentando aqui, do meu lado.

— Eu estou fazendo isso porque eu posso e quero. Algum problema?
Ele sorriu.
— Na defensiva, hein? — falou, brincando. E continuou: — Se você pensa que somos amigos, está errada — ele atacou. — Se você se sentar aqui, vai chamar atenção, e eu não quero que notem a minha existência.
— Eu não disse que fiz isso porque achava que fôssemos amigos. Realmente eu não pensei nisso, agora que você falou. — Apoiei o cotovelo sobre a mesa e descansei o queixo na mão. — Eu não chamo muita atenção se não estou com o meu amigo querido atrás de mim. Então, não se preocupe, nenhum de nós dois vai ser o centro das atenções — acrescentei, referindo-me ao Zev.
E era mesmo verdade. A maioria das pessoas só conversava comigo por causa dele, pois sabiam que não éramos um casal, o que significava carne fresca no mercado.
— Não importa... — Luke começou a falar, mas deixou a frase no ar e olhou para a frente pensativo. Virou-se para mim e retomou a conversa: — Por que você chegou cedo?
— Excelente pergunta. Minha mãe me acordou. Parece que ela está paranoica porque a coordenação ligou para ela.
Ele me olhou interessado, ou pelo menos fingiu – e, se fosse o segundo caso, sinceramente, ele fingia muito bem.
— Coordenação? O que você fez? — perguntou.
— O professor Hoffman me advertiu por chegar atrasada e não participar de duas das aulas dele esta semana. É a primeira vez que ele faz isso, ele valoriza muito a pontualidade. Aquilo que eu já te disse antes: ele me odeia.
— Idiota — sussurrou.
— Ele ou eu? — perguntei, não muito certa de a quem ele se referia.
Ele me olhou divertido.
— Os dois.
— Sabe, as suas mudanças de humor me assustam, e não tenho vontade de tentar te decifrar — respondi.
Levantei o rosto e olhei para o outro lado.
Eu estava falando sério. Havia alguns minutos, ele estava mal-humorado, perguntando o motivo de eu ter me sentado ao seu lado, e agora me olhava achando graça, como se a minha desgraça o divertisse. E talvez fosse algo do tipo.

— Me decifrar? — Ele deu uma risada. — Por quê? Por acaso eu sou algum tipo de código Morse ou uma porcaria de quebra-cabeça?

— Não, só parece — respondi, sem me virar para olhá-lo.

— Ok.

Desta vez, eu me atrevi a olhá-lo.

— Ok o quê?

— Ok.

— Ok?

— É que às vezes queremos ir contra as regras, mas não conseguimos. Na realidade, você é muito ingênua — respondeu finalmente.

— Claro que não. Eu não sou — eu me defendi.

— Não, você não é — ironizou.

— Claro que não.

— Hummm — murmurou, fazendo um sinal desinteressado com a mão.

Depois disso, ninguém disse mais nada. Coloquei a mochila em cima da bancada e decidi usá-la como travesseiro. Ainda era muito cedo. Faltavam uns dez minutos para a aula começar. Minha mãe tinha me acordado uma hora antes do normal, e eu estava morrendo de sono. Rapidamente, algo passou pela minha cabeça e olhei para o garoto loiro, que estava de novo rabiscando alguma coisa no caderno.

— Por que você chegou tão cedo? — voltei a falar.

Luke me olhou sem nenhum entusiasmo e fechou o caderno. Era aquele preto em que ele tinha escrito a lista das suas bandas preferidas.

— Você faz muitas perguntas, Weigel.

— Isso é um... — Parei, pensando em alguma palavra correta que pudesse defini-lo. — ... defeito? Não acho que seja um defeito, é busca por informação, e é melhor perguntar do que ser uma completa ignorante.

— E também fala demais.

— Você é um grosso! — exclamei.

— E também é delicada.

— Credo!

— Não, não, não. — Ele riu. — Retiro o que eu disse. Se você fosse delicada, não chegaria com uma mancha de pasta de dentes na sua blusa do colégio.

— Aconteceu só uma vez e...

— Caramba — suplicou ele, me interrompendo. — Confia em mim, eu reparo, não foi só uma vez.

— Como você sabe disso? — perguntei, curiosa.

Eu tinha que admitir que me dava medo que ele soubesse tantas coisas sobre mim, sobretudo os pequenos detalhes em que a maioria das pessoas não costuma reparar. Ele era um *stalker* ou alguém muito observador.

— Talvez isto responda à sua pergunta — falou, movendo-se lentamente em minha direção. — Eu gosto de chegar meia hora antes e me sentar no fundo para observar todos os seres patéticos entrarem pela porta. É divertido ver como alguns batem no batente porque chegam com os olhos quase fechados — confessou, zoando. — Eu gosto de rir da desgraça alheia.

— Acho que isso é... — Eu não sabia como descrever aquilo. — Estranho? Desumano?

Ele só deu de ombros, fazendo pouco caso.

Luke esticou o braço debaixo da cadeira e pegou um refrigerante. Ele o agitou muitas vezes, fazendo muita espuma; por um instante, pensei que explodiria. Abriu-o com cuidado, certificando-se de não abrir completamente, esperando que o gás saísse, e então fez tudo de novo. Quis perguntar por que ele estava fazendo aquilo. No entanto, lembrei o que ele tinha me dito minutos antes. Seus olhos cruzaram com os meus e pude perceber como os cantos dos seus lábios se elevavam. Minhas bochechas coraram.

Engoli meu orgulho e me virei para o outro lado para esconder a cabeça entre os braços em cima da mesa.

Eu estava com muito sono. Não deveria ter ficado vendo vídeos de culinária ou de fofocas sobre as celebridades até tarde, mas, quando eu começava com um, acabava vendo mais uns dez; aí eu não prestava atenção no tempo de duração deles e, quando já estava quase dormindo, olhava o relógio e eram quase três da madrugada.

Que caos era a vida que eu levava.

Escutei Luke bocejar e em seguida ouvi a sua voz:

— Você tem olhos lindos.

Fiquei petrificada.

O que tinha sido aquilo?

E aí, do nada, o meu rosto ficou vermelho. Fiquei grata por estar com o rosto escondido entre os braços, tornando impossível que ele me visse daquele jeito.

Respirei fundo e relaxei o rosto para poder me levantar. Virei o rosto na sua direção na velocidade de uma tartaruga.

— Quê?

— Há?

— Isso foi um pouco estranho.

— Nunca te fizeram um elogio antes?

— É para eu agradecer?

— Só se você quiser.

Ele voltou a me mostrar aquele sorriso desanimado.

— Obrigada — falei e olhei para a frente.

— Por que você finge estar prestando atenção quando ainda nem começou a aula?

— Desde quando você começou a falar tanto? — questionei.

Seu sorriso não desapareceu.

Nós dois ficamos em silêncio, olhando-nos. Passaram muitas coisas pela minha cabeça, mas nenhuma delas foi uma resposta à minha própria pergunta. Enquanto isso, eu não tinha a menor ideia do que passava pela sua cabeça.

Depois de algum tempo, ele falou:

— Weigel.

Levantei uma sobrancelha, sondando-o.

— Luke.

— Desta vez sua blusa não está manchada de pasta de dentes — zoou ele.

Meus olhos semicerraram, e eu virei o rosto para ele.

— Não fala comigo.

— Eu vou falar com você.

— Não.

— Quantos anos você tem? Doze?

Engoli em seco e sacudi a cabeça.

— Tenho dezessete, e você?

— Eu estava sendo sarcástico — informou — e tenho dezenove.

Franzi a testa e olhei para ele, confusa.

— Dezenove? Você já não deveria estar na faculdade?
— Sim, mas eu repeti um ano.
— Por quê?
Ele ficou pensando.
— Fiz uma viagem.
— E você sabia que iria reprovar?
— Sabia.
Pestanejei, e mais dúvidas brotaram na minha cabeça.
— Preferiu viajar em vez de passar de ano?
Luke brincou com seu piercing, pensativo.
— Só se vive uma vez. O ano letivo pode ser repetido no ano seguinte; os bons momentos e as melhores oportunidades, não. Esses vêm e vão.
— Essa é a sua filosofia de vida? — critiquei.
Ele deu de ombros e apoiou os cotovelos em cima da mesa.
— Mas agora eu não sei se foi mesmo uma boa decisão.
— Por quê?
— Repetir o ano me fez chegar bem aqui. Ter você como minha companheira de classe. Se bem que, muito antes disso, lembro que fazíamos outra aula juntos, uma extracurricular. Como se chamava? Oficina de caligrafia?
— Você está falando de mais de sete anos atrás?
— Talvez.
— A gente era colega?
— Sim, você foi a garota que trombou com a porta. Eu lembrei depois.
Arregalei os olhos, sentindo-me envergonhada. Como ele podia guardar aquilo na memória? Tinha acontecido havia muitos anos, nem eu me lembrava disso e não queria que ele se lembrasse também. Meu Deus, que péssimo.
— Pensei que a porta fosse de empurrar.
Luke riu.
— Você não sabia que tinha que puxar? Estava escrito.
— Que humilhação.
— Demais!
Eu o olhei, irritada.
— Mas, se você é mais velho, por que estávamos juntos na mesma aula? Que ano você reprovou?

— Isso é muita informação, e você já tem o suficiente. Chega.

— Você está falando sério?

Ele me deu uma última olhada de poucos amigos e virou-se para a frente. Na mesma hora, a professora Kearney entrou cumprimentando a todos com aquela característica voz doce e com os seus lábios vermelhos, começando a aula.

Daquela vez, Luke tinha ganhado.

Sorrateiramente, dei uma espiada para ver o que ele estava fazendo. Vi que estava escrevendo alguma coisa no seu caderno, mas não era nada relacionado com a aula. Pelo canto do olho, pude ver que ele desenhava linhas e círculos sem sentido, ou pelo menos para mim não faziam sentido. Algo chamou minha atenção: uma data. No meio de todo aquele caos, consegui ver uma data. De repente, ele virou a página e começou a escrever.

"As pessoas deveriam deixar de ser tão intrometidas, como você, por exemplo."

— Ei! — reclamei sem levantar muito a voz.

Ele me deu um sorriso bem falso e, em seguida, voltou ao seu semblante sério. Colocou o caderno debaixo do cotovelo e apoiou o queixo sobre a mão, prestando atenção na srta. Kearney.

Luke parecia ser mais duro do que uma pedra, fechado e hostil. Nem o seu nome ele tinha me dito; se não fosse por Neisan, eu nunca ficaria sabendo da sua própria boca.

CAPÍTULO 5

Eu odiava esportes. Fazer exercícios não estava entre as minhas capacidades físicas. Não era segredo que eu fugia dessa aula e muito menos que eu fosse a pior da sala.

O treinador Osborn não parava de gritar e fazer soar aquele terrível apito para que eu corresse sem parar. Eu só tinha dado duas voltas de cinco, aproximadamente trezentos metros, e já precisava de todo o oxigênio do mundo.

Não podia continuar.

Exausta, parei ofegante e apoiei as mãos sobre os joelhos, com o corpo dobrado, tentando recuperar o fôlego sem perceber que a minha garganta e o meu nariz ardiam cada vez que eu enchia os meus pulmões de ar.

— Vamos, Hasley! — exclamou Josh, meu colega, passando do meu lado.

— Sem chance! Não aguento mais!

— Exagerada! Eu te espero ano que vem na linha de chegada!

Limitei-me a fechar os olhos e lhe mostrar o dedo do meio. Eu não era tão próxima dele como do Neisan ou do Dylan, mas o conhecia havia dois anos, e nós tínhamos trabalhado na mesma equipe nos projetos de fim de ano.

Eu levantei e passei o dorso da mão na testa para limpar as gotas de suor. Ao longe, escutei aquele riso familiar: rouco e provocador. Sabia de quem se tratava. Virei-me em direção à arquibancada e o vi ali. Luke me olhava divertido com as mãos enfiadas nos bolsos do seu jeans preto enquanto levantava as sobrancelhas.

— Você está se divertindo? — perguntou ele, elevando a voz.

— Sim, estou, é fantástico correr embaixo do sol, meu sonho dourado! — gritei, fingindo empolgação.

Respirei fundo e passei as mãos sobre o meu rosto, tentando me refrescar.

Ele fez um sinal com a cabeça para eu me aproximar. Olhei, procurando o treinador, e hesitei por um momento, pensando se seria uma boa ideia ir aonde Luke estava. Antes de pensar uma segunda vez, eu me vi me aproximando dele, a passos lentos, mas preferi ficar no pé da arquibancada, observando Luke apoiar-se na grade.

— Sobe — pediu.

— Não posso, o professor vai me obrigar a correr o dobro do que falta se me vir aí — expliquei, não muito convencida.

Luke revirou os olhos e esticou a sua mão com a intenção de que eu a pegasse.

— Você vai correr as voltas por mim? — perguntei.

— Todas as que você quiser — murmurou ele.

Eu lhe dirigi uma olhada de poucos amigos e neguei com a cabeça. Ele insistiu, e eu suspirei. Quando segurei sua mão, pude ver o pequeno sorriso que escapou dos seus lábios. Luke me subiu sem fazer esforço, e eu tentei passar uma das pernas pela grade, mas não consegui. Eu o escutei rir. Seu braço pousou sob a minha cintura e me ajudou a passar.

— Tem alguma coisa em que você não seja tão desajeitada assim, Weigel? — zombou ele, mordendo o piercing preto do seu lábio.

— Algum dia você vai me chamar pelo meu nome? — critiquei.

— Eu chamei no primeiro dia que conversamos.

— Gostaria que continuasse chamando.

Eu me sentei em um degrau da arquibancada para poder descansar as pernas e relaxar um pouco depois do cansaço que eu sentia por ter corrido tanto.

— Por acaso você não gosta do seu sobrenome? — Ele se sentou ao meu lado. — Não era o seu preferido?

— Era, e eu gosto dele, mas é estranho você ficar me chamando o tempo todo desse jeito... Só me chama igual a todo mundo: Hasley.

Luke reclamou.

— É que é muito chato chamar as pessoas pelo nome. — Ele pegou um cigarro e o acendeu. Antes de continuar, deu uma tragada e depois soprou a fumaça. — O mundo deveria ter originalidade, e não ser cópia de cópias.

— Sinto dizer que você não é o único que faz isso — falei, olhando feio para ele.

— Mas eu faço de um jeito especial.

Ele deu outra tragada e reteve durante alguns segundos a fumaça nos pulmões para, em seguida, expulsá-la.

— Você deveria estar em aula, né? — eu lhe questionei.

— A professora faltou — respondeu ele, recostando-se para apoiar os seus cotovelos em um degrau.

— Tem certeza? — murmurei, olhando para o alto.

— Aceita? — Ele me ofereceu, ignorando totalmente a minha pergunta. Eu neguei. — Faz bem.

— Por que você fuma isso? — insisti.

Luke franziu a testa por causa da minha pergunta tão direta, mas em seguida continuou:

— Defina *isso*.

— O que você está fazendo, Luke.

— Achei que eu já tivesse te respondido antes. Eu gosto de fumar e...

— Não estou falando do tabaco — eu o interrompi.

Ele ficou em silêncio.

Não era segredo para nenhum de nós dois. Ele tinha dito no dia em que nos conhecemos, por isso fazer aquela pergunta não me intimidava nem era constrangedor. Embora eu achasse que estava indo muito rápido com os meus questionamentos, isso não me impediu de olhá-lo com insistência.

Luke se levantou e molhou os lábios, desenhando um sorriso. Eu odiava que ele fosse tão egocêntrico às vezes. Ele se inclinou na minha direção, levando a boca ao meu ouvido, e a sua proximidade me abalou por um segundo.

— Isso me dá superpoderes.

Fechei os olhos e me arrependi por dentro.

— Você ama sarcasmo, né?

— É a minha especialidade.

— Já te disseram que você é muito chato? Está começando a me irritar de uma forma...

— Muitas vezes — concordou. — Olha que há alguns dias era você quem estava me irritando.

— E eu devo pedir desculpas? — ironizei.

— Agora não tem mais por quê. Você é daquelas pessoas que pedem desculpas por tudo, né?

— Eu não estava falando sério.

— Agora você quer me bater — disse.

Sim, eu quero! Argh!

— Você acha que me conhece, mas não é verdade — falei, irritada.

Ele sorriu ainda mais. Por acaso o meu mau humor o divertia?

— Talvez eu esteja errado, mas, sinceramente, acho que não.

Luke deu de ombros.

— E agora? Vai dizer que você ama as motos, que se droga com o seu grupo de amigos maus cheios de tatuagens e vestidos com roupas de couro preto, enquanto fogem de casa para ir a um bar barato? — soltei, deixando claro o meu tom de brincadeira.

— Para de ler tanta literatura porcaria, Weigel — zombou, ganhando um olhar fulminante da minha parte.

Acabou. Ele tinha me tirado do sério. Talvez fosse só um idiota à procura de algo que o relaxasse; definitivamente, era daqueles tipos que gostavam de ter a imagem de garoto mau e que eram bons em quebrar as regras.

— Mas eu preciso confessar que você acertou uma coisa, tenho uma moto. Uma muito bonita.

Me passa uma arma, por favor.

— Você está sendo muito irritante agora — reclamei. Ele virou os olhos e levou o cigarro aos lábios. Por que raios eles não acabavam nunca? Luke soltou a fumaça pela boca, e ela chegou até o meu rosto. — Você pode parar de fazer isso?

Irritação, isso foi o que me invadiu por causa do seu gesto. Eu não gostei que ele tivesse soprado na minha cara, por isso não consegui evitar de tirar o cigarro da sua mão e levá-lo nas minhas costas, tentando não me queimar com ele.

— Ei, me devolve isso — reclamou.

— Eu te fiz uma pergunta.

— E eu já te respondi — disse ele, relutante, com um rosto inexpressivo. — Me devolve.

— Eu só quero... — tentei falar, mas Luke me interrompeu.

— Que droga, Hasley, me devolve!

Ele gritou sem nenhum pingo de emoção, e isso mexeu comigo. Ele se aproximou de mim e os seus dedos tocaram minha mão, deslizando sobre minha pele.

— Ei, vocês, o que estão fazendo aí? — A voz autoritária de alguém fez com que eu virasse de costas.

O professor de Educação Física nos olhava, exigindo uma explicação. Observei Luke, que continuava com a mesma expressão, tão apática e vazia como se a presença do homem não o intimidasse nem um pouco.

— Mostra as mãos, agora — ordenou.

Indecisa e cheia de medo, mostrei as palmas. Eu já não estava mais com o cigarro. Luke fez o mesmo, mas, diferentemente de mim, o cigarro estava entre seus dedos. O professor negou várias vezes enquanto soltava um suspiro.

— Para a diretoria agora mesmo! Os dois!

— Quê? — consegui articular.

Não era justo. Não. Não. Minha mãe ia me matar. Ela ia me trancar em casa sem saídas nem visitas durante cinco anos, a menos que fossem de Zev. Eu ia protestar para poder explicar tudo o que tinha acontecido, mas o garoto loiro adiantou-se.

— Espera, ela não tem nada a ver com isso. Na verdade, ela estava pegando o cigarro e dizendo que ia me denunciar — Luke me defendeu, sem preocupações nem tensões por si mesmo.

— Tem certeza? — O homem cruzou os braços. — Por que eu devo acreditar nisso se ela está aqui com você?

— Porque eu nem a conheço. Ela é daquele grupo, e eu do outro. Além disso, você pode cheirar, ela não deu nenhuma tragada — o garoto falou sem titubear. — E mais, por que eu ia querer estar com ela?

— É verdade? — Agora o professor se dirigiu para mim.

Olhei um pouco indignada para Luke por causa da última coisa que ele tinha dito, depois para o professor. Não sabia o que dizer. Jogar toda a culpa em Luke não me fazia me sentir bem; por mais brava ou irritada que eu estivesse, não queria fazer aquilo.

Eu me virei para ele, que estava com o semblante sério. Percebi algo diferente daquela vez. Seus olhos gritavam para que eu seguisse o fluxo. Respirei fundo e decidi.

— Sim, é verdade tudo o que ele disse. Pelo que sei, é proibido fumar aqui.

— Está bem. Seu nome? — perguntou-lhe o professor.

— Luke Howland, último ano, repetente.

— Vá para a diretoria, e você — apontou para mim —, para a sua sala.

Concordei, o homem se afastou e eu fiquei pensando sobre o que tinha acontecido. Luke passou na minha frente, sem falar nada, e saltou pela grade. Rapidamente, corri até onde ele estava.

— Aonde você vai? — perguntei falando alto.

— Caso você não tenha percebido, tenho um compromisso com a cadeira da diretora, que já me é familiar.

Eu queria pedir desculpas pelo que tinha feito, para que ele soubesse que eu realmente sentia muito. Fracassei. Ele já estava muito distante de mim.

***

Mais tarde, na cantina, tudo parecia normal. A conversa com os garotos não parava, eles me incluíam em alguns assuntos ou eu me intrometia no papo, fazendo-me notar, informando-os de que eu fazia parte do grupo também.

— Pessoal.

Aquela voz. Ai, meu Deus. Aquela voz linda e imponente que me paralisava.

Como se a minha vida dependesse daquilo, levantei o olhar rapidamente. Merda! Eu me arrependi na mesma hora de ter sido tão descarada.

— Oi, Matthew — cumprimentou Zev com a maior facilidade, sorrindo.

— Oi, Hasley — o garoto ruivo dirigiu-se a mim, sorrindo, ignorando o cumprimento do meu amigo.

Eu não conseguia articular nenhuma palavra, o que me fez me sentir uma boba. Desde quando ele e Zev se davam tão bem assim? Bem, eram companheiros por serem capitães de equipes diferentes, mas não era o suficiente para serem tão íntimos. Porém, isso realmente não me incomodava nem me interessava naquele momento. Matthew estava na minha frente sorrindo para mim e a única coisa em que eu tinha que me concentrar era tentar fazer com que a minha voz não saísse enrolada ou, pior, gaguejada.

— Oi. — Minha voz soou um pouco baixa.

Eu precisava de uma bombinha.

— Has, tem um jogo na próxima semana e eu queria saber se você gostaria de ver junto com o Zev. Ele me disse que vai.

Queda livre! Virei-me para o garoto com olhos cor de mel, que me sorria de orelha a orelha com os lábios fechados.

Eu não podia acreditar. Tinha vontade de bater no Zev enquanto gritava que Matthew Jones estava me convidando para o jogo dele.

— Claro — concordei, sorrindo timidamente.

— Excelente. — Ele se alegrou. — Então a gente se vê em breve.

Ele me deu uma piscadinha e cumprimentou Zev antes de se afastar da nossa mesa.

Olhei de novo para o meu melhor amigo.

— Desde quando? — perguntei.

— Desde algumas semanas. — Ele deu de ombros. — É um garoto legal, estávamos conversando e aí veio o resto.

Limitei-me a colocar um sorriso bobo no rosto e gritar internamente. Seria muito infantil, mas eu precisava dar pulos. Mordi os lábios e afundei a minha cabeça entre os braços sobre a mesa.

— Calma, Hasley, você tem quase um *date* com o Jones. Agora o que você pensa em fazer? — Neisan riu.

Levantei a cabeça para respondê-lo, mas foi impossível, porque os olhos azuis penetrantes do garoto loiro me flagraram em um dos cantos da cantina com um olhar neutro. Então, me dei conta de que ainda não sabia se o tinham expulsado ou se o haviam mandado para a detenção. Levantei da cadeira e falei com os garotos:

— Eu vejo vocês depois — me despedi.

A passos rápidos, caminhei até Luke, mas, antes de alcançá-lo, o garoto saiu da cantina. Corri na direção em que ele tinha ido e consegui avistar as suas costas largas com aquela camisa preta justa entre a multidão de alunos que cruzavam o corredor.

— Luke! — gritei, tentando fazê-lo parar. — Luke Howland!

Desta vez ele parou completamente e virou-se na minha direção. Cheguei até onde ele estava e me apoiei em um dos armários tentando recuperar o fôlego. Ele me olhava como na arquibancada depois da nossa pequena... discussão?

Quando recuperei o ritmo da respiração, consegui falar:

— O que a diretora te disse? — perguntei, realmente preocupada.

— Nada de mais. — Ele deu de ombros. — Melhor, me diz, o que o Matthew Jones te falou para você?

— Nada de mais. — Eu o copiei.

— Weigel — Ele riu. —, imagino que realmente tenha sido importante para você agir como uma adolescente.

— Ele só me chamou para sair... com o Zev. — Ri sem graça.

Não que me incomodasse o fato de o meu melhor amigo me acompanhar, mas era o Matthew, o garoto de quem eu gostava havia muito tempo, e, se isso implicava trancar o Nguyen no porão, então era o que eu faria.

— Ah é? Onde?

Luke levantou uma sobrancelha.

— No jogo dele.

Virei os olhos, já cansada de falar sobre a mesma coisa.

— Quando é? — perguntou.

— Isso te interessa? — Bufei, apoiando as costas em um dos armários. — Não é nada de mais, então vamos mudar de assunto.

Ele observava os meus olhos como se estivesse pensando em algo importante. Por alguns segundos, pensei que fosse me contar o que a diretora tinha lhe falado. Eu estava errada. Não rolou.

— Acho que é na sexta da próxima semana — murmurou.

Ele sorriu e mordeu o piercing.

— Luke, isso não é da sua conta, só quero saber o quê...

— Isso também não é da sua conta — ele revidou, me interrompendo.

Isso era a gota d'água. Ele era um completo idiota.

— Tudo bem — falei, firme, e saí andando.

— Weigel — disse ele em voz alta, mas, com todo o meu orgulho, eu o ignorei. — Weigel!

Senti os meus passos cada vez mais rápidos e era porque Luke corria atrás de mim. Eu não tinha me dado conta de que as minhas pernas se moviam por todo o campo do colégio ao mesmo tempo que Luke gritava o meu sobrenome milhares de vezes atrás de mim. A grama sob os meus tênis era esmagada a cada passo que eu dava; eu sentia que já estava me cansando e não conseguia parar. Não corri muito até a mão de Luke segurar meu braço. Tentei escapar e fracassei porque, em vez disso, caí na grama ao seu lado. Ele gargalhou.

— Por que você corre? Você sabe muito bem que não é boa em atletismo, e as minhas pernas em comparação com as suas... Humm... Não.

Ele balançou a cabeça, divertido.

— Não custa nada tentar — falei, com a voz ofegante.

Luke deitou-se no gramado e perdemos o contato visual. O seu perfil era muito lindo, um ângulo quase perfeito. Sua pele era de uma cor bege e seus cílios, longos. Ele virou o rosto e suas bochechas coraram ao se dar conta de que eu o observava. Não pude evitar sentir ternura diante daquela imagem. Desviei o olhar e me sentei no gramado. Segundos depois, ele fez o mesmo.

— Weigel.

Eu o olhei. Seus olhos eram intensamente azuis, muito azuis, e eu não sabia se existiam outros iguais ou comparados àqueles.

— Hum? — Virei a cabeça de lado.

— Pede conselhos à sua mãe para não arruinar o seu encontro com o Matthew. Ela é psicóloga, aposto que pode te ajudar — ele me aconselhou, fazendo o sinal de aspas na palavra "encontro".

— Como você sabe que minha mãe é psicóloga?

Ele ficou me olhando durante alguns segundos junto com um sorriso que eu não conseguia decifrar: brincalhão ou sarcástico. Passou a ponta da língua sobre o lábio inferior e, levantando-se do gramado, concluiu:

— Só me mandaram para a diretoria.

CAPÍTULO 6

Mais uma vez estávamos na arquibancada. Eu com o meu sanduíche na mão e ele com um pacote de pipoca. Eu me perguntava se tinha sido uma boa ideia deixar Zev com o resto do time na cantina para vir fazer companhia para Luke. Continuava sem ter a resposta.

— Você só vai comer pipoca? — perguntei, deixando de lado o guardanapo que cobria o meu sanduíche.

— Sim, por quê?

— Não acha que é... pouco saudável?

Ele sorriu, achando engraçado.

— Comer pipoca não é a única coisa pouco saudável que eu faço na vida, Weigel.

Eu o olhei com os olhos semicerrados. Luke manteve sua expressão, divertido, à espera da minha resposta. No entanto, não saiu nada da minha boca. Hoje eu não estava tão tagarela como de costume.

— Bem, na verdade, comer pipoca não é tão pouco saudável assim — mencionou ele, chamando minha atenção. — Quando a pipoca é natural, tem seus benefícios para o sistema cardiovascular.

— Isso é verdade? — duvidei.

Luke mordeu o seu lábio inferior, divertido, e insistiu.

No princípio, eu estava cética, definitivamente não acreditava em alguém que não ia às aulas. Ele não tinha cara de ser um garoto que lesse artigos científicos ou um simples quiz com fatos curiosos.

— Você não acredita em mim — afirmou ele. — Não te culpo, mas saiba que às vezes eu memorizo informações sobre assuntos inúteis. Acho divertido perder tempo lendo por aí pela internet coisas sobre cinema, televisão e música...

Ele deu de ombros e depois olhou ao seu redor. Ao certificar-se de que não havia ninguém ali, tirou o maço e pegou um cigarro para acender.

Para ser sincera, no começo, pensei que estar com o Luke não seria uma ideia tão ruim assim, quer dizer, que ele não fumaria na minha frente, talvez por desconforto ou por falta de confiança em mim. Errei. Ele continuava sendo uma chaminé de duas pernas.

Virei o rosto para respirar por um segundo e voltei a olhar para ele.

— Música — retomei a conversa —, que coisas inúteis você sabe sobre música?

Ele levantou um pouco o queixo e soltou a fumaça lentamente.

— Anos atrás, uma música de rock só podia durar três minutos — murmurou pensativo.

— Por quê?

— Por causa dos discos de vinil, sabe o que são?

— Sim, Luke — grunhi, diante da pergunta.

— Tá bom, não me culpe — defendeu-se ele —, você me obriga a te perguntar essas coisas, porque me disse que nunca ouviu falar de algumas das bandas que eu te mostrei. Enfim, eram tempos em que não dava para gravar mais do que cabia em cada um dos lados.

Ele deu outra tragada no cigarro.

— É... interessante. Por um instante, eu achei que devia ser porque a duração poderia causar tédio.

— Tédio em quem?

— Em mim.

— Obviamente você não conhece muito de música — brincou ele.

— É verdade, não muito, mas mais de quatro minutos pode virar uma tortura — eu o informei.

— Isso é porque você ainda não conhece música boa. — Ele bateu o cigarro para remover a cinza e pigarreou antes de continuar. — Você só precisa... de um bom guia.

— E você vai me guiar? — perguntei.

Luke ficou me olhando durante vários segundos e pude ver como o canto dos seus lábios se elevou um pouco, porém, rapidamente, ele balançou a cabeça, escondendo o gesto.

— O quê?

— Nada — disse e, em seguida, afastou o cigarro para jogá-lo no degrau de baixo e apagá-lo com o tênis. — É só que esta merda não tem mais o mesmo gosto.

Fechei a cara e fiquei confusa diante da sua drástica mudança de assunto. Não sabia se devia lhe perguntar sobre a sua tentativa de esconder aquele sorriso de mim ou sobre o seu comentário a respeito do cigarro. Pensei melhor e decidi pela segunda opção, afinal a primeira não tinha mais sentido depois de tudo.

— Se tem um gosto diferente, por que você continua fumando?

Minha voz saiu baixa e tranquila, mas sem perder aquele tom de confusão.

— O efeito é maravilhoso.

E aí estava o seu lado brincalhão, como se a sua resposta fosse concisa e clara diante da minha pergunta. Ele não se importava em nada com o que eu pensava ou se eu tinha entendido bem a que ele se referia, apenas... eram ele e aquele gênio tão... despreocupado diante de algumas coisas.

— Ele faz você sentir como se estivesse voando — acrescentou.

De repente, seu rosto ficou sério e com o olhar perdido, como se seus pensamentos estivessem longe daquele lugar ou daquela conversa que estávamos tendo.

Em silêncio, olhei ao meu redor e sorri parcialmente.

Eu tinha que admitir que estava começando a gostar da companhia daquele garoto, desde que deixasse de lado aquela pequena ironia e, às vezes, o caráter doentio que ele apresentava nos momentos em que estava de mau humor.

Luke me chamava de "seu chiclete", porque eu não me desgrudava dele, ou era o que ele tinha dito no dia anterior. Havia duas semanas que tínhamos começado a conversar e eu ainda não sabia muitas coisas – bem, quase nada – sobre ele , que só falava e reclamava de tudo que odiava. Se alguém era bom em reclamar, era ele.

— Qual é a sua última aula amanhã? — perguntou ele de repente, tirando-me completamente da minha bolha pensativa e me obrigando a olhá-lo.

Seus olhos azuis estavam sobre mim, esperando a minha resposta.

— Estudos Sociais, por quê?

Por um segundo, pensei que ele responderia como eu fiz, pelo jeito que os seus lábios abriram, mas não foi assim, porque ele fez exatamente o contrário.

E talvez tenha sido uma das primeiras coisas dele com as quais eu me acostumei.

— Tenho que ir — anunciou ele, levantando e pegando a sua mochila para descer a arquibancada.

Embora eu pudesse questionar a sua atitude, soube que não tinha sentido fazer isso. O silêncio foi o meu aliado, e mais uma vez fiquei ali no mesmo lugar, observando como ele se afastava e eu o perdia de vista.

Luke me dava a sensação de que algo nele estava mal e bem ao mesmo tempo, e eu não sabia se devia me preocupar com isso.

CAPÍTULO 7

Eu reclamava em voz baixa enquanto empurrava as portas pesadas da cafeteria. O cheiro da comida embrulhou meu estômago e evitei fazer contato visual com qualquer desconhecido para que ninguém reparasse em mim, por causa da vergonha involuntária que sentia cada vez que isso acontecia comigo.

Cheguei à mesa onde estavam Zev e Neisan e me sentei.

— Pensei em propor ao treinador tirar o Xavier do time, estou falando sério. — Escutei Zev resmungar, com a testa franzida e irritado.

— Você sempre diz isso e depois acaba se arrependendo — reclamou Neisan, engolindo a sua fritura. — Eu não suporto mais isso, que coisa chata.

— Não, não, desta vez eu vou falar, quando a aula acabar vou procurar o treinador e explicar minhas razões. Estou cansado de ele não entender o que é trabalhar em equipe; ele nem vem nos treinos, o treinador tem que saber!

— Mas ele sempre acha uma desculpa. — Neisan revirou os olhos. — Eu não gosto nada dele.

Meus lábios se fecharam e eu fiquei quieta escutando aquela discussão entre o capitão e o vice-capitão. Eu conhecia o Xavier, não tanto como Dylan e Daniel, mas já tinha trocado uma ou outra palavra com ele.

— Por que você não está me apoiando? — Zev dirigiu-se ao seu melhor amigo.

— Eu estou, mas quem toma as decisões para serem levadas ao treinador é você. Eu sou só o vice-capitão — respondeu Neisan, dando de ombros. — Não preciso te dizer que você tem o meu apoio, né?

Zev fechou a cara e deu um soco no peito do garoto, fazendo com que ele reclamasse.

— O que eu disse?

— Vou pensar em trocar o vice-capitão — sibilou Zev.

— Que idiota! — ele o insultou. — Você sabe muito bem que eu... Neisan quis continuar, mas eu o interrompi.

— Por que vocês vão expulsar ele? — perguntei, me metendo na conversa deles.

Meu melhor amigo voltou-se para mim, não sem antes oferecer um olhar de cumplicidade ao outro garoto.

— Porque ele é um péssimo companheiro de equipe, só foi a dois treinos este mês e quando vai é só para reclamar da minha liderança. Além disso, ele não segue as regras — respondeu, soltando tudo de uma vez sem respirar.

— E cria problemas — acrescentou Neisan.

Zev fechou a cara e virou de frente para mim.

— Acho que então ok, claro — murmurei, sem muito mais o que dizer.

— Você já comeu? — perguntou Zev. Fiz que não. — Então compra alguma coisa para comer, depois você fica reclamando que o seu estômago está doendo e sou eu quem tem que te aguentar o resto do dia até você chegar em casa.

— Meu Deus, você também é muito chato. — Suspirei.

— Sim, ele também é — reafirmou Neisan.

— Vocês dois — disse ele, irritado — vão fazer meus cabelos brancos aparecerem mais rápido, sabia?

— Vou comer depois, tá? Tenho aula em uns minutos e não quero chegar atrasada de novo. Só vim te dizer que eu talvez não vá ao treino esta tarde porque preciso terminar umas tarefas. Estou passando por uma fase difícil com o professor Hoffman.

— Despois da aula você vai para a sua casa?

— Vou, vou sozinha. Não se preocupa comigo, mas preciso chegar cedo.

— Só me avisa, certo?

— Pode deixar, pode deixar — falei, me levantando. — A gente se vê, garotos. Boa sorte no treino e no complô para expulsar o Xavier do time.

— Até mais — ele se despediu e eu me afastei.

— Se cuida, Hasley! — A voz de Neisan se elevou para que eu conseguisse escutá-lo. Eu ri daquilo e saí do refeitório.

Andei pelo corredor até o meu armário e tirei as coisas de que eu iria precisar na minha próxima aula. Odiava Geografia, não entendia por que tinha que estudar se não ia precisar para o trabalho. Tinha coisas na escola que eu ainda não entendia e, provavelmente, nunca entenderia.

No final do dia, recebi o glorioso som do sinal como uma melodia perfeita. Levantei a cabeça, que estava deitada sobre o livro aberto com a imagem de Henry Parkes.

— Desculpa — murmurei.

Guardei tudo rapidamente, tanto que não liguei quando a capa do meu caderno estragou ao dobrar-se um pouco. Com a ponta do pé, empurrei a cadeira para sair da sala e, quando eu passava a alça da minha mochila por cima do meu ombro para que ela ficasse de lado, sem querer, trombei com alguém.

— Humm, eu... sinto muito — pedi desculpas, levantando o olhar.

Senti a boca secar, e ao mesmo tempo meu coração começou a bombear sangue numa velocidade incrível.

— Tranquilo — disse Matthew e deu uma risadinha.

Engoli em seco ao ouvir a sua voz suave como se fosse um veludo acariciando os meus ouvidos e senti minhas bochechas arderem de vergonha. Seus olhos verdes cruzaram com os meus. Foram segundos que senti como se fossem horas até que percebi que o olhava como se ele fosse uma obra de arte sem pudor algum.

— Pelo visto, o destino me escutou — mencionou ele, sem esconder o sorriso. — Estava pensando em você agora há pouco, te juro que estava.

O quê? Não sei se tinha escutado bem ou se era apenas a minha cabeça brincando comigo, mas aquilo só me deixou ainda mais nervosa do que das outras vezes.

Pisquei, confusa e emocionada.

— Em mim? Por quê?

Tive sorte de minha voz não tremer, porque podia jurar que as minhas pernas tremiam.

— Queria te fazer um convite. — Matthew coçou a nuca, pensativo. — Bem, não sei se você vai querer, mas talvez gostasse de ir comigo em um lugar novo de comida mexicana que abriu aqui perto — propôs. — Não sei se você já terminou a aula, mas posso te esperar, ou se você já comeu, o que eu também posso entender.

Não podia ser real. O que ele estava me dizendo tinha que ser... Ah, meu Deus! Matthew estava me convidando para sair.

A alegria que me preencheu me fez sentir um frio na barriga. Eu não podia acreditar que de repente Matthew tinha se dado conta da minha existência um dia e, no outro, me convidava para sair. Não sabia se ele realmente tinha notado a minha presença alguns dias ou algumas semanas antes. Eu era a melhor amiga de Zev Nguyen, e Luke era um exemplo claro de que ele talvez soubesse quem eu era.

— Ah, sim. Já terminei a aula, e fica tranquilo... Eu ainda não comi — respondi sem pensar e logo me arrependi.

Ele dissimulou uma gargalhada e as minhas bochechas não demoraram em arder. Não tinha sido uma boa ideia fazer aquele último comentário, pelo menos não daquele jeito.

— Então saímos os dois ganhando, bom saber. Espero que você não se importe, mas eu vou deixar os meus livros no meu armário e venho te pegar. Te vejo no seu?

— Claro, a gente se vê lá daqui a alguns minutos. — Sorri.

Ele assentiu em aprovação e virou-se para andar pelo corredor. Expeli o ar dos pulmões e corri direto para o meu armário. Dentro de mim, borbulhava um montão de emoções, eu ainda não tinha assimilado o que tinha acontecido comigo havia alguns minutos. Meu Deus!

Preferi guardar tudo de que eu não ia precisar e peguei apenas o necessário para fazer as tarefas de casa. Ao fechar o armário, eu me assustei ao ver Luke apoiado de lado, olhando fixamente para mim.

— Caralho, Luke — praguejei, levando a mão ao peito. — Você me assustou.

— Weigel — ele me chamou.

— O que você quer?

— Eu queria te mostrar uma coisa.

Ele deu de ombros.

O fato de que ele tivesse minimizado a importância da pergunta me levou a fazer o mesmo.

— Pode ser outro dia? — roguei, suplicando dentro de mim para que ele não mostrasse o seu lado chato.

— Por quê? — Quis saber ele, girando a sua cabeça.

— Hoje eu não posso.

Olhei para os dois lados do corredor assegurando-me de que Matthew não estivesse perto da gente e presenciasse aquela cena entre mim e ele.

— Você está esperando alguém? — perguntou ao perceber os meus olhares.

— Talvez.

— E quem é?

— Você se importa?

Ele franziu os lábios e pensou.

— Acho que sim. Vai! Eu te prometo que vai ser rápido.

Suspirei. Eu não tinha ideia do que fazer, talvez fosse uma boa oportunidade de passar mais tempo com ele, mas, da mesma forma, foi Matthew quem me convidou para sair. Nenhuma das duas coisas costumava acontecer todos os dias.

— Luke, é sério, eu não posso — supliquei.

— Vai, quem você está esperando?

Quis responder e lhe propor algo melhor para amanhã ou outro dia qualquer; no entanto, fiquei com a palavra engasgada na garganta porque outra pessoa respondeu por mim.

— Já está pronta, Hasley? — perguntou Matthew na nossa frente.

Luke levantou uma das sobrancelhas, entendendo o que estava acontecendo.

— Ah, eu...

O balbucio me deixou nervosa.

— Claro que está — Luke falou por mim. — Não é mesmo, Weigel?

Dirigi meu olhar ao garoto loiro, implorando-lhe que não falasse mais nada na frente do menino de quem eu gostava. Seria muito injusto de sua parte fazer isso. Ele sabia que eu gostava de Matthew.

Mas eu engoli as minhas palavras, porque Luke moveu os olhos, sinalizando na direção de Matthew para me dar o empurrão para responder. Ele tinha percebido que eu estava paralisada e que precisava de ajuda com urgência.

— Sim, estou.

— Que bom.

Matthew arqueou as sobrancelhas, feliz.

Depois disso, nós três ficamos em silêncio, e eu me perguntei a razão pela qual Luke não ia embora ou nós não nos afastávamos dali. O clima ficou tenso, e eu fiz meu primeiro movimento, ficando ao lado do garoto ruivo.

— Você fuma? — Luke perguntou a Matthew.

Juntei as sobrancelhas, desorientada.

— Hum? Sim, como... como você sabe?

— Dá para ver o maço saindo do seu bolso — explicou ele. — Weigel não gosta do cheiro de tabaco.

Eu o olhei incrédula e aflita. Era muita hipocrisia da parte dele. De todas as pessoas, a última que poderia dizer isso era ele.

— É verdade? Eu não tinha ideia — ele se desculpou, empurrando mais para o fundo o maço que estava no bolso da frente da jaqueta.

— Claro, você acaba de conhecê-la — explicou Luke, coçando a ponta do nariz.

Eu o mataria com as minhas próprias mãos se pudesse. Como ele podia ser tão cínico assim? Nós também tínhamos acabado de nos conhecer, fazia menos de um mês!

— Chega — pedi. — Não sou alérgica e também não me importo. Depois de um tempo se torna suportável, né, Luke?

Eu me incomodava com a fumaça quando ele fumava, além de ser um pouco insuportável toda vez que ele fazia isso na minha presença por causa da sua postura. Ele se divertia com o meu mau humor e as minhas caras de nojo.

— Ei, se você não gosta, pode me falar.

— Não tenho nenhum problema com isso — insisti.

O barulho de um celular, o de Matthew, nos interrompeu. Ele pediu desculpas e foi atender a uma distância considerável dali. Eu olhei brava para Luke, que, ao contrário de mim, estava sério, e ele aproximou-se e sussurrou perto do meu ouvido.

— Você é patética.

— Shhh, cala a boca, Luke — grunhi e o afastei com uma das minhas mãos. — Você não está me ajudando, se é que ao menos está tentando.

Ele revirou os olhos e apontou para mim.

— No sábado você vem comigo — disse.

Não foi uma pergunta nem uma proposta, apenas soou como uma ordem.

— Quem você pensa que é? Acha que eu tenho que te obedecer?

— No sábado você vem comigo — repetiu. — Promete, Weigel.

— Não.

— Promete.

— Luke — falei.

— Weigel.

Seus olhos, junto com o tom da sua voz ao pronunciar meu sobrenome, criaram uma sensação estranha. Suspirei cansada e concordei.

— Eu prometo — murmurei. — Agora você pode ir?

Ele quis tomar a palavra, mas não conseguiu porque Matthew voltou para junto de nós.

— Era o treinador — disse, mostrando o seu celular. — Com as datas dos jogos.

Luke se aproximou de mim e o seu nariz moveu meu cabelo.

— Dando explicações como se alguém tivesse pedido — sussurrou, quase inaudível, para que apenas eu o escutasse.

Eu podia jurar que ele não gostava nada de Matthew, dava para ver no seu olhar e nas palavras pejorativas que ele usava para dirigir-se a ele. Agora eu entendia o primeiro comentário que ele tinha feito quando lhe confessei quem era a pessoa de quem eu gostava.

Respirei fundo e preferi terminar logo com aquilo.

— A gente se vê depois, Luke — eu me despedi.

Luke não respondeu e também não tirou seu sorriso egocêntrico do rosto. Enfiou as mãos nos bolsos da calça, passando ao lado de Matthew e, quando estava atrás dele, o observou de cima a baixo e depois olhou para mim. Então, limitou-se a balançar a cabeça e continuou seu caminho.

— Ele é um cara legal — disse, sarcástico.

— Sim, claro — ironizei.

Algo de que eu gostava no Matthew era que ele nunca tentava se meter em confusões e era uma boa pessoa, sempre levava as situações de forma relaxada e sem preocupações. Zero drama.

— Vamos? — perguntou.

Eu concordei, sorrindo, com uma postura segura e decidida.

Por um lado, eu me sentia mal porque indiretamente tinha repelido Luke, mas ele nem sequer tinha me informado: talvez, se tivesse dito antes, eu teria reconsiderado o pedido do Matthew, embora provavelmente tivéssemos tido o mesmo resultado.

CAPÍTULO 8

Luke me encarou assim que eu entrei na sala, acompanhando cuidadosamente cada um dos meus movimentos. Seus braços estavam firmemente flexionados atrás da sua cabeça enquanto apoiava as costas no encosto da cadeira. Eu suspirei e, com uma ideia idiota, me dirigi na direção em que ele estava para me sentar.

Ele levantou uma sobrancelha, mas não mencionou nada. Usava um gorrinho de lã bege que de alguma maneira me pareceu adorável, pois seus olhos se destacavam ainda mais com aquela cor. Ele transparecia uma imagem melhor do que realmente era, não aparentava ser aquele garoto resmungão e insuportável que só abria a boca para me irritar.

— Como foi o seu encontro com o Matthew? — ele foi o primeiro a falar.

Eu o olhei atentamente. Ele não estava perguntando aquilo, né? Ele não dava a mínima para a minha situação com Matthew, mas com Luke tudo era confuso.

— Tudo bem, foi muito legal ter saído — eu respondi, sem muitos detalhes.

— Só legal, mais nada? — insistiu.

— Acho que não é dá sua conta, Luke — murmurei sem chegar a um tom depreciativo.

Suas sobrancelhas se levantaram, e ele sorriu divertido.

— Tá bom — aceitou. — Vou parar de perguntar.

Reparei na jaqueta de couro que cobria seus ombros. Arqueei a sobrancelha, um pouco curiosa e confusa porque não estávamos na época de frio. Ao contrário, fazia calor e ele não usava muito aquele tipo de jaqueta.

— Por que você está usando isso? — perguntei, apontando com o dedo indicador para a roupa.

Ele me olhou ponderando um tempo e levantou-se, juntando as mãos em cima da carteira.

— Teve um acidente com a máquina de lavar roupas — respondeu Luke, para minha surpresa, e, como se não bastasse, fez um movimento rápido e baixou uma parte da jaqueta, mostrando-me uma mancha de tom rosado. Não consegui evitar, dei uma risada. — Coloquei uma meia vermelha na máquina quando lavava a roupa, isso me custou várias camisetas.

Sacudi a cabeça, achando ainda mais engraçado, e ele me deu um meio sorriso.

— Você nunca deve misturar a roupa colorida com a branca — indiquei. Ele deu de ombros e mordeu os lábios. — Você sabe disso, né?

— Eu sei, mas é que eu me confundi. Caiu sem querer e eu fodi toda a roupa.

Eu gostava de pensar em Luke como uma pessoa independente, curtia muito a ideia. Ainda que parecesse que ele não precisava da ajuda de ninguém – ou, melhor, não quisesse –, de vez em quando, ele a pedia.

Sua voz ao meu lado me fez virar para olhar para ele.

— Preciso do seu endereço.

Pisquei sem entender.

— Meu endereço? Para quê?

Ele se aproximou do meu rosto, ficando a uma distância curta. Aquilo me incomodou.

— Você acha que eu vou chegar em um passe de mágica na sua casa? — Aquele tom rouco me fez sentir uma pequena sensação elétrica na nuca. Ainda sem entender, permaneci olhando para ele. — Você esqueceu?

— O quê?

— Você esqueceu.

Luke se afastou e voltou a apoiar-se contra o encosto da cadeira, arrastando-a para trás para poder esticar as pernas longas embaixo da mesa. Sua expressão mudou para uma séria. Ele fechou a cara e passou as mãos pelo rosto. Suas olheiras eram visíveis, aquele tom avermelhado um pouco escuro destacava-se na pele, e, no entanto, o azul elétrico dos seus olhos permanecia com brilho.

Ele brincou com seu piercing de metal no lábio e bocejou.

— Você prometeu sair comigo no sábado — explicou ele, olhando sem expressão para mim. — Amanhã, Weigel.

Sua lembrança, obrigando-me a prometer que eu iria sair no sábado com ele, veio à minha mente.

Que droga!

— É verdade. — Eu sabia. — Você vai passar para me pegar?

— Você não saberia chegar mesmo se eu te dissesse o local.

— É alguma espelunca? — brinquei. — Dessas onde tem muita gente tatuada, fumando e, quando já estão muito bêbados, terminam resolvendo os seus problemas com canivetes, tipo isso?

Ele fechou a cara.

— Você vê muitos filmes, né?

— Estou buscando informação — corrigi. — Então... é isso?

— Não — respondeu ele.

— Como eu sei que é verdade? — contestei.

— Weigel, você confia em mim? — perguntou.

Que tipo de pergunta era aquela? A resposta era muito óbvia.

— Não.

— Excelente.

E ele começou a gargalhar.

Eu não entendia o seu riso, mas tinha sido sincera. Só o conhecia havia algumas semanas e não tinha quase nenhuma informação sobre ele: apenas o seu mau humor, a sua música e os seus cigarros. Ah, também que ele não sabia lavar roupa.

Luke levou a ponta dos dedos ao canto dos lábios. Escutei ele grunhir, e, em poucos segundos, a parte posterior do seu lábio, onde estava o piercing, começou a sangrar.

— O que você fez? — Ofeguei, horrorizada.

— Costuma ficar ressecado, é normal — comentou ele, passando o dorso da mão pelo lábio machucado. — Você vai me dar o seu endereço?

Hesitei, mas no final cedi. Tirei da mochila uma folha de papel e um lápis para anotar o endereço. Enquanto escrevia, pude sentir o olhar de Luke sobre mim.

— Aqui está, espero que não se perca. — Entreguei para ele. Ele me olhou com um sorriso triunfante e pegou-o. — A que horas você vai me buscar?

— Vamos ver.

Ele pegou o celular e começou a procurar algo. Qualquer um pensaria que ele estava me ignorando; ainda assim, preferi manter a calma.

— Às cinco da tarde, pode ser? — perguntou ele.

— Ok — afirmei.

— Weigel, nem um minuto a mais, nem um minuto a menos. Sou muito pontual.

Enquanto ele piscava um olho para mim, eu revirava os dois.

A professora Kearney entrou com seus lábios vermelhos e cumprimentou a todos. Aquela mulher ruiva com sardas era invejavelmente linda e jovem. Dois garotos tinham sido mandados para a diretoria por desrespeitá-la, e outro grupo de pequenas cabeças-ocas cochichava seus comentários desagradáveis pelas costas dela.

Eu me virei para Luke para ver se ele fazia parte daquele grupo, mas apenas mantinha aquele olhar vago característico para a frente, tentando prestar atenção no que a professora estava explicando. De forma automática, um sorriso se abriu em meu rosto e preferi continuar com a aula.

***

Pedir autorização à minha mãe, estando de castigo, foi um superdesafio. Depois de duas horas implorando pelo celular, ela concordou a contragosto, dizendo que só me autorizaria daquela vez e que não haveria uma próxima. Gritei como uma garotinha quando ela disse sim e lhe respondi com muitos "eu te amo", que ela ignorou.

Eu estava procurando o pé do meu tênis debaixo da cama. Achava inacreditável que eu conseguisse perder as coisas dentro da minha própria casa, tinha certeza de que eu era muito descuidada e que os adjetivos que o Luke me atribuía eram verdadeiros.

Na hora que levantei a cabeça, não prestei atenção na beirada da cama e bati com tudo.

— Ai, ai — reclamei, esfregando a área dolorida.

Era tudo culpa de Luke. Se ele não tivesse me dito para ser pontual, eu não estaria procurando que nem uma louca, apressadamente, o tênis. Faltavam quinze minutos para as cinco, e eu estava mesmo muito nervosa. Eu me rendi, me jogando na cama e olhando para o teto. Meu celular soou, avisando que tinha chegado uma nova mensagem. Eu ia ler quando a campainha tocou.

Não podia ser Luke, ainda faltavam alguns minutos para a hora marcada, e também não podia ser Zev.

Fiquei de pé incomodada e caminhei até a porta de entrada para abri-la. Revirei os olhos ao ver quem era.

— Também fico muito feliz em ver você — zombou ele.

— Cala a boca, Luke — pedi. Ele apenas riu. Quis dar um passo à frente, mas, rapidamente, eu o impedi ao ver que ele tinha um cigarro na mão. — Você não pode entrar com isso na minha casa, isso fede!

Luke levantou as mãos em forma de inocência e deu um passo atrás. Em poucos segundos, percorreu o meu corpo com o olhar parando nos meus pés.

— Adorei as meias da Pucca — zombou.

— Pelo menos eu não coloco junto com a roupa branca — ataquei, e ele me deu um sorriso tímido. — É possível perder um pé do tênis dentro da própria casa?

— Bem, em se tratando de você...

— Melhor... você, shhh, não falar nada — mandei, irritada.

— Não é aquele que está debaixo do vaso vermelho no chão?

Olhei para Luke, que apontava para as tulipas que estavam no canto, perto da escada. Rapidamente, corri para pegar o tênis e calçá-lo. Olhei para cima e os meus olhos se arregalaram ao vê-lo dentro da casa.

— Eu falei para você não entrar com isso! — gritei.

Depois de discutir um pouco com Luke a respeito daquilo, acabamos saindo da minha casa. Ele me disse que iríamos da maneira tradicional, ou seja, andando. Eu reclamei um pouco e ele me ignorou, deixando completamente no ar a minha proposta de pegar um táxi e encurtar um pouco o caminho. Gritei que aquilo era mais fácil para ele por causa das suas malditas pernas, que eram muito longas, e Luke levou na brincadeira.

— É muito longe? — perguntei com a intenção de irritá-lo ainda mais. Ele deu um suspiro, mas não se dignou a me responder.

Tínhamos andado muito e, segundo ele, já estávamos perto. Depois de alguns minutos, ele me puxou pelo punho me tirando do caminho.

— Entramos aqui.

Luke apontou para uma abertura em um muro de madeira feio e sujo.

— Tem certeza? — duvidei.

— Vem, Weigel — apressou-me, encorajando-me. Não muito decidida e sob pressão, fiz o que ele pediu. — Agora fecha os olhos.

— O quê?

— Sei que você não confia em mim, eu te entendo — disse. — Mas eu juro que não vou te machucar. Apenas feche os olhos e abra quando eu te disser, pode ser?

Respirei fundo e fechei os olhos. Senti Luke me pegando pelos ombros e me indicando o caminho. Arrepiei toda com o seu toque e não sabia se era por causa do nervosismo ou do medo que eu sentia a cada passo que eu dava. Luke se afastou de mim e entrei em pânico por alguns segundos, embora ainda pudesse ouvir seus passos.

Calma, calma.

— Ok, abra os olhos — indicou. Descrente, minhas pálpebras abriram-se lentamente e fui incapaz de falar qualquer coisa quando vi. — Bem-vinda ao boulevard dos sonhos despedaçados, Weigel!

Minha boca abriu-se completamente. Estávamos em um lugar que se parecia com um beco. E não, não um qualquer; ali estava cheio de densas árvores coloridas e jacarandás. Havia outras verdes com folhas vermelhas e o chão era feito de areia e um gramado verde brilhante que parecia artificial. Um lugar perfeito, quase surreal.

— Uau — articulei, sem ter muito mais o que dizer.

— Eu sei.

Luke riu.

— É muito... lindo.

Luke me pegou pela mão para que eu seguisse adiante.

— Ainda tem mais, esta é só a vista daqui.

— São jacarandás?

— Sim — respondeu. — Olha, quando a lua se põe em cima daquela árvore — ele apontou para uma que parecia a mais alta de todo o beco —, a sua luz é projetada naquele cristal que está pendurado na grade, e essa árvore cria as cores de um lindo arco-íris.

Isso me lembrou o desenho da camiseta dele e me levou a uma viagem ao passado, à aula de Física. Meus olhos observavam tudo, surpresa que aquele lugar existisse, mas, sobretudo, de ter sido ele a me mostrar.

Eu queria saber mais.

— Como você conhece este lugar? — perguntei, balançando as nossas mãos durante alguns segundos. Luke não deu muita importância àquilo, continuava com o olhar perdido ao seu redor.

— Eu vinha com o meu irmão todos os domingos ou quando os nossos pais brigavam — mencionou, dando de ombros.

— Vocês não vêm mais?

Sim, eu perguntava demais. No entanto, ele não podia me culpar; não podia me mostrar tudo aquilo, me contar sobre a sua vida e esperar que eu ficasse calada.

Soltou nossas mãos e eu me senti estranha.

— Só eu.

— E o seu irmão? — perguntei.

— Ele não está mais aqui. Se foi.

Se foi? Para onde?

Essas foram as primeiras perguntas que quis fazer, mas tive que morder a língua para impedi-las de sair. Eu não queria enchê-lo de perguntas, não era da minha conta: eu estava interessada, mas não lhe obrigaria a responder se ele não quisesse me dar explicações.

Por isso, mudei de assunto.

— Como você disse mesmo que este lugar se chama?

— Boulevard dos sonhos despedaçados. Se você conhecesse uma das bandas que eu te mostrei, saberia que eu peguei o nome de uma música.

— Não é hora de jogar isso na minha cara — grunhi.

— Não estou jogando. — Ele enfiou as mãos nos bolsos da calça e deu de ombros. — Não é um nome bonito?

— É. — Fiz uma pausa. — Lindo. Se foi você quem deu o nome, quer dizer que este lugar não tem nome?

— Não, não tem, nem sequer aparece no GPS.

Agora eu entendia por que ele tinha me dito que, se me desse o nome, eu não conseguiria chegar. Nem saberia para onde ir.

Luke começou a caminhar e eu o segui. A cada passo que dava, eu gostava ainda mais dali. Ainda não tinha conseguido assimilar o quanto era bonito: as árvores, o gramado, as flores, as cores, tudo era deslumbrante. O nome repetia-se na minha cabeça e deixou aflorar outra das minhas tantas dúvidas.

— Luke — eu o chamei —, por que um lugar tão lindo teria como nome a palavra "despedaçados"? Não deveria ser exatamente o contrário?

Ele virou-se para mim e a profundidade do seu olhar me obrigou a parar.

— É uma excelente pergunta. Quando um sonho morre, alimenta o boulevard.

— Não entendo.

— Quando um dos seus sonhos for destruído, você entenderá.

E terminei como no início: imersa em dúvidas.

O barulho do meu celular, indicando que alguém me ligava, obrigou-me a sair da minha bolha. Peguei-o para atendê-lo.

Zev.

— Oi.

— Cadê você? — Foi a primeira coisa que ele disse.

— Saí. Aconteceu alguma coisa?

— Hasley, hoje às seis é o jogo do Matthew.

— O quê?

Minha voz soou incrédula.

— Onde você está? Eu te mandei uma mensagem.

E lembrei que o telefone tinha soado e que Luke havia me interrompido tocando a campainha. Observei durante alguns segundos o garoto, que me olhava com a sua expressão tão comum: inexpressiva.

— Eu te ligo mais tarde — desliguei e me aproximei de Luke, nervosa.

— Hoje é o jogo do Matthew.

— Ah. — Ele sorriu. — Hasley, se quiser, você já pode ir. Eu só queria te mostrar este lugar.

— Sério?

— Claro. Você gosta dele, é melhor ir.

— E se você viesse comigo?

— Para ver uns idiotas se divertindo em humilhar outros? Não, obrigado, eu passo.

— Você não se diverte com a desgraça alheia?
— Sim, mas isso é diferente.
— Diferente?
— Só vai.

Mordi o lábio e preferi não falar mais nada. Eu me virei e comecei a traçar o meu percurso pelo mesmo caminho por onde tínhamos vindo. Sentia uma pequena pressão no peito e não sabia dizer o que era. Antes de sair do beco, virei-me de frente para Luke, que estava de costas. Meu telefone vibrou de novo, peguei-o para atender. Sabia que era o Zev.

— Hasley? — A voz dele se projetou do outro lado da linha telefônica.

Eu continuava olhando para Luke e uma parte de mim se remexeu. Eu não podia fazer isso com ele. Não quando ele estava se abrindo daquela maneira comigo, um pouco... mais diferente. Não é que ele fosse a melhor pessoa no mundo com quem eu quisesse passar um dia inteiro, suportando o seu mau humor, mas, no fim das contas, Luke não era o que eu pensava nem o que falavam dele pelos corredores.

E apenas, quem sabe, eu poderia ficar ao lado dele.

— Eu não vou, diz para o Matthew que eu sinto muito.

E desliguei.

Enfiei o celular no bolso do jeans e corri em direção a Luke com o coração na garganta, a respiração ofegante e o batimento cardíaco acelerado.

— Howland! — gritei. Luke deu meia-volta e mostrou-se confuso. — Eu não vou sair daqui antes de ver o reflexo da lua.

Ele apertou os lábios, tentando conter um sorriso.

— Você é meio patética, sabia?
— Eu sei, mas esta patética vai ficar com você hoje, tá?
— Tenho outra opção?
— Você não quer — murmurei.
— Talvez não.

Sorri sem disfarçar, e ele fez um sinal com a cabeça para começarmos a caminhar juntos. Eu tinha recusado uma vez, não podia fazer isso de novo. Além disso, haveria outros jogos para ver.

Debaixo daquele céu azul, nós dois em silêncio, com o vento bagunçando o meu cabelo, Luke começou a falar para quebrar o silêncio.

E aquela conversa fez com que eu o sentisse mais humano, e um não sei o quê dentre tantos em nossa história.

— Obrigado — sussurrou ele.

— Por quê?

Vocês já viram aqueles olhares cúmplices que parecem tocar o coração da outra pessoa? Foi o que ele me deu naquele momento, como se nós dois quiséssemos estar ali.

— Por não me deixar sozinho.

CAPÍTULO 9

Eu me encontrava imóvel debaixo do corpo de Zev, que me esmagava no gramado do campo do colégio. Como todos os domingos, ele devia estar treinando com o time, mas todos estavam deitados tomando um pouco de água. Embora, bem, se justificasse, porque eles já tinham repassado o primeiro tempo. É assim que se fala?

— Sério, você está fedendo muito — reclamei de novo.

— É o seu castigo por não ter ido ao jogo do Matthew — grunhiu ele e balançou o cabelo, fazendo com que umas gotas de suor caíssem no meu rosto.

Eu podia sentir o suor do meu melhor amigo e queria desmaiar até acordar quando ele saísse de cima de mim. Ele estava mais indignado do que o próprio Matthew por eu não ter ido ao jogo. O garoto ruivo nem sequer tinha percebido, e era Zev quem estava fazendo um drama a respeito disso.

— Eu não consegui, desculpa!

— Eu te pedi para me dizer o motivo, mas você não diz. Parecia que vocês eram um casal!

Fiquei imaginando Zev torcendo por Matthew da arquibancada, e a cena tornou-se tão engraçada na minha cabeça que comecei a rir. Talvez outro dia eu tivesse a oportunidade de vê-lo e de rir enquanto gravava aquele espetáculo.

— É sério, eu ia, mas circunstâncias me impediram.

Fiz uma careta.

Depois de ter dito a Zev que eu não poderia ir, acabei me arrependendo, pois Luke estava de péssimo humor. No entanto, o que ele havia contado sobre a lua era verdade, acho que nunca tinha visto nada tão lindo quanto aquilo. Ele acabou retomando a conversa sobre o nome do lugar e fiquei sabendo que era por causa de uma música do Green Day. Também disse que me convidaria para uma viagem à música boa qualquer dia desses. Então, o seu humor ficou infernal quando, finalmente, tive coragem de falar sobre as marcas no seu punho.

Eu não deveria ter feito aquilo...

— Nguyen! — A voz do treinador fez com que Zev saísse de cima de mim. Os outros do time se levantaram na mesma hora. — O que vocês estão fazendo, cambada de inúteis? Mexam esses traseiros e comecem a treinar! Vocês têm que ganhar uma partida na próxima semana, preguiçosos! — Ele sempre os chamava assim e eu sempre terminava zoando com eles todas as vezes que ele gritava. — Nguyen!

— Já vou! — Zev me olhou, sussurrando: — Esse homem está louco!

— Nguyen, venha aqui agora!

— Eu já te disse que estou indo!

— Grite assim quando ganharmos!

Eu achava engraçada aquela relação dos dois: o treinador David gritava para Zev e ele gritava de volta. No entanto, acho que isso era algo que os fazia sentir-se bem e deixava os treinos mais leves.

O time da escola estava dividido em dois grupos: o capitão mandava no grupo A e o vice-capitão, no grupo B. Meu melhor amigo colocou uma faixa no punho e fez um sinal para seu grupo. Segundos depois, a bola saiu voando, fazendo com que todos começassem a correr. O treinador vinha em direção à arquibancada, na lateral do campo, onde eu estava sentada, e olhou para mim.

— Acha que vamos ganhar? — perguntou ele, antes de tomar um gole de água.

— Sim. — Balancei as pernas e coloquei o cabelo atrás da orelha. — Vocês sempre ganham.

— Halsey, você poderia me passar a mochila que está aí do seu lado?

— É Hasley, não Halsey — corrigi pela décima vez, passando-a para ele. Ele costumava inverter a ordem das letras "s" e "l" do meu nome, eu o odiava por isso, mas era algo a que eu tinha que me acostumar. Ele nunca mudaria.

— Eu sei, eu sei — disse ele, como de costume, balançando a mão para se afastar e parar os rapazes.

Minutos mais tarde, o garoto de cabelos cacheados castanhos se aproximou de mim, tirando a faixa. Estava tão suado que os seus cachos estavam grudados na testa.

— Eu te garanto que eu tenho o cheiro do Jones, nunca mais me deixe sozinho. — Fez um drama, voltando ao assunto.

— Ah, meu Deus, esquece isso!

— Nunca! Neisan e Dylan me zoaram. Senti muita vergonha, Hasley.

— Se eu te convidar para ir ao cinema, você me perdoa? — propus, desejando que ele deixasse de lado aquele drama.

— Eu posso pedir o que eu quiser?

— Combo completo.

— Perfeito. — Ele sorriu. — Depois do treino, então.

— Você está no seu direito, mas vai assim todo suado?

— Não seja boba, eu vou me trocar na sua casa — mencionou ele, mexendo no meu cabelo com uma das mãos.

Antes que eu pudesse reclamar, Zev virou-se e começou a correr em direção ao campo. O quê? Ótimo, minha mãe estaria em casa e viria com as suas perguntas incríveis sobre eu e ele termos uma relação e estarmos escondendo dos outros.

Eu amava a minha mãe mais que qualquer outra pessoa, mas ela tinha uma obsessão de que eu tivesse um namorado. Gostava da ideia de que meu melhor amigo e eu nos juntássemos, porque seria a história perfeita entre duas pessoas que se conheciam havia muito tempo e que confiavam uma na outra. Eu lamentava decepcioná-la, mas isso nunca aconteceria. Eu só tinha tido um namorado e por uma semana, havia um ano! Ela sonhava muito, e eu só queria sobreviver ao colégio.

Durante o treinamento, apenas observava como eles corriam seguindo a ordem em que tinham sido divididos: o grupo A atacava o B, e vice-versa. O treinador David ordenou que se aproximassem e começou a lhes explicar as táticas.

— Então... se tiver um adversário à sua direita, para quem você tem que passar? — perguntou o treinador outra vez.

— Para quem estiver atrás — respondeu Zev.
— Não, não e não! Para quem estiver à sua esquerda!
— Para o Jason?
— Não. Bom, sim... Não! Seja lá quem for, mas para o lado contrário ao que o seu adversário estiver.
— Seja lá quem for? E se for outro adversário?
— Quê? — perguntou o treinado incrédulo. — Zev!
— Desculpa, estou nervoso!
— E você ainda diz ser o capitão do time?
— Você que me nomeou!
— Então talvez eu tenha que trocar você!
Indignado, meu amigo abriu a boca.
— Você não pode fazer isso!
— Expulsei o Xavier, quer ser o próximo?
Ah, então eles tinham conseguido. Por que ele não havia me contado?
Olhei durante alguns segundos para Zev e sorri. Pelo menos já estava melhor do que antes. No fim, seus pais tinham se separado, estavam lidando com as questões legais e, aparentemente, compartilhariam a guarda. Ele havia se tornado um apoio para a mãe e os irmãos, mas eu tinha medo de que ele começasse a se sentir responsável por algo que não lhe cabia.
Zev Nguyen era uma boa pessoa, todos diziam. Ele era muito popular, mas sobretudo era carismático, risonho, alegre e de confiança. Eu gostava muito de ser a melhor amiga dele. Sem dúvida alguma, colocaria minhas mãos no fogo por ele se fosse necessário.

***

— Prometo voltar cedo! — gritei para a minha mãe antes de atravessar a porta.
Corri atrás de Zev, entrei no carro e fomos para o shopping. O caminho era um pouco longo, mas parecia curto, pois íamos conversando sobre qualquer bobagem que fosse surgindo, uma após a outra. As ruas estavam vazias e um pouco frias, o que era comum para um domingo. Normalmente, ficavam cheias de gente às sextas e aos sábados, porque as pessoas saíam à noite. Zev ia falando do entusiasmo e do nervosismo que ele estava sentindo por causa

do próximo jogo; sabia que o treinador e seus companheiros confiavam nele, e isso lhe colocava muita pressão.

— Quais filmes estão em cartaz? — perguntou.

— Na verdade, eu não olhei o site.

Tirei o moletom da cintura e o passei pelos braços.

Ele fez um barulho baixinho e, na sequência, uma careta que me fez rir. Caminhávamos na parte do shopping onde se encontrava o cinema; o cheiro de pipoca chegou até mim, fazendo com que eu sentisse vontade de comer.

— Eu definitivamente viraria gay pelo Adam Sandler.

Comecei a rir, imaginando Zev beijando uma foto do ator, e ele fez um gesto engraçado.

Meus olhos se dirigiram para a frente e lá estava ele, com aquele boné cor de café com um desenho amarelo. Eu não tinha a menor ideia de que Luke trabalhava no cinema, ao menos não desde que eu começara a frequentá-lo. Teria sido naquela temporada? Eu me lembraria se... Não, na verdade eu não me lembraria, porque nem sequer o conhecia no colégio até pouco tempo atrás.

Ao me ver, Luke tirou o boné, talvez com vergonha. Eu me aproximei dele, vendo que não havia muita gente no local.

— Eu não sabia que você trabalhava aqui — falei, em frente ao balcão.

— Bem, agora você já sabe, faço algo produtivo com a minha vida, Weigel.

— Desde quando? Não me lembro de já ter te visto aqui antes — continuei. — Você começou a trabalhar aqui há pouco tempo?

— Não tenho que te dar explicações, Weigel — respondeu ele, da pior maneira possível. — Vocês vieram por conta de algum reembolso, para consultar o saldo ou por alguma outra coisa?

Fechei os olhos para lhe mostrar que eu não tinha gostado da forma como ele havia respondido, mas ele me ignorou. Zev ficou ao meu lado e falou no meu lugar:

— Se eu tenho o cartão de convidado especial, o desconto "dois por um" pode ser aplicado? — perguntou, soando simpático.

— Você tem o cartão de convidado especial? — perguntei para Zev.

— Sim. — Ele pegou a carteira para me mostrar o cartão. — Consegui pouco tempo atrás com Neisan e Dylan.

Peguei-o sem pedir permissão e olhei para o garoto loiro.

— Depende, todos os dias tem promoções — continuou Luke. — Essa é aos sábados. Hoje é domingo; amanhã, segunda.

— Isso eu já sei — disse Zev. — Quero duas entradas para *Pixels*.

— Ok — respondeu Luke.

Apertei os dentes, um pouco irritada com o seu comportamento. Zev tinha sido gentil e em nenhum momento o seu tom de voz fora grosseiro, mas Luke se comportava exatamente ao contrário.

— Zev, por que você não vai indo na frente? — sugeri, sorrindo para ele.

— Tem certeza?

— É melhor não perder tempo. Enquanto eu pego as entradas, você escolhe algum combo, pode ser?

— Tá bom.

Meu amigo, não muito convencido, afastou-se contrariado.

Balancei a cabeça várias vezes para Luke e tirei o dinheiro para pagar-lhe. Ele sorriu para mim, sarcástico, e eu me preparei para ouvi-lo falar.

— É você quem vai pagar?

— Sim, bom, é o que acontece quando eu não compareço aos jogos aos quais Matt me convida.

Empurrei o dinheiro no balcão e ele o pegou.

— Olha que legal, você já deu um apelido para ele, Matt — zombou Luke. — Você é engraçada, Weigel, acho que eu já te disse isso antes, né?

Revirei os olhos e cruzei os braços, esperando que ele me desse as entradas.

— Às vezes você é muito insuportável, acho que eu já te disse isso antes, né?

Luke suspirou e se apoiou no balcão com as mãos, aproximando-se de mim.

— Se a minha presença te incomoda tanto, eu te informo que, de segunda a sexta, eu trabalho das seis às dez; aos domingos, da uma às seis.

— E por que o seu horário não está batendo hoje? — eu lhe perguntei.

— Já passou das seis.

— O funcionário deste turno está doente.

Olhei para trás para confirmar que não tinha mais ninguém esperando e, assim, não me preocupar em continuar falando. Luke, em um segundo, mudou o semblante a um de aborrecimento, como se odiasse o simples fato de estar ali naquele momento.

Bem, éramos dois.

— Você está mentindo — acrescentei.

— Não estou nem aí se você não acredita em mim. Isso é problema seu. Zev voltou para o meu lado.

— Já escolhi — avisou.

Luke me deu o troco junto com as entradas. Meu amigo pegou-as e eu guardei o dinheiro.

— Ei — disse Zev —, eu não pedi entradas para este filme.

— Ah, claro que pediu. — Luke sorriu falsamente.

— Não, não pedi.

— Sim, pediu sim — afirmou, apertando os lábios em uma linha tensa durante alguns segundos.

— Nenhum de nós dois pediu este, pelo menos eu não, e eu sei disso porque não gosto de filmes de terror. — Zev colocou as entradas em frente a Luke. — Eu detesto.

— Tudo bem, vocês podem trocar, mas com outra pessoa.

— Trocar coisa nenhuma, porque a gente não pediu estas — disse Zev em um tom alterado. — Eu te disse *Pixels*.

— Se você não está satisfeito, pode reclamar com o gerente. Agora, saiam da frente, que tem outras pessoas esperando — sibilou Luke.

Dei uma olhadinha atrás de nós e, daquela vez, efetivamente, tinham pessoas esperando a vez.

— Luke — eu o chamei —, não te custa nada trocar as entradas.

— Sim, me custa o tempo patético da minha vida patética só porque vocês dois não querem ver este filme — resmungou irritado. Depois de alguns segundos, ele nos deu um sorriso muito falso. — Espero que aproveitem o filme.

— Não vou... — Zev começou a balbuciar, mas foi interrompido, porque Luke fechou o caixa de repente.

— Acabou o meu turno — disse firme, fazendo com que o seu maxilar ficasse tenso.

— Isso é mentira, o seu turno ainda não acabou.

— Que pena — murmurou com um toque de ironia. — Para vocês, acabou.

— Luke! — gritei.

Porém, isso não o impediu. Ele continuou andando e, antes que Zev e eu pudéssemos reagir, já tinha saído dali.

Tomara que ele seja demitido, desejei no meu íntimo.

— As drogas fazem mal para ele... — sussurrou meu amigo, tirando-me do meu pequeno transe.

— Chega, Zev.

— Eu só queria ver o filme do Adam...

— Deixa para lá — pedi, pegando as entradas.

Zev fechou a cara, indicando que não tinha gostado da ideia. Mesmo assim, veio atrás de mim reclamando durante todo o caminho até a sala. Ele não gostava de filmes de terror, acabava gritando, e as pessoas pediam silêncio.

Fiquei surpresa com a atitude de Luke. Eu sabia que ele era chato, mas jamais imaginei que pudesse ser tanto assim. Ainda não conseguia acreditar no que ele tinha feito; embora Zev não gostasse dele pelo que diziam no colégio, em momento algum ele havia sido grosseiro. Luke precisava aprender a domar um pouco o seu temperamento e entender que as outras pessoas não tinham culpa das coisas que o atormentavam.

CAPÍTULO 10

Eu já falei que fazia muitas coisas para o meu melhor amigo? Especialmente quando fiquei sabendo que o divórcio dos seus pais lhe afetava mais do que ele estava tentando demonstrar. Assim, lá estava eu, entrando em uma festa de não sei quem não sei onde. Apenas agradecia que os garotos, Neisan, Dylan e Daniel, tivessem aceitado vir.

— Não estou gostando disso — gritei, olhando ao meu redor.

— Vem, Hasley! Anime-se! — exclamou Zev, alegre.

Eu me limitei a revirar os olhos e a me agarrar ao seu braço para me perder no caminho que tinha começado a traçar desde que entramos. Ele tentava encontrar os outros garotos. Havia gente demais na casa para ser possível respirar ar puro ou beber um pouco de água fresca.

Fiquei na ponta dos pés para lhe perguntar uma coisa ao ouvido.

— Você acha que ele veio?

— Você duvida? Pelo amor de Deus, Hasley. — Ele riu. — Matthew não perde nenhuma festa. Além disso, foi ele quem convidou a gente, ou, para ser mais preciso, convidou você. Acha que eu não percebi que ele só está me usando? Mas, na verdade, eu não me importo, desde que você esteja gostando, tá?

Está bem, está bem, talvez eu não tivesse ido exatamente por causa do meu melhor amigo, foi meio a meio: por um lado, queria fazê-lo feliz com um pouco do seu ambiente – ou aquilo de que ele fingia gostar –, Zev não era um garoto que ia a muitas festas, mas, quando ia, aproveitava ao máximo; e por outro lado... tinha o Matthew.

Mas agora eu pensava no que Zev havia me dito. Eu costumava acreditar que ele era muito ingênuo com suas amizades, mas aparentemente estava errada todo esse tempo... Sim, bem, eu sou a única ingênua, porque não tinha passado pela minha cabeça que aquilo podia ser um motivo, já que os dois são tão amigos.

Para explicar um pouco melhor esse assunto, Matthew nos convidou para uma festa organizada pelos membros do seu time de basquete para comemorar alguma coisa. Não sei o que pretendiam aqueles garotos ao organizar festas em dias de semana, mas, de relance, eu podia perceber que quase todo o colégio estava ali e ninguém parecia estar preocupado com a aula do dia seguinte.

As minhas duas razões para vir tinham nome e sobrenome: Zev Nguyen e Matthew Jones.

Finalmente, encontramos os garotos e os cumprimentei.

— Isto está demais! — Dylan levantou os braços, um pouco zonzo com o álcool.

— Não acho que só tenha pessoas do colégio aqui — falou, levantando suas sobrancelhas, um garoto loiro chamado Eduardo. — Eu aconselho vocês a não irem ao quintal, tem uns garotos vendendo droga ali.

— Droga? — Minha testa franziu e não porque fosse algo que me interessasse, mas porque foi impossível não me lembrar de alguém.

— Não se afasta da gente, tá? — Zev dirigiu-se a mim.

— Fica tranquilo, eu sei me cuidar sozinha — resmunguei.

Seus amigos riram, mas ele não.

Sinceramente, havia algo que eu odiava muito em Zev, e era essa pequena (ou grande) obsessão que ele tinha em me proteger. Às vezes, o seu jeito de ser comigo e a maneira como ele pretendia me controlar, me dizendo até onde ou como eu tinha que dar os meus passos, me sufocavam.

Eles começaram a falar sobre muitas coisas das quais eu entendia pouco. Descobri que Daniel estava começando um relacionamento e que Dylan traía o garoto com quem estava saindo havia meses. Enquanto a conversa fluía com o passar do tempo, os copos com álcool passavam diante deles.

Se continuássemos naquele ritmo, todos perderiam a compostura, e eu seria a única sóbria, disso eu tinha certeza. Mas sabia que nenhum deles dirigiria assim. Eles mergulharam em suas conversas, e eu decidi deixá-los, provavelmente Zev perceberia em meia hora... ou talvez nunca.

Caminhei entre todos aqueles garotos que cheiravam a álcool, suor, cigarro e, quem sabe, até sêmen... *Por acaso sêmen tem cheiro?* Enfim, tirei da minha cabeça aquela pergunta tão absurda e me concentrei no meu caminho; procurei a mesa onde havia vários tipos de bebidas e decidi encher meu copo com um pouco de suco de mirtilo. Escolhi um que ainda estivesse fechado para evitar a paranoia de que pudesse conter algo.

Apoiei o quadril na mesa e olhei para a frente. Eu faria parte daquele grupo de gente dançando se ao menos soubesse dançar. Sem nada mais para fazer, observei meu copo por alguns segundos, os cubos de gelo se chocavam, criando pequenos movimentos no líquido. Com isso, eu podia confirmar o tanto que estava entediada.

Dei um suspiro e voltei para onde tinha deixado Zev. Não sabia se era eu quem estava distraída ou a pessoa em quem trombei, mas o suco derramou na minha blusa, causando um suspiro da minha parte quando o gelo tocou a minha pele.

— Foi culpa minha!

A voz de Matthew me gelou. Ele levantou as mãos e me deu um sorriso de orelha a orelha. Meus lábios se curvaram de nervoso.

— Eu... — E me calei.

Senti minhas bochechas corarem, vendo-me com a obrigação de cobrir o meu rosto.

— Eu estava passando e é que... daqui de cima não se vê muito — zombou ele, referindo-se a nossa diferença de altura.

Matthew era alto, não tanto quanto Luke, mas certamente mais do que eu.

— Não sei o que pensar disso.

— Irritação? — sugeriu.

— Não, não, não. Só queria beber um pouco de suco e voltar para junto do Zev, eu deixei ele com os outros caras.

— Quer um pouco mais de suco? Posso ir pegar para você. Ou quer se limpar primeiro?

— Acho que me limpar, estava gelado.

Afastei um pouco a blusa da minha pele e respirei fundo.

Matthew me pegou pela mão, e eu quis gritar de emoção. Caminhamos entre as pessoas e subimos as escadas. Eu o segui sem nenhuma intenção de lhe perguntar aonde estávamos indo, fora que me encontrava ainda analisando o seu toque. No caminho, reparei que Zev me viu, mas não fez nada.

Matthew abriu uma porta e fiquei parada na entrada, confusa.

— Entra, esta casa é de um amigo e este quarto ninguém está usando. Lá atrás tem um banheiro para que você possa se secar.

Fiquei em dúvida e não sabia se agora aquilo era uma boa ideia. No entanto, seu sorriso me transmitiu confiança e aceitei. A luz se acendeu e olhei para o quarto. Todo arrumado sem nenhuma bagunça, como se o andar de baixo fosse a única área usada para a festa.

— Tem muita gente aqui, né? — falei, olhando de relance, sem ser capaz de fazê-lo de maneira mais direta.

— Sim, os convidados convidam outras pessoas, mas isso não é algo que nos incomode.

— Vocês estão acostumados?

Matthew deu de ombros e seu sorriso transformou-se em um sorriso malandro.

— Eu não reclamo. O banheiro está atrás daquela porta.

Ele apontou, lembrando-me por que estávamos ali.

— Obrigada.

Entrei no banheiro e rapidamente me limpei o melhor que pude, tentando secar o líquido, que começava a ficar grudento. Olhei-me no espelho por alguns segundos, as olheiras eram tão visíveis que nem a maquiagem disfarçava. Ajeitei minha roupa e passei uma mecha de cabelo atrás da orelha antes de sair do banheiro. Matthew se distraía com o celular, e eu engoli em seco para então falar:

— Pronto! — avisei, inquieta.

Ele olhou para cima e guardou o celular no bolso da calça. Seus lábios finos se curvaram, ele se aproximou, encurtando a distância entre a gente, e a minha pulsação acelerou. Não me afastei. O verde dos seus olhos me hipnotizou, como se eu estivesse presa em uma bolha na qual nada mais importava.

— Agora eu me sinto menos culpado — admitiu ele, inclinando-se em direção ao meu rosto.

Senti minha pele se eriçar, fazendo com que minha respiração se entrecortasse e eu ficasse nervosa. Seu nariz roçou no meu, obrigando-me a fechar os olhos; eu sabia o que aconteceria a seguir e não queria que ele parasse.

Por favor...

Aconteceu o beijo? Não.

A porta do quarto se abriu do nada, dando lugar à música, e de repente choquei-me contra uma parede de realidade. Matthew se afastou e eu amaldiçoei a pessoa que tinha arruinado aquele momento. Nosso momento.

Minhas mãos se tornaram punhos e quis bater nele assim que eu o vi. Luke estava encostado de lado no batente da porta com seu olhar típico. Aquilo estava se tornando muito comum: desde que eu o conheci, o encontrava em quase todos os lugares aonde eu ia. Podia entender as suas aparições, mas, às vezes, tudo parecia tão de propósito que eu jamais descartaria essa possibilidade. Não imaginava que ele frequentasse festas como aquelas; pelo seu jeito de ser, eu podia jurar que ele não era um daqueles garotos.

Seu cabelo estava bagunçado, ele vestia uma calça e um moletom preto.

— Eu estava procurando um banheiro, desculpa ter... — deixou a frase solta no ar como se estivesse pensando em alguma coisa. — Não, na verdade eu não sinto nada, só estou procurando um banheiro nesta maldita casa e errei de porta.

— Ninguém pode subir no segundo andar.

Matthew deu um passo à frente, dirigindo-se a Luke.

— Bom, nós somos ninguém — indicou ele.

— Sim, aparentemente...

— Então, vocês sabem onde tem um banheiro?

— Sim, aqui tem um. Pode entrar se você estiver com pressa.

Luke não respondeu e caminhou esfregando a testa em direção ao banheiro do qual eu tinha saído havia alguns minutos.

— Sem dúvida tem muita gente aqui — zombou Matthew.

— Encontramos todo mundo, né?

Levantei uma sobrancelha, referindo-me a Luke.

— Surpresa?

— Não.
Ri.
Luke saiu do banheiro e parou na nossa frente.
Queria socá-lo.
Levantei os olhos para lhe dizer com meu rosto que eu tinha me irritado com a sua presença, mas, quando olhei para ele, toda a raiva se esfumou.
Meus lábios estavam entreabertos e eu sentia algo indecifrável no peito. Havia no lado esquerdo do seu rosto um hematoma leve perto do seu olho, assim como um pequeno corte no lábio. Dei alguns passinhos, aproximando-me dele para olhá-lo melhor.
— O que aconteceu com você? — eu me atrevi a perguntar.
— Um pequeno acidente ontem.
Luke tocou o machucado e, depois, olhou para mim.
— Está doendo?
As perguntas saíam sozinhas. Eu estava preocupada? Sim, e odiava ter que admitir.
— Não, não mais.
— Ok, vou descer — anunciou Matthew. — Espero que você melhore, Luke.
Quis dizer algo, mas nada saiu dos meus lábios. Olhei envergonhada para ele, que apenas me deu um meio sorriso antes de sair do quarto, deixando-me a sós com o Luke.
— Você estava prestes a beijar ele? — perguntou.
— Acho que sim.
Mordi o lábio e me afastei.
— Não faça isso nunca mais.
— Oi?!
— Não faça isso, é um conselho que eu te dou, Weigel.
Ele deu de ombros e pôs todo o seu peso sobre uma das pernas.
— Não preciso de conselhos, sei o que estou fazendo — respondi, irritada.
— Sei o que eu estou te dizendo, mas, se não quiser aceitar os meus conselhos, problema seu. Você tem sorte de eu não ser uma daquelas pessoas que dizem: "Eu te avisei".

As palavras de Luke eram muito afiadas.

Ele era muito direto e rude, falava com muita clareza e não gaguejava. Chegava a me surpreender que sempre tivesse as palavras certas e soltava tudo o que pensava, sem mostrar nenhum gesto de arrependimento.

— Eu te odeio.

Finalmente, depois de alguns segundos em silêncio, foi a única coisa que saiu da minha boca, sem tirar nem pôr.

— O sentimento é recíproco.

Ele passou a sua língua pelo lábio machucado.

Seus olhos se dirigiram à minha blusa. Então, ele esticou um dos braços e seus dedos tocaram o tecido.

— Não encosta! — repreendi.

— Tira a blusa — murmurou ele, olhando nos meus olhos.

— O quê?

Eu não conseguia entender o que ele me pedia, não compreendia seus monossílabos. Tinha que adivinhar o que ele estava tentando falar, mas era muito difícil. Ele não dava nada de mão beijada.

— Continua úmida e por causa disso você pode pegar um resfriado, eu vou te dar o meu moletom — explicou. — Não recusa, porque senão eu vou acabar te vestindo à força. Entendeu bem, Weigel?

Ele se preocupava comigo?

Meu Deus! Eu nunca o entenderia. Tinha me chamado de idiota havia alguns minutos e agora estava tentando cuidar de mim. Certo, eu ainda sentia vontade de socá-lo. Preferi não dizer nada a respeito. Luke tirou o moletom para me dar e eu hesitei alguns segundos, fazendo com que ele arqueasse uma das sobrancelhas. Peguei com má vontade e fui ao banheiro.

— Aonde você vai? — Escutei ele perguntar.

— Ao banheiro. Você acha que eu vou tirar a blusa na sua frente?

Luke revirou os olhos e aproximou-se da janela.

Sem demora, tirei a blusa e vesti o moletom de Luke. Seu cheiro impregnou nas minhas fossas nasais, parecia-me estranho que eu gostasse tanto, a roupa era confortável e me aquecia. Mas claro que era grande demais.

Quando saí, o olhar do garoto loiro me escaneou da cabeça aos pés assim que ele se virou de novo.

— Você é tão pequena.

Os olhos de Luke pareciam cuidadosos e bem no fundo dava para ver que ele escondia um sorriso.

— É claro, você é mais... — Minha voz foi se apagando quando reparei atentamente nos seus braços.

Meu corpo estremeceu.

A pele dos seus braços era vítima de alguns hematomas claros, os quais podiam ser vistos facilmente por causa da cor pálida da pele dele; os círculos eram formados por três cores. Eu me aproximei do garoto e parei de ouvir os barulhos ao nosso redor. A música que havia alguns segundos me irritava foi substituída pelas batidas do meu coração e as do dele, que soavam muito incríveis e eram acompanhadas de sua respiração entrecortada e da minha. Meus olhos não davam crédito ao que ele me mostrava como se fosse uma tatuagem.

Aproximei a mão com delicadeza e medo de que Luke se afastasse, mas soube que ele não o faria quando não se moveu, permitindo que os meus dedos o tocassem. Passei a ponta dos dedos em cima dos círculos arroxeados como se a porcelana mais fina e frágil do mundo estivesse ali diante de mim. Luke queixou-se e eu tirei rapidamente a mão.

— Dói muito? — perguntei em voz baixa.

— Estes aqui só um pouco.

Ele mostrou os hematomas do braço, minimizando a importância dos demais, mas eu sabia que era mentira.

E então percebi que Luke sempre tinha mentido para mim.

— O que aconteceu com você?

— Eu já te disse, tive um pequeno acidente.

Luke quis rir, mas, em vez disso, seu rosto mostrou uma expressão dolorida.

— Briga entre *bad boys* para marcar o território? — brinquei, recebendo uma cara fechada em troca.

— Às vezes, eu me pergunto por que continuo conversando com você — disse ele, girando em torno do eixo —, já que sempre recebo a mesma resposta.

Eu detestava ser tão teimosa e perguntona. Tomei coragem e voltei a falar:

— Só quero saber o que aconteceu com você.

— Só uma porcaria de um acidente, estou bem.

— Luke...

— Para de insistir, Hasley! — Ele elevou a voz, me interrompendo.

Algo dentro de mim se remexeu ao ouvir que ele tinha me chamado pelo meu nome. Parecia diferente, como seu eu fosse a pessoa má.

— T-tá bom — gaguejei.

Ele recompôs o rosto e balançou a cabeça, arrependido.

— Eu não queria gritar com você, não queria. Desculpa.

— Foi culpa minha.

— Não, não foi. Nunca se sinta assim. Ninguém deveria gritar com você nem fazer você se sentir culpada por ser assim, tão perguntona.

— Já não sei o que pensar...

— Nem eu. — Ele engoliu em seco e suspirou. — Vamos lá para fora, só um pouquinho.

Luke me pegou pelo punho para sair do quarto e descer as escadas. Desviamos de algumas pessoas ou simplesmente ele era muito grosseiro e acabava empurrando-as, mas procurando fazer com que eu não trombasse em ninguém.

— Aonde nós vamos? — perguntei quando percebi que estávamos saindo dali.

— Embora daqui.

Existiam muitas coisas que me irritavam em Luke. Uma delas era que ele acreditava ter poder sobre mim ou ser capaz de decidir por mim.

— Mas Zev... Eu vim com ele, e a gente devia voltar juntos — informei, querendo me soltar da sua mão.

Mas ele não cedeu.

— Weigel, Zev vai ser o último a poder te levar para casa, ele está bêbado demais para dirigir. Duvido que a metade das pessoas desta festa vá amanhã ao colégio — explicou ele, sem parar.

Eu odiava que ele tivesse razão. A última vez que me afastei do meu amigo foi quando ele avisou que ia buscar o sexto copo de refrigerante com licor e eu vi que ele já não estava mais em condições de dirigir. Provavelmente, acabaria dormindo em cima do Dylan e achando que tinha feito algo de ruim para mim enquanto a culpa o invadia, mas, se algo acontecesse com ele, eu jamais me perdoaria.

— E se acontecer alguma coisa com ele? — Suspirei só de pensar. — Não posso permitir.

Luke parou de caminhar quando chegou ao lado de uma moto e, portanto, eu também. Ele se apoiou nela e cruzou os braços.

— Acontecer alguma coisa? — perguntou, irônico. — Weigel, ele é o capitão do time de rúgbi, basicamente qualquer pessoa se jogaria no chão para ele não se sujar, fala sério. Não vai acontecer nada com ele.

— Só quero ter certeza de que ele vai ficar bem.

Luke tirou do seu bolso um cigarro e o acendeu.

— Ele vai.

— Como você pode ter tanta certeza?

— Eu te prometo, tá?

Rendida, bufei e revirei os olhos.

— Espero que sim.

Ele bateu no banco da moto e depois deu uma tragada para então soltar toda a fumaça.

— Você já subiu em uma alguma vez?

— Sim — admiti.

No verão passado, Nico – o filho de Amy – tinha ganhado uma de presente de aniversário. Amy era a melhor amiga da minha mãe havia muitos anos, as duas se conheceram na universidade. Não se viam muito, mas costumavam sair para jogar xadrez ou ir, em alguns fins de semana, a boates com outras amigas.

Ele aproveitava todas as oportunidades para pilotar a moto, me usando como pretexto. O único problema aqui era que eu não sabia como Luke se comportava em cima de uma moto.

— Você não é o tipo de pessoa que pensa que a rua é a sua própria pista de corrida, né?

Luke fez uma careta engraçada que pouco a pouco se transformou em uma risada brincalhona. Descruzou os braços, apoiando-se na moto, e inclinou-se para a frente, a alguns centímetros de distância do meu rosto. Ainda assim, continuava um pouco mais alto que eu.

— Se você está comigo, me vejo na obrigação de evitar isso.

Ele sorriu com o canto da boca, fazendo-se parecer tímido. Seus olhos estavam muito brilhantes por causa da luz tênue do farol que iluminava a vizinhança e pela luz da lua. Afinal, se tinha algo de que eu gostava no Luke, eram os seus olhos. Queria tocar seu rosto.

— Em primeiro lugar, você usou ou fumou... aquilo?

— Aquilo?

— Sim... — murmurei. — Maconha.

Ele sorriu.

— Não, esse é o segundo cigarro de tabaco que eu fumo hoje.

— E eu deveria acreditar nisso?

— Juro que eu estou dizendo a verdade.

Mordi os lábios e apertei os olhos, acusando-o.

— Eu não te levaria comigo se estivesse drogado ou bêbado, tá? Pode ter certeza de que eu não fiz nada disso.

— Tá bem.

— Vem, sobe e tenta não agarrar o meu peito, é muito incômodo.

Ele desenganchou o capacete e colocou em mim; fez o mesmo com o dele e perdi todo o tipo de contato visual quando ele se levantou da moto para montar nela. Hesitei alguns segundos, ainda insegura por deixar Zev naquela casa, mas bastou um só momento para que eu desse um suspiro e subisse atrás do Luke. Eu dava graças a Deus por estar usando calça jeans.

— Trata de ir devagar — sussurrei, enroscando meus braços no seu peito.

Ele deu um pequeno riso que fez com que ele franzisse a testa.

— Pensei que fosse uma ironia.

Depois de ter dito aquilo, ele deu uma gargalhada alta, fazendo vibrar as suas costas, o que pude sentir em uma das minhas bochechas, já que estavam apoiadas nas suas costas.

— Você é um... — Ele me interrompeu pela segunda vez naquela noite antes que eu pudesse lhe dizer o que pensava.

— Segura firme — avisou para começar o percurso.

Senti que ele riu, embora eu não soubesse se era isso mesmo ou se era a vibração que a moto transmitia através das suas costas.

Ninguém falou nada mais. Luke seguia dirigindo e eu tentava não exercer muita pressão com a minha pegada. O ar fresco de Sidney fazia contato com a pele do meu rosto ao ponto de eu chegar a sentir o meu nariz frio. A moto parou e eu me soltei de Luke, confusa.

— Esta não é a minha casa — protestei ao ver que estávamos em frente a uns apartamentos.

— Isso eu sei, você não me deu o seu endereço. Acha que eu adivinharia? — falou ele, virando a cabeça para poder me ver pelo canto do olho.

— Eu te dei no dia em que você foi me buscar para ir ao beco! — gritei, lembrando-lhe. — Você zombou da minha meia!

Ele deu uma gargalhada.

— Pucca! — mencionou, com um grito. Tentou se acalmar e, quando parou de rir, voltou a falar. — Eu não me lembro, então me dá de novo.

Soltei um grunhido e lhe dei novamente o nome da minha rua.

Minutos mais tarde, ele parou, mas desta vez, ao contrário da outra, pude visualizar a minha casa. Desci da moto e Luke se inclinou, pegou outro cigarro e o acendeu.

— Terceiro.

— O quê?

— É o terceiro cigarro que você fuma hoje.

— Certo, mas... Sabia que hoje já é quinta-feira? Já passou da meia-noite.

Percebi o que ele acabava de me dizer.

— Argh! Você é um mentiroso!

Ele deu uma tragada e soltou a fumaça para o alto, segurando o riso.

— Mas eu fui sincero!

— Do seu jeito! — exclamei. — Até mais! Obrigada pela carona!

Comecei a caminhar e escutei ele gritar o meu sobrenome várias vezes.

— Weigel!

— O quê?!

Eu me virei.

— O capacete.

Arregalei os olhos e minhas bochechas queimaram de vergonha. Tirei o capacete e me aproximei dele para entregá-lo de volta; antes de pegá-lo, ele disse:

— Você não vai me convidar para entrar?

— Ah, qual é, você quer mesmo?

A pergunta saiu irônica porque nós dois sabíamos a resposta.

— Você tem razão, não precisa se dar o trabalho de repetir.

— Boa noite — falei, contrariada.

— Weigel... — Sua voz rouca me obrigou a parar; não foi o tom, mas a maneira como ele tinha arrastado o meu nome. — Amanhã vou te levar a um lugar depois da aula.

— Isso é uma pergunta ou uma afirmação? — perguntei.

— Vem se quiser fazer algo de bom para você. — Luke apagou o cigarro e ligou a moto. — Mas, ao contrário, se preferir não fazer isso... vai ser uma pena.

— Você me irrita — murmurei.

— Ok, então é melhor eu ir embora para parar de te irritar. Amanhã você me responde.

Sem me dar tempo de dizer mais alguma coisa, ele foi embora. Fiquei ali parada no mesmo lugar enquanto o observava se distanciar, levando junto a minha calma.

CAPÍTULO 11

— Caralho, minha cabeça, não aguento mais — Zev voltou a reclamar pela décima vez, enquanto esfregava a testa com a ponta dos dedos.

Aparentemente, ele estava de ressaca e não queria ver nem a luz do dia. Seus olhos estavam cobertos com óculos de sol, as olheiras tomavam conta do seu rosto e, apesar de eu ter aplicado um pouco de maquiagem, elas não se escondiam. Como era de se esperar, ele tinha me repreendido por eu ter ido embora e o deixado sozinho sem nem avisar; segundo Zev, ele me procurou por todos os cantos da casa. Só não continuou porque a dor de cabeça estava tão forte que ele mesmo decidiu colocar um ponto-final na sua própria discussão.

— Só falta uma aula, tenta não cair no chão — eu o animei, zoando.

— E é a da Andrea, a professora com a voz mais estridente do colégio. — Ele fez um drama.

— Oi, pessoal! — Neisan cumprimentou com um grito, batendo na mesa.

— Qual é o seu problema, seu imbecil? — gritou Zev, irritado, e apertou a cabeça com os braços.

— Oi, Neisan — respondi ao cumprimento com um sorriso gentil.

— Acho que alguém ainda não conseguiu se livrar da ressaca monstra. — O garoto riu e eu o apoiei, assentindo. — Vim te avisar que o treinador está chamando todos do time.

— Esse homem quer me matar? Não tenho ânimo para aguentar os gritos dele — reclamou de dor.

— Pelo menos você escapou da Andrea — falei, com uma risadinha dissimulada.

— Prefiro arrancar minha cabeça em vez de ter que escolher entre eles dois — rosnou ele, levantando-se da mesa. — Você me espera?

— Hum, não, eu vou sair — murmurei envergonhada.

E, sim, iria sair com o Luke.

Eu tinha passado quase toda a noite pensando sobre o que ele tinha me proposto. Depois de remoer o assunto, decidi que o melhor seria tentar conviver com o garoto. Desde o dia que tínhamos trocado as primeiras palavras era isto o que eu queria: saber mais sobre Luke apesar dos insultos que ele me dirigia ou do seu comportamento grosseiro e cansativo. Sim, eu estava me esforçando muito para tentar me adaptar a suas mudanças de humor. O pior de tudo era que eu mesma me contradizia. Esse era o efeito Luke.

— Com quem? — perguntou Zev, sem tirar a cara de mau humor que qualquer um podia ver a quilômetros de distância como se fosse um letreiro: "Mexa comigo e a última coisa que você verá e sentirá será o meu punho no seu rosto".

— Com o Luke.

Minha voz soou firme, transmitindo-lhe que o quer que ele dissesse não me faria mudar de opinião.

Eu não gostava de mentir para ele e muito menos de esconder algo que não fazia mal a ninguém.

— Só porque estou com essa maldita ressaca, não vou discutir com você — bufou, irritado, pegando a sua mochila do chão. — Me avisa quando for e quando chegar em casa, pode ser?

— Qual é, Zev? Você sabe que o garoto não é tão mau assim — sussurrou Neisan, tentando fazer com que eu não escutasse, mas escutei.

— Cala a boca, Neisan, sua voz aumenta ainda mais a minha dor — contestou Zev.

— Você tentou tomar uma aspirina? — ele perguntou.

— Acha que não? Eu já tomei uma caixa inteira...

Os dois continuaram discutindo enquanto iam embora dali e as suas vozes se tornavam cada vez mais inaudíveis, deixando-me só naquela mesa com apenas uma pergunta dando voltas na minha cabeça: por que Neisan tinha dito aquilo?

Sabia que Zev conhecia Luke, isso o meu melhor amigo deixou bem claro no dia que me pediu para me afastar do garoto e também porque ele costumava reunir-se no campo com a sua equipe e com o treinador. Luke estava quase sempre na arquibancada. Existia a possibilidade de que eles tivessem trocado alguma palavra. Talvez Zev fosse a pessoa que poderia responder a algumas das minhas perguntas, mas, quando eu pronunciava o nome do garoto loiro, meu amigo se afastava irritado. Eu teria que alimentar a minha própria curiosidade. Não ia ficar esperando que eles me contassem para que as minhas perguntas tivessem respostas, eu mesma teria que buscá-las em dois livros que não eram fáceis de abrir, e começaria com o mais difícil deles: Luke.

Peguei a mochila depois que o sinal tocou indicando que a última aula já tinha começado. A passos lentos e com pouco interesse, caminhei até a sala de aula de Estudos Sociais.

Uma hora depois, o professor Sullivan indicou que a aula tinha terminado e que nós já podíamos sair. Fechei o caderno e o coloquei dentro da mochila junto com as minhas outras coisas, passei-a por cima da cabeça, como de costume, e caminhei até a porta, porém alguém me empurrou.

— Presta atenção por onde você anda! — gritei para o garoto; ele apenas se virou e zombou de mim. — Meu Deus, que idiota!

— Resmungona — disseram atrás de mim, junto de uma risadinha que pude imaginar de quem era.

Virei-me e vi Luke apoiado na parede enquanto tentava manter o equilíbrio da mochila em cima da cabeça, fazendo com que eu não pudesse ver seu rosto. Apenas grunhi, e ele deu outra risada, baixou a mochila, ainda a segurando na altura dos joelhos, e olhou para mim.

Em outros tempos, eu não me daria o trabalho de notá-lo porque não me interessava; já hoje preferi abrir uma exceção. Ele estava superbem com aquela jaqueta preta e uma camisa por baixo, seu jeans habitual e o cabelo despenteado. Olhei para o seu rosto e toda a atração pela sua roupa desapareceu quando cruzei com seus olhos, os quais não tinham o azul intenso que costumavam ter, mas um contraste apagado e triste. No entanto, os círculos escuros que descansavam debaixo deles chamavam minha atenção; as olheiras destacavam-se sobre a sua pele branca. Eu já tinha dito isso antes e agora confirmava.

— O que você está fazendo aqui? — perguntei.

— Estava passando — falou calmamente —, mas, já que te vi: você decidiu ou eu continuo te irritando?

— Começou a me irritar quando me chamou de resmungona — respondi revirando os olhos.

— Bem — disse, franzindo os lábios. — Desculpa. — Surpresa com o que ele tinha dito, fiquei espantada e sem saber o que dizer. Meus olhos viajaram até os seus sem entender as desculpas. Ele apenas suspirou e baixou a cabeça, voltando a falar: — Sou um babaca.

Luke rosnou, levantou a mochila na altura do ombro e se afastou. Fiquei confusa, sem entender, e depois as minhas pernas se moveram atrás dele; pude vê-lo um pouco isolado, saindo das instalações do colégio. Suas pernas longas lhe davam vantagem. Desviei de alguns alunos que estavam saindo e reduzi o passo quando ele parou fora da escola.

— Eu não estava falando sério e você não é um babaca — falei nas suas costas. — Eu ia te dizer que vou com você.

Ele virou-se e me olhou tranquilo, algo que estranhei. Pelo jeito que ele tinha saído, pensei que estaria com raiva. Seu semblante estava neutro e apenas assentiu para começar a caminhar na direção contrária do estacionamento.

— Você não veio de moto?

— Não costumo vir com ela para a escola — respondeu, cabisbaixo.

— É muito longe daqui o lugar aonde você quer ir? — insisti.

— Acho que você nunca vai parar de perguntar, não é?

— Você me disse ontem que eu não deveria me sentir culpada por ser quem sou — eu lhe lembrei.

Ele deu uma risada e isso fez com que eu me sentisse um pouco mais confiante. E a situação se repetiu: suas mudanças de humor não encaixavam com a minha maneira de tratar as pessoas. Sacudi a cabeça, e isso fez com que ele olhasse para cima e fechasse os olhos.

— Não é muito longe, umas três ou quatro quadras, só tente ignorar os metros.

— Que ótimo conselho — tirei sarro.

Luke começou a me dizer que ficava irritado em algumas ocasiões por causa da minha insistência. Houve um momento em que eu lhe disse que estava cansada e ele me pegou pela mão para começar a correr comigo sem me soltar; aparentemente, se divertia com os meus gritos, que eram inúteis quando eu lhe pedia que parasse, porque as suas gargalhadas eram como um barulho extraído da natureza. Eu gostava do som delas.

Queria a risada do Luke como toque do meu celular.

Paramos em um de tantos becos que havia naquela região e não hesitei em sentir-me desconfortável; os edifícios que se encontravam ali eram um pouco velhos. Eu lhe perguntei se aquele lugar era seguro, mas, como sempre, apenas recebi um:

— Você pode parar de fazer tantas perguntas, Weigel?

Chegamos no fundo do beco e pude ver uma loja pintada de preto, azul e vermelho. Do lado de fora tinha vários cartazes de artistas e discos, então soube que era uma loja de música. Luke puxou a minha mão e entramos no local. Dentro era muito melhor, dividida em duas partes: moderna e clássica, sessões de cores diferentes. A loja tinha cheiro de lavanda misturada com tabaco. Eu entendia por que Luke amava aquele lugar. O garoto caminhou até o fundo da loja e paramos em uma seção que parecia reservada a objetos retrô.

— A viagem à música boa?

— Isso mesmo — afirmou, sorrindo. A covinha em sua bochecha ficou visível, fazendo com que os seus olhos brilhassem, independentemente daquela imagem apagada que eles tinham. — Fico feliz de te mostrar os meus gostos musicais...

Ele deixou a frase no ar e não a terminou, apenas começou a procurar um disco. Pegava alguns e depois os colocava no lugar dizendo: "Estes não valem a pena" ou "Boa afinação de voz, mas as letras não têm sentido".

— Você costuma escutar muita música? — perguntei, curiosa.

— Na maioria do tempo, mais quando estou em casa — respondeu ele, sem parar de procurar. — Às vezes, é bom ignorar a merda que costuma sair da boca da maioria das pessoas no mundo. Todos temos o nosso porto seguro.

— Eu senti isso como uma indireta — murmurei.

Ele negou.

— Por acaso você me viu trocar a sua voz resmungona por um fone de ouvidos?

— Não? — questionei.

— Claro que não, Weigel. Eu jamais trocaria a sua voz, por mais irritante que seja cada vez que você pergunta alguma coisa.

— Vou entender isso como um elogio — decidi.

— Ótimo! Vem, vamos começar com The Doors.

Luke sorriu, orgulhoso daquilo, enquanto me estendia um disco.

Ele parecia muito animado, com um sorriso que lhe fazia parecer muito fofo. Falava de outras bandas enquanto me mostrava; ele me passava alguns discos e outros deixava de volta no lugar. Eu via as capas dos discos, algumas eram tétricas, enquanto outras me davam arrepios.

Dirigi meu olhar a um que estava na minha frente, cujo desenho da capa chamou muito a minha atenção. E, pela primeira vez, tive orgulho de conhecê-los ao ler o nome.

— The Fray... — sussurrei, segurando-o com a minha mão livre.

— Você conhece? — perguntou ele ao meu lado, pegando o disco da minha mão.

— Sim, eu já escutei algumas músicas deles, especialmente "Fall Away".

Eu olhei para ele, sorrindo.

— Você tinha falado que não conhecia nenhuma banda, só uma, no dia que eu te mostrei a lista.

— Eu tinha acabado de acordar! Pelas manhãs, não sou muito inteligente! — tratei de me defender, de uma maneira muito ruim.

— Só pelas manhãs? — zoou ele. Seus lábios esboçaram um sorriso brincalhão e eu o empurrei com uma das mãos. — O meu irmão gostava deles.

— O mesmo com quem você ia ao beco?

— Sim — afirmou. — Ele adorava, tinha uma música deles em especial que era sua favorita. Pelo jeito, afinal de contas, você conhece música boa.

— Posso te surpreender — sussurrei.

— Claro que sim. — Ele riu, deixando o disco no lugar onde eu o havia pegado.

Eu não soube decifrar se tinha sido sarcasmo ou ironia, por isso decidi ignorá-lo e continuar olhando as estantes cheias de discos.

— Você já escutou The Offspring? — perguntou ele, olhando interessado, mas eu neguei com a cabeça. — Que merda, Weigel, você precisa escutar!

— Vamos levar todos? — perguntei ao ver que já eram muitos e o meu orçamento se limitava à mesada de domingo que minha mãe tinha me dado.

— Eu vou pagar se você me prometer que vai escutar todos, combinado? — propôs ele, divertido. Eu fiquei confusa. — Considere como um presente, nós dois saímos ganhando, não acha?

— Presente?

— Aham.

— Por quê?

— Fica quieta, Weigel. Você faz muitas perguntas e sinceramente está me estressando — disse. — É um presente. Prometi te ensinar um pouco sobre isso e só te peço que aproveite, juro que vai valer a pena!

Luke me olhou por alguns segundos enquanto brincava com o seu piercing; depois, virou-se e continuou observando os discos. Eu não queria levar uma má experiência dali, mas não entendia nada do que ele dizia. Tudo bem. Não conhecia nenhuma das bandas que ele punha nas minhas mãos, meus gostos musicais eram muito diferentes dos dele, não era amante da música atual, se é que aquelas bandas eram atuais.

O garoto loiro pegou um disco e sorriu, virando-se para mim. Seus olhos azuis brilharam, fazendo-lhe parecer inocente, e não pude deixar de ver como ele ficava lindo com as bochechas coradas. Sentia uma energia diferente quando ele falava ou me mostrava o que mais gostava.

— Deixei o melhor para o final, este é o Pink Floyd — disse, emocionado, e aquilo me causou ternura. — Tenho certeza de que você não vai ter uma música favorita deles, só quero que escute. *The Dark Side of the Moon* é o meu álbum preferido — disse, dando uns pulinhos como se fosse um garotinho, me fazendo rir. — Juro que, se você me disser que não te deu vontade de continuar ouvindo, a minha fé em você vai acabar, então espero que pense duas vezes antes de falar. Eu te recomendo "Any Colour You Like" e "Brain Damage".

Peguei o disco e fiquei observando a imagem na capa, que era a mesma da camiseta dele daquele outro dia: o triângulo e um arco-íris saindo de um dos lados. Mordi o lábio quando virei a capa para ler os títulos das músicas... E a duração de algumas! Duravam até sete minutos!

— Por que você gosta tanto deles? — quis saber.

Apoiei-me sobre o seu braço e deixei a cabeça cair. Ele segurou o disco.

Precisava que ele falasse um pouco mais. Eu gostava de saber mais sobre os sentimentos das pessoas, e Luke parecia alguém cheio deles, apesar de ser uma rocha por fora.

Eu adorava vê-lo falar sobre as coisas que ele mais amava.

— Eles transmitem muita tranquilidade nas músicas e isso me encanta neles. Quando você escutar, entenderá.

— Você acha que eu vou gostar?

— Tem que gostar, é Pink Floyd, Weigel!

Afastei-me e sorri para ele.

— Espero que sim, Howland.

— Howland — repetiu ele. — É estranho te ouvir me chamar pelo meu sobrenome.

— Isso te incomoda?

— Não.

Ele piscou um olho para mim e continuou caminhando entre as estantes.

Passei a língua sobre os lábios e o segui. Estávamos em outro corredor com mais discos ao nosso redor. Luke parou e pegou dois.

— Green Day, acho que eles não podem faltar, e principalmente este álbum. — Ele me entregou e reparei nas imagens da capa. Sem dúvida, eram muito estranhas; virei para ver os títulos e li. Tudo fez um pouco mais de sentido quando li o quarto título: o nome do beco. — "American Idiot", uma das minhas preferidas, mas "Dookie" também não pode ficar para trás.

— "Dookie" soa como o nome do cachorrinho que aparece no canal infantil — respondi.

— Weigel, pelo amor de Deus, foca! — ele me repreendeu, tirando o disco da minha mão.

— Estou focada! — gritei. — Mas você tem que admitir.

— Às vezes você é muito, mas muito... estranha.

— Eu? Estranha?

— Em todo caso, gosto de você assim.

Luke se afastou e eu o segui até chegarmos ao caixa. Ele colocou os discos em cima do balcão para que nos cobrassem. E, como tinha dito antes, pagou todos.

Com a cabeça, ele indicou que eu deveria pegar a sacola. Obedeci e andamos em direção à saída. Luke segurou a porta para que eu saísse primeiro e depois veio atrás.

— Você espera que eu ouça tudo isto em apenas um dia? — perguntei.

— Tenta fazer isso. — Ele parou e ficou na minha frente, segurando-me pelos ombros para me motivar. — É uma ótima viagem à música boa, Weigel!

— Então, preciso primeiro parar esta viagem porque estou morrendo de fome — disse e o afastei.

— Chata... — zombou ele e mostrou a língua. — Tem uma lanchonete aqui perto, ou você prefere algo mais... formal?

— Formal? Não, não, pode ser. Posso comer um bom cachorro-quente da esquina, não sou tão especial como você pensa.

— Só do seu jeito.

— O quê?

— Que vai ser do seu jeito, como você quiser comer — explicou-se e pegou-me pela mão.

Aumentou a velocidade dos seus passos, desviando das pessoas. Eu não soube dizer a distância que percorremos até que chegamos a uma lanchonete.

— Lanchonete — reafirmei, olhando o lugar.

— A melhor da redondeza. Pede alguma coisa, eu não estou com fome — avisou ele, afastando-se de mim.

Eu fiquei olhando para ele e, então, virei-me para o lugar. Decidi ignorar a sua ordem e segui-lo. Luke caminhou por um beco atrás de mim e tirou algo do bolso para, depois, levá-lo à boca. Eu sabia o que era e não gostava do simples fato de ter razão. Detestava que Luke fumasse aquilo sem perceber que diminuiria o seu tempo de vida, mas ele não se importava.

— Já entendi por que você não está com fome — disse com a voz um pouco abafada.

Luke virou-se e tirou aquilo dos lábios para deixar escapar uma nuvem de fumaça. Olhava para mim sem qualquer sinal de culpa, como se fosse a coisa mais comum do mundo e, bem, para ele era, mas eu não me acostumava a vê-lo daquele jeito. Ele se aproximou de mim, ficando a alguns passos de distância.

— Não, você não entende — falou depois de alguns segundos em silêncio.

— Você faz isso porque se sente em paz? Se for, há outras formas.

— Isso, uns bebem, outros se cortam, desenham, cantam... Mas esta é a minha maneira e, infelizmente, não consigo mudar — disse ele, passando a língua pelos lábios.

— Não é que você não consegue, é que não quer. Isso te faz mal.

— Você não tem por que se importar, Hasley.

De novo, ele usando o meu nome.

— Tem razão, só estou tentando fazer você perceber que isso é ruim para a sua saúde porque, talvez, quando você perceber, já seja tarde demais — falei muito rápido, tanto que tive que respirar fundo no final.

— Você não pode chegar na minha vida e fingir que me conhece em tão poucos dias para tentar mudar a minha opinião a respeito de uma coisa que já venho fazendo muito antes de você aparecer, entende? Deixa de se meter no que não é da sua conta — murmurou ele, entre dentes. Ele falava a sério. Apertei a mandíbula, tentando guardar um pouco da dor que suas palavras me causaram, e desviei meu olhar para um outro ponto que não fossem seus malditos olhos azuis. — Venha comigo, você precisa disso mais do que eu.

— Já estou sem fome — concluí e virei para me afastar dele.

Sentia como os meus olhos começavam a arder e odiei por um instante o simples fato de ser sensível. Eu me sentia mal por ele, o fazia porque eu não queria aceitar que um dia tudo acabaria mal se ele continuasse naquela situação; ele às vezes era tão... e ainda assim eu não queria me afastar porque...

Tinha começado a gostar dele.

Como isso era possível?

No entanto, o que ele tinha dito era verdade: eu não podia chegar assim tão rápido à sua vida e tentar fazer com que ele mudasse de opinião sobre tudo aquilo. Apesar de doer ter que aceitar isso, eu não sabia muito a respeito dele. Ainda assim, isso não era desculpa para eliminar os seus problemas daquela forma.

Escutei como ele começou a dizer o meu sobrenome e o ignorei, aumentando a velocidade dos meus passos. Não queria estar perto dele agora, não queria escutá-lo; simplesmente não queria estar por perto quando ele estivesse fumando maconha.

— Weigel, olha para mim. — Ele agarrou o meu braço, impedindo que eu continuasse, parando na minha frente. Eu não queria fazer aquilo, porque, se fizesse, seria para lhe dar um soco. — Ok, olha, só quero te dizer que você não pode chegar e dizer para uma pessoa parar de fazer alguma coisa que você não conhece, quando você não é vítima de um vício. Não funciona assim. — Franzi os lábios e me recusei a aceitar tudo o que ele tinha dito, eu não daria razão para ele. Jamais faria isso porque não era verdade. Ele suspirou e vi pelo canto do olho que umedecia os lábios. — Pensei que você entendia ao menos um pouco, mas eu estava errado. Só não tenta me ajudar, você não vai conseguir.

Depois daquilo, ele se virou e foi embora, me deixando ali parada com a minha dignidade. No entanto, daquela vez, minhas pernas não se mexeram para ir atrás dele.

CAPÍTULO 12

Já era o terceiro dia que Luke não falava comigo e eu começava a odiar aquela vontade de eu mesma ir falar com ele, mas não iria. De jeito nenhum. Depois daquela pequena discussão, pensei que ele me deixaria ali sem rumo, mas ele retornou em alguns minutos e me acompanhou até a minha casa. Nenhum de nós dois falou nada e, assim que eu abri a porta, ele foi embora.

Ele estava evitando todo tipo de contato comigo. Nas aulas da srta. Kearney, chegava tarde para se sentar no fundo da sala, eu não o via na cantina e o mais estranho do mundo era que eu também não o via na arquibancada fumando como uma chaminé.

Durante aqueles dias, fiquei fechada no meu quarto escutando os discos que tínhamos comprado antes da discussão. Descobri que algumas músicas eram muito boas. No entanto, sua banda preferida me surpreendeu: era instrumental, com frases enigmáticas. Uma surpresa total. Escolhi todas as músicas de que eu mais gostei, posicionando-as como as minhas favoritas. Não conseguia tirar da minha cabeça a "Letterbomb", do Green Day.

Apoiei a testa na janela do carro para suspirar, fazendo com que o vidro embaçasse; desenhei um pequeno coração com o dedo e esbocei um sorriso. Estava a caminho do colégio com a minha mãe, ela vinha falando sobre alguns de seus pacientes que a deixavam um pouco mal-humorada.

— Você é psicóloga, era para ter paciência — murmurei.

— Eu sei, mas, acredite em mim, alguns me fazem perder a paciência — reclamou com uma cara engraçada, me fazendo rir.

— Você é uma psicóloga muito estranha — hesitei.

— Então vai descendo porque esta estranha precisa ver os arquivos dos seus pacientes — falou ela, abrindo o trinco do carro. Já tínhamos chegado ao colégio. — Se cuida, querida. Até mais.

— A gente se vê mais tarde. Te amo — eu me despedi dela, antes de bater a porta.

Fui para a minha primeira aula: Literatura, com o meu querido professor Hoffman. Recordando bem as coisas, foi por culpa dele que conheci Luke; se ele não tivesse me deixado fora da aula, eu não estaria nesta posição agora. De alguma forma estranha, precisava sentir seu maldito mau humor me irritando.

Na sala, já havia alguns garotos sentados esperando que o professor nos cumprimentasse ou, melhor, não nos cumprimentasse. Foram os minutos suficientes para que o professor aparecesse dando o bom-dia acompanhado dos seus sermões. Informou que deveríamos ler um livro que, para a minha sorte, era do meu agrado e que eu já tinha lido um milhão de vezes: *O rouxinol*, de Hans Christian Andersen.

Algumas aulas passaram rápido e outras simplesmente me entediaram. Tivemos um intervalo quando nos avisaram que a professora María não tinha vindo. Corri rapidamente para a cantina, onde tinha certeza de que Zev se encontraria, mas me equivoquei. Estava voltando para os corredores do colégio quando a voz suave de Matthew gritou o meu nome:

— Hasley! — O garoto se aproximou de mim com um sorriso. — Você está procurando o Zev, né?

— Sim — murmurei, um pouco nervosa pelo seu olhar.

— Ele está em reunião. Me pediu para te dar o recado se te visse.

Ele fez uma careta e riu.

— Ah, obrigada.

Sorri para ele.

— Eu queria te perguntar se você quer almoçar comigo... E com o Zev, é claro, se quiser, porque você ainda tem aula.

Ele falou tão rápido que suas bochechas brancas coraram. Matthew Jones nervoso e corado. Havia algo mais fofo do que isso?

— Claro, te encontro aqui — aceitei, tentando não ficar vermelha como ele, mas sabia que já era tarde demais.

— Certo, a gente se vê mais tarde — ele se despediu, afastando-se para voltar junto dos seus companheiros de time.

Expulsei todo o ar do meu pulmão quando saí da cantina. Afinal de contas, as coisas estavam indo bem com o Matthew sem Luke metendo o nariz nos meus assuntos com o garoto.

Senti quando algo se remexeu dentro de mim apenas ao lembrar do garoto loiro. Odiava a minha maldita necessidade de querer falar com ele, meu orgulho era mais forte e maior do que aquilo. Decidi esperar a próxima aula, que, para o meu azar, era a de História com a professora Kearney, a aula que eu fazia com Luke.

Tomara que ela não o deixe entrar desta vez.

No final, eu fui a única que recebeu a bofetada. Tinha chegado atrasada, e a professora Kearney leu para mim o seu maldito regulamento. Por que sempre prestavam atenção em mim quando eu chegava tarde, e não nos outros? Por que os professores me odiavam tanto?

Despois de tê-la escutado, ela me deixou entrar e tive ainda mais azar quando percebi que o único lugar livre era a cadeira ao lado do Luke. Queria me jogar do quinto andar, mas era impossível, porque havia apenas quatro. Caminhei, indecisa, com os nervos à flor da pele. Joguei a mochila no chão e peguei o caderno para escrever. O problema era que eu não tinha a menor ideia do assunto ou do que eles estavam fazendo, e perguntar para Luke era uma opção riscada da lista com canetinha preta grossa, por isso escolhi a opção mais sensata.

— Desculpa — sussurrei, esticando o meu braço para tocar com o meu dedo o ombro do colega que estava na minha frente.

— Humm, sim?

Ele sorriu, sedutor. Era Josh, um garoto de pele pálida com cabelo preto.

— Eu cheguei atrasada e não sei o que vocês estão fazendo — murmurei. — Você pode me dizer?

— Claro — afirmou, e me senti feliz até que ele continuou —, mas o que eu ganho com isso?

— Como assim?

— O que eu ganho se eu te explicar tudo?

Ele levantou uma sobrancelha e sorriu de um jeito que eu entendi rapidamente. Abri a boca para responder, mas alguém o fez mais rápido.

— Ei, idiota. Por que você não se vira e para de insinuar bobagens? Fica longe dela. — Luke falou com um tom depreciativo.

Josh levantou as mãos em um gesto de inocência e virou-se de novo para olhar para a frente e fingir prestar atenção na professora. Olhei lentamente para Luke sem saber o que dizer ou como reagir diante do que ele tinha feito, mas ele não falou mais nada. Mordi o interior da bochecha e olhei para o meu caderno. Luke não voltou a falar nada e, portanto, eu também não. A aula terminou, a professora mandou tarefas para casa, e uma delas eu não tinha ideia do que se tratava. Comecei a juntar todas as minhas coisas e a guardá-las na mochila para passá-la, como de costume, por cima da cabeça. Sem ficar mais um segundo sequer perto do garoto, saí da sala.

Eu me sentia um pouco incomodada com o que tinha acontecido. Luke chegava a ser um pouco estranho, mas eu lhe agradecia que tivesse respondido ao garoto; o mais provável é que eu tivesse respondido com um patético: "Que grosseria".

Era a hora do almoço. Fui direto para o meu armário para poder guardar todas as minhas coisas e ir para o refeitório. Procurei o cabelo ruivo ou cacheado de alguns dos garotos, até que os encontrei em uma das mesas.

— Oi — cumprimentei quando estava perto.

— Oi, Hasley.

Matthew sorriu para mim, pegando uma de suas batatas fritas. Eu me sentei.

— Você ouviu que estão planejando fazer umas festas? — perguntou Zev. — Dizem que cada ano vai fazer a sua.

— E... — falei, para ele continuar.

— E, bem, somos do mesmo ano, podemos fazer uma — continuou o garoto ruivo.

— Vocês sabem que são os capitães dos dois times mais importantes do colégio, né? — perguntei. — Vão conseguir que ninguém faça a sua festa e vão ter que fazê-la vocês mesmos para quase todos os alunos.

— Estou acostumado com isso.

Matthew deu de ombros; ele estava certo. Já era um mestre das festas, mas o meu melhor amigo, não.

Preferi não dizer nada mais. Matthew, toda vez que me olhava, dava uma piscadinha e eu me via com a necessidade de olhar para baixo para assim esconder o meu rosto corado dele. Zev avisou que iria buscar mais suco de uva, e eu soube que o meu nervosismo me trairia. Foi assim até que o garoto que estava na minha frente falou:

— Você se dá bem com o Luke?

Sua pergunta me surpreendeu.

— Mais ou menos — respondi, hesitante.

Ele apenas assentiu. Então foi a minha vez de perguntar:

— Você conhece ele?

Ele deu uma risadinha e suspirou.

— Só sei da sua existência — mencionou ele e me olhou. — Mas já ouvi coisas sobre ele, como que se droga e faz terapia.

Franzi os lábios diante do que ele tinha dito. Não gostava nada daquelas conversas, muito menos que subestimassem a situação do Luke, que circulava pelos corredores e que, apesar de ser verdade, ninguém tinha direito de contar como se fosse uma fofoca a mais.

Não entendia por que estávamos falando do Luke, e era mais confuso ainda que fosse com Matthew.

— Bem, deixa para lá o assunto do Luke — continuou e comeu uma das suas batatas fritas —, eu estive pensando e gostaria de sair com você — disse com naturalidade. Percebeu como suas palavras soaram e rapidamente se retratou: — Tipo um encontro... de amigos.

Dei uma risadinha baixa ao ouvir a escolha de suas palavras para definir aquilo. Ele agia comigo de uma forma inocente, isso me agradava. Se eu aceitasse, teria um encontro com ele, mesmo que fosse como amigos. Eu sairia com Matthew Jones e isso, para muitas garotas do colégio, era demais.

— Claro — tentei fazer com que a minha voz soasse firme, escondendo a emoção entranhada nos meus ossos.

— Poderíamos ir ao cinema e depois comer alguma coisa — propôs. — Você se anima?

— Claro. Pode ser sábado às sete?

— Sábado, às sete — confirmou ele, bebendo seu suco pelo canudo. — Depois você me passa o seu endereço?

Concordei. Em seguida, Zev voltou e não apenas com o seu suco: trazia um pouco mais de comida, portanto foi inevitável roubar o seu cachorro-quente e receber uma reclamação por parte dele.

Começamos a conversar sobre coisas que iam surgindo, um assunto depois de outro, enquanto eu me limitava a rir dos casos que Matthew contava, mas a conversa foi interrompida quando um de seus amigos da equipe de basquete o avisou que o treinador estava lhe chamando. Ele se despediu e, entre desculpas, foi embora, me deixando com Zev, o qual só se dedicou naquele instante a me irritar e deixar as minhas bochechas completamente vermelhas. Pouco tempo depois, o sinal soou para que todos voltassem para a aula. No final, Zev me acompanhou até a minha sala entre tropeços e gozações.

***

Meus pés se moviam rapidamente pelos corredores do colégio, tentando me esquivar de qualquer pessoa que se interpusesse no meu caminho. A primeira aula do dia era a de História, e eu não queria chegar atrasada para escutar a professora com as suas regras, que deveriam ser respeitadas ao pé da letra.

O dia começou bem quando percebi que Luke ainda não tinha chegado. Sentei-me em um dos assentos da frente e joguei minha mochila no chão.

A sala começou a encher e, segundos depois, a professora entrou com Luke atrás dela. Mordi meus lábios ao perceber que o olhar dele estava perdido em algum ponto não específico. A mulher arrumou tudo sobre a sua mesa e se pôs na frente.

— Bom dia, meninos — cumprimentou com um sorriso. — Deixem as suas tarefas em duas pilhas ao lado da minha mesa, eu vou dar as notas e devolver para vocês — indicou, pegando uma caneta da mesa e virando-se para escrever algo no quadro.

A maioria começou a se levantar do seu lugar para fazer o que tinha sido pedido por ela.

Baixei a cabeça, sentindo-me culpada. Isso arruinaria a minha nota. Talvez eu devesse ter me empenhado mais para tentar entender a tarefa de casa, mas, para ser sincera comigo mesma, não tive vontade de fazê-la.

Senti o olhar de alguém atrás de mim e não precisei me virar para saber de quem se tratava. Minha intuição dizia que era Luke. Mordi o interior da minha bochecha e peguei meu caderno para anotar o que a professora tinha escrito.

"Tarefa para fazer em sala."

Bem, se eu quisesse recuperar algo, teria que fazê-la suficientemente bem para alcançar a nota intermediária. Minutos depois, todos estavam fazendo a tarefa ou fingindo. Tratava-se de encontrar alguns pontos no livro e anotá-los no caderno, algo fácil de fazer, mas com o grande esforço de escrever. A professora começou a devolver os trabalhos chamando os alunos, um por um, para que fossem buscá-los e lhes dizer o que tinham errado ou acertado.

— Hasley Weigel — a mulher me chamou.

Se a minha estabilidade emocional estivesse descontrolada, eu estaria literalmente no chão. Por um segundo, passou pela minha mente que ela tinha me chamado por eu não ter entregado a tarefa, mas não foi isso o que aconteceu. Ela segurava uma pasta olhando para mim. Eu não tinha entregado nada nem pagado para alguém fazer por mim. Levantei-me do meu lugar insegura e com um turbilhão de dúvidas e perguntas na cabeça.

— Sim? — perguntei em um sussurro, não muito segura.

— Ótimo trabalho.

A professora me deu um sorriso, estendendo a pasta para mim.

— Mas... eu...

Queria dizer que eu não tinha entregado nada, mas o meu lado ambicioso gritava para mim: "Não seja burra e pegue". Decidi ouvir o meu outro lado.

Concordei com a cabeça e andei de volta para o meu lugar. Provavelmente, alguém que não fosse eu diria que era sorte e continuaria como se nada tivesse acontecido, mas, ao contrário, eu me sentia como uma ladra que não tinha roubado nada. Por acaso isso fazia algum sentido?

Abri a pasta para poder ver o trabalho impresso. De um lado, na aba, o meu nome estava escrito com caneta preta. Aquela caligrafia tão desleixada era difícil esquecer. Por cima do ombro, virei a cabeça para o proprietário daquela letra. Luke estava com o olhar e a concentração voltados para o caderno, sem levantar a cabeça e ignorando, como sempre, todos ao seu redor. Eu não o entendia. Queria me levantar e ir diretamente até ele para lhe perguntar o que ele pretendia, porque eu não entendia as suas ações. Ele tinha ficado vários dias sem falar comigo e depois fazia aquilo por mim.

Quem entendia?

Eu estava tão confusa e tentando responder eu mesma às minhas próprias perguntas que não percebi que a aula tinha terminado até que vi vários garotos se levantando para deixar os seus cadernos em um canto. A tarefa. Que droga! Deixando a única coisa que tinha escrito nela, eu levantei e a coloquei junto às outras.

Rapidamente, procurei Luke com o olhar, embora ele já não estivesse mais na sala. Corri em direção à porta procurando por ele, dando com sua cabeleira e suas costas largas, que estavam cobertas por uma jaqueta preta. Por um segundo, achei que ele fosse para a arquibancada, mas estava errada, ele se dirigia ao pátio dos fundos; apressei o passo para poder alcançá-lo. Não havia muitos alunos, e eu podia adivinhar por que estavam ali.

— Luke! — gritei, tentando fazê-lo parar.

E assim foi. Ele parou e deu meia-volta.

— Weigel — pronunciou quando me viu.

Que alegria era escutar aquilo!

— Foi você quem fez o seu trabalho passar como se fosse meu.

— Isso é uma afirmação ou uma pergunta?

Ele levantou uma das sobrancelhas.

— Uma pergunta — soei um pouco duvidosa.

— Às vezes, o seu nível de inteligência me surpreende. — E já estávamos de volta aos seus toques de ironia. Franzi a boca, e ele riu, passando um dos dedos pelo seu lábio. — Sim, fui eu.

— Por quê? — perguntei, muito confusa, e realmente me sentia assim.

Ele umedeceu os lábios e suspirou.

— Acho que me senti culpado — confessou. — Se eu não tivesse respondido ao idiota ontem, ele teria te dito o que você queria saber, mas não consegui ficar calado.

— Isso vai prejudicar a sua nota?

— Eu sei como recuperar.

Ele piscou um olho para mim.

Concordei, não muito confiante. De certa forma, ainda me preocupava com Luke e era algo que eu odiava pelo simples fato de que ele não queria isso e fazia com que ficasse irritado. Nós dois nos irritávamos.

— Obrigada — disse.
— Uhum — murmurou, sem dar importância.

Ele se virou, tirou do bolso da sua calça um cigarro para acender e começou a andar para longe de mim. Queria dizer às minhas pernas que elas deveriam voltar para que eu pudesse ir para minha próxima aula, mas eu já estava de novo do lado de Luke, com ele me olhando estranhamente.

Eu não sabia o que estava fazendo.

— Desculpa — murmurei.
— Por?

Sua voz soou confusa e, pela testa franzida, estava claro que ele se sentia assim.

— Por tentar impor algo na sua vida — sussurrei, um pouco incomodada, olhando para o chão enquanto continuávamos caminhando.

Ele sorriu.

— Não se desculpe, sou eu quem te deve uma desculpa por ter dito tantas coisas para você. Sei que você se preocupa, e eu te agradeço de verdade, não sou muito de dizer isso, mas... eu te agradeço. Suas intenções não são más.

— Sabe, só não gostaria de te ver mal, não gosto do que todos falam sobre você.

— Falam muitas coisas sobre mim, Weigel. Poucas pessoas sabem a verdade, mas não me importo; com o tempo, você se acostuma e perde o interesse. É melhor contar com três pessoas verdadeiras do que com vinte falsas.

Quis falar algo, mas me calei ao som de um celular. Era o de Luke, que o tirou do bolso da jaqueta e observou a tela, soltando um grunhido ao levá-lo ao ouvido.

— Estou em aula, que raios você quer agora? — resmungou ele com a pessoa do outro lado da linha. — Ah, eu tenho uma ideia melhor, que tal você me pagar tudo?

Sua voz soava diferente, como se tivesse alguma conexão com a pessoa com quem falava; tinha aquele tom sarcástico, mas amigável, não era um tom de censura, muito menos tóxico. Luke disfarçou um sorriso, balançando a cabeça.

— Há dois meses que você leva suas garotas lá e não paga os ingressos, e tudo por mim. Deixa de ser um aproveitador sacana e paga. — Ele deu uma tragada no cigarro e depois soltou a fumaça, fechando os seus olhos graciosamente. — André, tomara que a sua próxima camisinha venha com defeito. Além disso, hoje eu não trabalho.

Depois disso, desligou e colocou o celular de volta no bolso da jaqueta.

— André? — perguntei, elevando uma sobrancelha.

— Sim, um...

Ele interrompeu a frase pensando em uma palavra para defini-lo.

— Amigo? — perguntei, tentando completá-la.

— Ele não é meu amigo, Weigel — reclamou, tirando o cigarro dos seus lábios para então jogá-lo no chão e pisar. — Só um conhecido.

— Um conhecido...

O ambiente se tornou um pouco desconfortável, e a minha vontade de sair correndo dali era uma das primeiras ideias que o meu subconsciente me gritava. Com Luke tudo ficava um pouco tenso, querer falar de alguma coisa implicava saber em que assunto era conveniente tocar com ele. No final, foi ele que acabou falando:

— Vamos embora daqui — disse, e sorriu, fazendo com que a famosa covinha aparecesse na sua bochecha. Pegou-me pela mão e correu comigo um pouco mais para trás, até chegarmos a uma árvore frondosa e alta e nos enfiarmos debaixo dela. — O ar aqui é fresco, gosto dessa tranquilidade.

Ele sentou-se no gramado em frente ao tronco e, com uma das mãos, indicou que eu me sentasse. Segui o seu pedido e me sentei, apoiando as costas no tronco da árvore. Luke continuava com o sorriso nos lábios, o que fez com que ele parecesse um pouco alegre.

— Escutei alguns discos — falei, olhando para ele.

— Alguns? Quais?

— As últimas duas bandas — confessei, com um sorriso de orelha a orelha.

Começamos a conversar sobre de quais eu tinha gostado mais e o que eu tinha achado de cada música, assim como dos músicos. Luke me contou pequenas curiosidades, a história das letras, como os compositores tinham se inspirado, assim como o significado dos vídeos. Era maravilhoso vê-lo sorrir e escutá-lo falar com tanta empolgação.

Ele me contou quais eram as suas estrofes preferidas e o porquê. Embora não tenha mergulhado profundamente em certos assuntos, foi o suficiente para que eu pudesse compreender, pelo menos um pouco, os seus sentimentos com relação à música, assim como o estado de ânimo que cada uma das canções lhe transmitia.

Ele se deitou no gramado enquanto continuávamos conversando sobre as músicas que tinham sido boas, embora para ele todas fossem assombrosamente geniais, sem defeitos. Era um grande fã, sem dúvida. Eu adorava como ele falava com tanto entusiasmo sobre as músicas ou cantarolava o refrão de alguma. Sua voz era linda. Ele tentava conseguir o ritmo de alguma delas batendo com suas mãos. Luke podia ser divertido e uma pessoa legal se você conhecesse os seus gostos e o que o agradava. A música era um bom tema para iniciar uma conversa bacana com ele.

— Música é demais!

Ri ao ver que ele gritava de emoção como um garotinho. Eu jamais me cansaria de vê-lo sorrir.

— Você é uma incógnita, um mistério. Você se esconde tanto que prefere não se mostrar — murmurei.

Percebi que pensei em voz alta quando Luke sentou-se para olhar imediatamente para mim.

— Mas com você eu deixo de ser uma incógnita — confessou.

— Demorou — murmurei.

Ele fechou a cara como se algo o irritasse.

— Você consegue isso de verdade. — Ele passou o polegar pelo lábio e engoliu a saliva para dar um sorriso sem abrir a boca. — Amanhã você vem comigo depois da aula, tá?

Minha mente estava funcionando tão rápido que eu não sabia o que responder, não tinha nada para fazer além de ir para casa e esperar que a minha mãe chegasse muito tarde.

— Tá — concordei.

Luke sorriu e se levantou da grama estendendo a mão para mim. Eu a peguei e ele me ajudou a ficar de pé.

— Que aula você tem agora? — perguntou.

— Geometria — respondi. — E você?

— Educação Física — grunhiu, me divertindo, porque o seu lugar preferido era a arquibancada, e ele não gostava de entrar no campo.

Saber que havia voltado a conversar com ele e que não teria mais que evitá-lo me fazia feliz. Naqueles dias que não interagimos, eu tinha percebido que Luke já ocupava uma pequena parte da minha vida. Ele costumava ser uma pessoa legal quando se mostrava como era de verdade, e não como outras vezes: com aquela fantasia sem graça que tornava tão difícil aproximar-se dele.

Ele se movia muito rápido no seu mundo, tanto que era muito difícil tentar acompanhá-lo.

CAPÍTULO 13

Eu olhava pela janela do carro abraçando a minha mochila com as duas mãos. Enquanto isso, minha mãe me passava um sermão, pisando firme no acelerador.

— Você não pode continuar se atrasando — repetiu. Ela elevou a voz, com um tom bravo. — Ou você começa a mudar esse péssimo hábito ou, à noite, eu vou ser obrigada a te tirar todo tipo de distração. Você já tem idade suficiente para levar a sério as suas responsabilidades, Hasley Diane.

Apertei ainda mais a mochila contra o peito e olhei para a minha mãe como se eu fosse um cãozinho arrependido. Ela balançou a cabeça, franzindo a testa.

— Eu vou mudar, prometo...
— Não quero que você me prometa nada, quero que você mude. Mude.

Enchi de ar as minhas bochechas, que eu sentia que estavam quentes. Quando minha mãe fica brava, ela me faz sentir mal, mas, bom, muitas vezes sou eu quem a provoca.

Talvez eu tivesse que dar um tempo nas minhas séries coreanas, ou naqueles documentários que me faziam questionar tudo ao meu redor, ou ainda naqueles filmes de romances compulsivos. Seria uma tortura, mas o problema não era apenas dormir cedo, o verdadeiro problema era quando o alarme tocava.

Para minha salvação, visualizei o colégio a alguns metros de distância.

— Vou na casa da Amy depois que eu sair do trabalho — mencionou ela. — Tem comida em casa e dinheiro também.

Direcionei o meu olhar para ela.

— Por quê? — perguntei.

— Preciso sair de vez em quando, Hasley — disse ela, segura da sua resposta. — Talvez no próximo final de semana possamos ir juntas e assim você encontra o Nico; ele poderia te dar alguns conselhos de como acordar mais cedo.

Fechei a cara.

Nico era o filho da Amy três anos mais velho que eu. Tanto minha mãe quanto Amy costumavam dizer que ele e eu íamos namorar quando fôssemos mais velhos. Definitivamente isso nunca ia acontecer. E não porque ele fosse um cara ruim, mas porque eu não conseguia enxergá-lo com qualquer interesse romântico.

— Ele é tão irresponsável quanto eu — lembrei.

— Tomara que você pare de dizer o que é e trate já de mudar — resmungou. — Chegamos.

Cerrei os dentes e desci do carro sem vontade nenhuma de continuar com aquela conversa.

— A gente se vê à noite. Até mais — eu me despedi.

— Se cuida! — gritou.

Bati a porta e apressei meus passos até o armário. O porteiro me cumprimentou com a cabeça e eu retribuí o gesto. Não havia muitos alunos no corredor, por isso soube que a maioria já deveria estar nas suas respectivas salas de aula. E eu? Teria que me humilhar mais uma vez – mais uma de tantas – diante do professor Hoffman.

Procurei o caderno de Literatura e bufei frustrada. Não podia tê-lo esquecido em casa, ainda lembrava que eu tinha o empurrado para o fundo do armário depois da aula de Geografia.

— Chegando atrasada?

A voz do Luke me assustou. Virei para olhá-lo e grunhi, fazendo uma cara de desgosto. Ele sorriu.

— Será que é tão difícil para os meus ouvidos escutar o maldito despertador? — resmunguei e fechei de uma vez o armário. — Minha mãe vai me matar se me mandarem para a diretoria.

— Veja o lado bom — ele disse, divertido. — É mais uma anedota para você poder contar para os seus filhos.

O que ele estava falando?

Isso não tinha nada de bom. Não ia ser uma anedota que eu contaria para os meus filhos, se é que no futuro eu ia querer ter filhos. Serviria como uma imagem falsa para chantageá-los e mostrar que, na idade deles, eu fazia as coisas do jeito certo... Mentira. Eu ia dizer que a mãe deles era uma cabeça-dura irresponsável.

— Você não está ajudando, Luke — murmurei, desanimada.

— Não estou tentando ajudar — admitiu ele, dando de ombros para deixar claro que não estava nem aí para aquilo.

Suspirei.

Deixei cair todo o meu peso sobre uma das pernas e cruzei os braços, cansada de escutá-lo. Eu não precisava mais me apressar para a aula de Literatura. Já a havia perdido, teria que me conformar e, provavelmente, aguentar outra advertência. Minha sorte era tudo menos boa ou justa.

Luke franziu a testa e coçou a ponta do nariz. De repente, sua expressão mudou para uma de desgosto, como se algo o tivesse irritado. Isso me deixou confusa e levantei uma sobrancelha, questionando-o:

— Aconteceu alguma coisa?

— Está com cheiro de café — respondeu. Ele se aproximou um pouco de mim e me cheirou, como se eu fosse algum tipo de amostra de perfume. — Eu detesto o cheiro de café, detesto em geral, o sabor, a cor... tudo.

— Eu achei que o café e o cigarro fossem bons amigos.

— Pois saiba que não é bem assim, pelo menos não para mim.

— E por quê?

— Porque é... horrível. Meus pais tomam de manhã e suportar isso é uma tortura. Não entendo o que acham de atraente ou delicioso no café.

Refleti um instante sobre minha resposta e soltei:

— O mesmo que você acha de atraente e delicioso na nicotina.

Luke ficou em silêncio e seus olhos semicerraram. Pude ver que ele levantou o cantinho dos lábios. Em momento algum eu me arrependi do que tinha dito.

— Defensora do café, hein? — Foi a única coisa que ele disse.

Dei de ombros.

Eu não era fanática por café nem conhecia os tipos que existiam ou como deveria tomá-los, mas minha mãe sim. Todas as manhãs, ela dedicava um tempo para preparar duas xícaras de diferentes tipos de café, uma para ela e outra para mim.

Hoje não tinha sido diferente, mas tive que tomar rápido, apesar de ainda estar quente, porque senão chegaríamos tarde.

Luke suspirou, e seu olhar desceu para minha blusa. Seu sorriso alargou-se e, pela maneira como sua covinha apareceu, eu soube que ele estava segurando o riso.

— Weigel — murmurou.

— Fala — respondi.

— Acho que na verdade você precisa de um despertador mais eficaz — começou. Franzi a testa sem entender. — Você colocou a blusa do lado avesso.

Meus olhos se arregalaram de uma vez só. De repente, senti vergonha e meu rosto ardeu. Olhei a blusa para confirmar o que ele tinha dito e, quando vi, quis, definitivamente, que a terra me engolisse. Era uma das piores humilhações que eu já tinha passado, juro.

Virei-me para Luke, que mordia os lábios, evitando a todo custo começar a rir.

— Meu Deus...

— E acho que isto é pasta de dentes.

Ele apontou para a parte de cima da minha blusa.

Eu nem sequer quis confirmar. Não, não, não.

Pode me engolir, terra, pensei.

O rosto de Luke se suavizou, deixando de lado aquele gesto debochado.

— Preciso... ir ao banheiro — anunciei com um fio de voz.

— Tem certeza? Você não tem aula?

Pisquei e neguei com a cabeça:

— Tenho, mas cheguei atrasada, o professor não vai me deixar entrar. Ele me odeia.

— Quem é? — perguntou.

— Hoffman — respondi.

Ele sacudiu a cabeça, pensando.

— É aquele que te deu a advertência da outra vez?

Eu me surpreendia que ele tivesse uma memória tão boa... para algumas coisas ou talvez para as que acabavam me irritando. Não era a primeira vez que ele se lembrava de algo que favorecesse minha desgraça.

— Sim, o próprio.

Ele ficou em silêncio por vários segundos e depois continuou:

— Vai no banheiro. Em menos de dois minutos, preciso que você esteja em frente da sala — ordenou ele. Eu quis dizer algo, mas Luke rapidamente completou: — Hoffman... É aquele que é careca, mas tem um bigode enorme?

Dei uma risadinha e assenti com a cabeça. Ele se afastou.

Não esperei que ele desaparecesse pelo corredor e corri para o banheiro para vestir a blusa do lado certo. Tentei não perder muito tempo, limpei um pouco o canto dos lábios e segurei com força a mochila, indo em direção à sala de aula como Luke tinha me pedido.

Eu não tinha a menor ideia do que ele pretendia e não entendia por que ele me escutava, como se na verdade fosse me ajudar. No começo, hesitei e não tinha certeza se deveria continuar com aquilo, mas depois disse para mim mesma que eu não perderia nada por tentar.

Caminhei pelo corredor a passos rápidos e, de repente, me puxaram pelo braço, fazendo com que eu me virasse. Os olhos azuis de Luke cruzaram com os meus.

— Quando o professor não está na sala dando aula, tem que ser permitido entrar — informou. — Ele não está lá.

— Como você sabe que ele não está?

— Eu contei uma mentira para ele, coisa pequena, nada pelo que ele possa te culpar, certo?

— Tem certeza?

— Tenho, tanto quanto tenho certeza de que adoro seu corte de cabelo. — Luke deu um sorriso largo. — Eu já te disse que você se parece com o lorde Farquaad?

Eu olhei para ele com um ar reprovador, furiosa.

— Seu chato — murmurei, soltando-me da sua mão.

— Por quê? Pelo menos eu não te disse o que acho da sua mochila com broches dos Jonas Brothers. — Ele riu. — Fico surpreso que você ainda goste deles.

— Deixa os meus broches e o meu cabelo em paz — falei.

— Eu vou deixar, mas só porque quero que você entre na sala, senão o Hoffman vai chegar e levar nós dois para a diretoria, você por chegar atrasada e eu por mentir para ele. Anda, corre, Weigel, corre!

Decidi não dizer mais nada e fui embora. Estava com o coração na boca quando abri a porta, mas pude me certificar – como Luke havia me dito anteriormente – de que o professor Hoffman não estava ali.

Eu me sentei no fundo da sala e fiquei quieta, cabisbaixa e com a mochila ao meu lado. Ainda não havia nada escrito no quadro.

— Ele já fez a chamada? — perguntei ao garoto do meu lado.

— Não, ainda não.

Assenti, agradecendo-lhe.

Bem, desta vez eu tinha me safado, e foi graças a Luke Howland.

***

No final da aula, procurei daquela vez guardar o caderno de Literatura à vista para não o perder como naquela manhã. Ou talvez fosse ainda melhor deixá-lo sempre na mochila.

— Oi, Hasley.

Eu me virei no instante em que reconheci aquela voz me cumprimentando. Matthew me dava um sorriso pela metade, sua camisa verde-escura ressaltava a cor da sua pele e dos seus olhos. Fiquei em silêncio por alguns segundos e engoli em seco. Os batimentos do meu coração aceleraram e respirei fundo antes de responder.

— Oi, Matthew.

— Como você está?

— Bem, bem — repeti. — Quer dizer, estressada com as aulas, mas bem. E você? Como vão os treinos?

Ele revirou os olhos e bufou, dando a entender que estava cansado.

— Muito puxados, mas eu gosto. Eu adoro o que faço. — Ele mexeu no cabelo com uma das mãos e continuou: — A única coisa que me deixa irritado e que eu acho difícil é quando o treinador e os professores me pressionam. Eu não sou muito bom em entregar as tarefas em dia.

— Bem, pelo menos você não se atrasa para as primeiras aulas — falei, bufando.

— Problemas com o despertador?

— Você não tem ideia...

Parei de falar quando percebi o olhar de alguém: aparentemente, não fui a única, porque Matthew foi o primeiro a desviar o olhar para o outro lado. Eu fiz o mesmo.

Luke.

Ele se aproximou da gente em menos de três passos e se dirigiu a mim.

— Weigel.

— Luke — eu o cumprimentei, com um meio sorriso.

Sua presença não me agradava naquele momento. Ele estava interrompendo minha conversa com Matthew, e era de propósito. Eu não tinha dúvidas.

— Ei — o Matthew disse para ser notado. Luke o olhou, inclinando a cabeça sem muita empolgação, e senti um pouco de pena do garoto ruivo. — Bem... então eu já vou nessa. A gente se vê, Has.

Ele levantou as sobrancelhas, hesitante, e se aproximou de mim para me dar um beijo na bochecha. Não se despediu de Luke e preferiu ir embora dali. Meu rosto corou e agradeci aos céus que ele já estivesse longe, eu não queria me envergonhar na frente dele... Ou pelo menos de novo não.

— Você é patética — ele me recriminou ao me ver naquele estado.

Eu só queria gritar.

— Fica quieto, por favor — pedi, cobrindo a boca dele com as mãos. — Esse foi o primeiro contato que eu tive com os seus lábios, meu Deus!

— Você é patética — ele repetiu.

Balancei a cabeça, rindo. Ele não estragaria a felicidade que eu estava sentindo naquele momento. Podia levar seu mau humor para longe dali.

Quando eu já estava mais calma, virei-me para Luke, que continuava com a expressão de poucos amigos. Lembrei o enorme favor que ele tinha me feito e sorri amigavelmente, eu não ficaria sem lhe agradecer.

— Sobre o que aconteceu hoje... Obrigada, de verdade.

— Imagina. — Ele minimizou a importância e balançou a mão. — Você tem alguma outra aula hoje? Ou já terminaram todas?

Fiquei confusa a princípio, mas respondi:

— Não — neguei. — Por quê?

— Quer vir comigo a um lugar?

— Eu devia pelo menos saber aonde você vai me levar para me matar — dramatizei.

— O quê? — Ele riu. — Para com essas bobagens, Weigel.

— Bobagens?

— Bobagens — repetiu.

— Você é muito chato — gritei.

— Você está começando a me dar dor de cabeça.

Ele tocou as têmporas e começou a andar, indo embora.

Grunhi de mau humor e, apesar de querer asfixiá-lo, eu o segui.

No caminho, eu lhe fiz várias perguntas, porque as dúvidas iam crescendo aos poucos e logo vinham outras que brotavam quando ele respondia ao que queria. Os quarteirões eram intermináveis quando eu estava sozinha, mas, na companhia de Luke, eles pareciam menos compridos.

Não tivemos que chegar até o lugar para eu saber aonde nós estávamos indo. Evitei dizer a Luke que eu já sabia, esperei até que chegássemos ao boulevard e perguntei:

— Por que viemos aqui?

— Eu queria vir... com você.

Ele entrou no beco e parou no tronco da árvore maior; então, inclinou a cabeça para trás, olhando para o céu. Eu fiz o mesmo. De manhã estava nublado, quase avisando que iria chover, mas agora a nossa vista era um céu azul sem nuvens.

— Você já escutou aquela frase que diz que as árvores são as melhores amigas do homem? — perguntou ele, voltando o olhar para mim.

Franzi a testa. Claro que eu já tinha escutado algo parecido, mas não dito daquela maneira.

— São os cachorros, não as árvores, Luke — eu lhe corrigi.

Ele estalou a língua.

— Você poderia fazer um esforço para me dar razão, Weigel? — grunhiu ele e sentou-se em uma das enormes raízes que se destacavam daquela árvore enorme.

Eu me aproximei dele e fiz o mesmo.

— Ah, agora lembro, Luke, eu também já escutei essa frase — ironizei.

Ele não respondeu nada. Apoiou a cabeça contra o tronco da árvore e fechou os olhos. Eu estava um pouco desconfortável, mas mesmo assim fiquei olhando para ele: seu nariz era arrebitado, a pele do rosto tinha algumas marcas, mas só se observada minuciosamente, a cor das suas olheiras se destacava, assim como os lábios, que eram rosados. Eu já tinha dito antes, mas agora repetia para mim mesma: ele tinha um perfil muito lindo, digno de fotografia.

E falando em fotos...

— Luke, você não tem nenhuma rede social ativa, né?

Ele abriu apenas um olho.

— Não, nenhuma. Só o e-mail institucional, se é que isso conta como rede social.

— E por quê?

Ele voltou a fechar o olho e deu de ombros.

— Acho que tudo isso é desnecessário, não me importo com a vida das outras pessoas, e a maioria gosta de publicar sua intimidade... sua privacidade. Colocar algo na internet é permitir que qualquer um fique sabendo da sua vida. Além disso, quem iria querer ver fotos minhas? Por que eu iria querer ver fotos de outras pessoas? Não dou a mínima para o que elas estão fazendo e sei que elas também não dão a mínima para o que eu estou fazendo.

Eu não esperava aquilo como resposta. Apenas um "Eu não gosto", mas ele me deu uma explicação completa, um porquê que justificava além do necessário. Eu me surpreendi, e isso fez com que eu repensasse muitas coisas: eu, frequentemente, publicava as coisas que eu gostava de fazer e também fotos minhas, que depois apagava.

— Mas cada um é dono da sua vida — murmurou.

— Você prefere passar despercebido, né?

— Um pouco. Digamos que tem gente no colégio interessada em saber o que eu faço ou quem eu sou. Inventar histórias é uma diversão para uma galera.

Assenti, convencida pela última coisa que ele tinha dito, e olhei para a calça dele. Estava rasgada nos joelhos, mas era um rasgo desfiado, dando a impressão de que tinha sido feito por ele. Não parecia de jeito nenhum com aqueles de fábrica.

Vi de relance que ele tirou um cigarro e o acendeu, levando-o à boca. Voltei a atenção para a calça e deslizei a mão até o joelho dele para puxar um fio. Mas as pontas dos meus dedos tocaram sua pele e ele puxou a perna.

— O que você está fazendo? — disse de repente.

Voltei minha atenção para ele.

— É você quem rasga? — perguntei. — Quero dizer, você rasga de propósito ou compra assim?

Puxei com força o fio até arrancá-lo e escutei ele reclamar.

— Só essa e outras duas — admitiu ele, e virou o torso na minha direção, esbarrando seu ombro no meu.

— E tem algum motivo?

— Fica mais confortável quando eu me sento, minhas pernas são compridas, e algumas calças me apertam no joelho, por isso eu faço um buraco ali e resolvo os meus problemas.

Eu o observei quando ele deu uma tragada profunda no cigarro e depois soltou a fumaça. A nuvem cinza desapareceu no ar.

Eu nunca havia fumado, mas via as pessoas fumando e, às vezes, tinha curiosidade de experimentar. No entanto, algo em mim não tinha certeza. Eu só queria saber o que existia de tão especial para tantas pessoas gostarem de fumar.

— Posso experimentar? — soltei.

— O quê?

— Posso experimentar o cigarro? — formulei melhor a pergunta.

Luke piscou, confuso.

— Está falando sério? Nem pense em jogar fora quando eu te entregar, porque eu ainda tenho um maço quase cheio.

— Não vou fazer isso, só quero experimentar. — Eu ri.

Ele continuava com aquela expressão incrédula, surpreendido e confuso. Tudo ao mesmo tempo. Eu estava igual. Reclamar todos os dias toda vez que ele acendia um era um ótimo motivo para ele estar daquele jeito.

— Você vai me dar? — insisti.

Ele suspirou, rendido.

— Tá bom — aceitou. Ele me estendeu o cigarro, mas, antes que eu pudesse pegá-lo, acrescentou: — Só se você me prometer uma coisa, Weigel.

— Diga.

— Por mais tranquila que você se sinta fumando, não use como uma forma de anestesia cada vez que se sentir mal — murmurou. — Você não precisa desta merda.

Apertei os lábios e entendi por que ele fumava. Ou ao menos as suas palavras me deram essa impressão.

— Ok?

— Ok, eu prometo — concordei.

— Você já fez isso alguma vez antes? Você sabe... fumar? — perguntou ele. Neguei, e Luke deu uma risadinha. — Só inspira um pouco, como se estivesse dando um suspiro, e retém a fumaça no pulmão durante alguns segundos, e depois deixa sair. Tem que ser devagar, hein?

Eu o escutei, certificando-me de que não iria estragar tudo.

Não consegui.

Foi só respirar um pouco que me engasguei com a fumaça, começando a tossir.

— Que merda — xinguei.

— Calma, é normal isso acontecer na primeira vez — ele me animou. — Tenta de novo, mas desta vez procura não fazer tão rápido. Você se desesperou, e isso não é bom.

— Tá bom, tá bom.

Fui com calma e, apesar de ter dado errado novamente na segunda tentativa, eu quis tentar de novo, e na quarta vez deu certo.

Eu lhe devolvi o cigarro, e ele o terminou. De repente, eu me senti enjoada e arrependida, também mole e com um pouco de sono; não sabia se aquilo era normal, mas minha cabeça latejava.

— É possível que eu enjoe tão rápido? — reclamei, esfregando as têmporas.

— Claro, principalmente quando é a primeira vez que você fuma e... você não fez tão bem como deveria ter feito — respondeu. — Tenta não reclamar muito, Weigel.

Urgh, impossível.

Agora eu tinha um gosto horrível na boca, sentia a língua áspera, e a fumaça ainda irritava minhas vias respiratórias.

— Nada mal, mas tem um gosto horrível — murmurei.

— É o que um monte de gente diz — zombou.

Deixei a cabeça cair sobre o braço dele; poderia dizer que tinha sido sobre seu ombro, mas ele era muito mais alto do que eu para que conseguisse alcançá-lo, inclusive quando estávamos sentados. Luke ficou em silêncio, talvez estivesse me analisando ou me zoando por causa das minhas reclamações em voz baixa ou das minhas caretas.

Meu coração batia mais rápido do que o normal, e eu tinha certeza de que era por causa do cigarro. Apesar da má experiência e da companhia – quase – agradável de Luke, eu estava tranquila.

— Luke? — chamei.

Evitei olhar para ele, apenas me agarrei ao seu braço.

— Você está bem?

— Estou — respondi. — Nós estamos bem?

E talvez eu tivesse que ter sido mais direta. Queria lhe dizer que eu me referia a todas aquelas pequenas reclamações que fazíamos um do outro ou ao fato de que as minhas opiniões não afetavam as suas, nem mesmo a nossa preferência por amar ou odiar café.

Esperei que ele fizesse outra pergunta, mas ele não fez. Luke limitou-se a colocar o queixo sobre minha cabeça e responder em voz baixa:

— Sim, estamos bem, Weigel.

CAPÍTULO 14

— Não quero parecer ridículo, mas eu estive esperando muito tempo por este momento — disse Matthew, entusiasmado.

Ele passou um braço pelos meus ombros para me abraçar e sorriu.

Era sábado, o que significava que, bem naquele momento, eu estava no meu *date* com Matthew. Ele passou para me buscar na minha casa e, para o meu azar, foi minha mãe quem abriu a porta. Ela lhe lançou um interrogatório enquanto eu fazia um rabo de cavalo, mas encerrei a "conversa" empurrando-a para o lado com o quadril e dizendo a ela que assim não chegaríamos a tempo à sessão e, antes de cruzar a porta, recebi um olhar de advertência de sua parte. Combinamos de não chegar muito tarde, porque Matthew queria seguir ao pé da letra as ordens da minha mãe.

Paramos em frente aos cartazes para poder escolher um filme que nos interessasse, mas nenhum deles chamou nossa atenção: ele não gostava dos filmes de ação, e eu não gostava dos românticos; assim, chegamos à conclusão, depois de uns dez minutos de conjecturas, de que o melhor seria ver um filme de terror.

Caminhamos em direção à fila, que felizmente estava curta. O garoto começou a me explicar os motivos das cicatrizes que tinha nos braços, me contando que algumas eram da época da infância, quando ele brincava com os primos, e as outras eram por causa do treinamento pesado que ele fazia quando treinava para algum jogo importante. Matthew era interessante, tinha a habilidade de falar de qualquer coisa enquanto estampava uma careta ou um sorriso naquele rosto lindo. Eu gostava quando ele ria e algumas ruguinhas apareciam nos cantinhos dos seus olhos.

Ele parou de falar quando chegou a nossa vez de pedir. Uma garota de pele branca com cabelo preto e olhos azuis nos deu um sorriso de lado e, por um segundo, vi o Luke em uma versão feminina. Matthew lhe deu um sorriso sedutor.

Evitei sentir qualquer tipo de emoção, porque não éramos nada.

— Pushi! O caixa travou de novo! — ela gritou com um tom infantil. — Pushi!

Pushi? Dei uma risadinha baixa ao ouvir como aquilo soava engraçado.

— Caramba, Jane! Quantas vezes eu tenho que te dizer para você não me chamar assim?

Aquilo não podia ser verdade.

Qualquer sorriso ou paz no meu interior desapareceu ao escutar aquela voz e senti que ia desfalecer quando o corpo do garoto loiro apareceu através da mesma porta, como naquela vez que vim com o Zev e ele saiu do mesmo lugar, furioso porque não queria trocar as entradas.

— Pushi... — repetiu ela com um sorriso brincalhão —, o caixa travou.

Luke lhe deu um olhar ameaçador, aproximou-se dela sem resmungar e levantou uma sobrancelha; então, arrastou os seus olhos lentamente em direção a Matthew e voltou-se para mim com a cara fechada.

— Deixa para lá, eu cuido disso — ordenou, sem interromper o nosso contato visual.

A garota não disse nada, mas também não obedeceu. Eu me aproximei do caixa e coloquei as mãos em cima do balcão.

— Você não deveria estar trabalhando hoje — afirmei.

Estava irritada com ele, comigo mesma e também com Matthew, por ter decidido vir ao cinema e especialmente a este, havendo outros na cidade. Por que viemos ao Village, e não ao Luxurs? Claro! O dinheiro. Promoções. Economia.

— Como assim? Luke sempre trabalha, seja aqui ou nos outros cinemas. — A garota, chamada Jane, interferiu, colocando o cotovelo no balcão e olhando para o garoto loiro. — Não é, Pushi?

— Eu não falei para você cair fora? — grunhiu ele, dando-lhe um olhar assassino.

— Ah, já sei... — Ela sacudiu a cabeça várias vezes, estalando a língua. — Você não disse para ela que você...

— Caralho, Jane! — gritou, irritado.

— Está bem.

Ela levantou as mãos fingindo inocência e caminhou de costas mostrando-lhe um sorriso debochado.

Devia conhecê-lo havia muito tempo para agir daquele jeito com ele. Eu não sabia que relação os dois tinham e, por mais curiosa que estivesse, não quis averiguar.

Eu me sentia desconfortável de estar presenciando aquela cena, não entendia por que eu não dava meia-volta para ir embora para minha casa e gritar o tanto que odiava o Luke e tudo ao meu redor. Pelo menos agora tinha certeza de algo: eu não era a única que ele tratava daquela forma.

— Ok... — Matthew se fez notar, dando dois passos à frente enquanto pigarreava. — Queremos duas entradas.

O loiro olhou para o garoto e revirou os olhos, revelando-se desagradável.

— Eu tinha esquecido que você estava aqui.

— Luke! — repreendi.

Matthew deu uma risadinha baixa.

— Não se preocupa, Hasley — ele disse, me abraçando. — Luke é só sincero. — Ele acariciou meu ombro, criando um clima horrível. A mandíbula do garoto loiro tensionou, e ele baixou o olhar. — Vão ser duas entradas para *Sobrenatural*, para a próxima sessão.

Luke, que não tinha feito outra coisa senão nos olhar com má vontade, voltou-se para nós, mas agora um sorrisinho malicioso acompanhava os seus olhos.

Eu conhecia aquele seu olhar perfeitamente.

— Da outra vez, não teve troca... — indicou, fazendo-me lembrar o que tinha acontecido com o Zev. — Hoje, não tem entradas.

Sua voz, que soou firme e dura, me provocou arrepios.

— Quê? — dissemos, ao mesmo tempo, Matthew e eu.

— Você está louco! — afirmei.

— Não, não estou.

— Isto é doentio, você sabia?

Mas ele não me respondeu mais nada. Luke colocou as mãos sobre o balcão fazendo força, ficando de pé sobre ele, o que chamou atenção das pessoas que estavam esperando ali. Levou as mãos ao redor da boca, criando tipo um megafone com elas.

— Lamento informá-los que hoje as sessões estão canceladas!

Se meu queixo não estivesse preso ao rosto, literalmente teria caído no chão. Eu o olhava chocada e atordoada, mas principalmente irritada. O que estava acontecendo? Que diabos estava acontecendo com a maldita cabeça dele? Ele não podia arruinar os meus planos sempre que quisesse.

Chega. Basta. Eu não podia suportar mais, vinha aguentando todas as suas cenas idiotas, mas daquela vez ele tinha ultrapassado o limite da minha paciência.

— O que você está fazendo? — Jane apareceu alarmada do seu lado. — Você está louco? O meu tio vai te matar!

— Fecha tudo — ordenou ele em voz neutra, virando-se.

— Luke! — exclamei, mas ele não me deu ouvidos. — Caramba, Luke! Qual é o seu problema? O que eu fiz para você?

— Hasley, para...

Matthew tentou segurar-me pelo braço, mas eu consegui me soltar. Não ia ficar ali vendo Luke arruinar os meus planos toda vez que quisesse e como quisesse. Que droga de culpa eu tinha do que acontecia com ele? Por que ele gostava tanto de me ver irritada? O que eu tinha feito para ele ser assim comigo?

— Que droga, vem aqui! Qual é o seu problema?

— Que você é patética! Esse é o problema! — ele me respondeu.

— E você é um imbecil!

Não era a primeira vez que ele me dizia algo assim, mas eu estava tão irritada que, naquele instante, queria que ele sumisse. Eu não o suportava, de jeito nenhum!

— Isto está errado, muito errado! Preciso falar com o proprietário!

— Quem você pensa que é? Está falando com o filho dele!

Sua voz soou alta, tão alta que minha garganta doeu ao me imaginar gritando daquela forma. A fúria corria pelas suas veias, e sua cara corada me fez saber que, como eu, ele também estava irritado, mas ele não me intimidava nem um pouco. Apenas tomei consciência do meu silêncio quando ele terminou de falar.

Por isso, não tentei responder. Não era o grito que tinha me feito ficar em silêncio. Mas o que ele havia dito. O dono? Luke era filho do dono do cinema? Desde quando ele...? Os Howland do Village?

Talvez agora tudo fizesse sentido.

— Que merda! — grunhiu ele e desapareceu pela mesma porta pela qual havia entrado.

Minhas pernas congelaram e minha respiração estava agitada; tudo girava e tentei organizar na minha cabeça o que havia acontecido. Sentia o pulso acelerado e tinha vontade de gritar ou pedir uma explicação. As dúvidas e as perguntas surgiram, fazendo com que eu me sentisse muito confusa.

— Desculpa. — Levantei o olhar para encontrar o da garota com um meio sorriso. — Meu primo é... um idiota o tempo todo. Ele precisa aprender a se controlar um pouco.

Primo. Eram parentes.

— Um pouco? — Matthew apareceu do meu lado. — Muito, ele precisa de terapia urgente.

— E quem é você? — Jane lhe perguntou com um pé atrás.

Decidi que não queria continuar ouvindo mais ninguém e dei meia-volta para ir embora. Não ia ficar ali para presenciar outra discussão nem ver como Matthew falava sobre a necessidade terapêutica urgente de Luke. Quando eu já estava do lado de fora, xinguei tudo o que pude, segurando a cabeça. Estava tão irritada que precisava relaxar um pouco. Era estressante como Luke chegava a ser tão insuportável, ele definitivamente tinha sérios problemas com sua estabilidade emocional para agir daquela maneira. Eu não queria falar mal dele, mas seu comportamento deixava todos os sinais à vista. Um dia ele se comportava bem e no outro era um ser completamente desprezível.

Luke Howland era pior que uma roleta.

CAPÍTULO 15

Matthew e eu decidimos não mencionar nada do que tinha acontecido no sábado a Zev. Eu estava na cantina com os dois garotos, que falavam de algo em que eu não prestava a menor atenção, só via seus lábios se mexerem para depois formar algum sorriso e ser acompanhada pela gargalhada do meu melhor amigo ao meu lado.

Para o meu azar, fracassei na minha tentativa de não pensar em Luke, porque ele era o nome e a principal pessoa que ocupava os meus pensamentos justamente naquele momento. Ele não tinha ido à aula da professora Kearney e passava perto de mim me ignorando completamente. Eu tentava não lhe dar bola, mas era algo que eu não estava conseguindo fazer de jeito nenhum. O mais triste disso tudo era que eu não podia falar disso com Zev porque, aparentemente, só de tocar no nome de Luke, o rosto dele me dizia que eu não deveria mencionar mais nada.

Estava claro que Luke, por alguma razão, não se sentia bem. Eu dizia isso porque, quando ele passava por mim, seu olhar se perdia, como se ele estivesse pensando em algo para o qual ele não tivesse a solução e de que não pudesse se livrar; eu suspeitava de que fosse algo relacionado à noite passada no cinema. Por isso, precisava descobrir, me preocupava ver seu olhar triste e os seus olhos sem nenhum vislumbre do brilho tão caraterístico daquele azul elétrico.

A mão de Matthew passou na frente do meu rosto algumas vezes, até que chamou minha atenção. Eu olhei para ele, e um sorriso apareceu no seu rosto.

— Aconteceu alguma coisa? — perguntou, levantando uma sobrancelha.

— Hummm, não... Nada. — Minha resposta foi mais um balbucio do que uma afirmação.

— No que você tanto pensa, Hasley? — Agora era a voz de Zev que perguntava, fazendo com que eu olhasse para ele.

— Em nada. — Tentei fazer com que minha voz soasse firme para que os dois acreditassem em mim e deixassem as perguntas de lado. — O problema é que eu estou com sono, não dormi bem. Fiquei até tarde vendo uma série nova.

— Tem certeza? — insistiu Zev.

Fiz que sim com a cabeça.

— Você nem tocou sua comida — observou Matthew.

Eu o olhei durante alguns segundos para depois me virar e ver o sanduíche de queijo que ainda estava sem abrir, dentro da embalagem.

— Estou sem fome.

— Você está se sentindo bem?

Eu odiava aquilo, só queria que eles parassem de fazer perguntas. Os dois estavam me irritando. Agora entendia o que o Luke sentia comigo. Olhei de relance para o meu amigo, que tinha feito aquela pergunta para mim, e tentei respondê-lo sem soar grosseira.

— Estou bem, vocês podem parar de perguntar? Só estou cansada...

Minha voz sumiu quando vi o garoto loiro passar pela porta dos fundos da cantina com um lenço cobrindo a metade do rosto e com um pano na mão. Meu senso de alerta despertou e aquilo fez com que minha pele se arrepiasse. Eu me levantei do meu lugar, recebendo o olhar dos dois garotos.

— Tenho que ir.

— Quer que eu vá com você? — Matthew se levantou da cadeira.

— Meu Deus, só vou ao banheiro, tá? Nos vemos mais tarde.

Ignorei Zev e fui correndo na direção por onde Luke tinha saído. Eu nunca havia corrido tão rápido como naquele instante, como fazia agora. Teria sido muito útil nas aulas de Educação Física, quando sempre me obrigavam a correr o dobro por eu ser uma das últimas a terminar as voltas na pista.

Quando eu já estava do lado de fora, o vento frio em contato com minha pele fez com que, por instinto, eu me abraçasse. Com o olhar, comecei a procurar Luke, mas foi inútil: ele já não estava mais ali. Apesar disso, eu não me rendi e meus pés começaram a se mover, percorrendo todo o pátio dos fundos na esperança de encontrá-lo.

Dei um suspiro grande quando o vi debaixo de uma árvore que se encontrava afastada dos prédios do colégio; se alguém nos visse ali, significaria na certa uma suspensão por três dias.

Comecei a me aproximar e o vi. Ele abraçava as pernas, com a cabeça escondida.

— Luke...

Eu não tinha planejado falar aquilo, mas minha voz saiu automaticamente como se eu precisasse pronunciar seu nome uma vez mais.

Ele olhou para cima. Meu coração encolheu de uma maneira tão abrupta que os meus sentimentos se misturaram. Seus olhos inchados e vermelhos estavam cheios de lágrimas que escorriam pelas suas bochechas. Pude ver que seu lábio estava machucado quando o lenço preto deixou de cobrir a metade do seu rosto.

Doeu vê-lo daquele jeito.

Ele me olhava de uma maneira indescritível. Todo o sentimento de dor e tristeza era transmitido por meio daqueles olhos azuis que antes brilhavam com tanta intensidade. Era uma camada diferente.

— O que você está fazendo aqui?

— Eu queria te ver — confessei.

Eu não sabia por que ele estava ali nem por que eu tinha dito aquilo.

— Mas eu não, vai embora — ordenou ele, baixando o olhar até seus pés.

— Por quê?

— Só vai — repetiu em um murmúrio.

Meus pés não obedeceram ao seu pedido. Pelo contrário, eles se moveram para se aproximar do corpo dele e, com muito cuidado, eu me ajoelhei à sua frente, tentando não tropeçar nem fazer algum contato com seu corpo. Luke levantou aos poucos os olhos, que ficaram mirando fixamente os meus; foi incrível como pude ver seu coração partido através deles.

Seu lábio machucado tremia, eu não sabia dizer se era por causa do frio, do medo ou de nervosismo. Percebi que ele não usava mais o piercing preto.

— Hasley... — Ele arrastou suas palavras, que foram interrompidas por um soluço que escapou dos seus lábios.

Ele abraçou ainda mais as pernas e outro soluço raspou sua garganta, assim como o meu coração.

— Não me pede para ir embora, porque eu não vou — sussurrei. — Não me expulsa. Eu sei que não é isso que você quer.

— Como você pode estar aqui depois do jeito que eu me comportei com você no sábado?

Sua voz saiu em um fio, e eu evitei pensar por muito tempo na resposta. Apenas respondi, me deixando levar pelo que eu sentia, o que não era nem a primeira nem a última vez que acontecia.

— Eu não sei, talvez eu não goste de ver as pessoas tristes ou seja muito tonta.

Passei uma mecha de cabelo por trás da orelha e Luke soluçou, deixando que algumas lágrimas escorressem e umedecessem por completo as suas bochechas. Receosa, movi uma das mãos até seu joelho, colocando-a ali; com o meu polegar, eu o acariciei suavemente. Sabia que aquilo não o acalmaria, mas queria lhe transmitir que estava ali naquele momento apenas para ele e para mais ninguém.

Senti uma pequena onda de eletricidade quando ele pegou minha mão entre seus dedos e a apertou firme, aumentando ainda mais os seus soluços. Seu toque era frio. As pontas dos seus dedos, geladas. Foi muito rápido e surpreendente quando Luke abaixou os joelhos, soltando minha mão para que eu me aproximasse ainda mais dele e tivesse acesso ao seu corpo. Um segundo foi suficiente para eu pensar e o envolver com meus braços, muito forte, fazendo com que ele afundasse o rosto entre meu pescoço e meu ombro.

Meu peito doeu quando seus soluços se tornaram muito mais fortes do que antes, a pele do meu pescoço se umedeceu com as suas lágrimas, mas eu não me importei. Apenas queria que sua dor passasse; não sabia o que tinha acontecido, mas eu não o deixaria ali.

Aquele lado de Luke era tão irreconhecível quanto o que eu sentia naquele momento.

Com dificuldade, eu me deitei no gramado sem soltá-lo. Doía-me ver Luke daquele jeito, ele estava tão indefeso, e o pior de tudo era que por alguns segundos eu sentia sua dor queimando minha alma.

Seria possível sentir um coração partido através de um abraço?

— Shhh... — sussurrei, acariciando as suas costas. — Eu estou aqui, não vou embora.

Aquilo fez com que ele se agarrasse ainda mais a mim e soluçasse em meio ao pranto. Ele levantou um pouco o olhar, deixando-me ver de novo aquela ferida no seu lábio. Eu via um Luke diferente, que demonstrava que era humano e que algo o machucava de uma forma muito cruel. Em algumas ocasiões, ele agia como um cretino, mas, no fim das contas, agora me mostrava do que era feito.

— O que aconteceu? — perguntei. — Quem fez isto com você?

— Ninguém — respondeu. — Não foi ninguém.

— Querido, ficar em silêncio não ajuda em nada, você tem que enfrentar isto. — Levei os dedos ao seu cabelo, para acariciá-lo. — E, se você quiser ajuda, pode contar comigo; não é a melhor, mas é sincera.

— Não — negou. — Como você acha que eu posso enfrentar o meu pai? — perguntou com ironia, dando um riso sem graça. — Já não consigo mais fingir que estou bem, não tem sido fácil fingir todo este tempo. Estou... cansado. Ele é meu pai, não deveria maltratar uma pessoa que ele ama, se é que ainda me ama.

— Seu pai?

Eu estava confusa e horrorizada. Luke era violentado pelo... pai?

— Não sei em que momento a gente se perdeu — murmurou.

— Há quanto tempo isso vem acontecendo, Luke?

Ele não voltou a responder, limitou-se a baixar a cabeça para abafar um soluço. Eu o abracei de novo da forma mais reconfortante que conseguia, sentindo como os pedaços partidos do seu coração latejavam no meu.

O pai tinha feito aquilo com ele? Por quê? Ele também era responsável pelos hematomas de Luke? Eu descartava aquela ideia pelo simples fato de que eles não poderiam ter sido causados por golpes de outra pessoa. Tinha certeza de que o pai não teria feito aquilo no braço dele; estava acontecendo alguma outra coisa com Luke.

E eu temia que autoagressão fosse a resposta.

— Todo este tempo eu tentei ser melhor, eu me afastei para nunca o incomodar e não ser um peso para ele, mas tudo o que eu faço está errado.

Nunca consigo satisfazer as expectativas dele. Sempre estrago tudo e... talvez nenhum de nós dois aceite essa realidade.

    O garoto não voltou a levantar os olhos e se manteve naquela posição. Só continuei abraçando-o, cumprindo o que eu tinha lhe dito sobre ficar ao seu lado. Desde que eu o conheci, sabia que sua vida não era calma, mas eu não sabia que ultrapassava o significado da palavra "desastre".

    Luke só queria acabar com o que lhe fazia sofrer.

    E ele, de fato, quis impedir aquilo.

    Todo aquele tempo, pude ver nos seus olhos todos os dias que eles refletiam dor, em alguns mais do que em outros, mas ele sempre mentia, porque uma parte dele estava na escuridão e despedaçada. Eu soube, ao vê-los pela primeira vez, que uma cor como aquela devia se realçar bastante.

    Luke era um pouco de nada e tudo ao mesmo tempo. Nada é perfeito. Tudo é imperfeito. Luke Howland era perfeitamente imperfeito.

CAPÍTULO 16

Se eu aprendi algo depois de conhecer Luke, foi que até a pessoa mais destruída poderia construir um castelo de sonhos, desses que nascem na infância, mas morrem na adolescência. Isso é algo que acontece com frequência quando conhecemos essa parte dura da vida que chamamos de realidade.

Ele não estava destruído, ele tinha sido destruído...

— Na minha lista de sonhos faço planos para dançar em um shopping sem me importar com nada.

— Você tem uma lista de sonhos? — zombou Luke.

— Claro.

— Ok. Por que você sonha em dançar em um shopping?

Apertei os meus lábios e dei de ombros.

— Não sei.

— Não sabe ou não quer me falar?

Fiquei em silêncio, continuando com nosso caminho.

Estávamos indo na direção do boulevard. Tínhamos faltado à aula e, embora isso fosse me trazer problemas com minha mãe, eu me empolguei, acreditando por um segundo que valeria a pena. Ontem, depois que Luke se acalmou, ficamos os dois no mesmo lugar, conversando um pouco. Ele evitou continuar com o assunto do pai e eu respeitei. Ainda podia ver a ferida no seu lábio, menos que antes, mas continuava visível.

— Sou uma pessoa que se importa muito com o que as outras pensam. Às vezes, eu gostaria de fazer alguma coisa sem levar em conta a opinião ou os comentários dos outros. Além disso, eu não sei dançar — brinquei, rindo. — Acho... Acho que seria como resolver dois problemas de uma só vez.

— Eu vou te dizer uma coisa. — Ele respirou fundo. — Não importa se você faz as coisas bem ou mal, as pessoas sempre vão falar de você. O que importa é que você saiba quem é de verdade.

Sorri para ele, e ele sorriu de volta.

— Agora — continuou —, não sei o que é mais ridículo, o fato de você ter uma lista de sonhos ou o sonho em si.

Fiquei boquiaberta, indignada. Luke começou a rir.

— Bem, pelo menos um já se realizou — eu me gabei.

— Ah, é? E qual é? — perguntou ele, levantando o canto dos lábios.

— Fazer você rir — confessei.

Por um segundo, pensei que seu rosto mudaria completamente e ficaria de poucos amigos. Seu rosto mudou, sim, mas, ao contrário do que imaginei, o sorriso aumentou e pude perceber a cor rosada das suas bochechas, fazendo com que as covinhas se destacassem.

— Você está louca, Weigel.

Ele voltou a rir.

— E duas vezes! — gritei, emocionada.

Nossas gargalhas se uniram, criando uma sonoridade perfeita para os meus ouvidos. Sabia que a dele tornava aquele momento ainda mais especial. Ele parou, tentando recuperar o fôlego e, quando conseguiu, disse:

— Interessante. Diga. Quais são os seus outros sonhos nessa lista?

— Tem certeza? Vai te entediar — adverti. — Eu te conheço, você é tudo menos paciente. Não somos nada parecidos e você vai acabar me insultando.

— O que você pensa de mim? — grunhiu ele, juntando as sobrancelhas. — Vai, agora eu quero saber.

Semicerrei os olhos por alguns segundos. Respirei fundo e soltei de uma só vez.

— Tá bom — concordei. — Fazer paraquedismo e mergulho; escrever um poema em sueco; viajar em uma van hippie; ir a Paris e também a Seul; aprender a tocar algum instrumento; plantar meu próprio pinheiro ou alguma outra árvore; ser polvilhada com pintura em pó... — Eu enumerava cada um deles com os dedos. Luke apenas sorria, tocado, seus olhos tinham uma pitada de diversão. Ele prestava atenção em mim, me escutava e isso me fazia sentir bem. — Construir um balanço como o da Heidi, aquele comprido e alto; também fazer um boneco de neve que dure semanas sem ser destruído; não dormir durante quarenta e oito horas; tomar banho de cachoeira; eu gostaria de soltar fogos de artifício...

— Espera — ele me interrompeu. — Você nunca soltou? — perguntou Luke, e eu fiz que não. — Meu Deus, Weigel!

— Minha mãe detesta! — eu me defendi.

— Você só vê no Ano-Novo?

— Sim, e você já soltou algum antes?

— Vários. Aliás, meu irmão mais velho teve um acidente com um deles. — Ele riu. — Você precisa de um pouco de adrenalina na sua vida, estou falando sério.

— Talvez... Ah, ainda falta um! Não é um sonho, mas pode ser considerado um propósito: eu gostaria de juntar quinhentas e vinte rosas.

— Rosas?

— Sim, é um pouco brega.

— Por quê?

Fiz uma careta, não muito segura de se deveria lhe contar.

— Já começou, agora fala — exigiu.

Vê-lo daquela maneira me surpreendia. Luke não costumava se interessar por nada, e o fato de agora querer saber algo sobre mim, que podia ser ridículo, me deixava perplexa.

— Na China, o número quinhentos e vinte significa "Eu te amo". Algumas pessoas costumam enviar quinhentas e vinte cartas, rosas ou bichinhos de pelúcia para a pessoa amada para expressar seu sentimento. Meu propósito é conseguir as rosas para me lembrar que eu me amo — murmurei, envergonhada. — Eu me amo e sou boa o suficiente.

Ele sorriu de lado. Minhas bochechas arderam, não podia acreditar que eu tivesse dito aquilo em voz alta. Eu tinha guardado aquilo tanto tempo e agora contava para alguém como Luke.

— É um propósito bonito — ele me estimulou. — Talvez eu imite.

Contive um sorriso.

— Vai valer a pena — concordei. — Agora é sua vez, quais são os seus sonhos?

— Eu não tenho sonhos — respondeu ele.

— Por quê?

— Ter sonhos para quê? Muitos costumam se partir; um sonho é algo inventado para ter alguma meta para seguir adiante e dar sentido à sua vida patética. De que serve viver baseado em mentiras? Os sonhos foram criados para ocultar a realidade das pessoas. Nós, humanos, somos imbecis e crédulos.

— Um dos meus foi realizado e foi você quem realizou.

— Claro — disse ele, com sarcasmo. — Que coincidência ele estar na sua lista, né?

— Tá bom! Como você chama algo que gostaria de realizar? Não sei, tipo, se jogar de uma ponte ou comer uma bolacha que nunca provou antes. Sei que você tem algo desse tipo!

— Não vem nada à minha cabeça, sou horrível! — exclamou.

— Horrível? Todos temos sonhos, Luke!

— Eu não.

— Luke... — disse.

— Tá bom! Eu queria comer um *space cake*!

Ele me olhou feio.

— O que é um *space cake*? — perguntei, confusa.

— Um bolo de maconha.

— Ah, você só pensa nisso! — gritei, batendo no seu ombro, fazendo com que ele risse.

— Claro que não.

— Então?

Coloquei as mãos no meu quadril, com a cara fechada. Ele pensou.

— Eu gostaria de nadar com golfinhos; dirigir em uma estrada sem destino; cantar muito alto sem me importar que alguém esteja olhando; grafitar algo que faça sentido; saltar de um penhasco; ir a um show de rock incrível; e fumar maconha em Amsterdã — terminou ele, com um tom divertido.

Continuamos caminhando em direção ao beco enquanto conversávamos sobre coisas que iam surgindo. Luke respondia a algumas das minhas perguntas e fazia outras. Eu estava gostando de como tínhamos começado a ter uma boa comunicação; não era uma conversa como eu esperava, mas pelo menos tínhamos avançado em algum sentido. Chegamos ao nosso destino e nos sentamos embaixo da árvore onde havíamos estado naquela outra vez.

— Cor preferida? — perguntou Luke, pegando uma das minhas mãos para brincar com os meus dedos.

Fiquei em silêncio pensando na pergunta. Há algum tempo, eu teria respondido que era verde, mas, por alguma razão estranha, já não gostava mais tanto daquela cor. Se eu tivesse que decidir justamente agora, tinha certeza de que seria azul; no entanto, não era qualquer azul, era o azul dos olhos dele. Eu gostava da cor dos olhos dele.

— Azul.

Luke me olhou durante alguns segundos e sorriu.

— A minha também — murmurou, desviando o olhar para outro ponto não tão específico. — Um azul muito especial. — Pude ver que ele sorriu quando sua covinha apareceu na sua bochecha. — Um que, mesmo que você tente misturar todos os azuis do mundo, nunca vai conseguir encontrar.

Eu não sabia o motivo, ou talvez soubesse, mas minhas bochechas começaram a arder e soube que elas já tinham se transformado num tom carmesim que eu não podia mais esconder. Envergonhada, baixei o rosto por causa das ideias que giravam na minha cabeça e tomavam um rumo diferente do que eu estava habituada. Sentia-me confusa com meus sentimentos e era algo que eu não conseguia controlar, porque era frustrante ter que lidar com um desejo tão positivo e ao mesmo tempo tão negativo.

— Weigel — Luke me chamou, fazendo com que eu olhasse para ele de novo.

— Luke?

— Você confia em mim? Há um tempo você me disse que não confiava, e eu te entendo, mas... foi um pouco duro.

Ele desviou o olhar no instante em que falou e continuou brincando com os meus dedos, agora com entusiasmo, como se estivesse nervoso por causa da minha resposta ou arrependido com a última coisa que ele tinha dito.

Quando ele me perguntou, eu mal o conhecia e não negava que hoje em dia continuava igual, mas, com o passar do tempo, ele tinha me mostrado muitas outras facetas suas... E vê-lo chorar foi como a gota d'água que me mostrou que eu queria ficar do seu lado e poder ajudá-lo, mesmo que não fosse muito.

Passei a língua pelos lábios e suspirei entre eles, observando por uns segundos como ele brincava com minhas unhas enquanto, com o polegar, fazia um leve carinho na parte inferior da minha mão.

— Estávamos apenas começando a nos conhecer — murmurei.

— E hoje você me conhece o suficiente para confiar em mim?

— Acho que sim — hesitei.

— Não, não confia, se bem que eu não posso negar que você me conheça o suficiente para me magoar — disse, com os lábios inclinados. — Isso assusta e pode soar idiota, mas é verdade.

— Te magoar? — Eu ri. — Por que eu faria isso?

Ele deu de ombros, fugindo da minha pergunta, soltou minha mão e se levantou do chão, afastando-se de mim a uma distância adequada. Movia os pés impacientemente e se virou dando apenas três passos para se ajoelhar na minha frente, me olhando com tanta profundidade que pude sentir um choque de eletricidade entre a gente.

— Weigel, posso te pedir um favor? — perguntou, impaciente.

Seu lábio voltou a tremer, e eu sabia que ele estava tendo um dos seus ataques de ansiedade.

Sim, foi algo que eu também reparei ontem.

— Claro — falei em um sussurro, esperando pelas suas palavras.

Ele entreabriu os lábios alguns milímetros para poder falar, mas não disse nada. Eu podia ver através dos seus olhos que ele discutia consigo mesmo sobre se deveria falar ou não. Depois de alguns segundos, pegou uma das minhas mãos e a levou até seu peito tão delicadamente que eu o senti tremer.

— Pode partir meu coração se quiser, mas não vá embora. Nunca faça isso.

Meus lábios se abriram e eu percebi como os seus olhos se umedeceram, fechando-se no mesmo instante em que ele baixou o rosto, escondendo-os de mim.

Tudo deu um giro tão inesperado que eu não sabia em qual instante ou ponto da vida aquilo tinha acontecido. Diante de mim, Luke tornou-se frágil como uma folha de papel. Em apenas alguns dias, eu estava conversando com ele sobre os seus problemas, e mesmo que, na verdade, ele não falasse muito, já era o suficiente para eu saber que aquilo que o machucava era ainda maior do que os abusos do pai. Eu não sabia o que dizer naquele momento, por isso apenas fiz o que meu corpo quis para reagir: tirei a mão dele da minha e o abracei. Luke me abraçou de volta.

— Eu não vou embora. Eu te prometo.

Coloquei meu rosto entre seu pescoço e ombro, inspirando seu cheiro. Ele não tinha um odor específico e era algo incrível, porque me fazia experimentar aromas que só ele produzia. Ainda conseguia sentir na sua roupa o cheiro do tabaco ou da maconha e, para dizer a verdade, não gostava muito daquilo, mas, como se tratava dele, eu podia abrir uma exceção.

Luke desfez o abraço e vi nele um meio sorriso melancólico que me entristeceu. Eu não podia fazer mais nada para que ele se sentisse feliz. Fiz uma careta e passei os dedos pelo seu cabelo, observando como as raízes eram de uma cor mais escura, como se ele tivesse pintado o cabelo e estivessem começando a ficar sem tinta.

— Seu pai foi o responsável pelos hematomas que você tinha aquela vez que você me deu o seu moletom? — perguntei.

Às vezes Luke parecia uma criança pequena: quando estava triste e já não aguentava mais carregar as suas peças partidas, ele se abria de uma maneira muito sincera comigo. Eu não gostava de tirar proveito da situação, mas precisava.

Ele me olhou com uma expressão séria e foi suavizando-a aos poucos, mostrando-me outra mais relaxada. Ele negou.

— Não foi ele, aquilo foi culpa minha.

Engoli em seco.

— Você se machuca?

Silêncio.

E eu entendi.

— Por quê?

— É... difícil de explicar.

— Você precisa de ajuda, sabe disso, né?

Ele negou com a cabeça.

— Eu aprendi a controlar minha ansiedade. Isso só acontece quando começam os meus ataques. É muito raro, e tenho passado muito bem estas últimas semanas. Eu não me machuco, pelo menos não de propósito.

Fechei os olhos alguns segundos e me senti mal por toda aquela situação, pelo jeito que ele falava, normalizando tudo como se na verdade não houvesse nenhum problema.

— Você... já tentou fazer... terapia?

Luke pigarreou, esgotado.

— Eu faço terapia, Weigel — admitiu. — Há meses.

— E você fala sobre o seu pai?

— Não, não, não — repetiu. — Por que eu falaria sobre o meu pai?

Franzi a testa.

— Porque o que ele faz não é certo. Ele bate em você, Luke. O fato de ele ser o seu pai não dá o direito de te tratar assim, olha... para você.

Senti minha boca seca, e meus olhos começaram a arder. Eu tinha um sentimento de impotência, de tristeza e de não saber o que fazer. Isso me deixava mal.

— Você mentiu para mim sobre o seu trabalho — afirmei, voltando a abrir os olhos.

Luke passou a língua pelos lábios e deu um suspiro.

— Eu não menti para você, eu trabalho ali. Não gosto de passar muito tempo em casa, e o meu pai me obriga a trabalhar. Desde que os meus irmãos e eu éramos pequenos, ele já tinha o destino de cada um de nós planejado. Queria que um dos meus irmãos ocupasse o lugar dele, mas não foi o que aconteceu. Por isso, agora ele passa todos os dias frustrado, arruinando minha vida, e acho que eu mereço isso.

— Claro que não — neguei. — Ele é seu pai, você é filho dele, e o que ele faz não é certo. Espero que você saiba que isso é crime e que tem gente que pode te apoiar...

— Não, você não entende. — Uma lágrima escorreu. — Hasley, eu não quero.

— Por quê?

— Porque não! Porque ele é meu pai!

— Mas... — falei, e ele me interrompeu.

— Por favor, eu não quero falar disso — murmurou ele, fechando os olhos com força. — Eu te juro que dói.

Tentei compreendê-lo e assenti. Luke veio para o meu lado e apoiou a cabeça no meu ombro; eu podia ouvir sua respiração, que não estava tranquila. Estava um pouco acelerada.

— Você quer ir na minha casa? — ele me convidou.

— Quê? — perguntei, confusa, afastando-me para olhá-lo nos olhos.

— Meus pais não estão em casa, quero te mostrar uma coisa.

— Você tem certeza? Não tem ninguém na sua casa?

— Se você não quiser ir, fala logo — disse ele, levantando-se.

Quê?

Ele nem sequer me deixava pensar e já começava a fugir. Eu queria ao menos uma explicação, assim saberia se iria sobreviver à bronca da minha mãe. Tinha certeza de que desta vez ela me trancaria no porão sem comida, apesar de que isso soava muito dramático, pois nós nem tínhamos um porão.

Eu me levantei rapidamente e corri na sua direção, gritando o nome dele; quando estava perto, puxei seu braço, e ele revirou os olhos.

— Tá bom — aceitei. — Eu vou com você, está feliz agora?

— Uhum.

Ele estava falando sério? Urgh!

CAPÍTULO 17

Luke me deixou entrar na sua casa e meus olhos observavam tudo ao meu redor. Eu me sentia desconfortável porque sentia um vazio ali dentro: acredite ou não, há casas que te fazem sentir segura e confortável e outras que te deixam em suspenso. Eu me virei na direção do garoto.

— É... aconchegante — menti.

— Obrigado? — hesitou ele, acompanhado de uma testa franzida e de um sorriso debochado.

Sorri sem abrir os lábios. Toquei minhas bochechas, tentando esconder um pouco da vergonha que eu sentia naquele momento. Às vezes, dizia coisas só para quebrar o silêncio ou deixar a tensão de lado, mas algumas vezes isso simplesmente não funcionava. E esta era uma dessas vezes.

Olhei para a frente, onde, um pouco mais ao fundo, podia ver um piano. Caminhei a passos lentos até o instrumento e passei os dedos em cima dele. Estava empoeirado demais.

— Você toca piano? — perguntei, curiosa, sem me virar para olhá-lo.

— Não — respondeu Luke perto do meu ouvido. — Meu irmão costumava tocar, quando estava sem sono. Segundo ele, isso acalmava seu estresse, nervosismo, ou ele só se sentia melhor fazendo isso. Cada um tem as suas técnicas, não é mesmo?

Concordei automaticamente. Sua forma de falar, tão pausada e sem pressa, era relaxante. Eu olhava diretamente nos olhos de Luke e em poucos segundos percorri cada extremo do seu rosto. A expressão facial transmitia seu estado de espírito. Luke era lindo, e isso ninguém podia negar.

— Você nunca tentou tocar? — murmurei.

— Eu não me dou bem com os instrumentos — respondeu ele suavemente, passando uma mão atrás do pescoço e suspirando. — Eles não gostam de mim, prefiro só escutar. Eu te perguntaria se você toca algum instrumento, mas lembro que um dos seus sonhos era justamente aprender a tocar algum, então não preciso perguntar.

— Você decorou os meus sonhos? — vacilei.

— Alguns deles.

Ele deu de ombros.

— Você me disse que queria me mostrar algo. E então, o que é? — perguntei, elevando uma sobrancelha.

— Tsss — falou ele. Fechando os olhos durante alguns segundos, cobriu o rosto com as duas mãos. — Seu eu te confessar uma coisa, promete não ficar brava?

— Tenho o pressentimento de que sei qual é sua confissão, mas quero ouvir de você. Por isso, continua, estou te ouvindo.

Eu cruzei os braços, elevando o cantinho dos lábios.

— Eu não tenho nada para te mostrar — confessou ele, separando os dedos para olhar entre eles. Seu olho azul me observava e eu queria morrer da ternura que isso me causava. — Essa é a sua cara de brava?

— O que você acha?

— Não parece estar brava.

E eu não estava, era impossível me irritar com Luke quando ele agia como uma criança assustada que está prestes a levar uma bronca.

— Você me decepcionou, Howland — disse.

Ele baixou as mãos. Deu um pequeno passo na minha direção e sorriu.

— Eu gosto como o meu sobrenome soa na sua voz — admitiu.

Suas bochechas ficaram mais vermelhas e por um instante as minhas também.

— Eu não posso dizer o mesmo — menti.

Na verdade, eu gostava de como o meu soava quando ele o pronunciava e ainda mais quando era em um tom divertido.

— Eu não me importo, Weigel — zombou ele, virando a cabeça para o lado. — Voltando ao assunto de que eu menti para você... talvez eu tenha algo que te interesse — explicou. Ele não me deu tempo para responder e continuou falando. — Vem comigo.

Depois disso, ele me pegou pela mão e começamos a subir as escadas a passos rápidos; eu tentava não tropeçar nos degraus enquanto era praticamente arrastada pelo Luke. Isto tinha se tornado um costume seu: todas as vezes que ele dizia "Vem", me pegava pela mão e começava a correr comigo atrás dele. Eu tinha que acompanhar os seus passos na tentativa de não cair no chão.

— Algum dia, vou acabar caindo e você vai cair junto comigo — ameacei assim que paramos em frente a uma porta.

— Eu cairia antes de você para evitar a sua dor — disse, abrindo-a.

Mordi o lábio inferior e perambulei durante alguns segundos. O olhar de Luke se fixou em mim e, em seguida, ele me fez um sinal de cabeça, indicando que eu deveria entrar; fiz isso com passos hesitantes. Meus olhos se arregalaram impressionados; para um homem, ele tinha o quarto muito arrumado, as paredes brancas, uma delas coberta com pôsteres de bandas, suas preferidas, com certeza. Sobre a cama, havia um lençol preto com travesseiros brancos, tudo em ordem, como se ninguém habitasse aquele quarto.

— Você é muito organizado — sussurrei e, por um segundo, pensei que ele não tivesse me escutado, mas foi justamente o contrário porque ele me respondeu.

— Eu sei — disse ele, com um tom convencido.

Eu o olhei brevemente. Suas mãos estavam enfiadas dentro dos bolsos da calça, enquanto ele brincava com o machucado do lábio.

— Por um segundo, imaginei que seu quarto fosse totalmente preto — brinquei. Luke deu um risinho baixo e negou.

Meus olhos foram diretamente para a escrivaninha que estava em um dos cantos e, como todo o resto, totalmente organizada. Tinha um abajur branco com uns adesivos do Homem-Aranha. Sorri com ternura.

Esperava um Luke mais durão, mas ele era exatamente o contrário. O garoto era uma espécie de ator, usava máscara e, quando baixavam as cortinas, podia ser quem realmente era. Podia despir-se da fantasia, embora não lhe incomodasse usá-la; talvez, apenas talvez, ele fosse como uma rosa: mostrava os espinhos e, se você suportasse as pontadas, seria digno de receber a flor.

Um pequeno quadro com várias anotações presas com tachinhas chamou minha atenção. Aparentemente, eram datas ou coisas importantes. Comecei a ler cada uma delas sem parar, apesar de sentir o olhar dele atrás de mim.

2 de julho de 2011

Então lembrei, era a mesma data que estava como um borrão no seu caderno no dia em que me sentei ao lado dele pela primeira vez na aula da professora Kearney. Isso despertou minha curiosidade, mas eu a mandei de volta para o fundo da minha cabeça. Eu não precisava que Luke ficasse de mau humor naquele instante. Por isso, decidi ler outra anotação.

— Primeira tatuagem... — sussurrei. Desta vez, eu me virei. Ele me olhava atentamente sem nenhuma emoção no seu rosto. — Você tem uma tatuagem?

— Uhum.

Ele fez que sim várias vezes com a cabeça como um garotinho.

— E há seis meses — eu disse, e ele voltou a assentir. — Onde?

— No lado direito do peito — indicou. Colocou a mão sobre aquele lugar e apalpou duas vezes seguidas. — Quando eu visto uma camiseta de gola em V, dá para ver.

— O que é? — perguntei, curiosa.

— Você quer ver?

Ele levantou uma sobrancelha, divertido, e me senti empalidecer.

— Hummm, n-não, não — respondi, gaguejando.

Luke riu, e eu desviei o olhar para o chão enquanto observava os dedos da minha mão se entrelaçarem.

— É sua única chance — declarou.

— Eu não me importo, tá?

Engoli em seco e olhei de novo para cima.

Ah, não.

Meus olhos se abriram ao mesmo tempo e soube que a qualquer momento eu cairia no chão. Minhas bochechas queimavam, ficando vermelhas, e minhas mãos suavam de nervosismo. Eu estava vendo o peito nu do Luke. Sua pele coberta era mais pálida e, exatamente como ele havia dito, o lado direito do seu peito estava tatuado.

— E-este é o seu jeito de-de flertar? — Eu me enrolava com as palavras e tinha a necessidade de afundar o rosto em um travesseiro.

— Quem disse que eu estou flertando? E com você? Você é muito convencida, Weigel! — divertiu-se ele. Eu o olhei nos olhos, querendo fugir daquilo tudo. — Mas eu nunca flertei assim antes.

— Isto é desconfortável — eu disse. Luke bufou, revirando os olhos. Sabia que, por trás da minha curiosidade, tinha algo mais quando voltei a olhar para o desenho com tinta na pele dele. — O que é, afinal?

— Uma roleta. — Ele deu de ombros. — Estou pensando em fazer outra.

— Outra? Para que tudo isso? Encher seu corpo com tinta sem sentido? — zombei.

— Para mim, tem sentido... — grunhiu ele.

Ele começou a divagar enquanto colocava a camiseta de novo, caminhou até o outro extremo do quarto e se pôs em frente a uma estante. Interrompeu o que dizia e passou os dedos por cima dela; seus olhos observavam atentamente até que ele parou e pegou uma caixa lisa.

— Você me disse que conhecia discos de vinil — observou. — Então... isto era o que eu queria te mostrar, eu coleciono já há um tempo. Talvez para você eles não sejam tão especiais ou valiosos, mas para mim são como um tesouro retrô. Eu gosto do clássico.

— Você tem muitos?

Eu dei um passo na direção em que ele estava e fiquei ao seu lado para poder ver a estante.

— Acho... — começou, deixando a palavra no ar.

Na verdade, eram demais.

— Quantos são?

— Uns quatrocentos e poucos. Não estão todos aqui, mas comecei a colecionar com catorze anos; ganhei alguns de presente também. Eu tinha mais, mas vários acabaram estragando.

— Você tinha quantos no total?

Seu nariz se franziu e ele pensou. Fiquei em silêncio, esperando a resposta.

— Talvez uns quinhentos, não sei. Mas eram muitos. Meu irmão mais velho me manda algumas edições especiais todos os meses, e eu consigo outros por conta própria.

— Então você já teve o seu quinhentos e vinte? — perguntei, curiosa.

Luke riu.

— Já sei aonde você quer chegar.

— Pensa bem! É um vício muito louco, e você tem muitos! A rede Village dá muito dinheiro, não é?

— Chega, Weigel — disse ele, divertido.

— Eu te obrigo a contar todos — ordenei. — Quero saber exatamente quantos você tem, você disse que ia replicar o meu propósito. Agora eu vou ser parte disso.

Ele sacudiu a cabeça, achando graça.

— Eu vou contar, mas não te prometo nada. São muitos! Nunca vou terminar de contar todos!

— Anda! Eu preciso de um número.

Luke revirou os olhos e se inclinou um pouco para a frente para olhar a estante, lendo alguns dos títulos. Reprimi um sorriso e ele voltou a erguer-se depois de escolher um disco.

— Eu vou contar, mas antes você tem que escutar isso.

Ele caminhou até a vitrola e o colocou ali; em poucos segundos, começou a tocar. A melodia era suave e relaxante, eu gostava. Luke passou a cantarolar a música enquanto caminhava ao redor do quarto. Seu sorriso era grande demais, seus olhos se encolhiam, e sua covinha, tão carismática, estava bem funda. Dava para sentir a felicidade de Luke.

— Vem, me acompanha — ele pediu; eu não sabia ao que ele se referia até que ele pegou minha mão e eu trombei com o corpo dele.

— Ah, não. — Neguei várias vezes com a cabeça ao me dar conta do que ele queria dizer. — Eu não sei dançar.

— Nem eu, só estou dando voltas — zombou.

E só Deus sabe o quanto eu amava a risada do Luke.

— Não! — gritei quando dei uma volta com ele.

A música terminou e pensei por um segundo que seria o final das minhas voltas com o garoto, mas eu estava errada: assim que terminou aquela, começou a próxima e Luke me apertou com mais força.

— Eu adoro esta! — disse ele, ofegante, com um pulinho, sorriu lindo de morrer e começou a cantarolar a música girando a cabeça.

E estávamos ali, no meio do seu quarto, dando voltas sem um sentido específico, apenas ouvindo a voz dele e a do vocalista. Aquela cena me divertia muito, e eu não podia deixar de rir. Em momentos como aquele, eu via que Luke não era só frustração, maconha e mau humor. Ele era mais do que isso, mas, infelizmente, ninguém via, e o rotulavam como alguém de má influência.

Eu me concentrei nos olhos azuis do garoto, que me olhou atentamente. Seu sorriso desapareceu, mas seus olhos ainda mantinham aquele brilho. Senti uma pressão no peito naquele instante, minha respiração entrecortada era igual à dele. Eu nunca tinha parado para admirá-lo tanto, ele era atraente, muito, era algo que qualquer um podia ver a olho nu e ninguém podia negar.

Eu odiava que o meu bom senso não estivesse acordado, que eu não tivesse dado ouvidos aos meus chamados de alerta; não tinha nada em mente, apenas o rosto do garoto loiro e a vontade de beijá-lo. Eu não entendia o que estava acontecendo, mas ter Luke àquela distância de mim não me deixava pensar com clareza.

Senti a respiração dele se chocar contra a minha e soube que, para me arrepender, já era tarde demais, embora, para ser sincera, eu não quisesse isso; aquilo parecia eterno e que nunca ia acontecer. Podia jurar que já haviam se passado mais de cinco minutos, mas, na realidade, foram apenas alguns segundos.

Seus lábios se aproximaram dos meus, ele roçou o nariz no meu. Fechei os olhos por inércia, prendendo a respiração. Eu podia sentir sua respiração sobre os meus lábios; porém, não houve contato. Eu não quis me jogar em cima dele como se minha vida dependesse daquilo, porque não era verdade. Seu lábio inferior tocou levemente o meu, e ele se afastou alguns centímetros.

Estava me torturando.

— Se eu não fizer isto agora, vou me arrepender depois... Se bem que acho que vou fazer de todo jeito.

Sua maldita voz soava tão rouca que fez com que todo o meu corpo arrepiasse. Eu sentia que as minhas pernas vacilavam.

Depois de tanto tempo, seus lábios rachados cobriram os meus, tocando-os lentamente. A ponta da sua língua brincava com o meu lábio inferior, então eu o odiei, porque ele me fazia me sentir tão bem... Achei que tudo terminaria ali, mas não foi assim. Uma de suas mãos parou na minha bochecha e o pior foi quando levei minhas mãos à nuca dele.

Nossos dentes se chocaram, fazendo com que Luke risse sobre os meus lábios. Eu estava gostando, seus lábios eram macios e faziam com que o beijo fosse um pouco lento e quente com pequenos momentos de intensidade. Eu não sabia por que não parava ou por que ele estava fazendo aquilo. Estava claro que ele não me atraía e vice-versa... Ou era disso que eu tentava me convencer. Minha mente se transformava em um desastre, me pregava peças terríveis.

Luke parou de me beijar ainda sem descolar nossos lábios. Aos poucos, abri os olhos, encontrando-me com o azul oceânico dos dele olhando fixamente para mim. Ele se afastou alguns centímetros e disse:

— Essa foi "Wonderwall".

Eu estava muda, não falava nada. Nitidamente, ainda estava em choque. Nem tinha percebido que a música já havia terminado ou que outra tinha começado.

Dei um passo para trás, desconcertada, sem perceber. O barulho de algo caindo no chão e do vidro quebrando obrigou-me a sair da minha bolha. Gritei e me virei para ver o abajur do Luke em pedaços no chão.

— Merda — xinguei.

Eu me virei para o garoto, que não disse absolutamente nada, seus olhos apenas olhavam os pedaços de vidro no chão. Sem falar nada, ele saiu do seu quarto e me largou ali sozinha, onde eu apenas ouvia a música tocando.

Algo na minha mente estava dando voltas; eu não sabia o que era pior, ter beijado Luke ou ter gostado.

CAPÍTULO 18

A arquibancada enchia aos poucos enquanto os minutos passavam; eu estava em uma das partidas de Matthew. Ele tinha me convidado com a condição de que eu ficasse perto para ser seu amuleto da sorte, segundo ele.

Eu já não sabia mais como me sentir.

Não havia contado para ninguém sobre o beijo com o Luke por duas razões: eu não tinha para quem contar e preferia guardar aquele segredo apenas para mim. Depois daquilo, Luke não falou nada, o clima ficou tenso e eu preferi ir embora de lá; ele não foi nos dois últimos dias da semana ao colégio, e eu estava preocupada, além de aquilo me fazer sentir mal.

O beijo tinha sido um erro? Era isso o que o mantinha afastado de mim? Ou era alguma outra coisa?

Muitas perguntas rodavam dentro da minha cabeça e nenhuma delas tinha resposta.

O lugar estava cheio, apenas esperavam que a partida começasse para que todos os gritos dos torcedores fossem ouvidos apoiando as duas equipes. Matthew estivera ao meu lado naqueles últimos dias na hora da refeição, nos tempos livres e me acompanhando às minhas aulas sempre que tinha tempo. Era algo muito fofo da sua parte, eu já não ficava mais tão nervosa sempre que conversávamos, agora as nossas conversas fluíam com mais serenidade e confiança, tudo corria bem. Eu queria acreditar nisso.

Senti quando alguém se sentou ao meu lado e, instintivamente, eu me virei para aquela pessoa. Fechei a cara ao ver o garoto loiro ao meu lado com dois copos de refrigerante e olhando para a quadra. Ele não dizia nada, apenas estava ali olhando para a frente, entretido.

— O que você está fazendo aqui? — eu me atrevi a perguntar, soando um pouco grosseira.

— Vim ver o jogo. O ar é gratuito, não é mesmo, Weigel? — respondeu sem olhar para mim.

— Veio ver como eles se divertem humilhando os outros? — revidei com as mesmas palavras que ele tinha usado no dia em que me mostrou o beco.

Luke virou-se lentamente para me olhar e sorriu de lado. Levantei uma sobrancelha e seu sorriso cresceu ainda mais.

— E também vim ver o time do colégio perder — completou, sussurrando. — Toma. — Ele me ofereceu um copo de refrigerante.

— O nosso time de basquete quase nunca perde — defendi, porque era verdade, eles costumavam ganhar quase todas as temporadas. — Você comprou um para mim?

— Você disse "quase nunca", quem sabe hoje não seja o dia de azar deles — zombou ele, fazendo as aspas no ar. — E, na verdade, estava na promoção, dois por um. Não devemos desperdiçar promoções como esta na vida.

— Você é muito negativo. — Revirei os olhos. — Uau, que romântico.

— Só com as pessoas de quem eu não gosto — sussurrou ele, voltando a olhar para a quadra.

Franzi a testa porque eu não tinha entendido a qual das duas coisas ele se referia, se era a ser negativo ou ao meu sarcasmo, porém preferi não falar mais nada, sabia o quanto as minhas perguntas "sem sentido" o irritavam. Depois de vários minutos de silêncio entre nós dois, o jogo começou e, quando o time do colégio apareceu encabeçado por Matthew, tive que tampar meus ouvidos ao escutar todos os gritos ao meu redor. Basicamente todos gritavam mais o nome do garoto do que o do time.

— Urgh! — Deixei escapar, revirando os olhos.

O riso de Luke me fez virar.

— Fica calma, Weigel, não sinta ciúme. Elas é que vão acabar sentindo isso — disse com amargura.

— Por que você está falando isso? — perguntei.

— Fiquei sabendo que o Jones e você passaram muito tempo juntos — confessou ele, bebendo do seu canudinho.

— Como diabos você sabe disso?

Luke sorriu ardilosamente e eu olhei curiosa para ele.

— Weigel — pigarreou. — Estamos falando de Matthew Jones, o capitão do time de basquete, e você, sem ofensa, não é tão importante quanto eles dois, mas é amiga de Zev e a garota do Matthew.

Abri a boca um pouco indignada pelo que ele tinha dito, mas a fechei no mesmo instante. Às vezes Luke era tão chato que eu já nem sabia mais como agir ou o que dizer.

— Não sei o que pensar sobre o que você disse, mas também não ficou muito claro para mim se... — Não consegui terminar, porque ele me interrompeu movendo a mão de um lado para o outro.

— Se concentra em torcer para o garoto que está olhando para você.

No instante que ele disse aquilo, olhei para a quadra, onde os olhos de Jones me observavam atentamente, e depois miraram Luke. Olhei de novo para o garoto loiro, que apenas ofereceu um sorriso amargo ao outro. Vi como Matthew se aproximava da gente e senti minhas mãos suarem. Me dava um mau pressentimento ter os dois assim tão próximos, não entendia o porquê, mas estava muito claro que eles não deviam estar no mesmo lugar.

— Hoje você é o meu amuleto da sorte — disse Matt, sorridente. Suas palavras fizeram com que eu lhe desse um sorriso bobo, mas que logo desapareceu quando escutei a risada provocadora do Luke. O garoto ruivo arrastou os seus olhos na direção dele. — Qual é a graça?

— Que Weigel não dá sorte; ao contrário, ela é um ímã de azar — grunhiu, divertido.

— Só se for para você, para mim não — respondeu. — Tenho que ir.

Matthew deu uma piscadinha e voltou para a quadra, fazendo uma roda com o time.

— Patético — resmungou Luke.

Ri baixinho. A partida teve início e todos começaram a torcer para as duas equipes. Eu me limitava a tentar entender em que consistia cada coisa do jogo, mas não era algo em que eu fosse boa; esportes não eram o meu ponto forte. Os minutos passaram rapidamente e o marcador mostrava um claro empate; todos começaram a se desesperar, só faltava um tempo para ver qual colégio levaria o prêmio.

— Weigel — Luke me chamou, e virei-me para olhar para ele. — Eu beijo bem?

Abri os olhos completamente e senti minhas bochechas arderem, parando de prestar atenção no jogo. Ele não podia estar me perguntando aquilo, havia enlouquecido. O que ele estava pensando? Engoli em seco e pisquei várias vezes; por outro lado, ele continuava com sua postura confiante, como se a pergunta fosse a mais comum do mundo.

— Por que você está me perguntando isso?

— É só uma pergunta. — Ele deu de ombros. — Tem algo de errado nisso? Ah, já sei! Você tem medo que Matt escute.

Ele tinha usado o apelido pelo qual eu o chamava para zombar dele. Luke sempre fazia isso: encontrava uma forma de usar como arma o que alguém tivesse dito.

— Fica quieto, Luke — eu o repreendi, com vergonha.

— Você não vai me responder? — perguntou ele, levantando uma sobrancelha.

— Não! — gritei.

Ele bufou baixinho e cruzou os braços, olhando de novo para a frente. Eu o observei, um pouco mais obcecada com seu perfil, a ponta do seu nariz e a maneira como seus lábios se entreabriam, criando uma silhueta perfeita.

Nosso beijo voltou à minha cabeça, fazendo com que eu corasse ao apenas imaginá-lo, e com isso veio a vergonha, lembrando que eu tinha quebrado o abajur dele. Mesmo ele não tendo dito nada, seu impulso de sair do quarto sozinho me fez sentir mal.

— Desculpa pelo seu abajur, vi que você ficou bravo...

— Não faz mal — me interrompeu —, o abajur era velho, havia dias eu já estava pensando em jogar fora — zombou —, e não, eu não fiquei bravo. Por que eu ficaria? É só uma coisa material, né?

— É que... você foi embora.

— Para pegar uma vassoura — esclareceu ele. — Você queria que eu deixasse os cacos no chão? Nada estragou aquele momento, Weigel. Por favor, para de se desculpar por coisas tão insignificantes.

Mordi os lábios e concordei, com vergonha por ter me equivocado. Luke ficou em silêncio e eu fiz o mesmo, olhando para a frente, até que me dei conta de que o jogo estava acabando e, com isso, o colégio ganharia mais uma vez.

Luke ficou de pé, chamando minha atenção.

— Aonde você vai?

— Já vai terminar — observou —, e o colégio vai ganhar. Não preciso ficar mais aqui.

Ele se afastou e eu o vi perder-se entre as outras pessoas. Não queria que ele fosse embora, estava gostando da sua companhia, ou pelo menos não era algo que me deixava inquieta.

— Luke! — gritei no meio de outros gritos, mas foi em vão.

No instante que me levantei, disposta a segui-lo, todos fizeram o mesmo, e os gritos eufóricos dos torcedores me incentivaram a gritar também. O jogo tinha terminado, o colégio havia ganhado. Por mais que eu quisesse procurar o garoto loiro, agora era impossível, ele já tinha ido embora.

Por alguma razão estranha, tudo se acalmou, dos gritos aos sussurros; os jogadores do time do colégio estavam no meio da quadra e seus olhos dirigiam-se para mim. De repente, senti outros olhares ao meu redor e quis desmaiar.

Não sabia o que estava acontecendo, até que Matthew se posicionou no meio deles e os seus olhos verdes olharam para mim; tudo fez sentido quando os garotos estenderam aquela faixa que seguravam.

Ah, não.

Isto não pode ser verdade.

Ele não está fazendo isto.

Meu coração parou, e meus olhos se abriram, assim como minha boca. Eu não conseguia acreditar na cena que estava na minha frente.

O garoto caminhou até a arquibancada e parou aos seus pés, me olhando com um dos seus sorrisos maravilhosos. Seu cabelo ruivo acobreado brilhava muito e não sei se era para a ocasião, mas todas as luzes estavam em cima dele. Ele rodeou a boca com as duas mãos e pronunciou a frase que estava escrita na faixa:

— Você quer me namorar?

Perdi o fôlego e senti meu coração bater a mil por hora, meu cérebro não processava com clareza o que o garoto tinha dito, eu estava em estado de choque.

Senti um pouco de vergonha e também senti como caía sobre os meus ombros a pressão dos demais para que minha resposta fosse positiva, alucinante, sem critérios próprios. Meus lábios não se moviam, e muito menos meus olhos, mas isso mudou, porque, como se fosse uma força inexplicável, senti um único olhar entre tantos outros e me odiei por ter me virado.

Luke me olhava do lado oposto ao do Matthew, onde havia mais pessoas observando a cena. Ele segurava um pacote de batatas fritas. Meu coração encolheu, doeu e naquele instante descobri algo: eu sentia algo por ele. Algo forte.

Seu olhar era neutro, sem emoção, como costumava ser quase todo o tempo. Ele passou a língua pelos lábios e olhou para baixo e depois para cima. Sua expressão mudou, ele sorriu de lado, debochado e cínico. Meus olhos viajaram de novo em direção a Matthew, que continuava esperando minha resposta com um sorriso; eu estava vivendo aquele momento em câmera lenta e sentia que já tinha se passado uma eternidade.

Olhei de novo para Luke e pude ler seus lábios pronunciarem três palavras.

Que droga, Luke.

Talvez tivéssemos poupado muitos problemas, mas você sempre gostava de complicar tudo.

Olhei para meus pés e respirei fundo para realizar meu próximo movimento. Desci os degraus da arquibancada devagar e, sem esperar absolutamente nada, eu o abracei. Matthew não demorou e me abraçou pela cintura.

Não quis responder, apenas esperava que ele entendesse o abraço como um "sim". Ele se afastou de mim e sorriu. Segurou a minha bochecha com uma das mãos e me deu um beijo rápido.

— Hoje é o meu dia de sorte.

E, com isso, voltou a unir os nossos lábios.

CAPÍTULO 19

Matthew brincava com o canudinho do refrigerante enquanto um dos seus braços pousava sobre o meu ombro. Estávamos na cantina junto com Zev; eles me ignoravam, só falavam dos times de futebol, e eu não entendia nada. Eu estava entediada ali entre eles dois como se fosse apenas um objeto.

Pensava que ser namorada do Jones fosse ser algo incrível, e até que era. Nesta semana que estávamos namorando, eu não podia negar que tinha havido alguns momentos doces e extrovertidos, mas, por enquanto, o meu namorado preferia o meu melhor amigo a mim.

— Preciso ir para a aula — avisei, interrompendo a conversa animada.

— Por que tanta pressa? — Matthew olhou as horas no celular e depois fez uma careta. — Ainda faltam quinze minutos.

— Eu sei, mas quero chegar cedo.

— Que aula você tem agora?

— História — respondi, desconcertada.

Meu namorado pensou por um momento e olhou para o meu melhor amigo para depois me olhar de novo.

— Vamos, eu te acompanho — ele ofereceu, se levantando.

— Pensei que você quisesse continuar aqui com o Zev.

Revirei os olhos.

— Está com ciúme de mim? — Me provocou Zev, divertido, dando uma risadinha.

— Fica quieto — murmurei.

— Ah, fala sério — ele zoou. — Eu também já vou, hum, tenho que ir para o campo — bufou e se afastou.

Matthew me olhou, divertido.

— Vamos?

— Vamos.

Eu me levantei e me aproximei dele.

Ele passou o braço pelos meus ombros e me puxou para junto dele para começarmos a caminhar em direção à saída da cantina. Nos corredores, os olhares de todos iam em nossa direção, e aquilo era muito incômodo. Eu não estava acostumada a chamar atenção de tantas pessoas, apesar de já terem se passado quatro dias assim.

— O que você vai fazer de tarde? — perguntou o garoto, chamando minha atenção.

— Deveria fazer as tarefas, mas na verdade sempre acabo deixando para de noite — confessei. — Por quê?

— Porque eu quero fazer algo com você — deu de ombros e olhei para ele —, tipo, ver um filme na sua casa ou, sei lá, não tenho boas ideias… Desculpa.

Ele me olhou um pouco envergonhado, semicerrando os olhos, e achei isso muito fofo. Chegamos à minha sala e paramos a um lado da porta. Eu lhe sorri reconfortante e puxei uma de suas bochechas.

— Ver um filme me parece uma boa ideia.

Eu o encorajei dando crédito a uma de suas ideias.

— Tá bom, chego às seis e levo a pipoca, o que você acha? — sugeriu ele, e concordei com a cabeça, sorrindo.

— Estarei esperando — confirmei.

Eu me sentia feliz pelo simples fato de que íamos fazer algo juntos como um casal oficial, não como amigos ou algo assim. Assistir a um filme em casa já era algo muito superestimado, mas não importava quando se tratava de Matthew: tinha sido ele quem havia sugerido, portanto eu estava feliz; passar tempo com ele me faria bem.

Ele rodeou minha cintura com um braço e se aproximou de mim inclinando a cabeça para esfregar os lábios rosados e mornos sobre os meus. Ele tocou o nariz no meu, como se fosse um gatinho; aquilo me fez rir, e ele ronronou.

— Não faz isso — repreendi, divertida, e ele fez de novo. — Chega, Matt!

— Matt — murmurou. — Eu gosto de como soa.

Ele beijou o cantinho dos meus lábios, lentamente. Colocou uma das mãos na minha bochecha e beijou com mais intensidade. Estava a ponto de segui-lo quando algo, ou melhor, alguém me impediu.

— Que merda, a guarita do porteiro fica a só três metros daqui, saiam! — grunhiu Luke para a gente, nos olhando com o semblante vazio.

Desviei o olhar para meus pés e mordi o interior da bochecha; sabia que estava corada por causa do ardor que sentia no rosto. Matthew me soltou e deu um passo para trás.

— Foi só um beijo, mas obrigado pela informação — disse o ruivo.

— Claro — ironizou o loiro. — Agora, saiam da frente da porta porque vocês não estão me deixando entrar.

Senti o olhar de Luke em cima de mim, algo me dizia que eu deveria esperar que ele entrasse. No entanto, meus olhos já estavam indo na direção das suas pupilas.

— Se você me pedir licença. Não sabe o que significa respeito? — perguntei de má vontade.

— Respeito? — perguntou, incrédulo, e soltou um riso amargo. Ele se aproximou de mim sem se importar com que Matthew estivesse na nossa frente e sussurrou no meu ouvido: — Então aprenda a respeitar um coração partido.

Dito isto, ele lançou um olhar arrogante para o outro garoto e, com o ombro, o empurrou para abrir a porta e entrar. Fiquei olhando para um ponto fixo enquanto suas palavras ecoavam na minha cabeça. Por que ele tinha dito aquilo? O que eu tinha feito daquela vez?

— O que Luke te disse? — perguntou Matthew.

Olhei para ele e voltei para a realidade.

— Nada de importante.

Fiz um gesto negando com a cabeça.

— Has... — falou ele.

— É verdade, nada para se preocupar — insisti, e ele suspirou.

— Está bem — rendeu-se. — Preciso ver os horários dos próximos jogos, se cuida.

Ele me deu um beijo rápido nos lábios e saiu correndo pelo corredor. Suspirei pausadamente e entrei na sala. Procurei Luke rápido para ir na sua direção, sentei ao seu lado e olhei para ele.

— O que há com você?

— Não entendo a que porcaria você se refere — balbuciou, tirando um refrigerante da mochila e agitando-o.

— Faz dias que você não fala comigo e quando, finalmente, você fala é para ser tão, tão... Urgh! — grunhi, irritada. — O que eu fiz?

— Você não fez nada — falou ele com os dentes cerrados. — Eu nasci com mau humor, agora fica quieta e me deixa tirar o gás do meu refri.

— Você é tão nojento — murmurei.

— E você é tão tonta para não ver as coisas.

— Do que você está falando? — perguntei, confusa. Eu já não entendia mais nada. Com Luke, nunca dava para entender bem ou, pelo menos, eu não entendia. — Vamos, me fala!

— Você é muito resmungona — falou ele, e eu quis lhe dizer o mesmo, mas me segurei.

Ele continuava balançando o refrigerante e isso me deixava ainda mais nervosa.

— Para com isso! — gritei.

Peguei a garrafa de plástico das suas mãos e me arrependi na mesma hora. A tampa abriu e todo o líquido derramou em cima do Luke e de mim. Eu estava me preparando mentalmente para o que ele fosse me dizer, mas ele não falou nada. Apenas franziu a testa e me olhou furioso.

— Luke, me desculpa... — tentei dizer, mas ele me impediu.

Seus gestos foram suficientes para que eu não dissesse mais nada. Ele revirou os olhos e levantou do lugar, pegando suas coisas para sair da sala.

Joguei a cabeça para trás e me senti muito culpada.

CAPÍTULO 20

Estava tentando controlar minha respiração e ignorar o sentimento de decepção, eu não precisava ficar assim. Matthew tinha me ligado para cancelar nosso encontro, desculpando-se por não poder vir, já que, entre os planos da mãe dele, tinha um jantar de família. Eu não fiquei brava, precisava entender a situação, mas não podia negar que havia ficado triste.

Pensei em falar com Zev para continuar com meus planos. No entanto, decidi não falar. Ele, os irmãos e a mãe estavam retomando os passeios que faziam com o pai. As coisas começavam a ficar em ordem de novo, o processo judicial ainda não tinha terminado. Ainda ontem à noite, ele havia me contado por mensagem que saíra com o pai no final de semana anterior, e não era sua intenção voltar para casa. Era oficial.

Zev aceitou da melhor maneira possível e preferiu não opinar mais sobre a vida dos pais. A única coisa que lhe pediu foi que ele não se afastasse dos seus irmãos, sobretudo do Alex, a quem, por ser o menor, a separação afetava mais. Por outro lado, sua mãe queria ficar melhor.

Passei as duas mãos sobre o rosto e suspirei com pesar. Agora eu não tinha mais nenhum plano para impedir de me entediar. A casa estava vazia, minha mãe ainda estava no consultório e não voltaria antes das oito da noite porque sempre precisava revisar os relatórios dos pacientes para avaliar os progressos deles. Essa era a parte ruim de ser filha única, não ter ninguém que torne sua vida um desastre ou cuja vida seja um desastre por sua causa, mas que não te faça sentir tão sozinha como o pão de um sanduíche que ninguém quer.

Caminhei até a cozinha para abrir a geladeira e ver o que eu podia comer para me distrair. Preparei algo e estava indo para a sala ver algum programa sem sentido na televisão. Peguei a geleia de morango, doce de leite, lascas de chocolate e pasta de amendoim e fechei a porta da geladeira. Também peguei o pão e as torradas e levei tudo para a mesinha de centro, sentei com as pernas cruzadas no chão e liguei a televisão. Com uma colher, comecei a passar a pasta de amendoim em um dos pães e depois a geleia, e repeti a mesma coisa com todas as outras misturas. Muitos diriam que era estranho ou até mesmo nojento, mas o gosto era incrível. Alguns golpes suaves na porta de entrada me deram uma pequena esperança de que fosse Matt. Eu me levantei rapidamente do chão e nem sequer me dei conta de que levava na mão a colher e o pedaço de pão, que coloquei entre os lábios para, então, abrir a porta.

As esperanças foram substituídas por uma pequena surpresa quando vi Luke parado na minha frente. Franzi a testa e ele elevou uma sobrancelha, acompanhando um sorriso de lado.

— Quinhentos e três. Calculei errado.

Foi a primeira coisa que ele disse.

— Há?

— O total dos discos de vinil.

Meus olhos abriram de surpresa.

— O quê? Luke, são muitíssimos! Onde você conseguiu tantos?

— Meu pai é fã de vinis, mas parou de colecionar, e eu decidi ficar com eles para mim — explicou. — Mesmo que eles não fiquem no meu quarto, porque ele guarda na garagem, eu fui lá contar. Demorou muito tempo, não achei que fossem tantos. Demorei quase um dia inteiro.

— Eu te disse que você tinha uma obsessão louca. Isso não é nada bom...

Ele deu de ombros. Dei uma mordida no meu pão e sua expressão provocadora apareceu.

— Você está cozinhando?

Neguei com a cabeça e fiz um ruído. Ele riu e, com uma das mãos, pegou o pão entre os meus lábios. Com a ponta do seu polegar, ele limpou o cantinho dos meus lábios, e minhas bochechas arderam. Luke olhou para o pão e franziu a testa.

— É pasta de amendoim com geleia?

— Aham... — Fiquei desconcertada com seu gesto e também por ele estar ali. Tirei todos os pensamentos da cabeça e me obriguei a voltar à realidade. — Sim, é uma mistura...

— Estranha — ele me interrompeu, completando minha frase. Concordei, e ele deu de ombros. — É uma delícia.

— Uma delícia?

— Eu gosto — disse, sem nada mais, e deu uma mordida no pão.

— Ei! — reclamei. — Era meu.

— Era — enfatizou. Eu lhe mostrei a língua e ele sorriu. — Infantil.

— O que você veio fazer aqui? Pensei que estivesse bravo comigo por causa daquilo que aconteceu no colégio.

— A sua falta de jeito é algo que eu não consigo evitar... — disse, desanimado. — Fui à casa de um amigo e peguei esse caminho, e aí eu lembrei que sua casa ficava por aqui e decidi tocar a campainha para ver qual surpresa a vida me traria — explicou, terminando com ironia.

— Achava que você não tinha amigos — ataquei.

O garoto apenas estalou a língua e mordeu de novo o pão.

Enxerguei por cima do seu ombro que a moto estava estacionada ali e entendi tudo. Ninguém falou mais nada e ali estávamos de novo os dois em silêncio, eu mordendo o interior da bochecha e apenas o barulho do mastigar dele entre nós. Ele deu um suspiro profundo, e eu falei:

— Quer entrar?

— Na verdade tive uma ideia melhor, você quer vir comigo? — sugeriu, dando a última mordida no pão.

— Aonde? — quis saber.

— Só vem — insistiu, virando-se e caminhando na direção da sua moto.

Tive que pensar rápido no que fazer, mas, no final, acabei indo à sala para desligar a televisão, deixar a colher, pegar meu celular e sair de casa.

— Estou praticamente de pijama — eu me queixei.

Luke virou-se e me olhou com neutralidade.

— Você fica bem com qualquer coisa, pelo menos para mim. — Deu de ombros e subiu na moto, estendendo-me o capacete. Minhas bochechas ficaram vermelhas, e eu contive um sorriso. — Sobe, só tenta não se apoiar nas minhas costas.

Segui sua orientação um pouco confusa, passando as mãos pela sua cintura e sem apoiar meu rosto nas suas costas. No entanto, sentia certa insegurança, não de sua parte, mas por causa das pessoas que vinham na direção oposta.

Ia escurecer em poucos minutos, e eu teria que avisar minha mãe se não quisesse receber outro castigo. Luke parou a moto aos poucos enquanto freava e acelerava de propósito.

— Não faz isso! — reclamei, incisiva.

— É divertido sentir como você se segura em mim ainda com mais força. Luke gargalhou, e eu lhe dei um tapinha nas costas.

Ele gemeu, parando por completo, e senti seus músculos ficarem tensos. Então, meu rosto se encheu de culpa quando percebi o que tinha acontecido.

— Ele fez de novo? — sussurrei.

Luke não disse nada, continuava com as mãos nas extremidades da moto, apertando tanto o guidão que dava para ver suas veias. Eu me senti mal, raiva e impotência também emanavam do meu corpo. Detestava saber que Luke estava passando por dificuldades e eu não podia fazer nada. Havia coisas que eu ainda não entendia, mas era claro que o pai não deveria bater nele ao ponto de chegar a machucar sua pele. O que passava pela cabeça daquele homem?

Desci da moto e fiquei ao seu lado, seu rosto virado para baixo. Coloquei a mão sobre o ombro dele e seus músculos relaxaram. Uma lágrima escorreu pela sua bochecha, e meu coração se partiu.

— Isto não estava entre os meus planos — murmurou ele.

— O quê? — perguntei sem entender.

— Que você me visse assim, que ficasse sabendo que eu não tive uma boa semana — explicou-me, levantando os olhos para me olhar. — Prefiro não falar disso, de verdade. — Ele virou a cabeça e passou o dorso da sua mão pelos seus olhos. — Como você está com o Jones?

— Eu também não quero falar disso — admiti.

— Por quê? A maneira como ele te pediu em namoro foi incrível — comentou com um sorriso de lado. — Fico feliz que você esteja feliz, falando sério, pelo menos nem tudo são caras tristes.

Eu não tinha mais nada para dizer diante das suas palavras; me sentia incomodada conversando sobre o garoto ruivo e não podia negar que estava feliz de ser namorada dele. Tinha desejado muito isso, mas, agora que finalmente tinha conseguido, eu não me sentia tão feliz e acho que, ao me negar enxergar isso, eu me sentia ainda mais atraída por ele.

— Não é a mesma coisa, sabe?

Abracei-me e lhe dei um sorriso torto.

Luke desceu da moto e aproximou-se apenas alguns centímetros de mim; observando bem a cena e o momento. Ele era quase duas cabeças mais alto do que eu, sempre tinha sido.

— Esse assunto é muito desconfortável? — murmurou com a voz rouca, enviando uma sensação de eletricidade por todo o meu corpo. — Ou é o momento?

Eu não conseguia articular nem uma palavra, meus olhos olhavam fixamente para os seus sem piscar, e eu não fazia outra coisa além de respirar e pestanejar.

— Luke...

Apenas sussurrei quando seus lábios tocaram nos meus de novo. Sabia que eu tinha que parar, dizer aos meus pés que se afastassem dele, à minha mente que reagisse e à minha boca que não se mexesse, mas esqueci tudo aquilo quando o contato dos dois era um só. Outra vez nos movíamos em compasso vendo o mundo parar e somente nós dois nos mover. Calmo, mas avassalador, assim era como estava meu interior e assim era o Luke.

Ele parou e afastou o rosto alguns centímetros do meu, lambeu seu piercing olhando para mim e levantou uma das mãos na altura da minha bochecha para acariciá-la com a ponta do polegar.

— Hasley — pronunciou lento e suave. — Estamos nos destruindo da forma mais linda e bela que existe, percebeu?

— Acho... — sussurrei, ainda tentando assimilar o que ele tinha dito.

— Estamos construindo o nosso próprio boulevard, só que este vai ter um final para um de nós dois, e quero te dizer que eu não vou me arrepender.

E uniu nossos lábios de novo, criando uma perfeita tempestade de dúvidas e perguntas sem respostas na minha cabeça.

CAPÍTULO 21

Segurei a vontade de rir ao ver como o Zev olhava para seu *shake* de frutas com má vontade. Ele tinha iniciado um plano alimentar que, no começo, achava maravilhoso, mas, depois de duas semanas, resumia-se a: NÃO QUERO MAIS.

— Você acha que ainda vai continuar com isso? — perguntei, levando uma colher de gelatina à boca.

Ele choramingou.

— Eu tenho que continuar. Minha mãe fica mais feliz cozinhando assim. Não posso fazê-la se sentir mal, ainda mais quando é para eu ser o exemplo para os meus irmãos. Isso é uma chatice.

Franzi a testa e me inclinei um pouco sobre a mesa para falar.

— Você não acha que está se cobrando demais, Zev? Você é o irmão mais velho, sim, mas isso não é motivo para se sentir obrigado a nada. Nem sempre você tem que fazer coisas de que não gosta só para deixar sua família feliz. Você assume responsabilidades que também não te pertencem...

Ele negou com a cabeça e pegou outro pedaço de fruta com o garfo.

Eu não gostava que Zev começasse a sentir-se obrigado a carregar responsabilidades que não eram suas. Apesar de ser o irmão mais velho, ele não tinha que tomar conta das emoções da família, muito menos tentar ser o chefe da casa quando a mãe ainda estava ali; e o pai, embora não tivesse voltado, também tinha o dever de cuidar dos filhos.

— O que você quer que eu faça, Hasley? — perguntou sem muito ânimo.

Pigarreei para eliminar o pequeno nó que se formava na minha garganta. Quis falar, mas uma terceira voz me impediu de fazê-lo.

— Estou interrompendo alguma coisa?

Luke apareceu em um extremo da mesa com as mãos dentro dos bolsos da calça. Usava um moletom preto e seu cabelo estava despenteado.

Senti o clima ficar tenso e muito desconfortável. Olhei para o Zev de relance, esperando alguma expressão de desgosto da sua parte. E foi isso o que aconteceu: em menos de um minuto, sua mandíbula se tensionou e seus olhos reviraram.

Zev agitou de novo seu *shake*, mas não o tomou. Era possível perceber seu mau humor, era evidente que a presença do loiro lhe desagradava. Como se não bastasse, Luke sentou ao meu lado, sorrindo descaradamente; sua covinha apareceu e ele bateu o ombro contra o meu.

— O que você está fazendo? Não pode aparecer sempre que quiser, estou com o Zev — murmurei perto do seu ouvido para que meu melhor amigo não escutasse.

— Não vim atrás de você, Weigel... — Ele riu. Senti vergonha, e ele arrastou sua mão sobre a mesa e a levantou, apontando com o dedo indicador para o garoto na nossa frente. — Vim atrás dele.

Se minha mandíbula não estivesse presa no rosto, estaria no chão naquele momento. Franzi o cenho, confusa, e aparentemente eu não era a única que tinha ficado surpresa, já que Zev o olhou da mesma maneira.

— Quê? — dissemos juntos ele e eu.

Zev virou-se para me olhar e depois para olhar para Luke.

— O que você escutou, quero falar com você, Zev — disse ele, em um tom de voz tranquilo, sem pressa nem pausa. — Preciso falar com você, tem tempo agora?

— Comigo? Por quê?

Eu não falei nada, só fiquei olhando para os dois.

— Tenho que repetir? Sim, com você, Zev Nguyen.

— Por quê? O que você quer?

— Se não se importar, gostaria de falar a sós com você — mencionou Luke, dando ênfase nas últimas palavras.

Fiquei indignada.

— Eu não tenho nada para falar com você.

— Tem, sim.

— O que você quer?

— Podemos conversar a sós? Ou é sério que você quer que ela escute?

Tentei, juro que tentei compreender o que estava acontecendo naquele momento, mas minha cabeça não entendia nada, só ficou ali, bloqueada, sem ter nada para conectar. Eu não tinha a menor ideia da razão pela qual tudo aquilo estava acontecendo.

Dirigi o olhar para meu melhor amigo, ameaçando-o, e ele o sustentou durante por alguns segundos; porém, me ignorou e virou-se para Luke, que continuava esperando por ele.

— Neste exato momento? — perguntou.

Apertei os lábios, evitando falar algo.

— Aham, agora mesmo. Não vou tomar muito do seu tempo — afirmou e se levantou. — Você vai estar de volta em menos de dez minutos.

Quando pude observá-lo melhor, vi um hematoma em uma das maçãs do rosto: o hematoma se espalhava e aqueles tons verdes e roxos manchavam sua pele. Na verdade, eu quis lhe perguntar, saber o que tinha acontecido daquela vez, mas não consegui, porque eles já haviam se afastado.

Continuei sentada, olhando as costas deles e com um ponto de interrogação no rosto.

O que tinha sido aquilo?

***

Zev tirou suas coisas do armário sem se preocupar em organizá-las e fechou-o de uma só vez. Eu continuava de braços cruzados olhando para ele com os olhos semicerrados, tentando convencê-lo. Mas não estava funcionando.

— Então, o que vocês conversaram? — perguntei de novo.

Depois que a "conversa" dele com Luke terminou, ele voltou e sua cara não estampava felicidade. Aquela conversa tinha sido tudo menos agradável, mas agora algo estava claro: ambos sabiam um do outro mais do que queriam me falar.

— Eu não vou te contar.

— Por quê?

Ele deu um suspiro e me ignorou, começando a caminhar. Eu o segui.

— Zev, por favooor — supliquei.

— Meu Deus, Hasley. Não foi nada. Por que você não procura seu namorado para amolar?

Minha boca se abriu, me senti muito indignada pelo que ele tinha dito. Ele parecia não se importar com minha expressão.

— Obrigada, vou fazer exatamente isso — murmurei e fui embora.

Pensei por um segundo que Zev interromperia aquela minha cena dramática, mas ele nem ligou, porque não fez nada; ao contrário, quando olhei por cima do ombro, ele já não estava mais no mesmo lugar. Rendida, bufei e fui na direção dos banheiros do campo. Matthew tinha me dito que estaria ali com o time e que era para eu ir encontrá-los mais tarde.

Ao virar no corredor, pude ver o Luke com uma garota morena. Eu teria que passar na frente deles. Agarrei-me à mochila e caminhei a passos rápidos. Muito antes de chegar, senti o olhar de alguém sobre mim e depois uma mão agarrando o meu braço e me fazendo girar.

— O que você quer? — exigi num tom queixoso sem olhar para ele.

— Aonde você está indo? — Luke perguntou.

Decidi olhar para ele para lhe responder:

— Estou procurando meu namorado — eu disse, frisando as últimas palavras.

Seu semblante ficou sério, fazendo-me perceber que ele não tinha gostado daquilo, mas, na verdade, eu lhe mostrei que não me importava muito, a ponto de não levar em consideração o que lhe agradava ou não.

— O seu namorado — repetiu, irônico.

— Sim — afirmei. Olhei de relance para a garota que continuava de pé e apontei com a cabeça. — Agora me solta, que estão te esperando.

Luke deu uma risada divertida e balançou a cabeça várias vezes. Sua atitude começava a me irritar de novo.

— Fica quieta — disse, apontando para mim.

Franzi a testa, confusa por não entender a que ele se referia. Ele se aproximou da garota. Enquanto isso, fiquei na mesma posição e no mesmo lugar.

— Ok, eu te ligo para te avisar. Pode ser este final de semana? — perguntou em voz alta.

— Com certeza. Até mais!

Ela lhe deu um beijo na bochecha, e ele deu outro de volta. Algo aconteceu dentro de mim e eu sabia que não era nada bom, não podia estar sentindo aquilo. Porque acho que era... ciúme? Não, não, não.

Apertei os meus dentes e comecei a caminhar, indo embora dali. No entanto, aquele dia Luke tinha decidido ser um chato, porque parou na minha frente, impedindo que eu seguisse.

Desviei o olhar.

— Matt não está aqui — anunciou, zoando seu nome.

— Como você sabe? — ataquei.

— Eu estava conversando com a Daliaah quando ele passou do nosso lado, indo embora com os seus amigos — explicou.

Eu poderia tê-lo recriminado sobre o que ele tinha me falado a respeito de Matt ou dizer algo a respeito daquilo, mas fiz exatamente o contrário, pois a única coisa que saiu da minha boca estava muito distante do que eu realmente deveria ter dito, mas muito próximo do que eu queria saber.

— Quem é essa Daliaah? — perguntei, olhando para ele.

O canto dos lábios de Luke se curvou.

— Ciúme?

— Nunca — eu disse, não muito segura da minha resposta.

Ele deu um passo na minha direção e eu dei outro para trás, afastando-me da sua proximidade intimidadora.

— Weigel... — murmurou.

Ele levou uma mão ao meu rosto, e as pontas dos seus dedos roçaram a pele da minha bochecha.

A sensação que seu tato transmitia no meu corpo era algo completamente novo para mim, uma sensação que eu talvez não devesse sentir com alguém que não fosse meu namorado. E eu me sentia mal por isso? Claro que sim, porque não estava solteira, e minha relação com Luke tinha ido um pouco mais longe daquela que amigos têm.

Meus olhos se fecharam, desfrutando daquele toque inocente. De repente, eu o senti perto de mim. Sua respiração e... seus lábios.

Porém, não foi um beijo o que me arrancou um suspiro, mas uma lambida na minha bochecha.

Meus olhos, assim como minha boca, abriram-se de repente, atordoada e confusa com o que ele tinha acabado de fazer. Eu não esperava aquilo, claro que não! Aparentemente, ele se divertiu muito com minha expressão, porque da sua garganta saiu uma gargalhada alta.

— Que coisa nojenta! — gritei, passando a mão sobre a bochecha para limpar a umidade.

— Mas a gente não juntou as salivas quando se beijou? — hesitou.

Minhas bochechas arderam de vergonha.

— Cala a boca! — pedi.

Isso o provocou ainda mais, pois o som da sua gargalhada ficou ainda mais alto. Juntei as sobrancelhas e cruzei os braços. Talvez eu devesse ter aproveitado seu estado de ânimo para lhe perguntar sobre a conversa com meu melhor amigo: isso ia estragar seu bom humor.

— Por que você procurou o Zev?

Luke parou de rir, mas manteve aquele sorriso alegre no rosto.

— Esse é um assunto que prefiro tratar com ele... sem terceiros — respondeu, usando um tom brincalhão.

— Ele é meu melhor amigo, tenho direito de saber!

— Não, mesmo que você seja a melhor amiga dele, isso não te dá o direito de se intrometer nos assuntos pessoais dele — corrigiu. — Peço que respeite isso, mas por que você não pergunta para ele?

— Eu já perguntei.

— Então desiste — concluiu. — Eu não vou te falar.

— Cretinos — murmurei.

Tinha esquecido completamente que estava atrás de Matthew, e encontrá-lo ficou em segundo plano. Luke foi ao meu lado caminhando até a sala de aula, e eu fiz o mesmo.

— Weigel — ele me chamou. Girei um pouco a cabeça para um lado para olhar para ele, avisando-o que ele podia continuar. — Você está livre esta sexta?

— Para quê?

— É uma surpresa — disse. — Pense como se fosse um encontro. Você tem todo o direito de se sentir culpada, mas pelo menos vamos escutar música boa no rádio, e isso vai te perdoar do pecado.

Dediquei-me a observá-lo durante alguns segundos.

Eu gostava muito de sair com Luke, muito mais do que com outras pessoas, embora isso soasse um pouco cínico. Nossas saídas não eram típicas, eram especiais, e eu sempre guardava em um lugar do meu coração aqueles momentos para tê-los como lembrança.

— Vai valer a pena?

— Muito. — Ele assentiu. — Vamos.

Luke me pegou pela mão, obrigando-me a andar mais rápido.

— Aonde?

— Está na hora da Kearney e nós não queremos nos atrasar — disse, de maneira óbvia.

Meus dedos se entrelaçaram com os seus, e me senti nervosa por muitos motivos. Às vezes, as imagens que vinham na minha cabeça eram como um caleidoscópio, e eu não sabia como parar aquilo, sabendo que estava errado. Se na verdade os meus sentimentos por Luke começavam a afetar minha relação com Matthew, o melhor seria terminar com ele.

Por que as coisas erradas me faziam sentir tão bem?

CAPÍTULO 22

Ser namorada de Matthew podia parecer um sonho para muitas garotas... e havia meses que era o meu. Meses. Mas agora já não parecia mais, e sei que todos achavam que eu tinha ganhado na loteria. Porém, não era bem assim. As únicas vezes nas quais eu ria de verdade com ele era quando jogávamos videogame, e isso porque eu jogava supermal.

Era o que estávamos fazendo naquele momento.

— Deixa eu ganhar! — gritei mais uma vez, apertando qualquer botão daquele controle.

— De jeito nenhum. — Matthew começou a rir ao meu lado e voltou a ganhar.

— Isso é só uma brincadeira! — resmunguei, largando o controle com um pouco de raiva sobre a cama dele.

Ele riu de novo e se levantou; eu cruzei os braços olhando para ele com a testa franzida. Tínhamos decidido assistir a um filme na casa dele depois da aula, mas agora estávamos jogando alguns dos seus jogos preferidos no quarto.

Era a quinta vez que ele ganhava de mim em menos de uma hora. Eu era um desastre naquilo: nem sabia qual botão servia para disparar e estava um pouco frustrada porque ele só sabia rir todas as vezes que eu reclamava. Porém, eu não podia negar que eu me divertia um pouco quando escutava ele rir. Nosso relacionamento ia um pouco melhor, ele já não me dava tantas desculpas, estava mais próximo do que antes e, todas as vezes que me via, flertava comigo como se eu ainda não fosse sua namorada.

Matt se inclinou um pouco na minha direção, cravando os olhos verdes fundo nas minhas íris azuis. Seu olhar era sarcástico e divertido. Finquei os pés, sem me mover, e ele não tirou os olhos de mim. Com o dedo indicador, ele tocou o meu nariz e deu uma risadinha.

— Vamos, não seja tão resmungona — murmurou, zombando. — Vamos jogar mais uma vez, e eu vou te deixar ganhar, mas eu quero um beijo seu.

— Essa é sua condição? — questionei-o, arqueando uma sobrancelha.

Ele franziu os lábios e girou a cabeça para um lado como se estivesse pensando em algo extremamente importante.

— Sim — afirmou, e um de seus tantos sorrisos galanteadores tomou-lhe o rosto.

— Você é muito malvado — sussurrei, semicerrando os olhos.

— Aham...

Ele aproximou o rosto do meu e beijou meus lábios. Com seu toque suave e lento, colocou uma das mãos sobre minha bochecha e, com o polegar, acariciou-a várias vezes até se afastar um pouco.

— Eu vou te deixar ganhar duas vezes pelo simples fato de eu ter adorado este beijo — confessou com um pequeno sorriso e me beijou de novo.

Minhas mãos foram até seu pescoço e eu aprofundei ainda mais o beijo. Ele soltou um grunhido e eu me separei dele esboçando um sorriso satisfatório.

— Mas só se não for o mesmo jogo — adverti.

— Combinado — concluiu, erguendo-se de novo e levantando a mão. Matthew caminhou até seu videogame e olhou para mim. — Qual você quer jogar?

Levantei-me da cama e caminhei na sua direção, ficando ao seu lado e observando todos os jogos que ele tinha.

— Este chamou minha atenção — mencionei, passando-o para ele.

— Perfeito — sorriu.

Ele tirou o jogo e trocou pelo outro. Eu voltei para a cama e me sentei com as pernas cruzadas, pegando o controle com as minhas mãos. Matt sentou-se ao meu lado e suspirou. Esperamos que o jogo carregasse e selecionamos o que estava indicado, voltamos a jogar e recomecei com minhas reclamações. Maldita hora que escolhi aquele jogo, estava ficando desesperada e o garoto se divertia com aquilo.

— Você é um desastre nisto, Has — murmurou entre risos.

— Cala a boca — resmunguei.

Porém, apesar de tudo, ele me deixou ganhar e, embora eu soubesse, fiquei feliz, olhando para ele com superioridade e mostrando-lhe a língua de uma forma infantil.

— O que você quer fazer agora? — perguntou, deitando-se de costas na cama.

— Não sei. — Eu copiei sua ação. — Podemos comprar alguma coisa para comer?

— Não é uma má ideia — disse. — Depois eu te levo na sua casa, pode ser?

— Claro — assenti. Ficamos em silêncio daquele jeito, até que ele se aproximou de mim e começou a me fazer cosquinhas. — Não, não, não! O que você está fazendo? Para! — comecei a gritar, seus dedos faziam cosquinhas por todo o meu corpo, e eu estava ficando sem fôlego. — Matthew, para!

— É divertido! — gritou. Eu estava tentando afastá-lo, mas era impossível, ele tinha muita força e sempre ganhava de mim. Depois de muitas súplicas, Matthew parou, saindo de cima do meu corpo e da cama. — Está bem, vamos pegar a comida, bebê.

— Bebê? — perguntei, irritada pelo jeito como tinha me chamado.

— Sim, bebê — repetiu ele, me olhando com sarcasmo e diversão.

Eu ri.

Eu me levantei, arrumando a blusa e o cabelo.

— Esse apelido é engraçado.

Matthew deu de ombros, minimizando a importância, desligou tudo, foi até o banheiro e voltou logo depois. Pegou seu celular, que estava entre os lençóis, e ficou ao meu lado; então, caminhou até a porta do seu quarto e olhou para mim.

— Os apelidos de animais são mais divertidos — confessou ele. Saí na frente, e ele fechou a porta atrás de mim. — Tipo ursinho, leãozinho, gatinho ou iguaninha.

— Iguaninha? — perguntei, soltando um riso. — Quem chama a namorada de iguaninha?

— Eu já escutei, acredita em mim. — Sacudi a cabeça, divertida, e chegamos à sala. — E sua mochila?

Olhei atrás de mim e grunhi. Ele tinha razão.

— Urgh.

— Fica de boa, eu pego e trago para você.

Sem esperar resposta da minha parte, ele voltou ao quarto; soltei um suspiro pesado e mordi os meus lábios. Apoiei todo o meu peso sobre uma das pernas e comecei a cantarolar uma música. Matthew voltou com minha mochila no ombro e deu um sorriso.

— Certo, vamos — indicou, abrindo a porta e saindo.

No caminho, conversávamos sobre muitos assuntos para nos distrair, do colégio aos gostos particulares de cada um. Ele murmurava coisas sem sentido e depois caía em gargalhadas. O que estava acontecendo com ele? Sem dúvida ele me fazia rir, fazendo com que eu cobrisse minha boca com as duas mãos para depois tentar me acalmar e recuperar o ritmo normal de respiração.

— O que vamos comer? — perguntou ele, enrolando meus braços ao redor do seu torso.

— Humm, não sei, pizza? Sorvete? Ou comida chinesa?

— Comida chinesa — repeti e enruguei o nariz, negando com a cabeça.

— Você não gosta de comida chinesa? — perguntou, com os olhos arregalados e incrédulo. Eu fiz que não e ele dramatizou ainda mais as suas ações. — Como você pode não gostar de comida chinesa?

— Só não gosto. — Revirei os olhos. — Então vamos comprar frango à milanesa.

— Comida chinesa é deliciosa, mas eu gosto mais da japonesa — disse ele, enfiando o dedo na ferida. Eu ri. — Tá bom, vamos comprar frango. Podemos comer na sua casa?

— Claro — concordei —, mas tenho que avisar minha mãe, não sei se ela está.

— Como a senhora preferir — ele disse.

— Com certeza — continuei.

— Sua mãe tem um consultório próprio ou trabalha para algum hospital? — Matthew perguntou de repente. — Quer dizer, ela é independente ou chegam para ela pacientes enviados de lugares como escolas, hospitais, centros de apoio...

— Ah, sim. Ela faz parte de um centro de apoio, mas seu consultório pertence a várias escolas, por isso chegam garotos de diferentes lugares. Alguns ficam e outros abandonam a terapia no segundo dia.

— Você se dá bem com ela, né?

— Temos uma relação boa, com muita confiança e respeito, ela é muito aberta comigo, e, se tenho problemas, sei que posso contar para ela. Fico feliz em saber que, além de ser minha mãe, ela é minha melhor amiga.

— Que legal. Eu brigo toda hora com meus pais, talvez por causa da péssima relação que eles tiveram com os deles; por isso, acabaram sendo do mesmo jeito.

— Hábitos que são passados de geração em geração. Que péssimo, hein?

— Péssimo.

Matthew sorriu de orelha a orelha e me envolveu em um grande abraço.

— Eu gosto muito de você, Has.

— Eu também.

***

— Não toca nesse pedaço, é meu — advertiu Matthew, apontado para um dos tantos que ainda havia.

— Meu Deus! — Ri. — Ainda tem um monte!

— Não quero saber — disse ele como um garoto pequeno, ajeitando-se em uma posição mais confortável no sofá. — Você está avisada, Hasley Weigel.

Revirei os olhos, divertida, e concentrei toda a minha atenção no filme. Matthew também estava assistindo atentamente enquanto continuava comendo. Eu tinha avisado minha mãe e ela havia me dito que ainda não estava em casa porque precisava ler alguns relatórios. Queria terminá-los no consultório: não pretendia trabalhar em casa, por isso só chegaria na hora de dormir. Ela me perguntou quem ele era e eu respondi com alguma mentira que deu na cara, mas no final ela concordou. O garoto terminou de comer o último pedaço e reclamou que tinha comido demais. Eu me levantei do sofá e recolhi tudo para levar para a cozinha, e Matthew veio atrás de mim.

— Vim lavar as mãos — anunciou quando eu lhe lancei um olhar confuso. Eu lhe indiquei onde ele poderia lavá-las e ele foi para lá. Depois de jogar as coisas no lixo, eu lavei as mãos quando ele terminou. — Posso mudar o filme? Esse está me entediando.

Concordei, ele saiu da cozinha e eu fiquei ali. Abri a geladeira em busca de um refrigerante e, depois de bebê-lo, voltei para a sala para encontrar Matthew terminando de colocar o outro filme.

— Qual você escolheu?

— Uma comédia do Adam Sandler — ele me explicou. — Você tem muitas dele.

— É por causa do Zev — informei. — Ele adora, diz que é o ator preferido dele — confessei.

Sempre que um filme dele era lançado, Zev ia à estreia e também nos outros dias durante os quais ainda ficava em cartaz; além disso, comprava o DVD depois.

— Legal — comentou Matthew.

Caminhou até mim e me puxou para junto do seu corpo com uma das mãos, juntou nossos lábios e me levou com ele de volta ao sofá. Sua outra mão pegou minha bochecha para aprofundar o beijo, ele se sentou e eu fiquei ali em cima dele. A mão que ele tinha na minha cintura baixou até meu quadril e começou a desenhar pequenos círculos sobre minha pele nua com as pontas dos dedos.

— Você está com gosto de frango — comentei, divertida e um pouco desconfortável.

Ele não parou, pelo contrário: sem desgrudar os lábios da minha pele, percorreu do canto dos meus lábios até meu pescoço e desceu até a clavícula. Aos poucos, me deitou no sofá, ficando em cima de mim. Sua boca se movia sobre minha pele, e ele sugava a parte de trás da minha orelha.

— O filme já começou — mencionei, tentando fazer com que ele parasse e voltássemos às nossas posições.

Ele sabia o que queria. Estava acostumado com aquilo, mas eu ainda não me sentia pronta. Eu queria transar com o Matthew? Talvez quisesse, mas no futuro, não agora. Eu queria dizer que ainda não era o momento para aquilo e que ele, por favor, compreendesse e respeitasse minha decisão.

Eu segurei ele pelos ombros soltando um suspiro, tomando coragem para tirá-lo de cima de mim, quando escutamos alguns toques na porta. Nunca tinha me sentido tão feliz de ouvir aquele barulho. Ele parou e grunhiu como um velho resmungão. Ao se sentar, caiu de um lado do sofá e olhou para mim com uma sobrancelha arqueada; dei de ombros, respondendo que não sabia de quem se tratava. Levantei-me, arrumando a blusa, e caminhei até a entrada.

— Ei — Luke cumprimentou assim que abri a porta.

Eu franzi a testa. Confusa pela sua aparição, pude ver que os seus olhos estavam um pouco inchados e vermelhos.

— O que aconteceu? Você está bem?

— Podemos conversar? — pediu, presenteando-me com um sorriso sem abrir os lábios e, ao mesmo tempo, me olhando com tristeza.

Respirei fundo e olhei para a sala, onde Matthew estava me observando atentamente. Um nervosismo começou a invadir meu corpo quando ele parou e, a passos decididos, se aproximou de mim.

— Quem é? — perguntou atrás de mim.

Ah, meu Deus.

Os olhos de Luke cravaram no garoto que estava às minhas costas e depois voltaram para mim. Seu semblante agora estava sério e vazio, e eu senti atrás de mim a mão do outro garoto em cima do meu ombro.

— Oi, Luke — ele o cumprimentou.

Sua voz soava sarcástica, deixando claro que a presença do loiro o desagradava, provavelmente por ter interrompido a cena anterior.

— Jones — pronunciou, e dirigiu-se para mim. — Então, podemos conversar?

Abri um pouco mais a porta e me virei para poder olhar para meu namorado e depois para o garoto. Os olhos verdes de Matthew me olhavam com dureza, dando a entender que eu deveria dizer não ao Luke. Eu me senti um pouco mal e pressionada por ambos. Se eu dissesse sim ao meu amigo, meu namorado ficaria bravo; por outro lado, Luke não merecia aquilo. Sabia que ele estava mal, não podia deixá-lo assim.

Olhei para ele um pouco triste, e ele levantou uma sobrancelha, olhando incrédulo para mim sem poder acreditar no que eu estava tentando dizer.

— Matthew...

— Deixa para lá, Hasley — murmurou. — Espero que o que ele tenha para te dizer seja mais importante do que isso. Até mais.

Tentei abrir a boca, mas, antes que eu pudesse falar qualquer coisa, Matthew já tinha ido embora da minha casa completamente furioso; isso não devia ter terminado assim, mas o pior de tudo era que eu não me sentia tão abalada ou preocupada por meu namorado estar bravo.

Soltei um suspiro e mandei Luke entrar, fechei a porta atrás de mim e olhei para ele, tentando encontrar seu olhar, mas ele não cedeu.

— O que aconteceu?

— Esqueci uma coisa — murmurou ele, apertando os lábios em uma linha fina, com o olhar perdido em seus pés.

— Que coisa? — perguntei, confusa, dando uns passinhos na sua direção.

Luke levantou o rosto, fazendo com que nosso olhar se encontrasse. Ficou em silêncio alguns segundos e passou a língua pelos lábios.

— Como é ser feliz.

CAPÍTULO 23

Eu devia estar com Matthew agora mesmo jantando em alguma parte da cidade aonde ele gostaria de me levar, mas a coisa toda desmoronou depois que discutimos no colégio por causa do que tinha acontecido na minha casa. Ele havia jogado na minha cara que eu preferia Luke a ele, que era meu namorado. Por mais que eu tivesse tentado fazê-lo entender que Luke estava mal, ele soltou tudo o que pensava sobre o garoto, chegando ao ponto de chamá-lo de maconheiro e acusá-lo de tentar chamar atenção.

Agora era eu quem estava brava com ele. Matthew nem o conhecia! Não sabia nada a respeito de Luke para opinar sobre ele! E, dias antes, eu tinha exigido que Zev me contasse o que ele tinha conversado com o Luke, mas ele me respondeu com um grito: "Me deixa em paz!". Eu decidi ignorá-lo... e ele fez o mesmo. Algo que, aparentemente, não era tão difícil para nenhum de nós dois.

— Você está me escutando?

Virei o rosto em direção a Luke e lhe dei um olhar triste. Ele tinha chegado à minha casa com um sorriso, me convidando para sair em plena noite; aceitei porque não estava me sentindo bem.

— Desculpa — choraminguei, abraçando-me.

— Você está bem? — O garoto aproximou-se um pouco de mim. Não tirei os meus olhos dos dele. — Weigel...

— Matthew ficou revoltado. Brigamos mais uma vez — murmurei, cabisbaixa.

Luke levou a mão ao meu rosto e com as pontas dos seus dedos acariciou o canto dos meus lábios.

— Ei... — ele sussurrou. — Eu não gosto de te ver assim.

— Eu fico chateada por ele ser tão cabeça-dura — balbuciei.

— Fica calma. Ele está apenas com ciúme. Eu também estaria se fosse ele — murmurou. Fiquei em silêncio alguns segundos enquanto Luke olhava para mim e eu para ele. Sua testa franziu e ele inclinou a cabeça. — E o Zev? Esta semana eu não vi vocês dois juntos.

Revirei os olhos e respirei fundo. Eu não queria estragar a noite, mas ele tinha tocado naquele assunto, embora eu não o culpasse.

— Tivemos uma pequena discussão. — Dei de ombros e mordi o meu lábio inferior. — Acho que essa não foi minha melhor semana.

Era verdade. Não tinha sido e talvez viessem mais coisas. Algo me dizia que este ano não seria o meu, que não me trataria com delicadeza, e até acredito que teria que preparar o meu caixão por via das dúvidas.

Luke caminhou em minha direção e passou a língua sobre seu piercing. Veio-me à cabeça a ideia de que ele me beijaria, mas não houve contato dos seus lábios com os meus. Ele roçou a mão em minha bochecha e acariciou meu cabelo, me dando um meio sorriso de lado para então entreabrir os lábios rosados.

— Queria que na sexta nós fôssemos a um lugar, mas eu sei que você vai gostar de uma coisa... Mesmo que você não saiba — murmurou, olhando para mim de uma forma tão singela como se aquele gesto fosse o mais inocente do mundo. — E sabe por que eu sei? Porque ninguém te conhece melhor do que eu.

Aquilo mexeu com algo dentro de mim, como se tivesse produzido um clique em algum lugar do meu coração e movido tudo, assim como os meus pensamentos; um pequeno rubor se apoderou das minhas bochechas, ainda que, depois da sua frase, minha testa tenha se franzido.

— Que coisa? — perguntei, confusa.

— Vem — sinalizou, pegando-me pela mão. Começamos a caminhar em direção à sua moto e ele subiu nela, estendendo-me um capacete. Antes de eu pegá-lo, com a outra mão Luke segurou a minha para que eu me aproximasse do seu corpo, levou os lábios ao meu ouvido e sussurrou: — Vamos fazer a cidade ser nossa esta noite, que vai ser a melhor da nossa vida. Você confia em mim?

Eu o olhei atentamente, apreciando como a tênue luz fazia com que os seus olhos azuis brilhassem com muita força. Pressionei os lábios alguns segundos e sorri.

— Muito — admiti.

O semblante capcioso de Luke mudou para um sorriso enorme, a covinha da sua bochecha apareceu e pude ver que sua felicidade era sincera, era verdadeira, e o melhor de tudo era que eu a tinha causado.

— Tá bom — disse. — Fecha os olhos e apenas caminha conforme eu for te guiando.

Umedeci os lábios e concordei. Eu não sabia onde estávamos. Ele tinha me levado a um local que parecia um campo aberto, mas eu não me importava com o lugar quando estava com ele, porque, junto a Luke, me sentia segura, protegida e, sobretudo, confiante.

Senti a mão fria dele pegar a minha para começarmos a caminhar. Ele ia me dizendo o que tinha no caminho até que soltou a mão e o nervosismo me consumiu; no entanto, meu subconsciente gritava que tudo estava bem. Eu me acalmei quando ouvi sua voz gritar meu nome.

— Quando eu te disser para abrir, abra, mas só quando eu te disser — indicou, e de novo eu assenti. Escutei a porta de um carro ser fechada e quis abrir os olhos, mas não abri; passaram-se alguns segundos, os quais eu senti como se fossem horas, até que Luke falou de novo. — Vamos, Weigel, abra!

E eu obedeci. Eu os abri lentamente até que minha vista focalizou bem o cenário que eu tinha na frente. Minha boca abriu-se em uma perfeita letra "O" quando eu vi do que se tratava. Minha surpresa era tanta que nem sabia como agir.

— Não pode ser... — sussurrei.

Uma van colorida estava estacionada na minha frente; Luke, ao seu lado, com seu sorriso deslumbrante. Sem pensar duas vezes, corri até ele, deixando-me cair em seus braços, os quais já estavam preparados para aquilo. Ele os enrolou ao redor da minha cintura, fazendo pressão, e afundei o meu rosto entre seu pescoço e seu ombro, sussurrando-lhe em gratidão.

— Calma, Weigel — ele riu. — Foi um prazer para mim fazer isso para você; além disso, quero saber como é viajar em uma coisa destas.

— Aonde a gente vai? — perguntei sem me soltar do seu abraço.

— Aonde você quiser — murmurou.

Foi aí que eu lembrei que ele tinha me dito que gostaria de percorrer uma estrada sem rumo, na qual apenas as rodas e a gasolina nos levassem. Eu me afastei um pouco para poder vê-lo e responder com um sorriso travesso:

— Vamos sem rumo.

— Aonde a van levar a gente? — perguntou ele, com um sorriso maligno.

— Sim — respondi. — Para qualquer lugar.

— Ao meu lado?

— Ao seu lado.

Seus olhos azuis elétricos me olharam sérios, tornaram-se um pouco escuros, mas, de alguma forma, eles ainda brilhavam.

— Vem, entra. — Seus lábios formavam um sorriso enorme, e eu dei a volta na van para entrar no lugar do copiloto. — Não ache que eu vou abrir a porta para você, Weigel! O cavalheirismo de antigamente não é o meu forte!

Aquilo me fez rir. Talvez em outros tempos eu teria lhe dito que ele era muito grosso, mas naquela ocasião estava feliz. A forma como ele agia me fazia ser bem diferente, e num piscar de olhos eu o achei meigo, meigo demais, de uma maneira muito estranha.

Ele começou a dirigir sem rumo; passávamos por uma árvore e depois por outra. Tudo estava tranquilo até que ele decidiu colocar uma música, que cantarolava tranquilamente. Foi então que outra música chamou tanto sua atenção que ele decidiu cantá-la em voz alta.

— Eu adoro essa música! — suspirou. — Canta comigo, Weigel!

— Não! — exclamei entre risos. Sabia que música era, mas não queria cantar. Luke continuou insistindo e eu negava. — Minha voz é muito feia!

— Não importa! — Ele me ignorou e sorriu. — Canta comigo o refrão!

Ri diante da sua expressão. Ele deu alguns golpes no volante seguindo o ritmo da música. Sua voz era muito doce e tranquila.

Eu conhecia aquela música, sabia perfeitamente de qual se tratava, era de uma de suas bandas favoritas e, justamente, uma das que estavam na sua lista de "as melhores". E, embora eu não a escutasse tanto como as outras, me animei em acompanhá-lo naquela brincadeira.

Começamos a cantar em uníssono e seu sorriso cresceu ainda mais. Eu estava me divertindo, isso era inigualável e maravilhoso; metaforicamente, era como querer viver nas nuvens e jamais cair de lá.

My shadow's the only one that walks beside me
My shallow heart's the only thing that's beating
Sometimes, I wish someone out there will find me
'Til then, I walk alone...

Ele hesitava com mudanças na voz, fazendo com que eu desse uma risada. Luke era tão divertido às vezes, jamais teria imaginado que alguém como ele tivesse aquele lado emotivo. Algumas vezes ele parava de olhar para o caminho, para olhar para mim, e eu... gostava daquilo.

Se eu pudesse congelar o olhar desse garoto e guardá-lo durante toda a minha vida, assim como seu sorriso, faria isso. Amava aquilo em Luke, era tão angelical. Eu amava a forma como seus olhos conseguiam penetrar nos meus, como se soubessem o que estava acontecendo, o que queriam dizer. Seu sorriso era simples, mas mesmo assim muito significativo. Talvez Luke fosse uma espécie de criptonita que eu não podia deixar que escapasse das minhas mãos. Luke era como um céu azul, que era bonito, mas havia dias em que derramava gotas.

A música terminou, dando lugar a outra com uma melodia melosa. Seu rosto baixou, seus olhos estavam apertados e, antes que a letra começasse, ele a trocou.

Decidi não mencionar nem perguntar nada a respeito daquilo. Depois que passaram várias músicas, Luke parou em algum lugar onde não havia árvores, mas tomei um susto quando vi o penhasco à nossa frente: dali, dava para ver a cidade. Suas luzes criavam um lindo contraste, tudo se iluminava perfeitamente. Não sabia se isso era andar sem rumo ou se ele apenas tinha estacionado sem saber.

A última música foi terminando aos poucos. O garoto desligou o som, deixando tudo em um silêncio no qual só se podia ouvir a nossa respiração ou quando ambos engolíamos em seco.

Passaram dois minutos até que ele falou.

— Você é como um pequeno boulevard de esperanças... — murmurou ele.

— Não estou te entendendo. — Sacudi a cabeça, do mesmo jeito que ele.

Ele desviou o rosto e apoiou a testa no volante.

— Caramba, Weigel, você não percebe? — resmungou um pouco em voz alta.

— O quê?

Provavelmente, com essa pergunta, eu ganharia um letreiro de "idiota" na testa. Eu era lenta demais para entender ou ele não se explicava muito bem.

— Que eu...

Sua voz começou muito decidida, mas ele parou de repente. Luke ainda olhou para mim do volante e seus dedos tocaram os lábios, seus olhos se fecharam com força e ele deu um suspiro profundo. Seus olhos azuis voltaram a fazer contato com os meus, e ele balançou a cabeça algumas vezes até que um sorriso fraco apareceu no seu rosto.

— Eu me sinto menos sozinho desde que te conheci, sua companhia faz eu me sentir menos cinza. Tem momentos em que eu te observo durante alguns segundos e me dá vontade de minha esperança despertar, mas depois eu lembro quem eu sou, que vivo à base de substâncias que me destroem — sussurrou devagar, engoliu em seco e vi como os seus olhos embaçaram. — E o pior de tudo é que... — Sua voz ficou trêmula, e na minha cabeça passou a ideia de que ele ia se descontrolar a qualquer momento. — Coloquei para dentro do meu corpo uma droga mais forte do que qualquer outra... Uma que te mata e que te faz sentir vivo, uma que vai até o coração e só faz duas coisas: se você tiver sorte, ela junta os seus pedaços e te faz querer continuar, mas, se você está ferrado, ela quebra os pedaços em outros ainda menores.

Eu podia sentir cansaço na sua voz. Sabia que o que ele dizia tinha um duplo sentido. No entanto, só imaginava um. Minha mão quis tocar um dos seus braços, mas eu não consegui porque ele levantou a cabeça do volante e, sem tirar seus olhos dos meus, passou os dedos pelo seu cabelo loiro, contornou o piercing do seu lábio com a língua e fechou os olhos.

— Luke... — sussurrei, querendo falar, mas fiquei em silêncio quando ele abriu os olhos de novo.

— Deixa para lá — murmurou. — Eu vou sentir amor por você também, mesmo que você não tenha por mim.

Suas pupilas se dilataram, e ele piscou algumas vezes. A cor branca dos seus olhos ficou vermelha e, antes de derramar a primeira lágrima, ele saiu correndo da van, me deixando ali sozinha. Fiquei olhando como sua silhueta deslizava uma das mãos até o bolso traseiro da calça jeans preta. Não precisava saber o que ele estava procurando, porque tive a resposta quando ele levou o cigarro aos lábios, acendendo-o desesperadamente. Ele provocou muita fumaça e Luke apoiou-se no porta-malas.

Desci devagar e parei ao seu lado. A parte superior do seu braço roçava de leve contra o meu ombro.

O silêncio era um pouco pesado, mas ao mesmo tempo confortável; eu apenas escutava sua respiração e via como a fumaça se espalhava no ar. O céu estava tingido de um azul-escuro fazendo com que a lua e as estrelas reluzissem.

Luke começou a andar um pouco mais à frente, onde o penhasco terminava e deixou-se cair no chão, levando seus joelhos no peito; aquele gesto me fez lembrar do dia em que eu o encontrei atrás da cantina, destroçado, aos prantos. Então, meu corpo todo arrepiou.

Dei passos largos e me agachei na sua frente, capturando seu olhar. Minha respiração estava entrecortada e o que pensava me aterrorizava.

— Tira o casaco — ordenei, tentando fazer com que minha voz soasse firme, mas ela saiu trêmula.

Seus olhos escureceram e, com isso, eu soube que tinha razão. Senti um calafrio desviando meus olhos dos seus braços, que estavam cobertos por aquele tecido preto de couro. Levei uma das mãos ao seu abdômen e a arrastei para um lado com delicadeza.

— Já quase não dói mais — admitiu ele, dando de ombros. Tirou o casaco passando pelos seus braços e me entregou.

Os machucados já não eram mais tão visíveis, mas ainda havia manchas. Deslizei a ponta do meu dedo indicador pelo seu braço descoberto lentamente; sua pele estava quente enquanto o meu dedo estava frio. Passei a língua pelo lábio superior e parei meu caminho quando cheguei à cicatriz do seu punho.

Enfim, podia vê-la de perto, eu a sentia, e a sorte era que ele não tinha tentado mover-se nem um pouco. Eu sentia como aquela marca brotava da sua pele, era de um rosa pálido.

— O que foi que aconteceu? — eu me atrevi a perguntar, mas não a olhá-lo diretamente.

— Esta marca não existe porque eu queria que ela estivesse aí.

— Aconteceu alguma coisa?

Tomei coragem suficiente para encará-lo. Seu rosto olhava para o vazio, e seus olhos azuis já estavam lacrimejando. Eu me sentia fraca diante daquela imagem dele.

Ele se afastou um pouco de mim e abraçou a si mesmo, seus lábios se moviam como se ele quisesse falar, mas não conseguia, sua voz não saía.

— E-eu... Eu... — Uma lágrima escorreu pela sua bochecha e senti a necessidade de abraçá-lo, mas, pelos seus gestos, percebia que não era o momento. — O meu irmão morreu por minha culpa.

Suas palavras dispararam com rapidez e minha mente parou, tudo em mim parou.

— O quê?

Um soluço saiu da garganta de Luke, e minha respiração entrecortou.

— Estava chovendo, dirigíamos pela estrada, voltando de Brisbane... Estávamos discutindo, eu disse que ele era um péssimo irmão, que era horrível comigo... — Sua voz falhou, dando lugar aos soluços, que ele tentou controlar para continuar. Luke sentiu um calafrio. — Ele gritou para eu calar a boca, e começamos a dizer coisas um para o outro, nenhum de nós dois viu que tínhamos saído da pista e estávamos indo no sentido contrário... Um caminhão que vinha na nossa direção fez soar a buzina, ma-mas era tarde demais. Ele bateu no lado do Zachary, fazendo com que o carro rodasse. E eu coloquei o braço para evitar cair, o vidro do para-brisa quebrou, cortando o meu pulso... Zach não estava usando o cinto de segurança, por-porque tínhamos começado a brigar havia mais tempo... Ele desceu para tentar acalmar a raiva, mas foi em vão... Quando ele entrou de volta, não prendeu o cinto, e bastaram alguns minutos a mais para que voltássemos a brigar e tudo acontecesse. Esta marca é a lembrança viva de que eu tive culpa, ele não está mais aqui por minha causa, eu não escuto mais as músicas de desamor dele, ele não toca mais o piano, ele não está mais junto de mim...

Minha voz desapareceu, eu não sabia o que dizer. Tinha sido uma confissão muito delicada. Meu corpo estava denso e pesado, como se eu quisesse desmoronar junto de Luke, mas precisava estar ali, para sustentá-lo se ele caísse, nos dois sentidos: literal e figurado. Imaginar um Luke indefeso, cheio de culpa pela morte de um de seus entes queridos, era doloroso. Podia sentir o quanto ele o amava por todas as vezes que ele me falou dele, mostrando-o como a pessoa mais linda e generosa do mundo. Sentindo-se orgulhoso do seu irmão. Mas talvez eu não soubesse quanta dor ele carregava na verdade.

— Luke... você não teve culpa de nada, não viva com esse sentimento. Foi um acidente que te deixou um trauma enorme, mas você não tem que continuar preso a essa culpa.

Arrastei minhas pernas pela grama para me aproximar dele, levei as duas mãos às suas bochechas para fazer com que ele olhasse para mim.

— Hasley...

— Eu estou aqui e sempre vou estar aqui com você, aconteça o que acontecer. Querido, você não teve culpa, não se sinta assim, porque a culpa não foi sua.

— Para o meu pai, foi, sim, especialmente para ele; é como se eu tivesse arruinado os planos dele. Acho que para ele estaria tudo bem se eu tivesse morrido, e não o Zach.

— Não, Luke, não. Não pensa assim, seu pai está frustrado, acho que ele estaria do mesmo jeito se tivesse sido com você, Luke... Estou feliz que você esteja aqui comigo, fico apavorada de pensar o que seria da minha vida se eu não tivesse te conhecido. Imagina como seria entediante?

— O boulevard não tem mais sentido depois da morte dele; não tinha até você aparecer — confessou.

Senti um formigamento por todo o meu corpo, e as famosas borboletas percorreram o meu estômago. Eu sabia que aquele espaço significava muito para o Luke, era seu tesouro mais precioso, e ele não o mostrava para mais ninguém; se estava me dizendo aquilo, então era algo sério. Seus sentimentos por mim eram verdadeiros.

— Por que você está dizendo isso? — sussurrei, acariciando sua bochecha com o meu polegar.

— Porque, quando eu estou triste, quando tenho dias ruins, quando quero chorar ou gritar, você aparece, e sinto que sou invencível ao seu lado.

— Luke...

— Porque eu nunca tinha me importado tanto com alguém como me importo com você, e sei que você está com o Matthew. Eu fico feliz quando você está com ele, embora eu me desmorone por dentro porque, Hasley, tenho amor suficiente para nós dois. Mesmo que você entregue seu coração para outra pessoa, vou te dar o meu e, com o sangue dele, vou pintar o meu sorriso só para você. Agora eu sei que a droga mais poderosa de um ser humano é outro ser humano.

Minha boca estava entreaberta, eu não sabia o que lhe dizer, estava em estado de choque e quis bater em mim mesma várias vezes por não conseguir respondê-lo e ficar ali como uma tonta só olhando para ele. Por puro reflexo, afastei as mãos do seu corpo e cobri a boca, surpresa. Balancei a cabeça algumas vezes.

— E-eu... não entendo, não sei o que dizer... — deixei a frase suspensa no ar enquanto continuava negando com a cabeça.

— O que você não entende? Que eu acabei de te confessar uma das minhas memórias mais delicadas, pessoais e dolorosas ou que eu te disse da maneira mais extensa que pude que estou apaixonado por você, sua lerda?

Em circunstâncias diferentes, eu teria ficado ofendida pelo que ele disse por último, mas o mais sensato não era pensar como aquilo tinha sido ofensivo, porque era verdade. Eu estava processando tudo e precisava que alguém me desse uma bofetada, porque as que eu me dava mentalmente não faziam efeito nenhum em mim.

— Que merda, Hasley, você não tem a menor ideia do quanto eu precisava dizer isso para você, é horrível viver com esta agonia.

— Luke, é que eu... — Minha voz saía como um balbucio, eu não conseguia falar de uma maneira que se entendesse.

— Você entende? Que se foda o Matthew.

Dito isso, ele apoiou um dos seus joelhos no chão e, com uma de suas pernas, lançou-se na minha direção, capturando meus lábios. Seus lábios suaves e frios acolheram os meus, e senti toda a minha tensão ir embora. Eu não me importava com mais nada naquele momento. Continuei beijando-o e talvez com isso eu já tivesse dado minha resposta à sua confissão.

Sua língua delineou o meu lábio inferior para depois, sem permissão, entrar na minha boca, esfregando-se com a minha. Senti como eu caía aos poucos na grama. Minhas costas tocaram o chão e Luke ficou em cima de mim sem deixar de fazer contato comigo. Uma de suas mãos passou lentamente desde o meu ombro até o meu quadril descoberto e, com a ponta do seu polegar, foi fazendo círculos na minha pele.

Eu estava perdida e não me importava de modo algum. No entanto, ele parou de me beijar alguns segundos e se separou alguns centímetros de mim para me olhar de uma maneira muito penetrante. Umedeceu os lábios e deu um suspiro profundo.

— E, se você se apaixonar por mim esta noite, tenha em mente que eu vou ser o mesmo todos os dias.

CAPÍTULO 24

Talvez eu nunca tenha sido consciente de todas as coisas que aconteceram na minha vida. Também não tinha consciência de que, se continuasse com algo que eu sabia que era errado, logo isso acabaria da mesma forma. Pensar muito e pensar pouco sempre foram duas coisas nas quais nunca fui boa.

Há coisas que gostaria de mudar na minha vida? A resposta poderia ser sim, mas... eu realmente queria? A resposta era não. Ou seja, tudo o que eu fiz e disse me levou àquele ponto. Nosso ponto: início e fim.

— Para de rir — sussurrei para Luke, tentando ficar séria, mas não estava funcionando.

— Não consigo — balbuciou ele, entre risos.

— Vão mandar a gente embora.

Luke colocou a cabeça entre os braços sobre a mesa, tentando abafar as risadas que escapavam de sua garganta; eu tinha certeza de que alguém iria reclamar, o que faria com que nos expulsassem da biblioteca. Era para estarmos ali para ler o livro que a srta. Kearney nos passara como tarefa, mas o garoto não superava o fato de haver uma mancha de pasta de dentes na minha blusa.

— Você é muito desajeitada, Weigel — murmurou, olhando para mim ainda com a cabeça sobre a mesa.

— Não é a primeira vez que você me vê com uma mancha — resmunguei, revirando os olhos.

— É que agora faz muito mais sentido.

— Ok. — Elevei uma das minhas sobrancelhas. — E por quê?

— Porque eu gosto de alguém que se mancha com pasta de dentes — respondeu ele, confortavelmente com um sorriso debochado nos lábios. — Então, isso fica ainda mais engraçado do que antes.

Eu neguei, tentando esconder o meu rubor.

Detestava que o Luke tivesse aquele efeito em mim: com apenas algumas simples palavras, ele me deixava daquele jeito, acendendo todas as faíscas que ele quisesse.

Apoiei os cotovelos sobre a mesa e olhei para Luke, sorrindo como uma tonta. Ele elevou uma sobrancelha. As olheiras não se viam tanto como em outras vezes, embora ainda pudessem ser notadas. Ainda dava para sentir o cheiro do cigarro, e isso me deixava um pouco – muito – feliz.

— Você continua indo à terapia? — perguntei.

Luke concordou.

— Infelizmente... — vacilou. — Ela me faz bem, mas a Blodie me entedia muito. Ela conversa mais do que eu gostaria e me faz desenhar coisas. Me convidou para comer um donut na última sessão.

— E o donut estava gostoso?

— Super! Era glaceado e recheado de chocolate: não é o meu preferido, mas também não reclamei.

Eu ficava mais tranquila sabendo que ele continuava indo à terapia. Desde o começo, sempre falei que ele precisava. O problema de Luke não era simples de analisar, muito menos algo que passaria com o tempo. A ajuda profissional podia ser vantajosa nas situações nas quais ele se encontrava.

— Sua psicóloga... Sua psicóloga sabe sobre o seu pai? Sobre os... golpes?

Ele se remexeu incomodado no seu assento e olhou para o livro.

— Não — respondeu. Minha testa franziu. — Não sabe, eu nunca contei para ela, a única coisa que eu disse é que tenho uma relação ruim com ele, mas evito entrar em detalhes.

— Por quê?

— Ele é meu pai, Hasley... — lamentou ele. — Além do mais, se eu vou à terapia é porque ele paga para mim. Minha mãe apoia a ideia de eu ter ajuda profissional, e o que eu menos quero é fazer com que ela passe maus bocados: é o que eu tenho de mais sagrado, não quero imaginar como ela ficaria se soubesse a verdade. Seria um escândalo enorme.

— Você vai continuar encobrindo o seu pai?

Eu não podia acreditar. Como Luke podia proteger uma pessoa que lhe causava tantos problemas? Alguém que só lhe provocava dor de várias formas? Quanto ele podia amá-lo para continuar aguentando tudo aquilo?

Raiva e impotência, essas eram as duas únicas coisas que eu podia sentir diante daquela situação; para minha desgraça, por mais que quisesse fazer alguma coisa, não estava nas minhas mãos se Luke não queria fazer nada. Ele tinha deixado claro que não faria nada contra seu pai, ele preferia ignorar o que acontecia só para... protegê-lo, basicamente.

— Não posso acreditar, Luke. — Eu me desanimei.

— Podemos mudar de assunto? — pediu. — Você sabe que eu não...

— Você não gosta de falar disso, eu sei — eu o interrompi —, mas, enquanto essa situação não parar, vou continuar te perguntando. Você precisa entender que está errado.

Ele respirou fundo e soltou todo o ar segundos depois.

— Meu irmão Pol me enviou seis discos porque, no mês passado, ele não mandou nenhum, então — falou, mudando de assunto — agora eu tenho quinhentos e três, não é mesmo?

Eu queria continuar com a conversa sobre o pai dele, mas conhecia Luke e sabia que ela já tinha terminado. Por isso, me limitei a engolir em seco com má vontade e continuar com o outro assunto que ele tinha começado.

— Agora você tem quinhentos e nove. Faltam... — Fiquei pensando, meu cálculo mental era muito lento.

— Onze. — Ele riu. — Só onze para o meu quinhentos e vinte.

— Falta muito pouco para o seu "te amo" — murmurei, um pouco animada.

Passei a mão pelo seu cabelo e ele franziu o nariz, confuso. Já estava muito comprido, eu conseguia entrelaçar os meus dedos sem muito esforço. Algo de que eu gostava muito no cabelo dele era a raiz cor de café que fazia qualquer um acreditar que o loiro de cima era tingido.

— Aconteceu alguma coisa? — ele perguntou.

— Não, só insisto que seu cabelo parece tingido.

— Culpo minha mãe por isso.

Eu ri.

Luke aproximou-se do meu rosto e senti sua respiração próxima. Ele estava a poucos centímetros de mim, tanto que eu podia sentir o cheiro do cigarro que ele havia fumado antes de entrar na biblioteca. Para ser sincera, eu admitia que tinha me acostumado ao cheiro, tanto que já conseguia suportá-lo, chegando a estar entre os meus preferidos, quem diria, já que uns meses atrás eu o detestava.

Luke esfregou o nariz na minha orelha, e isso fez com que eu me afastasse para um lado, mas ele não parou porque voltou a fazer o mesmo, acompanhado de uma risadinha.

— Não, chega — eu o repreendi.

Ele fez um barulho de negação e se aproximou mais uma vez, sussurrando algo que eu não consegui entender. Eu o olhei diretamente nos olhos, séria. Ele ostentava um sorriso arrogante com seus olhos azuis.

Você tem namorado.

— Não faz isso, não aqui.

Coloquei as mãos sobre seu peito, tentando afastá-lo.

— Por quê?

— Porque tem gente — expliquei.

— E daí? — respondeu, dando de ombros.

Não queria ser explícita, mas ele estava me dando motivos. Com uma das mãos, ele me pegou pela nuca para voltar a unir nossos lábios; daquela vez, não me opus, nem sequer me afastei. Continuei beijando-o, sabendo que estava errado e me expondo demais. Seu piercing fazia cosquinhas no meu lábio inferior.

Reagi no instante que a imagem de Matthew apareceu nos meus pensamentos e com força eu me afastei. Daquela vez, ele me olhou com uma expressão cansada. Agora ele era o decente? Luke sabia perfeitamente que, diante de todos, eu tinha um namorado e, certamente, não era ele. Ele deu um suspiro e olhou para o vazio com o semblante sério.

— Luke... — falei, mas ele me ignorou. Não queria lhe dizer o que passava pela minha cabeça, mas minha língua me venceu antes que eu pudesse engolir as palavras. — Meu Deus, Luke, você sabe que todo mundo conhece Matthew e com isso sabem que eu sou namorada dele, não quero que... — Ele me interrompeu, freando as minhas palavras.

— Que saibam que você está traindo ele com o maconheiro? — sussurrou Luke com os dentes cerrados, fazendo com que a veia do seu pescoço saltasse.

— Quê? — disse, franzindo a testa. — Não! Que diabos você está dizendo?

— Sei que bem lá no fundo você pensa isso — afirmou, e seus olhos azuis penetraram nos meus com muita seriedade. — Embora você tenha razão, não pode ter uma vida ao lado de alguém que não sabe como lidar com a dele mesmo.

— Luke, eu não...

Não consegui terminar porque ele levantou da cadeira com brusquidão, fazendo barulho, e foi embora dali a passos muito rápidos, enquanto eu fiquei observando-o espantada. O que tinha sido aquilo? Eu nem havia tido nenhum pensamento a respeito daquilo. Pensei que já estivesse acostumada com suas mudanças de humor, mas daquela vez a mudança foi além do normal. Como ele podia pensar daquele jeito a respeito de si mesmo?

Não podíamos mais continuar assim.

CAPÍTULO 25

— Hasley, me ajuda — pediu minha mãe.
— A psicóloga precisa de ajuda? — zombei, e ela me lançou um olhar fulminante. — Já vou, já vou.
— Tenho que organizar alguns relatórios e acrescentar o que já avancei com os meus pacientes — comentou, entregando-me algumas caixas.
— Já tem avanços?
Coloquei as coisas dela no chão da sala e a olhei. Ela se sentou em uma das poltronas e respirou fundo. Às vezes, eu me sentia mal pelo tanto que ela trabalhava para me sustentar, essa era uma das razões que me motivavam a continuar no colégio.
— Felizmente, sim. Vi dois dos meus pacientes mais desleixados me mostrando sorrisos e parando de falar com monossílabos. Você não imagina como é frustrante quando eles fazem isso!
— Ah, acredite, eu sei...
Eu sabia perfeitamente como era aquilo, Luke era o meu exemplo disso. Dava vontade de jogar um tijolo nele para que deixasse de ser tão seco e começasse a falar com mais naturalidade. A comunicação é algo fundamental para duas pessoas se entenderem e uma ajudar a outra, mas Luke não era assim.
Só de lembrar o que tinha acontecido naquela manhã, minha barriga doía e eu sentia uma pressão no peito. Caramba, eu havia me tornado muito sensível com tudo que tivesse a ver com aquele garoto.
— Que cara é essa? Aconteceu alguma coisa? — perguntou ela, em um tom suave. Fiz que não algumas vezes e deixei escapar um suspiro. — Hasley...

Sabia que eu não podia enganá-la, por duas razões: uma, eu era sua filha e ela me conhecia muito bem; a outra era que ela era especialista em estudar com muita paciência os comportamentos das pessoas.

— Eu odeio ele — murmurei, referindo-me ao garoto que era dono dos meus pensamentos atualmente... e de todo o meu tempo.

— Quem? O Zev? — Ao ouvir minha mãe dizer o nome do meu melhor amigo, senti-me enfraquecer e quis me jogar no chão para chorar. Franzi os lábios e me lancei no sofá ao lado dela. — Vocês estão brigados? O que aconteceu desta vez?

— Acho que invadi o espaço dele — comentei sem pensar.

— Por que você está falando isso, querida? — A mão da minha mãe tocou minha perna, dando-me tapinhas.

— Exigi que ele me dissesse o que ele tinha conversado com... — Não sabia como definir o Luke; irritada ainda por causa do incidente, revirei os olhos e falei o que veio na minha cabeça: — Alguém. Eu só queria saber, não era motivo para ele gritar comigo.

Minha mãe deu um suspiro e olhou para mim.

— Hasley...

— Sei que não deveria exigir isso dele, mas era importante para mim! — gritei, desesperada.

— Por que você acha que era importante para você? — perguntou com uma sobrancelha arqueada. — Acha que falaram de você ou era um assunto que também te dizia respeito?

Sua pergunta me fez pensar durante alguns segundos, pois ela tinha razão. Eu odiava que ela sempre me dissesse algo que me calava. Por que nunca me dava a razão?

— Não, mas... ele é o meu melhor amigo, não era para esconder segredos de mim — balbuciei, e ela me olhou incrédula.

— Às vezes, queremos manter algo só para nós, algo pessoal, e não, não é porque ele está te traindo ou porque não seja um amigo verdadeiro. As pessoas têm o direito de guardar algumas coisas só para elas, não seja egoísta, Diane.

— Não me chama de Diane!

— Também faz parte do seu nome — insistiu ela, zombando.

— Vou na cozinha — grunhi, me levantando do sofá e indo naquela direção.

— Traz um copo de suco para mim! — gritou minha mãe da sala, e eu revirei os olhos.

Ouvi a campainha tocar. Por um momento, vieram à minha mente várias pessoas que pudessem estar atrás daquela porta. Também havia chances de que fosse alguém do trabalho da minha mãe, porém descartei isso rapidamente, porque, se tínhamos algo em comum, era que ela e eu erámos antissociais; e, além disso, já era um pouco tarde.

Decidi ignorar quem quer que fosse e fui buscar o suco. Peguei dois copos e coloquei um pouco do líquido neles. A passos lentos, voltei para a sala. Meus olhos pararam nas duas pessoas que estavam em pé ao lado do sofá conversando. Eu estava incrédula; se não estivesse segurando firme os copos, eles teriam caído no chão, assim como minha mandíbula se não estivesse presa ao meu rosto. Quando se deram conta da minha presença, viraram-se na minha direção, e senti meu corpo inteiro congelar.

Dois pares de olhos azuis olhavam fixamente para mim. Os da minha mãe e os de Luke.

— O que você está fazendo aqui?

— Hasley! — minha mãe me repreendeu.

— Eu queria conversar com você — respondeu ele, neutro, dando de ombros com as mãos nos bolsos da calça jeans —, mas vejo que minha visita não te agradou. Foi um prazer, sra. Bonnie.

Luke virou-se para começar a andar em direção à porta, recebi um olhar de desaprovação da minha mãe e soltei um suspiro.

— Luke... espera. — Dei alguns passos para me aproximar deles. Luke parou e virou-se em nossa direção. — Mãe, esse é o Luke, meu colega de classe... Mas pelo jeito vocês já se conheceram.

— Fico feliz em saber que você tem mais amigos, Diane — comentou ela, e eu lhe dirigi um olhar assassino. Luke deu uma risadinha. — Vou pegar um suco para o seu amigo.

Ela tirou da minha mão um dos copos que eu segurava e saiu, deixando-me a sós com o garoto loiro. Ele me olhou com um sorriso estranho.

— Sabia que eu adoro seu nome completo? Soa muito britânico.

— Mas não é.
— Não me importa.
— Seu tonto.
— Fica quieta, Diane.
— Agora você vai me chamar assim? — perguntei, levantando uma sobrancelha.
— Não, eu já te falei que eu gosto de te chamar de Weigel, então nem pense que eu vou mudar — confessou ele e deu alguns passos para trás. Sua voz estava mais leve, e seus olhos, de uma cor avermelhada. Ele estava estranho. Seu celular começou a tocar, ele o pegou para olhar a tela, deu um grunhido e atendeu. — O que você quer? — falou ao telefone. — Que merda, espera um minuto... Não! Tá, tá, já estou saindo! — Luke desligou e olhou para mim. — André e minha prima vieram comigo.
— André? — perguntei, confusa.
— Sim, meu melhor amigo — sussurrou, e virou-se para sair da minha casa.
Fiquei parada olhando por onde o garoto tinha cruzado e mordi o interior da bochecha. "Não tenho amigos." "Amigo." "Melhor amigo." Luke me confundia o suficiente para eu querer perder a cabeça.
— Cadê o seu amigo? — A voz suave da minha mãe me deu um susto. Virei-me na direção dela para ver que ela trazia dois copos de suco.
— Vou sair — avisei.
Antes que ela pudesse dizer algo, deixei o meu copo na mesinha de centro e saí rapidamente.
Vi três pessoas conversando. Luke estava de costas, com um moletom preto e seu jeans da mesma cor; ao seu lado, havia um garoto moreno com uma camiseta cinza e, do outro lado, uma garota de minissaia e blusa decotada. Era a mesma do cinema. Sobre os lábios dela, descansava um cigarro, ou era o que eu achava.
O garoto moreno percebeu minha presença e deu um tapinha no ombro do garoto loiro, que, imediatamente, virou-se para mim. Assim como a garota, ele também estava fumando.
— Weigel — ele me chamou e, com a mão, fez um sinal para que eu me aproximasse. Não sei por quê, mas eu obedeci. — Este é o André.
— Oi, Weigel — ele me cumprimentou.

— Eu me chamo Hasley — falei, tentando não soar tão grosseira.

— Ok, Hasley.

Ele me ofereceu um sorriso amigável.

— E essa é... — Luke tentou continuar, mas ela o interrompeu.

— Eu me chamo Jane, sou a prima preferida dele. Né, Pushi? — ela se apresentou e deu um sorriso debochado para Luke.

Ele lançou um olhar fulminante para ela e revirou os olhos.

— Você é minha única prima, sua sonsa — atacou Luke entre dentes.

Abri a boca e ouvi André rir.

— Deixa para lá, ele está doidão demais para saber o que está dizendo — a garota se defendeu.

— Estou consciente — soltou o loiro.

— Não parece.

— É que...

— Que merda, fiquem quietos vocês dois — repreendeu o garoto moreno. — Olha, vocês dois estão doidões.

Eu só olhava para eles três cautelosa, era a primeira vez que via Luke naquele estado. Ele sempre fumava maconha na minha frente, mas nunca tinha chegado ao ponto de não saber o que estava dizendo.

Jane cruzou os braços e continuou fumando o baseado. Luke empurrou André para se aproximar de mim, pegou uma das minhas mãos e beijou os nós dos meus dedos.

— Por que você veio aqui? — perguntei diretamente, porque queria saber de verdade.

— Estávamos na casa do André, eu já te disse que ele mora aqui perto, no caminho eu vi sua casa e quis passar para me desculpar — falou lentamente.

— Por quê?

— Por causa do que eu fiz esta manhã — disse ele, sem olhar para mim. Luke continuava brincando com os dedos da minha mão com muita delicadeza. — Seus dedos são lindos.

— Meu Deus, o que você usou? — perguntei, rindo.

— O que foi preciso para eu conseguir te confessar o tanto que gosto de você — sussurrou. — E que eu não me arrependo de tudo o que eu te disse naquela noite da van.

Eu sentia como cada célula do meu corpo se movia, queria beijá-lo ali mesmo, mas a imagem de Matthew continuava presente.

— Luke.

— Shhh, não fala nada, eu só quero que você saiba.

Eu ia falar quando o celular do garoto tocou de novo. Olhei por cima do seu ombro para ver se era um dos seus amigos, mas percebi que os dois estavam conversando tranquilamente. Luke bufou e olhou para a tela. Vi como sua mandíbula ficou tensa, e ele olhou para mim; seus olhos estavam escuros, ele pigarreou e se distanciou de mim para atender à ligação. Minha testa franziu ao ver sua reação. Quem seria para fazer ele agir daquele jeito?

Passaram alguns minutos e ele se aproximou de novo de mim com o semblante preocupado, eu podia ver nos seus olhos, na sua expressão e como sua mão se movia entre seu cabelo.

— Tenho que ir — avisou em um tom nervoso.

— Aconteceu alguma coisa? — perguntei, preocupada, mas ele fez que não algumas vezes.

— Não, não aconteceu nada. — Ele tentou sorrir, mas só conseguiu esboçar uma careta. — Você gosta de mim?

Olhei confusa para ele. Não sabia o que ele pretendia com aquela pergunta, mas será que eu gostava dele? Eu gostava, sim, muito. Apesar das suas mudanças de humor, da vida que ele levava, da atitude com que ele enfrentava as situações, da sua forma sarcástica de responder, de ele ser rude, da maneira como ele se tratava ou ainda quando ele tentava ser romântico, eu... gostava dele. Gostava muito de Luke.

— Sim, eu gosto de você, muito, por quê?

Minha voz saiu automática, e eu não me arrependia daquilo.

— Então termina com ele, esquece ele e vem comigo. Não quero que você saia prejudicada por causa desses erros que estamos cometendo — murmurou, seus olhos estavam úmidos, a ponto de derramar alguma lágrima.

— Eu tenho pensado nisso — confessei — e, sim, seria o ideal, mas eu também não posso terminar com ele e começar com você imediatamente, seria muito feio.

— E o que estamos fazendo pelas costas dele também não é? Vamos fazer as coisas direito. Quero poder segurar sua mão na frente de todo mundo, te beijar e sorrir que nem um idiota toda vez que eu vir você sorrindo. Sem ter que me esconder. Me diz, o que você está esperando? Liga para ele e termina com ele.

— Não, se eu fizer isso, vai ser pessoalmente, não pelo telefone.

Luke fechou os olhos e balançou a cabeça.

— Sinto muito — murmurou ele, e senti um pouco de medo. — Você tem razão, mas... — Ele deixou a frase no ar, me olhou com convicção como se quisesse me transmitir tudo através dos seus olhos. — Só se lembre que sempre vou estar aqui para você, eu gosto de você, gosto de você de verdade, Weigel.

Ele deu um beijo na minha testa, foi até os outros garotos e lhes disse algo com o qual concordaram; eles começaram a caminhar com Luke atrás. Dei um suspiro profundo e decidi entrar em casa, mas, antes que eu pudesse abrir a porta, uns braços me pararam.

Os olhos azuis elétricos de Luke me olhavam e, sem que eu conseguisse dizer qualquer coisa, ele me beijou. Foi um beijo lento, o tipo de beijo que é tranquilizador, consolador, mas, sobretudo, que não se pode descrever. Ele se afastou e segurou o meu queixo para que eu pudesse olhá-lo diretamente, sem tirar o olhar de mim, e me acariciou com o polegar.

— Juro que, aconteça o que acontecer, vou sempre estar com você, porque só eu sei quem você é de verdade — sussurrou ele, e depois foi embora.

Luke me deixou ali parada, com a alma entre meus lábios, sem saber ao que ele se referia. Mas eu tinha certeza de uma coisa.

Amanhã mesmo terminaria com o Matthew.

CAPÍTULO 26

Os olhares de todos estavam em cima de mim no momento em que desci do carro da minha mãe. Sentindo o desconforto apoderar-se de todo o meu ser, arrastei a passos lentos meu corpo até chegar ao meu armário, abrindo-o atentamente. Continuava percebendo vários pares de olhos nas minhas costas e notei que várias pessoas me encaravam sem nem disfarçar.

O que estava acontecendo?

Mordi o lábio de nervosismo e comecei a separar as coisas de que precisaria; minhas mãos suavam, e eu sabia que aquela insuportável crise de paranoia chegaria logo.

Quando fui pegar um dos meus livros, vi um papel amarelo dobrado perfeitamente pela metade em um canto do armário. Franzi a testa e o alcancei, hesitante. Eu não lembrava de ter guardado aquilo ali, muito menos de pedir a alguém que o fizesse; se eu tinha certeza de algo, era que haviam forçado o meu armário para enfiá-lo ali.

Eu o desdobrei, vendo o conteúdo do seu interior. Meu corpo ficou tenso. Gelei e senti uma pequena sensação de pressão na têmpora se fazer presente, ao mesmo tempo que minha boca entreabria e a minha língua ressecava.

Ah, Senhor!

Agora eu entendia por que todos estavam me olhando daquele jeito.

— Não, não... — repeti.

Era uma foto de Luke comigo, de nós dois nos beijando na biblioteca.

Dei um passo para trás e passei a língua pelos lábios. Virei-me e vi que alguns sussurravam com os olhares sobre mim. De repente, eu me senti muito pequena ao receber aquela desaprovação, gozação e outras coisas mais.

— Hasley! — alguém gritou.

Olhei na direção de onde vinha aquela voz e soube que tudo estava arruinado. Matthew vinha até mim com passos largos. Seu rosto estava sério, e eu podia ver daquela distância a raiva que emanava do seu interior. Quando já estávamos próximos, vi a veia que destacava na sua testa. Ele estava furioso, o suficiente para poder me intimidar.

— Matt... — Comecei, querendo apaziguar a situação, mas ele não me deixou falar.

— Que merda é essa?! — ele gritou, me assustando, fazendo com que eu desse um passo para trás.

Sua mão se levantou me mostrando seu celular, onde se via a foto de Luke comigo. Fiquei muda diante daquilo, meu olhar só ia da foto aos seus olhos verdes; sua mandíbula estava tensa. Como isso tinha acontecido? Em que momento havia escapado do meu controle?

— Responde! — exigiu com dureza, aproximando-se perigosamente de mim, tanto que eu me assustei. — Explica agora mesmo, merda!

— N-não grita assim comigo... — gaguejei. — Eu-eu não sei... Não sei como isso aconteceu. — Eu fui muito tonta, mas não tinha nada mais com que me defender. A culpa foi minha por não ter medido as consequências; apesar de, na noite anterior, eu ter cogitado terminar com ele, brinquei com fogo e estava me queimando. Então, aceitei. Aceitei que ele gritasse comigo porque quem tinha errado era eu.

— Não sabe? Você só beijou ele e pronto? — perguntou com ironia transbordando nas palavras. — Desde quando você acha que eu tenho cara de trouxa?! Que merda, Hasley!

Os alunos ao nosso redor assistiam àquela cena, que se transformou em um dramalhão. Ele gritava na frente de quase todo o colégio, a dignidade e o orgulho que eu tinha morreram ali mesmo, com os gritos de Matthew, os sussurros deles e os olhares de todos.

— Matthew, de verdade, eu sinto muito.

Quis soar firme, mas falhei, não consegui. Meus olhos começaram a arder, e eu soube que logo choraria. E foi assim: em menos de cinco minutos, as lágrimas começaram a escorrer pelas minhas bochechas.

Eu não sabia o que fazer, apenas queria desaparecer, que tudo tivesse sido um sonho, estar com minha mãe e chorar com ela, mas a realidade era esta: a que eu tinha naquele instante diante de mim, toda aquela cena desagradável.

Correr. Ir embora sem rumo, fugir como uma covarde, essa era minha única opção, a que me salvaria. Era o que eu queria fazer.

— Eu te dei minha confiança, e você a traiu. Deixei você ficar perto dele porque eu acreditava em você — resmungou ele. — Talvez eu devesse ter mandado você não se aproximar dele! Porque, no final das contas, você foi a única que me traiu! Eu não me importava com ele! Eu me importava com você, Hasley! Que droga, que idiota eu fui!

Levei as duas mãos ao cabelo dele, que as tirou com frustração, desesperado. Sua pele branca tinha uma cor avermelhada, e eu chorava em silêncio, sem querer soluçar enquanto eu me abraçava.

— Me desculpa, de verdade — hesitei. — Minha intenção nunca foi te machucar.

— Não. — Ele sacudiu a cabeça várias vezes. — Não quero te ouvir, não quero, pois existe a possibilidade de que você minta para mim de novo.

O que Matthew disse me machucou de uma maneira desumana. Ele me atacava da pior forma que poderia fazer, e era porque jamais tinha vivido algo assim antes. Ele me destroçava com cada palavra que saía da sua boca, cada uma delas, as quais pronunciava com asco, repugnância e ódio.

— Matthew?

A voz de Zev fez com que eu sentisse uma pequena esperança de proteção, mas, ao ver que seus olhos cor de mel, que antes me olhavam com ternura, agora me olhavam com desaprovação, me dei conta de que ele não tinha vindo por mim. Meu melhor amigo não me ofereceria seu ombro daquela vez.

— Agora vejo que as aparências enganam — murmurou o garoto ruivo com os dentes cerrados, olhando fixamente para mim. — Você é só uma garota bonita com cara de anjo tirada de uma revista. Uma mentira.

Ouvi como o meu coração gemeu.

— Já chega, Matthew, vamos embora — insistiu Zev. — Já chega, para.

— Zev... — sussurrei em um pequeno gemido, com a esperança de ainda poder contar com ele.

— Não fala nada — ele me cortou. — Agora eu sei quem você é de verdade.

— Zev — suspirei.

E isso foi o suficiente para que eu me partisse em mil pedaços.

Meu amigo pegou Matthew pelo ombro, lhe dando um pequeno apertão, enquanto o tirava da roda de pessoas que tinha se formado ao nosso redor. Fiquei bem ali, de pé, com a visão completamente embaçada, sentindo as minhas pálpebras pesadas, com um nó na garganta e o coração no chão.

Alguns sorriam enquanto outros sacudiam a cabeça. Tinham acabado comigo da pior maneira. O mundo estava contra mim. Eu me sentia o pior ser da Terra. De repente, parei de ouvir todos os sussurros, que eram desde palavras ofensivas a frases dolorosas; meus tímpanos transmitiam um som ensurdecedor no mesmo instante que o meu corpo congelava sem saber aonde ir ou o que fazer.

Meus olhos fecharam, deixando que lágrimas escorressem, assim como evitando que outras saíssem. Pensei que, a qualquer momento, eu fosse cair. Tinha certeza. Quando minhas pernas se flexionaram, soube que já não aguentava mais. Mas não cheguei a cair no chão.

E, naquele curto espaço de tempo, só consegui escutar uma voz.

— Eu estou aqui — Luke disse ao meu ouvido.

Seus braços se envolveram ao meu redor, evitando minha queda. Meu rosto se apoiou justamente no peito dele, ouvindo como seu coração batia rápido. Seu corpo me protegia de todos que antes me olhavam, dando-lhes as costas. Foi quando eu me dei conta de que meu coração já não doía tanto.

— Lu-luke... — murmurei entrecortado.

— Shhh... Eu estou aqui, sempre vou estar aqui para evitar que você caia — sussurrou, beijando minha cabeça.

— Quero ir embora, não quero ficar aqui — falei, titubeante.

Ele assentiu, compreendendo, e se afastou alguns centímetros de mim.

Olhei para cima, mantendo o contato visual com ele, seu semblante vazio e sua mandíbula suficientemente tensa. Minha visão estava interrompida pelas lágrimas que ainda se acumulavam nos meus olhos e algumas mechas de cabelo que se espalhavam pelo meu rosto. Luke tirou a jaqueta preta e a passou pelos meus ombros. Ele me puxou com um dos braços e começou a caminhar, empurrando com má vontade as pessoas que obstruíam o nosso caminho. Eu me dei conta de que caminhávamos em direção ao estacionamento.

— O que foi que aconteceu? — perguntei em um murmúrio assim que chegamos.

— Alguém publicou aquela foto — respondeu ele, com o olhar para baixo. — Eu sinto muito.

Eu queria ficar brava com ele por ter me beijado, mas não podia, porque eu também era culpada, desde o primeiro dia que eu o beijei de volta, mesmo sabendo que Matthew já era meu namorado. Queria bater em alguma coisa por ter sido tão idiota, por tudo o que estava acontecendo, mas sobretudo porque, embora quisesse odiar Luke naquele momento, a única coisa que eu queria era que ele estivesse ali comigo. Senti como todo o peso caía em cima de mim, era impossível conseguir frear o sentimento que tinha dentro do peito. A angústia me matava, eu queria gritar, bater em algo e chorar tudo o que eu conseguisse, mas tinha que ficar firme; não podia cair, muito menos de uma forma tão covarde. A aflição na minha mente e no meu coração me envolvia em uma grande dor, tudo voltava a se repetir na minha cabeça, desde as cenas com Matthew até os olhares das outras pessoas.

— Isso não pode estar acontecendo... — Passei os dedos pelo cabelo e bufei em sinal de frustração.

Estava agoniada. Tinha que ter acabado com isso desde o princípio, não conseguia pensar com clareza.

— Weigel, fica tranquila. — Luke deu um passo adiante e, no mesmo instante, eu dei outro para trás negando repetidas vezes. — Que merda, tenta não perder o controle.

— Não é você quem está na boca de todo mundo neste instante! — Na mesma hora, depois de repetir minhas palavras mentalmente, voltei atrás. — Você também! Mas... Que merda, Luke!

Minha voz estava áspera e era porque meus gritos rasgavam minha garganta; cada palavra que saía queimava, mas era a única coisa que eu podia fazer: gritar, mesmo sabendo que não serviria para nada.

— Eu realmente sinto muito.

Só que ele soava tranquilo.

Talvez isso fosse o que me deixava de mau humor, tinha acabado de acontecer algo muito grave e ele agia como se nada tivesse acontecido.

Passei de novo as minhas mãos pelo meu rosto com frustração e um grito sufocado saiu entre os meus lábios; eu já estava começando a me cansar de gritar, minha maldita cabeça doía. A qualquer momento, eu cairia rendida. Pensava que minha mente estava brincando comigo e tinha a esperança de que tudo isso fosse um sonho maluco de muito mau gosto que não gostaria de lembrar jamais porque ainda doía, mas estava com os pés fincados na terra, e minha realidade era aquela, uma em que eu era uma completa mentirosa, tinha traído Matthew e todo o colégio.

Eu não encontrava a mentira.

Respirava com dificuldade e sabia que precisava me acalmar para não cair em uma crise nervosa, mas já era tarde demais, eu estava uma pilha de nervos por causa daquilo. Eu me abracei de novo, tentando controlar meu medo, o medo que alimentava meus pensamentos escuros, o masoquismo que me fazia lembrar todos os acontecimentos de alguns minutos antes. Como um caleidoscópio, as imagens e os sons se repetiam, e com isso as minhas lágrimas aumentavam, transbordando pelos meus olhos.

Eu não via bem, minha vista estava muito embaçada por causa de todas aquelas gotas salgadas, mas pude ver como Luke deu um suspiro profundo, assim como alguns passos na minha direção. Ele ficou parado na minha frente sem dizer nenhuma palavra, mantendo-se calado durante longos minutos enquanto o vento bagunçava meus cabelos, obstruindo ainda mais minha visão. O silêncio foi quebrado por ele.

— Não sei o que fazer para te mostrar o quanto me sinto mal pelo que aconteceu, por te ver neste estado, por ver como você está sofrendo... por minha culpa.

Seu murmúrio foi um pouco lento, e sua voz saiu cortada no final.

— Quero ir para minha casa.

Minha mãe não estava em casa na maior parte do tempo nos dias de semana por causa do trabalho, que ia de muito cedo até tarde da noite, o que era uma vantagem para que ela não pudesse me ver naquele estado.

— Tudo bem, eu te levo.
Não foi uma pergunta, mas uma afirmação de sua parte.
— Como?
Suspirei e o olhei diretamente nos olhos.

Ao vê-lo, minha barreira de indignação e raiva desapareceu. Eu não tinha conseguido observá-lo bem, eu nem havia parado para apreciar seu rosto e como ele estava; sua imagem não era nada boa em comparação com outras, parecia que seus dias estavam indo de mal a pior, e talvez fosse isso mesmo. As pálpebras estavam um pouco inchadas, e as olheiras profundas eram visíveis; seus olhos azuis não tinham aquele brilho elétrico que aparecia todas as vezes que eu o olhava. E estavam úmidos, o suficiente para eu saber que, a qualquer momento, derramariam uma lágrima.

Uma possibilidade era que ele estava se fazendo de forte para não ruir diante de mim.

— Eu vim de moto — comentou, cansado, mas naquele momento eu não lhe prestei muita atenção.

Apesar de eu ter aquela imagem dele, ele continuava sendo perfeito para mim. E foi aí que entendi algo, que as coisas aconteciam por alguma razão, e não da melhor maneira que esperávamos.

Tentei engolir com muita dificuldade e manter uma postura firme. Minha mãe costumava me dizer que diante de grandes problemas eu não devia derreter como um cubo de gelo, mas que eu fosse como um iceberg, que demora muito para desaparecer, porque tudo termina algum dia, porque nada dura para sempre. E foi ali que entendi muitas coisas. O tempo nunca poderia ser curto ou longo, assim como o "para sempre" pode assumir diferentes formas. Isso acontece com a vergonha, a dignidade, o rancor, a felicidade, a tristeza, o pranto. As emoções nunca duram para sempre; a força algum dia acaba, do mesmo jeito que a resistência e a dor. Algum dia os fracos se tornarão fortes, e os fortes se tornarão fracos.

Impotência.

Aquele foi o motivo pelo qual baixei o olhar de novo para meus pés, ficando no mesmo silêncio com o qual havíamos começado. Um vento frio se chocou contra o meu rosto, bagunçando algumas mechas de cabelo na minha cara e dificultando minha visão. As pontas dos dedos frias de Luke tocaram minha bochecha, e eu senti como se um floco de neve estivesse sendo tocado por uma chama de fogo. A sensação que sua pele transmitia ao meu corpo era tão relaxante que me fazia pensar que nada mais importava, que eu deixaria os meus problemas voarem para longe do meu pensamento.

— Vamos ficar bem depois disto — ele sussurrou, levando uma mecha do meu cabelo atrás da minha orelha. — Eu te prometo, querida.

E talvez meu erro tenha sido apenas um. Acreditar nele.

CAPÍTULO 27

A chuva escassa se tornava cada vez mais densa, tinha a impressão de que a qualquer instante a luz acabaria, embora naquele momento nada me preocupasse; ainda havia sol, escondido entre as nuvens de cor cinza, mas continuava ali. Passei a manga do meu moletom pelo meu nariz, a janela estava aberta, fazendo com que um pouco do ar fresco que havia do lado de fora entrasse na minha casa. Meus pés descalços tocavam o chão frio, eu devia me preocupar porque podia acabar adoecendo, no entanto não me importava, pois minha mente continuava presa nas lembranças vagas que não queriam ir embora; elas continuavam me torturando.

Minha mãe não chegaria até muito tarde, ela teve um problema com seu chefe: segundo ele, estavam perdendo o controle de alguns pacientes. Aqueles não eram assuntos de responsabilidade dela, mas, por ser muito imparcial, ela decidiu oferecer ajuda e me deixar sozinha. Embora eu estivesse bem, não queria que ela me visse naquele estado: olhos vermelhos e inchados, voz rouca e nariz escorrendo. Uma imagem muito feia e preocupante para ela.

Era sábado, já tinha se passado mais de uma semana do incidente com aquela fotografia, e eu me sentia péssima porque ainda não havia esquecido, embora naquele dia pudesse descansar dos olhares e sussurros de todo o colégio. Eu não tinha notícias de Luke.

No dia que ele me deixou em casa, desci da moto e pedi que me deixasse sozinha, o que ele fez sem questionar. Tive muito tempo para pensar com tranquilidade, sem que ninguém confundisse meus pensamentos. Analisei as coisas e cheguei à conclusão de que deveria me afastar de Luke enquanto a situação não se acalmasse, pois continuar ao seu lado me traria inúmeras consequências. Ele já tinha problemas demais para adicionar esse outro, e eu estava muito fragilizada diante de tudo aquilo.

Algo me dizia que Luke sabia algo sobre aquela fotografia, pois na noite anterior ele havia me pedido para terminar com Matthew, mas eu não queria tirar conclusões precipitadas, não queria culpá-lo, porque nós dois tínhamos culpa daquilo.

Mas principalmente eu.

Eu não sentia vontade sequer de que ele se aproximasse de mim e, sim, repetia, a culpa não era toda dele, mas quase todas as ofensas eram dirigidas apenas para mim, já que eu tinha machucado o indefeso capitão do time de basquete. E, para piorar as coisas, Zev estava do seu lado, e isso significava que todas as garotas do colégio estavam contra mim.

Não fui às aulas da professora Kearney, não me aproximava da arquibancada – caberia dizer que era por causa de Zev, Matthew e Luke –, também não comia na cantina, tentava chegar atrasada para as aulas e sair o mais cedo que eu conseguisse. E, embora Luke tenha tentado se aproximar de mim, eu apenas lhe pedia que se afastasse por enquanto.

Era doloroso, mas era para o bem de nós dois. Era sim. Xinguei várias vezes o professor Hoffman, porque, se não tivesse sido por ele, naquele dia que me deixou fora da sala, eu não saberia da existência de Luke Howland. E ficaria bem assim.

Entre as pessoas que não tinham me deixado sozinha estava Neisan, que continuava conversando comigo, jurando acreditar em mim. Aquele garoto era realmente muito compreensivo. Ele discutiu com Zev sobre o assunto, não tinha medo dele, mesmo que fosse o capitão do time, e eu, de verdade, valorizava muito isso nele, porque, por hora, era o único ombro no qual eu podia chorar.

Algumas batidas na porta da entrada fizeram com que minha atenção se dirigisse para lá. Hesitando entre meus pensamentos e o meu próprio corpo, avancei. Minha mão tocou o metal frio da maçaneta, fazendo com que eu sentisse um calafrio quando a abri, já que logo pude ver a pessoa do outro lado. Meus sentidos acordaram, ficando alarmados de uma maneira abrupta. Luke rapidamente entrou sem pedir permissão e se apoiou contra a parede, tremendo a ponto de seus dentes rangerem alto. Sua roupa estava completamente ensopada e sua pele, num tom muito pálido, tanto que pensei que ele desapareceria a qualquer instante. Suas pernas se flexionaram fazendo com que ele caísse no chão, abraçando-se a si mesmo.

Seu aspecto era horrível.

Bem, eu não podia deixá-lo ali daquela maneira, não era tão cruel assim. Dei um suspiro e fui até meu quarto buscar uma tolha e uma manta, procurei uma camiseta grande e achei uma branca bem larga. Quando desci, ele ainda estava no chão.

— Acho que é melhor você tirar a roupa e se cobrir com isso.

Eu me arrependi no instante em que eu disse aquilo. Luke fez um grande esforço e me lançou um olhar malicioso; era incrível que, mesmo naquele estado, ele distorcesse as palavras. Embora eu tenha lhe dado um olhar de desaprovação, revirando os olhos, ele apenas me retribuiu com um sorriso de lado. Percebi que seu piercing não estava no seu lábio e quis lhe perguntar a respeito daquilo, mas sabia que já não era mais da minha conta.

Ele se afastou um pouco da parede e começou a tirar a roupa, chegando ao ponto de ficar apenas de cueca boxer. Meu Deus, ele estava muito magro! Fiquei incomodada ao vê-lo naquela situação e, é claro, eu já estava uma pilha de nervos. Esse sempre foi o efeito de Luke sobre mim.

No entanto, não pude evitar que meus olhos tropeçassem pelo seu peito, me deixando ver por completo aquela tatuagem que eu já tinha visto antes. Mas agora havia outro desenho de tinta que acompanhava aquela roleta, cujo significado não entendi. Então, apertei os lábios quando vi aquilo de novo.

O roxo era visível.

Todos os meus pensamentos se dissolveram como açúcar na água quente quando Luke tossiu. Rapidamente, voltei à minha realidade e pisquei algumas vezes para me concentrar no principal.

— Toma — sussurrei, passando-lhe a camiseta e a tolha. Depois que ele a vestiu, eu lhe passei a manta.

— E a minha roupa? E se sua mãe entrar e nos vir? — ele perguntou, levantando a sobrancelha.

— Depois eu te dou — respondi com um sinal de que não me importava muito com aquilo naquele momento. — Além disso, ela não vai chegar até bem tarde, e nessa hora você já vai ter ido embora.

Que merda, como doía dizer aquilo. Eu sentia de uma maneira muito horrorosa que até machucava a mim mesma, mas era aquilo ou nada. E na verdade estava cansada daquela situação, de tudo, só queria que aquilo terminasse.

Luke olhou para mim alguns segundos e concordou:

— Tem razão.

Tudo ficou em silêncio, seu olhar caía sobre o meu. E eu não podia lhe dizer que ele estava bem porque era mentira: sua pele estava pálida; seu corpo, magro; seus olhos, escuros, com aquelas olheiras profundas; e sua barba alguns dias por fazer.

Talvez ele não estivesse bem.

— O que aconteceu? — quebrei o silêncio, me atrevendo a perguntar.

— Quis vir te ver, saber como você estava, eu me importo com você. — Sua voz soou áspera, ele deu de ombros. — Você não tem falado comigo nestes últimos dias, e isso dói. A porcaria da sua indiferença comigo dói. Alguma vez você já quebrou um osso? — perguntou ele, e minha testa se franziu diante da sua pergunta. Decidi não dizer nada e concordei. — Então, multiplique aquela dor por dez e assim você vai sentir o que o meu coração idiota está sentindo por causa do tratamento que você está me dando.

— Olha... — Tentei falar, mas ele me impediu.

— Ele foi um idiota por deixar você entrar tão facilmente, por ter te aceitado sem que você fizesse o mínimo esforço para conquistá-lo, por ter deixado que você fosse quase noventa e oito por cento dele, por ter batido por você, por ter te amado. E o que ele recebeu em troca? As suas merdas! Caramba! Eu fiz tudo por você e vou continuar fazendo mesmo que você me odeie! Eu te disse que, mesmo que você destruísse meu coração, eu continuaria sorrindo com o sangue dele só por você! Eu me declarei de uma maneira tão patética e jamais pensei que seria capaz de me apaixonar por você!

De repente, seus olhos estavam transbordando em lágrimas e, sim, eu me sentia a pessoa mais cruel do mundo. Se antes eu me sentia mal, agora não sabia como definir o que sentia naquele momento. Eu só conseguia ficar ali de pé na frente dele, vendo como ele gritava para mim.

Luke deu alguns passos para trás levando as duas mãos ao cabelo e puxando-o com frustração, raiva e impotência. Ele me olhou diretamente com os olhos vermelhos e pensei que gritaria comigo, mas ele não gritou.

— Você não pode entrar na vida de outra pessoa, fazer ela te amar e depois ir embora — concluiu. — Isso não se faz, Weigel. Muito menos quando chega para dar esperança à vida patética da pessoa, entende? Quando você começa a gostar de verdade de alguém, faz de tudo para poder melhorar a porcaria da sua vida bagunçada, para ficar bem com essa pessoa e não a envolver na sua merda. E sabe o que é pior? O que eu estou fazendo por você, tentando melhorar quem eu sou. Tentando deixar todas as coisas ruins que tem dentro de mim de lado. Mas, ao mesmo tempo, quero manter você longe de mim porque eu apenas te trago problemas.

— Não é...

Eu queria falar, dizer a ele que não era como ele pensava, porque não era, não era; no entanto, ele não me deixou continuar.

— Eu fiz tudo por você, fiz tantas coisas, e você... Hasley, as pessoas se cansam de dar tanto e não receber nada em troca... E eu não esperava algo material em troca, porque isso é lixo, esperava seu apoio, motivos para seguir. Eu te contei quase tudo, tentei te proteger, embora você não perceba de quem... Minha vida é um desastre e você sabe. Sei que tudo isso é uma idiotice porque eu era consciente de que te amava e de que você amava o Matthew; mesmo assim, meti o meu coração tolo porque eu não me importava, porque era você.

— Você não devia ter feito isso.

Minha voz queimava de uma maneira sobrenatural, o nó na minha garganta já estava se fazendo presente.

— Eu não devia ter feito isso? — murmurou, incrédulo. — Não devia ter feito isso?! Como você queria que eu não fizesse se foi você quem se meteu na porcaria da minha vida?! Você foi o maldito chiclete que vivia atrás de mim! Você queria me conhecer, não é mesmo? E me conheceu! Me conheceu e agora está indo embora como uma maldita covarde, Hasley!

Luke olhou para baixo alguns segundos, fazendo com que um silêncio sepulcral, gelado, caísse sobre nós.

— Você prometeu não ir embora mesmo que partisse o meu coração — sussurrou ele, um suspiro entrecortado escapou dos seus lábios e ele olhou para mim de novo. — Mas já está na hora de parar de acreditar nas promessas das pessoas.

— Eu queria te ajudar! — gritei, à beira das lágrimas. — Queria te ajudar porque estava preocupada com você! Seu comportamento fez com que eu ficasse ao seu lado! Porque, porque...!

— Porque você sentiu pena de mim! — ele me cortou com um grito muito alto, angustiante e poderoso.

— Não! — eu o repreendi. — Não é o que você está pensando, não pense em me deixar como a má da história — eu me defendi com o pouco que tinha, mas isso tudo estava acabando comigo, não queria dizer isso para ele. — Eu não pedi pra você me amar!

Na verdade, eu não queria ter dito aquilo.

— E eu não pedi pra você entrar na minha vida! Eu não pedi sua ajuda! — soltou, tentou se acalmar e respirou fundo. — Mesmo assim, eu te deixei... — Ele deu uma risada amarga e passou as mãos pelo rosto. — Que merda, por um momento, eu pensei que tudo mudaria.

— Luke... — sussurrei seu nome com tanto medo. Ele olhou para mim e eu continuei: — Você chegou a pensar como seriam as coisas se nada disto tivesse acontecido?

— Talvez — balbuciou —, mas eu não me arrependo, jamais me arrependeria, porque pelo menos já sei como é estar apaixonado e ter o coração partido. — Doía, é sério, doía. — É um absurdo, de verdade, eu pensei ter visto todos os meus sonhos em uma só pessoa, mas não era verdade... Tenho que admitir que me sinto melhor desde que a gente se conheceu, desde que você escorregou na arquibancada e eu ri da mancha de pasta de dentes na sua blusa, porque ainda lembro a primeira vez que te vi... Acredite em mim, Matthew não teria feito nem metade das merdas que eu fiz por você, nem o Zev, e você sabe disso, você viu com seus próprios olhos, sabe que eu não estou mentindo.

Eu sei.

Minha voz não saía, não saía e era porque, se eu falasse, aquele nó que eu tinha na garganta se desataria, fazendo com que meus soluços saíssem, fazendo com que as lágrimas presas se libertassem e eu parecesse fraca. Eu estava ficando cansada, estava muito cansada de chorar por tudo, pelas coisas mais bobas.

— Que merda, você está começando a se comportar como uma egoísta, você é uma... Que droga! Um dia você vai precisar de mim, e eu já não vou mais estar aqui! Mas isso é tudo mentira, e sabe por quê? Porque eu me importo mais com você do que deveria! Eu faço isso e você não me entende porque é uma idiota! Você pensa só em você, é uma egoísta de merda! — ele gritava tantas coisas ao ar. Apertei os lábios para não soltar um suspiro e olhei para ele durante vários segundos, sem dizer nada. — Que droga! Fala alguma coisa! — ele gritou, ao ver que o meu silêncio era a única coisa que estava presente.

Sim, aquela foi a decisão mais difícil, a linha tênue entre o querer e o dever, mas eu queria que ele ficasse bem e sabia que, juntos, nós só íamos piorar a situação, porque era o que fazíamos, criávamos problemas. Eu era uma pirralha e não merecia o Luke. Os problemas cresciam. Ao entrar na sua vida, eu apenas o enchi de falsas esperanças. Foi naquele momento que compreendi muitas coisas e talvez tenha tomado a decisão errada, embora as coisas sempre acontecessem por algum motivo, né? Então, que fosse o destino quem dissesse, e o mais irônico disso tudo era que eu não acreditava no destino e, mesmo assim, eu disse:

— Adeus, Luke.

Os olhos azuis do garoto me olharam neutros, vazios, como ele costumava fazer desde que nos conhecemos. No entanto, agora eu o conhecia muito bem para saber que isso o tinha machucado. Suas pupilas se dilataram e suas narinas estavam tremendo.

— Hasley, eu gosto muito de você, e saiba que eu sempre vou estar aqui para quando precisar de mim. — Ele deu um suspiro pausado e continuou: — Mas, mesmo que você tente se esquecer da cor dos meus olhos, lembre que eles são da mesma cor dos seus. Sim, isso é o que tem de tão especial no seu olhar.

Ele se virou, recolheu sua roupa, vestiu a calça molhada e deixou a manta e a toalha em cima do sofá. Pegou nas mãos as roupas molhadas e dirigiu-se para a porta; antes de girar a maçaneta, ele me olhou sério e entreabriu os lábios.

— Adeus, Hasley.

E foi embora da minha casa, olhando para a maçaneta com lágrimas nos olhos e o coração partido.

CAPÍTULO 28

Segunda-feira pela manhã. E o único barulho que se podia ouvir através das paredes da minúscula cozinha da minha casa era o ranger que os meus dentes faziam ao esmagar os cereais.

Os cabelos escuros da minha mãe fizeram-se presentes ao entrar, e o cheiro do seu perfume impregnou no ar, chegando até meu nariz. Tranquilamente, ela começou a tirar algumas coisas da dispensa e, da mesma forma, da geladeira para preparar um sanduíche para ela. Seus olhos permaneceram fixos em meu pequeno corpo e, desconfiada, ficou me observando.

— Ultimamente você tem acordado mais cedo. O que está acontecendo? — ela perguntou com um enorme interesse, passando os dedos pelo pão. Naquele momento, eu não queria responder a suas perguntas, então me limitei a dar de ombros, admitindo meu cansaço. Ela, deixando sair um pouco de ar dos pulmões, empurrou as coisas para um lado e me olhou fixamente, colocando as mãos sobre o balcão da cozinha. — Hasley, você pode me dizer o que aconteceu? Já faz algumas semanas que você está assim, aos sábados, você fica dormindo até tarde, aos domingos, eu nem sei se você come ou se faz o esforço de sair da cama — disse, um pouco irritada com o meu comportamento. — Parece que eu sou a única que mora aqui.

Levando outra colherada de cereal à boca, sacudi a cabeça de um lado para o outro, mas ela me repreendeu com o olhar, então eu respirei fundo e decidi responder:

— Não aconteceu nada — sussurrei.

— Não mente para mim — ela falou com a voz mais firme. — Não tenho visto Zev por aqui, nem o garoto ruivo que te levou ao cinema, nem o garoto loiro daquela noite que você foi uma completa mal-educada. — Ao ouvi-la mencionar cada um deles, senti formar-se um nó na minha garganta, e uma pressão apareceu no meu peito, no entanto, da mesma forma, lhe deu acesso a minha fúria, que inundou as minhas veias. — Querida, você pode me contar.

— Eu estou bem, tá? — falei, descendo do banco para lhe oferecer um olhar frio. — Não sou um dos seus pacientes, não me trata como eles.

Seus olhos azuis se arregalaram, surpresos; ela ficou parada e entreabriu os lábios para não dizer nada. Estava perplexa. Eu sabia que essa não era a melhor maneira de respondê-la, mas estava cansada de ficar remoendo o mesmo assunto; só não queria mais me lembrar dele, e ela o trazia de volta mais uma vez.

— Hasley...

— Eu tenho que ir — avisei, cortando-a.

Sem olhar para ela, saí da cozinha a passos rápidos, peguei a mochila e, colocando-a sobre o ombro, fechei a porta de entrada atrás de mim. Comecei a andar pela rua sem parar de caminhar nem um segundo. Sentia como se minhas pernas se movessem cada vez com mais força; o ar frio do inverno batia suavemente no meu rosto.

Tentei respirar fundo e superar o fato de que tinha respondido a minha mãe de uma forma muito grosseira. Acalmando-me com o que havia acontecido, reparei na hora sem nenhuma pressa, ainda era cedo. Ultimamente, eu acordava antes da minha hora habitual e era porque, durante quase toda a noite, eu não conseguia dormir, nem algumas poucas horas. Eu tinha noção de que, a cada dia, minha imagem ia de mal a pior, não era a melhor. E, na verdade, eu me lixava para aquilo. Em um piscar de olhos, meus pés tocaram a entrada do colégio, e uma onda de nervosismo e de preocupação passou pela minha cabeça. A primeira aula era a da professora Kearney; respirei fundo, me enchi de coragem para entrar sem preocupações na sala, mas uma voz me impediu de fazê-lo.

— Hasley. — A voz pronunciou firme meu nome e eu me virei para encarar aquela pessoa. — Você ficou sabendo que Matthew tem uma nova namorada?

Karla, uma garota de pele bronzeada, me olhava fixamente junto a outra garota. Elas eram líderes de torcida do time de rúgbi, o de Zev. Seus olhares eram debochados, assim como seus sorrisos, e eu quis revirar os olhos, mas me segurei.

— Não me interessa — murmurei entre dentes.

— Ele ficou tão magoado por ter sido traído por você que uma semana depois já estava com outra — ela zombou, ignorando por completo o que eu tinha lhe dito antes. — Dá para ver como você é fácil de ser substituída.

E seu comentário, por alguma razão, me machucou. Sustentei uma postura ainda mais firme e apertei as mangas do meu moletom, tentando não partir para cima e dar um soco na cara dela, embora soubesse que não faria isso pelo simples fato de ser fraca e de a agressividade não ser parte de mim. Algumas pessoas já estavam presenciando a cena, e eu não queria que outro escândalo se armasse.

— Eu te disse que não me interessa — repeti em um balbucio com a voz rouca.

— Qual é a sensação de ser substituída, Hasley? — disse ela, enfatizando o meu nome, ignorando mais uma vez o que eu tinha lhe dito. — Finalmente, ele se livrou do lixo, não é mesmo?

Mas desta vez eu não permiti que ela continuasse.

— Não, não se livrou, porque você continua aqui.

Escutou-se um coro de "Uh" e a boca dela se abriu como seus olhos; ela me olhou indignada e, depois, deixou que a fúria a dominasse e ficou vermelha de raiva.

— Você vai me pagar — sibilou a contragosto, para virar-se e ir embora dali.

Os olhares pousaram em cima de mim e me arrependi de ter dito aquilo, por isso, pela primeira vez, fiz uma coisa que meu subconsciente me gritou: fugir. Virando-me sobre meu próprio eixo, entrei na sala, onde meu corpo congelou, porque o garoto loiro já estava ali e tinha no rosto um meio sorriso que foi aos poucos se desvanecendo em um franzir de lábios. Agradeci a mim mesma por não sermos os únicos na sala, então me sentei rapidamente e esperei que a professora chegasse.

Meu dia estava começando com o pé esquerdo, e eu tinha certeza de que não terminaria com o direito.

E pude confirmar isso quando, no quarto horário, eu já não conseguia mais aguentar outro professor brigando comigo por causa da minha distração e falta de concentração. Conformando-me, fui até o campo para poder relaxar um pouco de tudo aquilo, deixando todas as minhas lembranças de lado e jogando as preocupações no fundo da minha cabeça.

— Você sabe que o que estamos fazendo é errado?

À minha frente, Neisan repetiu mais uma vez, elevando de novo uma das sobrancelhas grossas. Ele tinha vindo atrás de mim quando me viu cruzar a porta que dava para as quadras, e não era a primeira vez que ele passava algumas horas de fuga na minha companhia.

Olhando para baixo, bufei e, com uma voz baixa, sussurrei um "Por quê?". Embora eu já soubesse a resposta, apenas queria continuar matando o tempo.

— Não é certo você faltar às aulas, Hasley, e eu não deveria estar passando tempo com você — lamentou, respirando fundo. — Isso já está virando um hábito.

Puxando a grama do campo, esvaziei a bochecha. Mesmo sem lhe responder, eu olhei de volta para ele; seus olhos tropeçaram nos meus, e eu joguei um pouco da grama que tinha arrancado na sua direção. Ele torceu os lábios e estalou a língua, indicando que não tinha gostado do meu gesto, no entanto apenas balançou a cabeça. Ainda em silêncio da minha parte, o garoto esticou uma de suas pernas colocando-as em forma de "V" e continuou a falar:

— Você deveria fazer algo para si mesma — disse, virando a cabeça; eu lhe dei uma arqueada de sobrancelhas e ele deu uma risada. — Não leve a mal, mas você não parece bem.

— Eu sei — falei, depois ter estado calada desde que nós dois nos sentamos na grama.

Desviei os olhos para longe do campo, que estava completamente vazio, sem ninguém andando por ali. Fiquei alguns segundos olhando para o nada, deixando que o ar fresco do inverno batesse contra meu rosto, fazendo minha pele se arrepiar, mas eu ignorava aquilo. De novo, a voz inquieta de Neisan me interrompeu:

— No que você tanto pensa? — ele perguntou, sua voz suave e seu sotaque britânico me faziam querer lhe pedir para que ele cantasse uma música para eu poder dormir.

Olhando de novo para seus olhos, fiquei em silêncio novamente. Franzindo os lábios, dei de ombros, mesmo sabendo que ele não queria isso como resposta quando me olhou com desconfiança, portanto optei por deixar de lado minha personalidade antipática e iniciar uma conversa saudável com o garoto que estava me ajudando havia semanas.

— Acho que nem preciso dizer, Neisan — murmurei, começando a puxar a grama de novo. — Sei o que você quer dizer. Vai, seja direto.

Neisan deu um suspiro exagerado, umedecendo os lábios, e sacudiu algumas vezes para me dar um meio sorriso. Meus olhos atentos estavam fixos nos seus e, embora olhasse para baixo em um momento, continuei olhando para ele, até que Neisan entreabriu a boca para falar.

— Falta algo no seu olhar — ele indicou, recebendo um franzir de sobrancelhas da minha parte. — Ou melhor, quero dizer, alguém.

— O que você está falando? — perguntei, solicitando ao meu rosto que mostrasse uma cara de confusão, mas ele o rejeitou.

— Você precisa do Luke. — Ele foi direto ao ponto. — Sempre precisou.

Meu rosto ficou sério, senti minha mandíbula ficar tensa e, olhando para baixo, sacudi várias vezes a cabeça. Meus dedos se entrelaçaram uns nos outros, começando uma pequena guerra de nervosismo; minha bochecha direita inflou de ar e voltei a negar, soltando uma risadinha cheia de inquietude pelos meus lábios.

— Você está louco, Neisan.

— Ei, fora ele, eu sou a pessoa do time com quem você passava mais tempo, depois do Zev, é claro — ele lembrou, aproximando-se um pouco mais de mim. — Consigo pressentir o que passa pela sua cabeça e só posso dizer para ir, encontrá-lo e resolver as coisas — sussurrou sem perder o tom firme da voz. — Hasley, olha para mim — pediu, e eu cedi. — Vocês precisam um do outro agora.

— Já não posso fazer mais nada. Ele não vai se esquecer tão rápido de como eu me comportei e também não vai me perdoar — murmurei, sentindo-me muito pequena diante dos olhos escuros do garoto.

— Ei, ei, você conhece ele muito pouco! Luke é um cara legal, e você deve saber disso — afirmou.

Naquele momento, a pergunta que minha mente estava formulando havia alguns meses fez-se presente, e um letreiro brilhante apareceu diante dos meus olhos.

— Neisan — eu o chamei —, desde quando o Zev conhece o Luke?

A pergunta chegou tão de repente que observei como suas pupilas se dilataram. Ele passou a língua algumas vezes pelos lábios e adotou uma postura mais firme do que a anterior; via como seu corpo tinha ficado mais tenso por causa da minha pergunta, pois não esperava aquilo e, sendo sincera, eu também não.

— Para ser exato, há uns dois anos — confessou. Então franzi a testa, e bastou aquilo para que ele continuasse. — Zev conheceu a Jane, prima do Luke, em alguma festa. Eles começaram a sair, embora fosse parecido com um relacionamento fantasma, ou seja, ele quase nunca era visto com a garota. Falava coisas maravilhosas da Jane, mas jamais assumiram nada formal. Pouco tempo depois, Zev já conversava com o Luke, porque a Jane tinha falado sobre o primo. O curioso é que o Luke não ligava para a prima, mas tudo aconteceu muito rápido. Os dois começaram a se falar, até que chegaram a se conhecer mais do que o normal; as coisas estavam indo muito bem, até que Jane traiu Zev.

A explicação de Neisan me deixou um pouco confusa e, mesmo ligando as coisas o mais rápido que eu conseguia, tentei descartar várias partes. Quando o meu quebra-cabeça já estava quase todo montado, sabia que ainda faltava algo. Algo não encaixava aqui entre eles e soube do que se tratava quando minha boca abriu para lhe perguntar:

— Mas por que Zev e Luke pararam de se falar?

— Porque o Luke sabia que a Jane estava traindo o Zev praticamente desde o dia em que eles tinham começado a sair, mas nunca contou nada — respondeu ele, torcendo os lábios. — Você sabe, ela é prima dele, e a família vem em primeiro lugar. Então, o Zev vive com esse pequeno ressentimento em relação ao Luke, embora ele negue.

— Como é que eu nunca soube de nada disso? — deixei escapar em um sussurro.

— Não sei. — Neisan deu de ombros. — O mais provável é que talvez a amizade de vocês também tenha sido pouco sincera, ou o simples fato de tudo aquilo ter acontecido em apenas cinco meses.

— Ah... — soltei. — Foi isso que aconteceu.

— Sim, eu tenho as minhas razões para defender o Luke, é por isso que te digo que ele não é uma má pessoa, só precisa de ajuda, como todos nós em algum momento.

Minha mente rapidamente foi em direção ao assunto principal com o qual tínhamos começado tudo aquilo, e eu quis fugir naquele momento, mas era impossível, então me limitei a negar novamente.

— E-eu não posso — gaguejei. — Não posso ir até ele e pedir que me perdoe assim do nada. Ouvir o que os outros dizem me impede de fazer isso, faz com que isso se torne ainda mais difícil.

— Que se lixem os outros! Que se lixem os outros e as porcarias das opiniões deles! — ele gritou, levantando os braços. — Você tem que decidir por si mesma, olhar para seu próprio bem-estar sem se preocupar com o que as outras pessoas vão falar. No final, sempre será sua merda, e a dos outros será problema deles... Você não pode desistir de alguém que está nos seus pensamentos todos os dias.

— Neisan... — pronunciei seu nome com um tom de súplica, tentando fazê-lo parar.

Ele não cedeu.

— Hasley, isso é sobre você e não é egoísmo, é seu próprio bem-estar. Você tem que decidir, eles não vão resolver os seus problemas, entende? Para de pensar nos outros, para de pensar no Matthew e no Zev. Danem-se eles também! E, se quiser, eu que me dane também! A decisão é só sua, e você tem que tomar o mais rápido possível. Nunca sabemos em que momento vai ser tarde demais e, quando você se der conta da realidade, vai se arrepender. Se você está feliz, faz; se for para o seu bem, vai; mas faz o que você acredita que é o certo e lembra que, o que quer que faça, tudo vai correr bem, se for o que você deseja. Você não pode viver presa aos sussurros das outras pessoas, às suposições ou às acusações que te imputam, não pode. Se quer algo, levanta, vai atrás e consegue. — Ele se aproximou de mim e pegou minhas mãos nas suas, fazendo com que nossos olhares se fixassem ainda mais. — Porque, Hasley, só caem do céu a chuva, o granizo e os raios.

Seus olhos escuros olhavam para os meus azuis, com uma pitada de compreensão. O que ele disse me deixou praticamente muda, era tudo de que eu precisava para me dar as forças necessárias; e, mesmo que o meu medo não me deixasse fazer as coisas que eu desejava, agora ele estava desaparecendo com as palavras do garoto.

Ele fechou os olhos alguns segundos, os abriu de novo, chocando de novo nossos olhares, deu um suspiro pesado e tentou acalmar a respiração frenética e exaltada. Finalmente, ele se afastou de mim a uma distância considerável, e, mesmo que por poucos segundos, eu estava aproveitando cada um deles naquele momento.

— E, se Luke é sua felicidade, corre atrás dele, por mais idiota que pareça.

Ao terminar de dizer aquilo, retirando uma mecha pequena de cabelo da testa, ele se agachou para ficar de pé e pegar a mochila e me lançou um último olhar que gritava: "Faça!". Então, seguiu seu caminho, se distanciando de mim, desaparecendo do campo e me deixando ali com todas as suas palavras pairando na minha cabeça repetidas vezes, transformando-se em um caleidoscópio de imagens e sons claros na minha frente.

Olhei para a grama, passei os dedos sobre ela. A lembrança de Luke voltou à minha mente e, sentindo-me muito fraca, dei um suspiro.

Contive a vontade de ir procurá-lo naquele momento e, sufocando meus desejos de sentir seus braços ao meu redor, me deixei cair de costas sobre o gramado. Eu não estava procurando a maneira de me apresentar diante dele com minha cara de boba depois de ter sido tão rude com ele.

***

Eu ia reprovar em Economia. A imagem do sr. Abbys me dizendo que me veria nas férias deixava minha comida muito desagradável: notas baixas e uma disciplina reprovada significavam minha mãe extremamente brava.

A cantina não era meu lugar preferido naqueles momentos – ou acho que, sinceramente, nunca foi; só gostava de estar ali por causa da companhia de Zev e dos amigos dele, os quais agora comiam duas mesas mais longe de onde eu estava, e nem preciso falar de Matthew, que chamava atenção em um dos cantos à direita.

De canto de olho, eu podia ver como Ciara Palmer estava sentada ao seu lado enquanto o agarrava pelo braço; de vez em quando, seu olhar pousava no meu corpo pequeno e malcuidado, enquanto, por dentro, eu implorava que ela o desviasse para outro lugar.

Minhas mãos tocaram o milk-shake de chocolate que estava na minha frente para levar o canudinho aos meus lábios e beber um pouco dele. Eu estava esperando Neisan chegar. Sim, ele também me fazia companhia durante o almoço; quando eu terminava e ia embora, ele voltava para junto dos amigos, mas acho que daquela vez não seria assim.

Senti meu estômago rugir no momento em que o corpo esquelético de Karla se posicionou na minha frente. Minha boca ficou seca e dei um suspiro profundo.

— O que você quer agora?

Minha voz não ajudava em nada, saía em um murmúrio como se eu estivesse intimidada. E, bem, talvez estivesse, mesmo.

— Que você repita mais uma vez o que me disse hoje de manhã.

Sua voz era serena e não havia nenhuma pitada de raiva.

— Você está falando sério? — articulei.

A garota rodeou a mesa e parou ao meu lado, sorriu para mim e assentiu. Novamente, vários alunos estavam ao nosso redor.

— Sim, repete mais uma vez.

— Por quê? — soltei, incrédula, sem entender o que ela pretendia com aquilo.

— Acho que, se você não repetir, vai se arrepender durante toda sua vida medíocre — ela disse, ainda com seu sorriso no rosto.

— Você está louca, Karla.

Decidida, eu me levantei da cadeira, deixando meu milk-shake de chocolate sobre a mesa. Ela me lançou um olhar desconfiado e se afastou, o que me fez sentir confusa, porém eu a ignorei completamente. A única coisa que eu queria fazer era ir embora, não desejava vê-la nem um segundo a mais, mas fui muito ingênua. Na hora que passei do seu lado, ela esticou o pé, fazendo com que eu tropeçasse e caísse.

Aquilo não podia ser real.

Olhei irritada para Karla, que sorria com excesso de confiança. Seus olhos irradiavam felicidade, e minha dignidade estava como eu: no chão, esmagada e destroçada.

— Por que você fez isso? — sussurrei, ofegante.

Ela se aproximou um pouco de mim e sussurrou:

— Eu disse que você ia me pagar. — Ela voltou à distância de antes e continuou a me humilhar. — Você não ficou satisfeita com o Matthew e com o Luke, agora está mexendo com o Neisan. Matt fez bem em te mandar para o inferno. Agora, sem seu amigo e sozinha, como você se sente? — Ela gesticulou, sua voz soava tão orgulhosa que me dava nojo, pena e raiva. Por que diabos eu não me levantava e me defendia? — Vai, Hasley, conta para a gente, diz para todo o colégio o que você sente por ser uma vadia que, por causa disso, agora está sozinha, mas pensando bem...

Ela não conseguiu terminar seu discurso para minha desolação, porque alguém a interrompeu.

— Não. — A voz de Luke soou nas minhas costas. — Melhor você contar para a gente como você conseguiu ser a vadia particular do Alexis Debian ou, melhor ainda, como se meteu debaixo do lençol do Paul Grigohl, mesmo sabendo que ele ainda estava namorando a Yolanda. Vai, Karla, acho que as suas histórias são mais emocionantes do que as da Weigel.

A última coisa que ele disse ressoou por toda a cantina, criando um silêncio para depois dar lugar aos murmúrios. Os olhos de Karla pararam no garoto loiro com um turbilhão de emoções, desde surpresa até espanto. De repente, sua pele bronzeada ficou pálida. Sabia que ele estava atrás de mim, mas o meu estado de choque era tamanho que eu não me atrevia nem sequer a virar-me sobre o meu ombro.

— É uma enorme mentira o que você está dizendo! — gritou.

— Posso ser um "maconheiro" como muitos aqui me chamam, mas mentiroso... — Luke soltou uma risada. — Ah, querida, isso eu não sou.

— Para de mentir, você está delirando com coisas que está inventando sem ter provas — ela atacou, adotando uma postura firme.

— Quer apostar? Se bem que eu não preciso.

— Você está dizendo mentiras só para defender essa garota. Que merda, Luke!

De repente, voltei à realidade quando ela apontou para mim, pois eu ainda estava caída no chão. Que diabos estava acontecendo comigo? Mas tudo desapareceu no momento em que senti o corpo de alguém ao meu lado, não precisava ver para saber de quem se tratava.

Luke me ajudou a ficar de pé e, naquele curto espaço de tempo, seus olhos fizeram contato com os meus. Seu braço rodeou meus ombros, e aquela sensação de proteção que eu não tinha sentido havia muito tempo voltou, se fez tão presente que eu queria chorar por tê-la de volta.

— Eu não preciso. Você, os demais e eu sabemos perfeitamente que é verdade.

Meus olhos encontraram com os olhos cor de avelã daquele garoto que me decepcionou. Entre o tumulto de gente que nos observava cautelosa, ao seu lado, Neisan me olhava com um sorriso reprimido.

— Escutem bem todos vocês… — falou Luke. Sua voz se tornou dura, fria e seca. — Quem voltar a se meter com ela tenha em mente que está se metendo comigo também, bando de imbecis! Hasley não está sozinha, nunca esteve e nunca vai estar. — Os olhos de Luke foram na direção de Zev, e ele sussurrou: — Eu não sou o tipo de pessoa que promete ficar e finge conhecer uma pessoa para, no final, acabar fugindo como um covarde.

Depois daquilo, Luke me levou com ele para fora da cantina, deixando o local em completo silêncio. Mais uma vez, ele tinha me tirado de uma encrenca; mais uma vez, ele tinha me mostrado que estava lá para mim; mais uma vez, tinha cumprido com sua palavra, sua promessa. Luke sempre esteve lá para mim.

Quando paramos, me dei conta de que estávamos na arquibancada onde eu o havia conhecido. A nostalgia invadiu todo o meu ser, fazendo com que um soluço escapasse dos meus lábios.

— Silêncio. — Luke sussurrou perto de mim, e um toque elétrico percorreu todo o meu corpo. — Eu disse que sempre iria estar ao seu lado para impedir você de cair, mas acho que cheguei um pouco atrasado.

— Acho que você levou muito a sério — mencionei em um tom muito baixinho.

Ele soltou uma risadinha, fazendo com que eu fizesse o mesmo.

— Que merda! — ofegou. — Senti muita saudade do seu sorriso.

Passei o dorso da minha mão pelo meu nariz e olhei cuidadosamente para os seus olhos. Sentia tanta saudade de poder vê-los a essa distância, precisava tanto dele que aquele sentimento doía. Seus olhos naquele momento brilhavam e tive a coragem de apreciar seu rosto: o piercing do seu lábio já não estava mais preto, mas prateado, e a barba rala que ele tinha o deixava ainda mais bonito que o normal.

— Desculpa, desculpa — eu repetia, em prantos. Colocando minha mão em seu peito, olhei para baixo, incapaz de continuar olhando para ele. — Eu jamais me arrependeria de ter te conhecido, tudo o que eu disse...

— Querida — ele me interrompeu, pegando meu queixo com uma das mãos. — Não há nada para perdoar, você estava assustada... Ainda está.

— Eu pensei que, se me afastasse de você, tudo seria mais fácil, mas acabou sendo pior — confessei. — Desculpa por ter te dito tudo aquilo naquele dia. Eu fui uma egoísta que não pensou na dor que estava causando em nós dois.

— Ainda que você me diga que eu te irrito ou que você me odeia e que me machuque da pior forma, tenha certeza de que vou seguir te amando, nesta vida e em outras mil mais.

Eu me odiei naquele instante por não dizer que também o amava e tudo o que sentia quando ele estava ao meu lado. Luke me abraçou, proporcionando-me seu calor, sua segurança e sua proteção, fazendo daquele instante um dos melhores, o melhor. No momento que enrolei os meus braços no seu torso, reprimi um gemido. Toquei as suas costelas; ele tinha perdido muito peso e não pude evitar que a culpa me corroesse de novo, fazendo-me sentir ainda pior.

Suas mãos, que repousavam no meu cabelo, baixaram para tocar as minhas bochechas, e isso fez com que eu olhasse diretamente para os seus olhos elétricos, aqueles que ficavam mais profundos graças às olheiras que repousavam ao redor deles, fazendo-o parecer cansado de tudo aquilo.

— Você não tem ideia de como me machuca te ver assim — admitiu ele, em um murmúrio. — Sou fraco pra caramba no que diz respeito a você.

— Eu gosto muito de você, gosto de você de verdade — murmurei.

Antes que eu pudesse lhe dizer tudo o que sentia, ele me beijou.

Não era nada apressado, era lento, com uma sincronização incrível, em que não havia nenhum toque de língua, nada de sexy; um beijo tão inocente e quente que podia arrancar sua alma e te fazer se sentir a pessoa mais sortuda do mundo; seus lábios acariciavam de uma maneira tão suave os meus, tentando não me quebrar, como se eu fosse a porcelana mais frágil do mundo.

Sentindo seu aro de metal frio roçando meu lábio superior, dei um suspiro. Ele prendeu seus lábios nos meus e se manteve assim por alguns segundos, até que beijou o canto da minha boca. Ainda com as mãos sobre minhas bochechas, voltou à minha boca e deu outro beijo, acariciando-as. Baixou uma das mãos à minha cintura, inclinou a cabeça, garantindo que eu tivesse mais acesso a ele, e assim foi enviando pequenas sensações ao meu sistema nervoso. Passei as mãos pelo seu cabelo, sentindo-o áspero e longo, ele respirou ofegante e parou. Não se afastou, mas também não continuou. Permaneceu assim.

— Eu tenho medo — murmurou —, porque você significa tudo para mim e tento ser o melhor para você. Eu realmente tento, mas ao mesmo tempo não quero que ame o desastre que sou e que caia comigo, não quero te prender no meu boulevard dos sonhos despedaçados.

Então, fui eu quem o abraçou, sentindo o mundo entre os meus braços, me odiando por tudo o que tinha acontecido, mas deixando claro que eu o amava demais.

CAPÍTULO 29

— Weigel, corre! — Passando ao meu lado, Luke gritou. Eu lhe lancei um olhar confuso, deixando claro que não entendia o que significava aquilo, mas ele, em vez de parar, apenas gritou de novo entre risos.

— Eu toquei a campainha de uma casa!

Ah, que droga!

— Você está louco, Howland! — eu o repreendi enquanto corria para longe dali.

Isso tinha sido tão infantil, no entanto era divertido ouvir Luke rindo. E isso me incentivou a fazer o mesmo. Ele, ao ver que minha velocidade diminuía, pegou minha mão, e minhas pernas foram obrigadas a se mover rapidamente. Eu sentia como os meus músculos começavam a arder e jogar-me ao chão era uma das minhas principais ideias.

Tínhamos decidido ir ao beco, mas o céu começou a tingir-se de um cinza tão triste que preferimos voltar para casa. Foi burrice decidir ir caminhando até a minha casa, pois estava muito longe. Luke ia fazendo brincadeiras e fumando um cigarro atrás do outro.

— Não faça mais isso — eu o repreendi quando começamos a caminhar em um ritmo normal.

— Meu Deus, Weigel, foi divertido. — Ele estalou os lábios com um sorriso lupino.

Eu lhe lancei um olhar dizendo que não tinha sido engraçado, e ele levantou as mãos em sinal de inocência. Comecei a caminhar na beirada da calçada enquanto estendia os braços; meu equilíbrio não era nada bom, mas eu fazia o melhor que eu podia. Ouvi como Luke ria.

— Lembro que o meu irmão Zach e eu fazíamos isso — sussurrou nas minhas costas. Parei, girando sobre os meus calcanhares, e olhei para ele. — Minha mãe sempre dizia que íamos cair e que poderia acontecer um acidente com os carros. Ela sempre foi muito paranoica.

Eu me senti mal naquele momento por lhe fazer lembrar daqueles acontecimentos da sua vida. Havia um sorriso no rosto dele, um sorriso melancólico, e ele olhava em direção ao fundo da rua. Suguei o meu lábio inferior e tentei fazer com que seus olhos encontrassem os meus.

— Eu não queria te fazer lembrar disso — murmurei arrependida.

— Não precisa se preocupar, quase já não dói mais como antes, aprendi a lidar com as coisas — confessou ele. E continuou: — E isso graças a você. Com você, as coisas doem menos, mas não quando elas vêm de você. Você entende, né?

Mordi os lábios e olhei para baixo, começando a sentir minhas bochechas queimarem. Eu estava ficando envergonhada por duas razões, uma delas era sua confissão e a outra era que eu sabia a que ele se referia com aquela última coisa que tinha dito.

Senti as pontas dos dedos frias de Luke roçarem na pele do meu queixo. No mesmo instante, ele levantou meu rosto e sorriu para mim, a covinha na sua bochecha decidindo aparecer, e não pude deixar de lhe devolver aquele sorriso.

— Está tudo bem, né? — falou.

Assenti e o rodeei com meus braços enquanto escondia a cabeça no seu peito, mas logo começamos a correr de novo, porque a chuva estava nos molhando completamente, ambos íamos ficar doentes. Era inverno e chovia, e o clima frio não era bom naqueles momentos. De repente, o garoto parou e começou a apalpar os bolsos.

— O que aconteceu? — eu lhe perguntei ao ver seu gesto.

— Merda, merda, merda! — ele xingou várias vezes. — Meu maço molhou!

— Luke! — chamei. — Você pode comprar outro!

— Mas lá se vão mais de dez cigarros por acender! — ele reclamou. — Eles não são grátis, Weigel!

— Dá para ir mais rápido? — soltei, irritada. — Está frio!

Luke grunhiu e, a contragosto, continuou correndo. Ao chegarmos na minha casa, entramos rapidamente. Luke se apoiou contra a parede e caiu no chão tremendo de frio. Eu não o culpava, estava igual a ele ou talvez pior.

— Vou buscar umas toalhas — avisei e subi rapidamente até meu quarto.

Peguei duas do meu armário, mas, ao virar-me de novo para descer, tomei um pequeno susto ao ver que Luke estava na soleira da minha porta enrolado em uma manta, mordendo o lábio no lugar onde ficava aquele piercing prateado de metal. Isso era um costume seu.

— Onde você pegou? — perguntei apontando para aquele tecido de algodão vermelho.

— Estava em cima do sofá. — Ele deu de ombros e entrou no meu quarto para sentar-se na beirada da minha cama.

— Minha mãe vai te matar — disse, suspirando, e ele esboçou um sorriso. Revirou os olhos e eu lhe estendi a toalha. Luke a pegou e ficou quieto no lugar sem tentar se secar. — Aconteceu alguma coisa?

— Não — ele murmurou. — Ah, bom, sim, mas... não quero que você faça um drama, muito menos que sinta pena de mim, tá?

— Tá — afirmei, achando estranha sua atitude.

Luke respirou fundo e, em seguida, tirou a camiseta, onde pude ver de novo a tatuagem que acompanhava a roleta. Ainda sem entender, dediquei-lhe um gesto com a testa franzida; ele colocou o dedo indicador sobre os lábios, mostrando que eu deveria ficar em silêncio e, sem seguida, virou-se. Então entendi: de novo, ele tinha algumas marcas nas costas.

Levei uma das mãos à boca e contive um suspiro. Eu ainda não entendia por que o pai dele fazia aquilo, muito menos como ele conseguia continuar olhando-o nos olhos. Como ele podia chamar de pai alguém que fazia aquilo?

Dei pequenos passos para me aproximar de Luke e analisei cada hematoma que havia ali. Eu podia vê-los perfeitamente, o roxo e o verde ressaltavam facilmente na sua pele pálida.

— Dói? — perguntei a Luke enquanto tocava com o meu dedo indicador uma das marcas que ele tinha.

Ele estava na minha frente com o peito completamente nu e sei que em outras circunstâncias eu estaria nervosa, porém desta vez era diferente.

Queria lhe interrogar sobre aqueles machucados na sua pele. Eu sabia quem era o responsável por cada um deles, mas queria saber o porquê.

— Não muito — confessou, observando-me por cima do seu ombro.

— Tem certeza? — perguntei, insistente.

No entanto, Luke virou-se, conectando seu olhar azul com o meu, e assentiu com o semblante vazio.

Suspirei profundamente, dando-lhe a entender que não acreditava nele, mas também que não insistiria no assunto. Eu havia descoberto que Luke tinha o péssimo hábito de mentir para não se mostrar fraco na minha frente. Apesar de já termos uma boa relação e nos entendermos bem, ele não dava o braço a torcer com sua personalidade de macho alfa.

— Você deveria tomar um banho — sugeri, mudando de assunto, já que o clima tinha ficado desconfortável e o silêncio reinava.

— Weigel, você está tentando me dizer que estou fedendo? — ele disse, fingindo estar ofendido enquanto levantava uma sobrancelha.

— Não! — gritei, sacudindo a cabeça algumas vezes. — Só que você ainda está molhado da chuva e pode ficar doente. Eu também vou tomar.

Ele me deu um sorriso e, depois, com o polegar, acariciou minha bochecha, fazendo com que meus olhos se fechassem por inércia.

O contato da minha pele com a de Luke era o mais quente que eu já tinha sentido, talvez porque era ele; a sensação mais maravilhosa que as minhas vísceras podiam sentir cada vez que ele enviava aqueles toques de eletricidade ou pequenas vibrações por todo o meu corpo. Sua pele contra a minha tinha se tornado algo muito necessário e não de um jeito passional, mas de uma forma sã e terna; aquele toque que não se pode descrever de tão perfeito que é. Luke Howland me fazia sentir assim.

Senti seus lábios em minha testa. Estavam secos e frios, no entanto eu gostava do mesmo jeito; com ele, tudo era bom. Aos poucos, abri os olhos, vendo aquela barba rala sobre a mandíbula que fazia cócegas sobre meu nariz; eu enrugava e grunhia.

— Você está me fazendo cosquinhas — balbuciei. Luke se afastou alguns centímetros de mim e riu. — Quer comer alguma coisa? — ofereci, e ele assentiu de novo, parecendo um menino.

— Onde fica o banheiro? — perguntou, olhando ao redor do quarto.

— É aquela porta bege — mencionei, apontando para ela. O garoto apenas levantou as mãos em sinal de inocência. — Eu vou no banheiro da minha mãe.

Eu me dirigi à porta para sair do meu quarto. Quando estava a ponto de abri-la, Luke me puxou pelo braço, fazendo com que eu girasse sobre o meu próprio eixo e, sem aviso prévio, grudou os lábios nos meus. Eu não me importei com mais nada. Rapidamente, coloquei as mãos no seu cabelo, enterrando os dedos nele e o puxando; ele passou uma das mãos pela minha cintura e a outra ficou sobre minha bochecha, fazendo daquele beijo o mais profundo e, caramba... era maravilhoso! Minhas costas tocaram a parede, e a mão de Luke baixou até minha perna, pressionando-a. Eu soube que tinha que pará-lo, porém não foi preciso porque ele mesmo parou.

— Obrigado — sussurrou.

— De nada — respondi da mesma forma.

— Estou descendo — avisou ele, virando-se para ir ao banheiro. Fiquei olhando para as suas costas. Eu não gostava da ideia de que seu pai abusasse dele naquele aspecto; detestava aquele homem mesmo sem conhecê-lo.

***

Eu não era boa na cozinha. Luke olhava o prato que tinha na sua frente de um jeito estranho, com a cabeça inclinada.

— Sopa instantânea? — perguntou, virando o rosto para mim com a testa franzida.

— É o que eu faço para mim quando estou com frio — eu me defendi.

— Isso é horrível, Weigel.

— Come logo! — gritei, batendo nele de leve com uma almofada, e ele riu.

Ele agarrou a colher e começou a comer. Dei uma risada ao ver uma careta se formar no seu rosto.

— Que droga! Eu queimei a língua!

Luke Howland, você é um idiota.

Luke me lançou um olhar fulminante e tocou a língua. Eu gostava da vista que tinha dele, seu perfil era muito lindo. Será que tudo nele era perfeito? Porque para mim era.

Seu cabelo loiro ainda estava molhado, deixando-o de alguma maneira ainda mais atraente do que o normal; pequenas gotas rebeldes escorriam pelas suas têmporas. Ele passou uma das mãos pelo cabelo, fazendo com que respingasse em mim; diante do impacto, só pude fechar os olhos e soltar um suspiro em forma de gemido.

— Isso é por você não me dizer que estava quente — Luke grunhiu. — Eu queimei a língua.

Comecei a gargalhar alto diante do que ele tinha dito. Aquilo era divertido, seu rosto era como o de uma criança pequena quando está indignada e não quer que lhe toquem. Ele franziu os lábios e revirou os olhos antes de olhar para o outro lado.

— Era óbvio que estava quente — apenas pude articular.

— Fica quieta, Weigel.

Cobri a boca para tentar conter as gargalhadas, mas era impossível, ainda mais quando seu rosto parecia de alguma forma engraçado para mim. Ele virou o olhar e balançou a cabeça algumas vezes. Em um segundo, eu já estava no chão com Luke em cima de mim me fazendo cosquinhas.

— Para! — exclamei, tentando afastá-lo.

Eu estava ficando sem ar até que Luke, finalmente, parou e, desta vez, eu estava em cima dele; nossa respiração estava muito acelerada. Meu ouvido estava apoiado sobre seu peito, ouvindo claramente como seu coração batia frenético.

Era impressionante como, naquele curto espaço de tempo, eu podia esquecer tudo o que tinha se passado havia alguns dias, como se com o Luke nada mais importasse, éramos só ele e eu, e talvez, apenas talvez, sempre tivesse sido assim: só nós dois. Isso me fazia sentir bem, eu sempre me sentia assim com ele, ao seu lado. Ele era minha proteção, minha segurança e minha paz.

Tudo estava em silêncio, só ouvíamos o barulho da chuva que começava a cair. Eu escutava ainda as batidas do seu coração, e mais nada, e não era um clima desconfortável; fazia um silêncio no qual não era preciso dizer nada porque era, simplesmente, reconfortante. Era nítido, aquele tipo de silêncio que diz mais coisas do que a gente consegue dizer com palavras, daqueles que aparecem para que os sentimentos fluam. Mas, em algum momento, ele tinha que ser quebrado, e foi Luke quem o fez.

— Weigel.

Sua voz soou tão rouca que seu peito vibrou, pude sentir na minha bochecha.

Levantei meu olhar azul na direção do seu. Aqueles olhos elétricos olhavam para mim sérios, mas ao mesmo tempo muito penetrantes, completamente cheios de luz. Aquele era o Luke, meu Luke.

— Sim? — pronunciei em um murmúrio.

Houve apenas alguns segundos de silêncio até que sua boca se abriu, soltando em um suspiro as palavras perfeitas:

— Eu te amo.

E eu juro que, naquele instante, meu coração parou para depois começar a bater com uma rapidez ritmada. Jamais imaginei que Luke diria aquilo, não assim, não em um momento como aquele. Provavelmente, gostaria de ter ouvido aquele "Eu te amo" no momento perfeito, mas... ali, me dei conta de que só seria especial se a pessoa que falasse fosse ele.

— Eu também te amo, Luke.

E, sim, naquele dia, eu soube que tinha caído completamente nas garras de Luke Howland.

***

— Que aula você tem agora? — perguntou Luke, apoiando o ombro no armário ao lado do meu.

— Cálculo — respondi, tirando e guardando os livros da minha mochila no meu armário.

— Urgh! — Ele gesticulou. — Então te desejo boa sorte, vou escutar sobre os valores morais do ser humano.

Ri diante daquilo e sacudi a cabeça. Luke estava a ponto de ir embora quando eu o chamei, fazendo com que ele se virasse. Fiquei na ponta dos pés para poder ficar na sua altura e lhe dei um beijo.

— Boa sorte para você também.

Sorri para ele, e Luke fez o mesmo.

— Gostei disso — ele confessou, semicerrando os olhos, e foi embora.

Se eu estivesse olhando para mim mesma, poderia comprovar que estava com uma cara de boba, tinha certeza. Voltei ao meu armário para fechá-lo e, olhando para minha mochila, ouvi aquela voz que arrepiou minha pele.

— Você está com o Luke?

— Você não tem nada a ver com isso — murmurei, com os dentes cerrados.

— É só uma pergunta sem nenhuma intenção, Hasley.

Matthew revirou os olhos.

— Uma a que eu não tenho vontade de responder — soltei. — Tenho que ir para a minha aula.

— Hasley...

— Já chega — falei, firme, segurando a alça da mochila. — Eu já te deixei em paz. Não me meti mais na sua vida. Agora faça você o mesmo.

Eu estava decidida a me virar e ir embora para minha sala sem ter que suportá-lo mais, mas ele voltou a falar. Só que, entre os seus planos, não estava que só nós dois o escutássemos.

— Ao menos você poderia ter me traído com alguém melhor! — ele disse, em um grito que se ouviu por todo o corredor.

Irritação. Sim, naquele instante, apenas essa emoção me invadiu. Por isso, eu não soube como nem em que momento me vi dando um passo largo na sua direção e, em um curto espaço de tempo, meu punho já estava chocando contra seu rosto.

— Luke é mil vezes melhor do que você — falei, com os dentes cerrados, e me virei para ir embora dali.

CAPÍTULO 30

Os dedos de Luke tocaram minha mão e, encurtando a pequena distância entre nossas mãos, ele as entrelaçou. Na outra, ele tinha um cigarro e ia dando tragadas pausadas para depois soltar a fumaça. Eu não gostava do cheiro, mas, quando a fumaça se misturava com seu perfume, aquilo me parecia maravilhoso por algum motivo.

— Você parece uma chaminé — comentei, balançando nossas mãos.

— E você adora.

Ele sorriu de lado.

— Narcisista — ataquei.

— Boba.

Ele se aproximou da minha orelha e a agarrou entre os dentes, fazendo com que eu desse um grunhido gélido.

— Não faz isso, eu sinto cosquinhas — repreendi, mas ele não me deu ouvidos. — Luke!

Ele se afastou de mim e, por um instante, pensei que tivesse desistido, mas eu estava errada. Ainda com nossas mãos entrelaçadas, Luke me aproximou do seu corpo e, com o outro braço, me abraçou, enterrando minha cabeça em seu peito. Senti o metal frio do piercing dele fazendo contato com a pele atrás da minha orelha, e ele me beijou ali. Aquilo fez cócegas e enviou pequenas sensações através de todo o meu corpo; minha pele ficou arrepiada. Ele deu uma risadinha e mordeu o lóbulo da minha orelha.

— Já chega — eu disse em um suspiro, mas ele continuava a não me obedecer. — Pushi...

No instante que eu disse aquilo, ele se separou de mim, me olhou com a testa franzida e torceu os lábios.

— Não se atreva — ele advertiu. — Como se já não bastasse a tonta da minha prima me chamando assim e me mandando mensagens vinte e quatro horas por dia, agora você também me vem com essa?

— Pushi parece nome de gato — confessei. — Por que ela te chama assim?

— É uma longa história — ele grunhiu.

Ele ficou em silêncio durante alguns segundos para depois soltar uma gargalhada.

— O que tem de tão engraçado?

— Jane é engraçada — ele respondeu. — Para ser sincero, passei grande parte da minha infância na companhia dela, é minha única prima, e eu gosto muito dela apesar de tudo — ele admitiu, afastando-se de mim. — Às vezes, ela é muito cínica e dura, mas é uma garota muito especial. Talvez brinque com os sentimentos dos garotos, embora tenha suas razões, então eu deixo ela cuidar da sua vida. Mesmo assim, defendo a Jane de qualquer idiota.

Antes que eu pudesse pensar duas vezes, a pergunta saiu da minha boca.

— Foi por isso que você nunca contou para o Zev que ela estava traindo ele?

Merda.

Eu quis me dar uma bofetada ali mesmo por ter sido tão estúpida. Luke me olhou chocado, moveu os lábios de um lado para o outro, pensando na minha pergunta, e continuou fazendo o mesmo durante os dez segundos seguintes. Falou:

— Então você já sabe... Uau!

— Não como eu esperava, mas, sim, eu já sei.

— Pois é, eu preferi não falar nada para o Zev porque a Jane me implorou. — Ele deu um suspiro. — Ela sempre me ajudou no que pôde, por isso me vi na obrigação de me calar.

— Eu entendo...

— Não, você não entende, amor.

— Por que você diz isso?

— Porque os sentimentos que temos em cada tipo de relação são diferentes, e os meus pela Jane não se comparam aos meus por você. Este último é muito mais forte.

Sorri.

Luke deu uma última tragada para então jogar a bituca no chão e pisar, depois apalpou os bolsos e tirou de lá uma bolsinha. Soube o que era ao ver o pó branco dentro dela.

— Se você continuar com isso, vai se matar.

Ele não falou nada, apenas torceu os lábios para mim. Ele estava zombando de mim. Eu lhe dei um olhar fulminante e bufei, revirando os olhos. Não entendia por que Luke fazia aquilo. Na verdade, às vezes, não entendia nada que vinha dele. Se eu não estava errada, a palavra "incógnito" o definia muito bem.

— Tudo bem, mas pelo menos você pode não fazer isso na minha frente?

Eu tinha razão. Ele podia fazer aqui, mas não faria, porque ambos sabíamos que ele não queria que eu fosse embora.

— Eu não estou te segurando aqui, você pode ir embora — acrescentou ele, divertido.

Luke se sentou na calçada daquela rua vazia onde podíamos sentir um vento suave. Vi que ele pegou as chaves, segurando o amuleto em forma de periquito com a cauda lisa, e o cheirou. Colocou de volta no bolso. Umedeci os lábios e, engolindo todo o meu orgulho, me sentei ao lado dele.

— Nos últimos dias, tenho ouvido pessoas falarem de você pelos corredores do colégio — mencionou para quebrar o silêncio. E concluiu com um toque irônico: — Isso é algo novo.

— De mim? — perguntei, curiosa, me virando para olhar para ele.

— Sim — disse ele, tirando da calça um maço e pegando um cigarro.

Aparentemente, Luke consumia de tudo, não importava nem onde nem quando, só o fazia como se fosse um doce.

Eu não me espantava com o tabaco. Aos olhos da sociedade, era algo comum, o que me entristecia. No entanto, se ele quisesse usar tudo ao mesmo tempo, ainda que fosse um dia ao mês, era uma carga pesada demais para seu corpo frágil.

— Então você deu um belo soco na cara do Matthew.

Ele olhou para mim, esboçando um sorriso.

— Algo do tipo — murmurei, envergonhada. — Dizem que ele fica mais bonito assim.

— Talvez — confessou ele e franziu a testa.

— Eu deveria estar me sentindo mal?

— Não. — Ele me sorriu de lado. — Mas pelo menos eu agora entendo por que seu nome está ecoando de novo por todos os corredores.

— Acham que eu sou patética.

Eu ri sem vontade.

— Sabe — ele olhou para mim —, deixe que riam do quanto acham que você é patética, porque, no final das contas, todos acabamos do mesmo jeito — ele deu uma tragada no seu cigarro e soltou a fumaça —, no boulevard dos sonhos despedaçados.

Ficamos nos olhando fixamente durante vários segundos para então olhar para a frente e ele dar uma outra tragada. Enchi a bochecha esquerda de ar e comecei a bater de leve no meu joelho com a ponta do meu dedo indicador. Eu ainda não tinha entendido o significado da frase dele.

***

Sempre pensei que minha melhor amiga fosse minha mãe, e com certeza era. Em todos os aspectos, com seus conselhos, ela sempre estava ali. Eu nunca sabia de que ponto ela falava, se era como mãe, amiga, psicóloga ou tudo ao mesmo tempo... Só sabia que, todas as vezes que ela falava, era porque queria me ver bem.

Terminei de colocar o último brinco e me sentei no sofá ao seu lado. Ela me deu um sorriso de lado com a bochecha apoiada no encosto do sofá e eu lhe devolvi o mesmo gesto.

— Preciso saber aonde vocês vão — ela pediu.

— É uma surpresa dele — eu expliquei —, você pode perguntar quando ele chegar. Assim, você tem a resposta, e eu não fico sabendo de nada, que tal?

— Parece uma boa ideia — ela aprovou.

— Ótimo! — comemorei.

— Eu gosto de te ver feliz, gosto de te ver assim... Como você está se sentindo? Ele te trata bem? Vocês já tiveram algum problema? Você sabe que pode me contar tudo, né?

Sorri, comovida. Ela jamais deixaria de se preocupar comigo, e agradecia de coração porque eu adorava lhe dizer a verdade, embora não pudesse contar certas coisas sobre Luke.

Por exemplo, que ele se drogava e que o pai batia nele.

Eu me aproximei dela, encurtando a pequena distância que nos separava. Deixei a cabeça cair sobre suas pernas, e ela levou a mão ao meu cabelo para acariciá-lo.

— Estou bem, jamais imaginei que alguém faria certas coisas por mim, e não digo loucuras, mas esses pequenos detalhes que se transformam em especiais e únicos. Luke é... incrível. É um bom garoto. Ele tem defeitos como qualquer pessoa, mas sempre tenta corrigir para melhorar. Ele nunca me tratou mal, pelo contrário: seu único objetivo é cuidar de mim.

— Ele bebe ou fuma? — perguntou ela, penteando-me com os dedos. — Eu me interesso em saber esse tipo de coisa.

Ri daquilo.

— Não. Agora que você falou, eu nunca vi ele beber — murmurei —, mas ele fuma, sim. Eu disse que ele é uma chaminé de duas pernas.

— Chaminé de duas pernas? — Minha mãe começou a rir.

— Luke fuma alguns cigarros por dia — comentei.

— Quantos?

— Não sei — menti.

Ela ficou em silêncio, e eu fechei os olhos diante da calma que me transmitiam seus dedos entre meus cabelos. Eu a escutei suspirar e conectei meus olhos azuis com os seus, que eram da mesma cor.

De repente, ela esboçou um sorriso que chegava até os olhos. Felicidade.

— Aconteceu alguma coisa? — eu me atrevi a lhe perguntar.

Ela deu de ombros, sem parar de sorrir.

— Eu gosto de te ver feliz depois daqueles dias que você ficou trancada no quarto. Você ainda não me disse o que aconteceu, mas saiba que estou aqui para te escutar em tudo o que você precisar. Vou tentar te entender, te ajudar e, se tiver algum problema, vamos buscar juntas uma solução.

Apareceu um nó na minha garganta e meus olhos arderam, uma onda de emoção me acertou e a culpa veio à tona. Eu nunca consegui contar a ela o que tinha acontecido com Matthew, muito menos com Zev. Para ser sincera, não tive coragem nem vontade: para mim, não fazia sentido trazer lembranças ruins a momentos melhores.

A única coisa que eu queria era desfrutar daquilo. Do meu presente. Ela tentaria entender por que Zev tinha feito o que fez e me questionaria como um detetive: às vezes, ela respeitava meu espaço, mas outras, não.

— Obrigada, mãe. Eu te amo.

— Eu te amo mais, Hasley — ela murmurou.

— Não, eu te amo mais.

— Você está errada, eu te amo mais.

— Não, meu amor é muito maior do que o seu.

— Claro que não. — Ela fez que não com a cabeça. — Eu já te amava desde que você era um pequeno grão de arroz.

— Tanto faz, eu te amo mais — insisti.

Ela riu com os dentes cerrados e balançou a cabeça, brincalhona.

Quando digo que minha mãe é a coisa mais importante que tenho e terei na vida, estou falando sério.

Apesar de o celular não ser o aparelho tecnológico preferido de Luke e de ele raramente me mandar mensagem para avisar se já estava perto ou se havia surgido algum imprevisto, eu me sentei no sofá e olhei para o lado, em busca do meu telefone.

— Ah, eu vou buscar meu celular, deixei no quarto. — Fiquei de pé. — Avisa quando o Luke chegar!

Corri para o meu quarto e tentei encontrá-lo. No entanto, não consegui achá-lo. Fiquei aproximadamente cinco minutos – ou talvez mais tempo – procurando-o, até que encontrei no meio de uma pilha de roupas que eu tinha desarrumado para escolher o que vestir naquela noite.

Uns jeans e um moletom cinza tinham sido os escolhidos.

Dei uma última olhada no espelho e saí. Do segundo andar, vi minha mãe e Luke na porta. Eu já tinha dito o quanto ele era alto? Meu Deus! Na verdade, parecia um arranha-céu! Era duas cabeças mais alto do que ela!

— Já estou pronta! — avisei, espreitando por cima do ombro da minha mãe.

Ela me deu passagem para que eu saísse.

— Bom, espero que vocês se cuidem. Por favor, fiquem longe das ruas escuras e desertas — concluiu.

Nós dois nos sentimos como se fôssemos crianças pequenas.

— Não se preocupa, vai ficar tudo bem. Eu vou trazer ela de volta do mesmo jeito que ela está saindo de casa — afirmou Luke.

Os dois se olharam, e mamãe sorriu, assentindo.

— Está bem, a gente se vê mais tarde — ela se despediu e nós nos afastamos.

Ele me levou pela mão até a moto, colocou o capacete em mim e o afivelou. Depois, fez o mesmo com o seu.

— Aonde a gente vai?

— Você vai saber assim que chegarmos.

Apertei os lábios em uma linha firme e assenti, convencida. Ele subiu na moto e então fiz o mesmo, envolvi os braços ao redor do seu peito e apoiei a bochecha nas suas costas. Eu o senti rir pela vibração.

Luke ligou a moto e acelerou, iniciando nosso caminho: um que, para mim, era uma completa surpresa. O percurso durou aproximadamente vinte minutos e tudo fez sentido quando chegamos àquele lugar aonde ele tinha me levado naquela outra vez, naquela noite em que viajamos na van. Ele parou a moto e descemos. Eu o vi tirar uma sacola do meio dos arbustos para depois esvaziar o conteúdo no chão.

— Esses são...

— Sim — ele me interrompeu. — Você disse que nunca tinha soltado fogos de artifício antes, então vamos soltar esta noite. Não é o que você sempre quis fazer?

Ele me estendeu um dos fogos, e um sorriso de entusiasmo apareceu no meu rosto. Eu me aproximei para pegá-lo e analisei o tubo. Nunca na minha vida tinha visto um daqueles ao vivo, só em fotos ou quando apareciam em filmes.

— E como acendemos?

— Olha só, temos que colocar a parte de baixo na grama para a parte de cima ficar apontada para o céu. Depois, temos que acender o pavio. Não tem muito mistério, Weigel.

— Quantos você trouxe?

— Menos de dez. Você quer acender todos juntos ou um de cada vez? — ele perguntou, levantando vários.

Eu não queria acender todos de uma vez, mas gostaria de ver alguns colorirem o céu escuro ao mesmo tempo. Mordi os lábios e pensei por um segundo que a melhor opção seria acendermos a metade.

— Primeiro podemos acender a metade, e a outra metade acendemos uma de cada vez, o que você acha? — eu sugeri.

— Acho ótimo. — Luke esboçou um sorriso. — Vamos, temos que colocar todos em fila.

Eu obedeci, ele começou e eu o segui, fazendo da mesma maneira. Luke riu de mim ao perceber que eu estava emocionada como uma garotinha. Avisei em voz alta que eu tinha terminado, e ele pediu que me afastasse para ele poder acendê-los. O melhor seria que ele acendesse aqueles e depois eu acendesse os restantes.

Depois que os acendeu, ele veio rapidamente atrás de mim. Não demorou muito tempo para os foguetes irem em direção ao céu e os fogos se dispersarem nele. Apareceram cores diferentes: azul, vermelha, amarela e rosa.

— De novo, de novo — eu pedi —, e eu quero acender agora!

— Tem certeza de que consegue? — ele perguntou. Eu fiz que sim. — Cuidado para sua pele não encostar no pavio. A última coisa que eu quero é te levar de volta para casa com a mão machucada.

Ele me estendeu o isqueiro; eu peguei, coloquei um dos tubos, como tínhamos feito com os outros antes, e acendi. Ao ver que o pavio já tinha acendido, corri para trás e vi o céu se colorir de vermelho mais uma vez.

— Que lindo! — gritei, comemorando.

Meus olhos não paravam de ver os fogos de artifício cada vez que ele acendia mais um. Vê-los de perto era outra coisa. Eu estava muito emocionada, e Luke sabia mais do que ninguém, porque era o único que estava presenciando aquilo.

O fato de estar realizando cada um dos meus sonhos me deixava muito feliz e me fazia acreditar que aquilo, de uma forma ou de outra, era uma conquista para nós dois. Ou seja, ele se abrindo de uma maneira diferente do que a princípio, e eu estando com alguém que não me dava menos do que eu lhe dava.

Os momentos com Luke sempre eram meus preferidos.

Senti que ele me abraçou por trás, envolvendo-me em seus braços. Deitei a cabeça sobre seu peito, e ele colocou o queixo sobre ela.

— Obrigada — eu disse, feliz.

— De nada. — Ele nem deu importância. — Mas acho que sou eu quem precisa te agradecer.

— Por quê?

— Por me dar esperanças, porque, quando eu estou com você, me sinto completo — ele confessou. — Porque esta noite eu estou muito feliz, e você é a razão para eu me sentir assim. Muito obrigado, Hasley Diane Derrick Weigel.

Ele beijou atrás da minha orelha e eu sorri.

Desfiz do seu abraço para me virar e olhá-lo com ternura. Apesar de ter sua própria forma de amar, aqueles defeitos dos quais tinha medo, mesmo no estado em que se encontrava, e a sua maneira tão única de demonstrar o quanto se preocupava, Luke era demais. Tudo aquilo era algo que para mim parecia maravilhoso, e por isso... eu o aceitava.

— Eu te amo, Luke Howland Murphy — admiti, toquei a bochecha dele com uma das mãos e a acariciei, sorrindo para ele. — Se isso fosse pecado, eu não me importaria, poderíamos fazer do inferno um ótimo lugar juntos.

Demorou só um segundo a mais para que fechássemos a pequena brecha que nos separava para nos beijarmos. Seus lábios tocaram os meus e nos envolvemos em um beijo suave, terno e quente que me deu aquele frio na barriga, um beijo que me levou de volta ao primeiro que nós demos. Mas agora não estávamos mais no quarto dele: agora a lua era testemunha do quanto queríamos aquilo. Queríamos que desse certo.

Nunca me imaginei amada dessa forma em que meus sonhos se convertiam em nossos, em que, cada vez que eu assimilava um gesto feito por ele, ele vinha com outro, surpreendendo-me ainda mais. Eu me sentia especial, amada, valorizada e completa. Eu sentia que nunca deveria merecer menos nem me conformar com um "só isso".

Apesar de dizerem muitas coisas sobre o amor, as decepções e as quedas, com Luke eu não sentia que era assim, não naquele momento: com ele, valia a pena me arriscar e depois recolher os pedaços do meu coração.

Ele se afastou de mim e colou a testa na minha, respirando um pouco pela boca.

— Weigel, somos tão perfeitamente imperfeitos — murmurou.

Um sorriso se desenhou no meu rosto e permanecemos daquele jeito por muito tempo até que ele me pegou pela mão, entrelaçando nossos dedos para caminhar de volta para a moto. Decidi não falar nada a respeito. Ele pegou meu capacete para colocá-lo em mim, mas, no trajeto, tropeçou com meu olhar cauteloso.

A curva dos meus lábios continuava presente, enquanto em seu rosto havia uma expressão séria. Às vezes, eu gostaria de poder ler sua mente, saber o que se passava ali em momentos como aquele, tentar compreender o que estava em sua cabeça e o motivo da sua expressão vazia.

Ele se aproximou, segurando minha cintura. Fiquei na ponta dos pés para beijá-lo e ele me beijou de volta instantaneamente. Ao contrário do outro, esse beijo foi mais rápido no começo, com ele no controle; não se tratava de um beijo selvagem, mas, sim, de um que gritava: "Quero me perder em seus lábios".

Dei alguns passos para trás, bati na moto e me apoiei nela, sentando-me. Tinha consciência da ação dele, se encaixando entre minhas pernas. A ideia de tê-lo assim me fez corar e meu rosto ardeu. Ter Luke assim fez com que minha pele arrepiasse, enviando sensações de eletricidade por todo o meu corpo.

A ponta da língua dele brincou com meu lábio inferior e decidi terminar com aquilo pegando seu piercing com meus dentes. Eu o ouvi grunhir. Ele me deu um beijo profundo, segurando meu rosto para ter mais acesso à minha boca. Senti como ele subiu meu moletom e as pontas dos seus dedos fizeram contato com minha pele; seu toque me provocou um ofegar involuntário.

Quis desmaiar.

De repente, ele se afastou e, a princípio, fiquei confusa. Ainda sentia que minha pele queimava, seu toque tinha me acelerado, e me dei conta de que respirava mais rápido do que o normal. Os batimentos do meu coração eram quase um golpe em meu peito.

— Eu não quis... — Ele foi o primeiro a falar. — Desculpa se eu te deixei desconfortável, não era minha intenção — ele sussurrou. Um riso nervoso escapou da minha boca, recebendo um olhar confuso de sua parte. — O que foi?

— Está tudo bem, você não fez nada de errado, pelo menos não fez algo que eu não quisesse.

— Tem certeza?

— Tenho, Luke.

— Está bem, porque não vamos fazer sexo em um lugar com tanta terra — disse ele, com descaramento. Meus olhos se arregalaram de vergonha. — E a gente também não vai ficar se pegando aqui, a menos que você prefira.

— Não! — gritei e cobri o rosto com as duas mãos. — Você é um idiota, Howland!

— O que eu disse? Por acaso você está negando sexo? Porque, se for, tudo bem. Minha vida sexual está inativa há muito tempo, posso continuar assim.

Apertei os lábios e balancei a cabeça. Estava com calor e não precisamente por causa do tempo, mas pelo constrangimento daquela situação.

— Sabe de uma coisa? Não quero falar disso agora, muito menos de quando sua vida sexual deixou de estar ativa. Você é um cínico.

Luke se divertia e se inclinou na minha direção para roçar meu nariz no dele.

— Mas um cínico que você ama.

— Uhum, e que não transa há muito tempo — eu disse, em um tom divertido.

— Ah, fica quieta, Weigel — murmurou ele, voltando a me beijar.

CAPÍTULO 31

Mais uma vez, puxei o braço de Luke, tentando fazer com que ele entrasse, e ele deu um suspiro, murmurando que eu estava louca se achava que ele ia entrar ali.

— Ah, vamos — implorei de novo.

— Nunca entrei em uma igreja ou, bom, talvez tenha entrado, mas não quero entrar agora — revelou. E pediu: — Me solta!

— Você vai entrar — disse, e ele me olhou durante alguns segundos.

— Não sei por que diabos você quer que eu entre — bufou ele —, mas tudo bem.

Ele deu um suspiro, se soltou da minha mão, sem resmungar, e entrou. Caminhou ao longo do corredor do lado direito e decidiu sentar-se em um dos bancos do fundo; tentei não dizer nada a respeito, pelos menos ele tinha tocado o chão da igreja.

— É um encontro, seu bobo — falei, olhando para ele com um sorriso.

— Então este é o encontro mais estranho que eu já tive na vida — ele confessou.

— Fica quieto — sussurrei e beijei sua bochecha.

Ele levantou as mãos e olhou para a frente.

Nem eu fazia ideia de por que o tinha levado até ali, mas pelo menos nós dois assistiríamos à missa e, por algum motivo, aquilo era engraçado para mim e irritante para ele. Começávamos a irritar um ao outro.

Ele passou toda a missa entre perguntas e grunhidos, porém, em um dado momento, tudo terminou e Luke saiu dali como se sua vida dependesse daquilo.

— Weigel, você está proibida de organizar encontros para a gente — disse, caminhando com certa rapidez.

Revirei os olhos e tentei acompanhar seus passos por trás. Ele caminhava rápido demais para mim; meus passos eram muito curtos em comparação com os dele.

— Howland! — gritei para que ele parasse e eu pudesse alcançá-lo.

— Você vai me pagar por isso — ele ameaçou, me olhando desconfiado.

— Eu gosto de quando você se irrita — zombei.

Luke me deu um sorriso cínico e me cercou para me abraçar por trás; passando o braço pelo meu pescoço, roçou o queixo por cima do meu cabelo, fazendo cosquinhas de leve e me obrigando a me mexer.

— Isto é pelo que você fez.

E, antes de que eu pudesse entender o que ele estava fazendo ou falando, ele mordeu minha bochecha.

— Não! — gritei, e ele deu uma gargalhada.

— E este é só o começo.

Ele sorriu com maldade, enfiou as mãos nos bolsos da calça jeans e, de novo, começou a caminhar.

***

Mexendo-me desconfortável debaixo dos meus lençóis, uma voz quente soou perto do meu ouvido; ignorando completamente aquilo, eu me afundei ainda mais debaixo do lençol. No entanto, não tinha se passado nem um minuto quando senti meu corpo sendo sacudido por alguém me puxando pelos meus ombros.

— Weigel, acorda — disse, cantarolando.

Entreabri os olhos, incomodada, para ver alguém em cima de mim; quase entrei em pânico até que a voz dele soou de novo e a luz escassa que entrava no meu quarto fez com que eu pudesse vê-lo. O cabelo loiro de Luke brilhava graças ao reflexo da lua, seus olhos pairavam por todo o meu rosto e um sorriso se plasmava no seu.

— O que você está fazendo aqui? — murmurei, sonolenta, passando os dedos sobre os olhos.

— Vem comigo, vamos — indicou ele, levantando-se da cama.

Ainda um pouco confusa, eu o olhei com a testa franzida. Estiquei o braço para pegar meu celular entre as mãos e poder ver a hora. Ele devia estar de brincadeira.

— São três da manhã! — gritei em um sussurro. — Esta é sua vingança? Fazer minha mãe me deixar de castigo?

— Talvez — disse cinicamente. — Se bem que isso faz ficar ainda mais emocionante. — Ele sorriu, divertido. — Vem!

— Como você entrou aqui? — eu perguntei.

— Sua mãe devia fechar a janela da cozinha — mencionou ele, dirigindo-se à porta. Luke passou uma das mãos pelo cabelo, tentando arrumá-lo, e eu sacudi a cabeça.

— Você está louco! — gritei baixinho, e ele deu uma risadinha. — Faz silêncio, Luke!

— Depressa, Weigel — ele ordenou, saindo do quarto.

Passei a língua pelos meus lábios algumas vezes para poder assimilar que Luke estava na minha casa às três da manhã, tinha entrado pela janela e pedia que eu o acompanhasse sabe-se lá aonde. Era uma loucura total, o garoto estava mal da cabeça naquele momento.

No entanto, minha mente jogou tudo para o fundo e não pude voltar atrás quando me levantei da cama e me dirigi direto para meu armário; rapidamente, vesti a roupa que eu tinha à mão e, fazendo um rabo de cavalo, saí à procura de Luke. Eu o encontrei de pé perto da janela da cozinha, via sua silhueta por causa da tênue luz que vinha da rua.

— O que você está fazendo? — perguntei, semicerrando os olhos por causa do ardor que o efeito do sono ainda causava.

Ele não respondeu, a única resposta que ele me deu foi me mostrar como ele saía pela janela; fiquei incrédula diante da sua ação e abobada com a pergunta na boca, mas me senti ainda mais incrédula quando cruzei do mesmo jeito a janela. Eu ficava tão patética em tudo relacionado a Luke. Ele me insultava mentalmente com aquilo, e eu já estava na frente do garoto de novo.

Ainda me ignorando, ele começou a caminhar em direção à rua e, é claro, eu o segui a passos curtos. Se minha mãe visse aquilo, me trancaria no meu quarto naquele exato momento, e, embora houvesse a chance de ela me castigar, eu estava ali, caminhando ao lado dele. Soube até onde chegaríamos quando pude ver sua moto estacionada na calçada, o que podia lhe custar uma multa.

— Para onde a gente vai? — perguntei, assumindo uma postura firme e cruzando os braços, mas, de novo, ele me ignorou. Irritada, falei: — Que droga, Luke, me fala!

— Eu já te disse que você faz muitas perguntas? — Ele, por sua vez, parecia muito entretido e revigorado. Enfiou as mãos nos bolsos da calça jeans e continuou. — Apenas se deixe levar pelo momento — ele disse, mas, ao ver que minha expressão não mudava, decidiu voltar a falar: — Ei, você confia em mim?

Dei um suspiro grande e descruzei os braços.

— Luke, eu confio...

— Então só confia, acredita que o que eu menos quero é que te aconteça alguma coisa — murmurou ele, me interrompendo com uma careta.

— Está bem — concordei, rendida e, assim, ele sorriu, me deixando ver aquela covinha de que eu tanto gostava.

— Sobe — ele me indicou.

Ele fez primeiro para eu imitá-lo em seguida. Passei as mãos ao redor do seu abdômen e enrolei os dedos para poder sentir um pouco mais de segurança. Luke deu uma risadinha quando coloquei a bochecha sobre as costas dele, e voltei a sentir aquela vibração leve.

— Vamos o mais longe que pudermos, aonde só vamos estar você e eu.

Terminando de dizer aquelas palavras, ele acelerou e começou a conduzir pelas ruas escuras e vazias da cidade. O vento frio arrepiava minha pele, acho que ter vestido um short não foi uma boa ideia, mas a jaqueta foi. O frio da noite caiu sobre nós, nos transmitindo sensações pouco agradáveis.

O percurso era longo, e eu soube disso quando percebi que estávamos fora da cidade. As árvores sem folhas balançavam, e o único barulho que eu podia ouvir era o do vento batendo contra nosso corpo, bem como o que vinha dos pneus rodando sobre o pavimento duro da estrada.

A moto foi parando aos poucos, até que Luke teve que colocar o pé no chão para poder segurá-la e abaixar o suporte. Receosa diante de tudo, mordi o lábio e desci da moto. Ele ainda estava na mesma posição.

— Aconteceu alguma coisa? — perguntei, deixando transparecer um tom preocupado na voz.

— O motor aqueceu. — Ele me olhou com um sorriso torto, e eu lhe devolvi um olhar incrédulo. — Vamos ter que ir andando.

— O quê? Você deve estar de brincadeira!

— Claro que não. Vamos, Weigel — ele me encorajou, descendo.

— Você vai deixar a moto aqui? — gesticulei, ainda sem acreditar no que ele dizia.

— Vou tentar escondê-la um pouco mais entre as árvores — ele explicou, começando a movê-la. — Espera um pouco.

Optei por não protestar. Tinha certeza de que, se eu dissesse qualquer coisa, ele ignoraria; era isso que ele vinha fazendo desde que me acordou, ignorando meus pedidos e minhas perguntas. Eu não tinha a menor ideia do que ele estava tentando fazer ou conseguir, mas o que me interessava? Meu lado capcioso avaliava os movimentos do garoto, o lugar parecia muito sombrio, tendo como parâmetro a sensação de medo da minha parte.

Se essa era a vingança dele por eu tê-lo feito entrar na igreja, ele estava, naquele exato momento, enlouquecendo. Aquilo podia ser perigoso, mas, é claro, Luke Howland não se importava nem um pouco com isso.

Luke desapareceu da minha vista e não pude evitar soltar um suspiro de pânico diante daquela situação; tentando acalmar meus pensamentos, respirei e inspirei várias vezes; quando voltei a ver a figura do garoto se aproximando de mim, senti de novo a sensação lúcida de manter tranquilos minha respiração e meu ser.

— Vamos.

Ele moveu a cabeça para a frente, indicando que eu deveria caminhar com ele.

— Sinto que a qualquer momento vai aparecer alguém e matar a gente — dramatizei, e Luke riu.

— Para de ver filmes ruins — ele zombou e passou o braço pelos meus ombros.

— Vou ficar o resto da minha vida de castigo se minha mãe descobrir isto.

— Vai valer a pena. — Ele deu de ombros.

— Talvez — sussurrei, e ele revirou os olhos.

***

Duas horas. Tínhamos passado duas horas caminhando por aquela estrada e, mesmo que meus pés tivessem começado a doer, eu teria ignorado. Luke inventava conversas que me faziam rir; aos poucos, o céu escuro começava a clarear, e o ar frio deixava de ser tão intenso.

— Você vai passar a véspera de Natal na sua casa? — ele perguntou, chutando uma pedra.

Balancei nossas mãos entrelaçadas antes de respondê-lo. Baseando-me em tudo o que minha mãe tinha me dito que faríamos no Natal, respondi:

— Acho que sim, minha mãe disse que vamos fazer uma pequena ceia para nós duas.

Eu dei de ombros.

Ele apenas assentiu, fazendo um barulho estranho com a boca. Em silêncio, continuamos caminhando sem rumo; o ar que se infiltrava entre nossos corpos era a prova da brecha minúscula que havia ali. Então, Luke decidiu quebrar o não tão agradável silêncio:

— Hasley... Você sente saudades do seu pai?

Sinceramente, eu não esperava uma pergunta daquela magnitude, nem sequer tinha passado pela minha cabeça que Luke se dignasse a querer saber sobre aquele homem, mas, agora, em vez de pensar o quanto aquele questionamento tinha sido íntimo, eu me encontrava divagando sobre a resposta.

— Não sei — murmurei, cabisbaixa. — Acho que não... Eu vivo há mais de quinze anos sem ele, acho que já me acostumei.

— Sei que fui indiscreto, mas eu precisava te perguntar isso, por simples curiosidade.

Ri por dentro me lembrando de que essa era a razão pela qual eu o tinha conhecido.

Luke parou, e eu fiz o mesmo. Dando um pequeno passo na minha direção, ele levou nossas mãos entrelaçadas ao seu peito e fez carícias de leve com o polegar na minha mão.

— E alguma vez você já precisou dele?

Engoli em seco e deixei que um suspiro escapasse dos meus lábios.

— Para ser sincera, sim, tem ocasiões em que eu preciso de um apoio paterno. Algumas vezes já me perguntei como seria ter o amor de um pai.

— Nossa, e eu fujo do meu — ironizou ele, revirando os olhos.

— Ei, Luke...

Dei um tapinha no seu ombro com minha mão livre.

— Estávamos falando de você — ele recordou. — Acredite em mim: seu pai perdeu uma pessoa muito valiosa.

Senti-me corar e precisei baixar o olhar. Eu não me sentia mal ou melancólica naquele momento falando do meu pai.

— Eu também acho isso, mas, em relação à minha mãe — admiti, estalando a língua —, eu adoro ela, Luke.

— E ela adora você — ele sussurrou perto do meu ouvido. — Quantos anos você tinha quando seu pai foi embora?

— Aconteceu exatamente no dia do meu aniversário de dois anos. — Enchi uma das bochechas de ar e continuei: — Às vezes, a casa parece estar vazia, tem momentos em que minha mãe se sente sozinha e eu também, mas nós superamos isso juntas.

— Hasley, você não está sozinha, sabe disso, né? — Ele levantou o olhar azulado até o meu e observou meu rosto. — Talvez você se sinta assim, mas nunca esteve sozinha, e quero que tenha isto em mente: a partir de agora, nunca mais vai estar sozinha. Eu estou aqui e sempre vou estar, só para você.

Senti meus olhos se encherem de água e não consegui mais sustentar o olhar. Luke levou meu rosto ao seu peito e murmurou algo que não consegui entender, porque estava pensando em muitas coisas ao mesmo tempo. Eu me dei conta, naquele instante, de que Luke dava tudo por mim; desde que nossos sentimentos se encontraram, ele tentava fazer com que eu estivesse bem e feliz, que nada me machucasse, e, embora nem sempre conseguisse, eu tinha que admitir que até agora ele já tinha feito muito.

— Prometo ser o homem que sempre vai te proteger — ele sussurrou. — Talvez eu não seja o último homem da sua vida, mas vou ser o primeiro e o que te amará mais do que a própria vida.

Isso me fez lacrimejar ainda mais e me sentir a pessoa mais sortuda deste mundo.

— Eu te amo... — murmurei entre lágrimas.

— E eu te amo ainda mais — ele respondeu, beijando minha cabeça por cima do cabelo. Ficou mais alguns segundos assim, até que voltou a falar: — Eu tenho uma ideia... — ele cantarolou. — Vou passar o Natal com vocês.

— O quê? — eu soltei, incrédula. — Você está louco, você não pode largar sua mãe.

Luke franziu os lábios e concordou com má vontade.

— Nisso você tem razão, mas... — Ele limpou minhas bochechas, que tinham algumas lágrimas espalhadas, e continuou: — Vou à sua casa e depois você me acompanha à minha. Eu poderia te apresentar à minha mãe e também ao meu irmão mais velho e à esposa dele — disse, com alguma emoção.

— E ao seu pai? — perguntei assim que me acalmei um pouco, franzindo a testa. Ele bufou. Sabia que não gostava da ideia e eu também não, mas, afinal de contas, ele estaria lá e era pai dele.

— Bem, você vai conhecer o grande Jason Howland.

Ele revirou os olhos e começou a caminhar de novo comigo ao seu lado.

— Luke — eu o chamei, e ele fez um pequeno barulho com a boca, indicando que eu deveria continuar. — É sério que você quer que sua família me conheça?

— Claro que sim — ele disse com um sorriso. — Quero que eles conheçam minha fonte de esperança e felicidade, mas, principalmente, a futura mãe dos meus filhos.

Minhas bochechas começaram a arder e não consegui evitar de dar uma grande gargalhada. Luke me olhou com os olhos semicerrados, e tentei me acalmar.

— Ah, meu Deus! — E ri mais uma vez. — Não comece com seu futuro promissor.

— Ei, não é um futuro promissor.

— Ah, não? — Levantei as sobrancelhas e sorri para ele. — Então, o que é?

Luke, sem parar nossa caminhada, me olhou penetrante e levantou o cantinho dos lábios, tentando esconder um sorriso pequeno e dissimulado, para então falar e me deixar perplexa.

— Um sonho.

CAPÍTULO 32

Em uma semana, estaríamos no mês de dezembro. Minha mãe adorava aquele mês, afinal, quem não gostava? O Natal, uma das épocas favoritas de quase todo mundo. Ela gostava de montar a árvore antes que chegasse dezembro e acabava adiantando os detalhes e a decoração da casa.

— Hasley, vai tirando as bolas — ela indicou enquanto levantava as luzes na altura do ombro. — Vou buscar uma extensão maior.

Com as luzes em mãos, ela caminhou até o fundo da casa e desapareceu da minha vista. Dei um suspiro exausto e, sem me levantar, peguei a caixa com as bolas. Eram douradas e prateadas, combinando com a sala de estar. Alguns enfeites no formato de botas estavam pendurados sobre as prateleiras, porque não tínhamos chaminé.

Ouvi algumas batidas leves na porta principal e franzi a testa. Minha mãe não estava perto para abri-la, e isso significava que eu teria que ficar de pé para saber de quem se tratava. Grunhi baixo e, com preguiça, me levantei do tapete.

— Já vou! — gritei quando bateram de novo.

Na hora que abri, minha pele fez contato com a maçaneta, cuja peça metálica fria me causou um arrepio na espinha dorsal. Automaticamente, meus lábios se curvaram e senti uma grande onda de felicidade.

— Espero não ter chegado em uma má hora — murmurou Luke com uma careta. — É só que... eles estavam brigando lá em casa.

— Não, de jeito nenhum — neguei e o peguei pela mão para incentivá-lo a entrar. — Minha mãe está montando a decoração de Natal, quer ajudar?

— Mas já? — ele perguntou, incrédulo. — Ainda falta uma semana para dezembro.

— Diz isso para minha mãe.

Eu ri. Luke balançou a cabeça, com um sorriso.

Ele olhou para mim e, por inércia, eu corei. Luke deu um passo na minha direção e me envolveu em um abraço forte e quente. Aspirei seu cheiro algumas vezes e fiquei confusa. Desta vez ele não cheirava a maconha, nem um pouco. Agora, eu sentia um cheiro de roupa guardada em algum canto do armário.

Enrolei os braços ao redor do seu torso e apertei com força, o que não foi nada para ele. Luke se separou de mim e beijou minha testa. Pude sentir um sorriso se formar em seus lábios.

— Me diz no que quer que eu te ajude — ele sussurrou.

Eu me afastei dele para ir em direção às caixas que estava abrindo anteriormente e apontei para elas.

— Temos que tirar as bolas e limpar a poeira delas. Minha mãe foi atrás de uma extensão para poder ligar as luzes e colocar ao redor da árvore.

— Ok — ele assentiu e pegou uma caixa para caminhar com ela até o sofá da sala.

— Eu já a encontrei! — A voz da minha mãe invadindo o lugar fez com que nós dois dirigíssemos o olhar para ela. Seu olhar encontrou com o de Luke, e ela lhe deu um sorriso. — Ah, oi!

— Boa tarde, sra. Bonnie — ele a cumprimentou, levantando-se. — Não briga com a Hasley, foi minha culpa por não avisar que eu viria. Desculpa.

— Não se preocupa, filho. Quer tomar alguma coisa? Ou comer? Eu estava fazendo chocolate quente, você gosta?

Eu ri. Eu não tinha nenhuma dúvida de que minha mãe gostava do Luke.

— Aham — balbuciou —, quer dizer, claro que eu gosto de chocolate quente.

— Perfeito. — Ela sorriu. — Vou trazer uma xícara para cada um — ela avisou. Antes que entrasse na cozinha, ela me olhou. — Diane, por que você não convida o Zev? Já faz quase um mês que eu não vejo ele por aqui.

Eu congelei por dentro e me senti um pouco vulnerável ao ouvir o nome do meu amigo. Minha mãe não sabia nada do que tinha acontecido havia um mês, sobre o drama e minhas crises de choro. E, na verdade, eu não queria que ela soubesse.

— Ele... — comecei. — Acho que ele não pode. Ele está muito ocupado, tem uma namorada.

— Tem uma namorada? — Ela ergueu uma sobrancelha. — Uau, ele não vem me visitar e, nesse meio-tempo, já tem uma namorada. — Ela riu, balançando a cabeça. — Tudo bem, vou atrás do que eu estava indo buscar.

Eu assenti e deixei sair um grande suspiro. Caminhei até Luke e me sentei ao seu lado; sentia meus olhos arderem, avisando-me de que as lágrimas começariam a escorrer. Eu os fechei rapidamente e segurei a cabeça entre as mãos.

— Fica calma — murmurou a voz serena de Luke perto do meu ouvido. — Ele é um idiota.

Entreabri os olhos e virei o rosto na sua direção, e ele me olhava com um sorriso pequeno, sem abrir os lábios.

Ele aproximou o rosto do meu e beijou meus lábios; não foi um beijo prolongado nem um em que nossa pele se chocasse de uma maneira pegajosa, mas um beijo suave, sem barulho e lento; um beijo no qual ele fecha os olhos e você vê como as veias das suas pálpebras estão, como seus cílios se eriçam e o nariz dele se choca contra o seu.

— Eu te amo — murmurei, olhando para ele, que ainda estava com os olhos fechados —, mais do que imaginava que pudesse conseguir amar alguém.

— E, graças a isso, você é a maior razão para que eu continue de pé — ele confessou, voltando a abrir os olhos.

Esbocei um sorriso e deixei a cabeça cair contra o peito dele. Escutei minha mãe entrar de volta na sala e sentar-se ao nosso lado, e ali estávamos os três conversando, ela sendo muito calorosa com Luke e ele sorrindo cada vez que algo engraçado acontecia.

E aquele era o Luke Howland que eu tinha descoberto. No entanto, eu amava todas as suas versões, porque o conheci na pior, descobri a mais frágil, ele me apresentou a honesta e me permitiu explorar a verdadeira. E, em cada uma delas, eu o amei ainda mais do que antes.

***

— Você é alto, pendura — eu ordenei, apontando para a guirlanda natalina.
— Minha mãe e eu somos baixinhas.

— Tudo bem, eu penduro. — Ele levantou as mãos em sinal de inocência e pegou o enfeite para colocá-lo na porta principal. — Assim ficou bom?

— Perfeito! — Minha mãe levantou os polegares. — Terminem de arrumar a árvore que eu vou pegar os últimos enfeites.

Luke mostrou um gesto de incredulidade e eu ri.

— Ela tem milhares deles.

— Ela gosta muito do Natal, né?

— Não! Como você tem tanta certeza assim? — eu disse com sarcasmo, e ele riu.

— Dezembro é um mês importante — ele afirmou, começando a colocar as luzes ao redor da árvore —, sua mãe faz com que ele tenha vida e não seja um mês comum entre os doze meses do ano.

— Ela é espontânea e alegre — admiti. Eu o ajudei no processo, as luzes eram brancas e isso ressaltava as bolas. — Eu gostaria que tudo fosse assim.

— Eu gostaria que sempre fosse assim — Luke riu com amargura e senti uma pressão no peito ao me dar conta de a que ele se referia —, mas, aparentemente, ser infeliz é algo que já me estava destinado desde que eu nasci.

— Não fala isso, Luke — eu o repreendi, com um suspiro. Ele não disse nada por algum tempo, apenas se limitou a terminar de colocar as luzes. — Assim você me faz sentir mal — eu murmurei depois de vários minutos em silêncio —, como se eu fosse uma peça nessa frase — concluí.

Peguei algumas bolas e comecei a colocá-las. Luke ficou de pé a um lado enquanto apenas observava. Pelo canto do olho, vi que ele umedeceu os lábios e se aproximou de mim.

— Eu não quis dizer isso — ele retificou —, é que eu costumo ser um idiota com as coisas que falo. Mas você não entra na frase "sou infeliz" de jeito nenhum. Você é a melhor coisa na minha vida, você é minha razão de ser e o motivo de todas as coisas boas que eu tento fazer. — Eu sorri, contente, e ele continuou: — Você é como meu Natal.

Minhas bochechas coraram e senti a necessidade de esconder o rosto. Senti sua presença ainda mais perto de mim e, depois, como suas mãos acariciaram meus braços.

Levantei o olhar a ele e sorri.

— Eu te amo, Luke, com cada minúscula parte do meu corpo.

— Eu fico muito feliz em escutar isso — ele confessou, esboçando um sorriso de orelha a orelha. — Ok, vamos continuar com o trabalho de pendurar essas bolas ridículas na árvore. Só penduramos uma parte pequena delas.

Assenti e continuamos decorando; havia muitas bolas de diferentes tamanhos e desenhos, embora as cores fossem as mesmas: dourada e prateada.

Luke pegou a estrela e olhou para mim. Era minha mãe quem sempre costumava colocá-la no topo da árvore. Ela gostava muito dela, cuidava muito, e já tínhamos passado quatro Natais com ela.

— Coloca no topo. — Eu apontei com o dedo e ele acompanhou a direção com os olhos. — Deixa a estrela na direção da sala, e não na da porta de entrada.

— Certo.

Fiquei observando Luke e me dei conta de que suas costas começavam a alargar-se, seu cabelo estava crescendo e eu ri por dentro: faltava-lhe mais bunda; sinceramente, ele era um pouco reto.

Tentei não rir. Coloquei todo o meu peso sobre uma das pernas e cruzei os braços. Ele apenas esticou o braço e conseguiu colocá-la facilmente, fazendo parecer muito simples.

Ele caminhou de costas e ficou ao meu lado enquanto olhava a estrela; segundos depois, procurou o meu olhar e me deu um sorriso, fazendo aparecer sua covinha.

— Retiro o que eu disse sobre você ser meu Natal — ele pronunciou. E não me deu tempo de olhá-lo feio porque acrescentou rapidamente: — Você é a estrela mais brilhante do meu Natal, aquela que me guia para sair do caminho cheio de escuridão.

CAPÍTULO 33

— Quer fazer alguma coisa hoje? — perguntei para Luke, virando a cabeça, mas ele não me respondeu. — Ei, Luke — disse, cantarolando, enquanto eu passava a mão pelo rosto dele.

— Hã?

Ele piscou algumas vezes até olhar bem para mim.

— Você está me escutando?

— Desculpa — ele falou, passando a língua pelos lábios.

— Aconteceu alguma coisa? — tentei soar um pouco suave, a fim de fazer com que ele não se sentisse pressionado por mim.

— Não.

Ele sacudiu a cabeça algumas vezes.

— Tem certeza?

Levantei uma sobrancelha, ele soltou um suspiro preocupado.

— Tenho, sim — ele afirmou, coçando o queixo. — O que você estava me dizendo?

Mordi o lábio com força e decidi não insistir mais. Ultimamente, Luke estava agindo um pouco estranho, desviava facilmente das nossas conversas, como se estivesse pensando em alguma coisa que lhe preocupasse muito, e ficava sem dizer nenhuma palavra, embora não precisasse de nenhuma explicação: eu me preocupava, porque eu tinha uma pequena intuição de que seu comportamento se devia a algo muito mais íntimo e privado.

— Eu te perguntei se você queria fazer alguma coisa hoje... — murmurei baixinho, lembrando-o, embora ele com certeza não fosse lembrar, porque não estava prestando atenção em mim.

— Eu não estou com vontade de sair; na verdade, queria ir para casa, não estou me sentindo bem — ele explicou com um ligeiro suspiro, deixando-me um pouco decepcionada.

Ele olhou a bandeja de comida com nojo, estava intocada; nem tinha bebido o suco. Com a mão, ele a moveu para o lado, afastando-a, e fez uma cara de nojo.

— Luke — eu o chamei. Ele não se dignou a olhar para mim, em vez disso, apenas fez um barulho estranho com a boca para que eu continuasse. — Seu pai fez alguma coisa com você?

Desta vez, ele levantou os olhos até os meus e passou a língua com rapidez sobre o lábio superior.

— Não. — Suspirando, ele esticou as pernas embaixo da mesa, fazendo com que seus pés chocassem com os meus, e os moveu para se levantar. Eu franzi a testa diante do seu gesto e ele me sussurrou de forma quase inaudível. — A gente se vê depois.

— Espera — gemi, segurando-o, peguei a mão dele em cima da mesa e o obriguei a olhar para mim de novo. — O que aconteceu com você?

— Nada, Hasley — ele pronunciou com muita firmeza meu nome e fez que não com a cabeça algumas vezes. Luke apertou os lábios, formando uma linha tensa, e voltou a abri-los para falar, claramente irritado: — Estou com sono, vou só descansar, te vejo mais tarde.

Desta vez, não protestei e o deixei ir embora. Eu tinha ficado chocada diante da sua resposta, sentia o peito ainda murcho pela forma como ele falara comigo, mas me machucava ainda mais o fato de que ele havia me chamado pelo meu nome, e não pelo meu sobrenome, como costumava fazer. Ele estava muito estranho. A passos rápidos, Luke desapareceu completamente atrás das portas da cantina.

Eu queria lhe dizer o que tinha achado da música que ele me pedira para escutar havia três dias. Era muito linda, eu tinha adorado, a letra era maravilhosa e, a cada segundo, eu me apaixonava ainda mais por ela. Estava esperando que ele me perguntasse sobre ela, mas ele não perguntou. Olhei a tela do meu celular, que indicava a hora para a próxima aula, dei um suspiro de cansaço e fui em direção à sala.

***

Ao entrar, rezei para que ele não estivesse ali e que, apenas desta vez, a sorte estivesse do meu lado. Graças a Deus, isso aconteceu. Minha respiração se acalmou e eu fiquei menos nervosa quando vi só a garota de cabelo preto, que brincava com alguns guardanapos, deixando-os cair entre os dedos.

— Jane? — murmurei baixo quando me assegurei de estar suficientemente perto para que ela me escutasse.

Seu olhar azul se levantou, fazendo contato com o meu, sua mandíbula se tensionou um pouco, e ela levantou uma sobrancelha para depois franzir a testa.

— Sim? — ela tentou dizer, mas fracassou na tentativa.

— Desculpa se estou te interrompendo — lamentei com a voz tranquila.

— Imagina — ela murmurou.

— Podemos conversar? — pedi, fazendo uma cara de súplica.

— Sobre o quê?

A julgar pelo seu rosto, ela parecia um pouco nervosa, como se minha presença a incomodasse. Embora não entendesse o porquê, tentei não ligar. Jane respirou fundo e tentou se acalmar.

— É algo particular — eu murmurei —, a respeito do Luke.

— Ah, do Luke — ela soltou. Jane olhou para o lado, para um garoto pálido com olhos acinzentados, e falou em voz alta: — Dave, vou sair um pouco, tenta me cobrir.

— E se eu não fizer isso? — ele desafiou.

— Vai conhecer a cretina que eu posso ser — grunhiu, provocante.

Dave deu uma risada e levantou o polegar em forma de aceitação. Jane, sem se incomodar, pulou por cima do balcão para chegar a mim do outro lado. Ela sorriu para mim, dando-me a entender que eu deveria começar a andar. Olhei para o chão e comecei a caminhar.

— O que o Pushi fez? — ela começou, e ri um pouco por causa do apelido peculiar.

— Ele não fez nada — confessei, com uma careta.

— Então? — ela disse com um tom confuso, e a observei alguns segundos um pouco envergonhada.

— Não me leva a mal, mas eu queria te pedir o número do André, porque preciso falar com ele. — Eu me abracei e tentei dizer aquilo sem ela se sentir ofendida. — André é o melhor amigo dele, vai saber o que está acontecendo com Luke.

— Eu sou prima dele e, acredite, nós três passamos muito tempo juntos, tudo o que você quiser saber, eu também posso te dizer... — Sua voz foi desaparecendo e ela me olhou séria. — Embora, pensando bem, talvez você tenha razão, tem coisas íntimas de homens que eles contam um para o outro, e o machismo não permite que eu escute.

— Obrigada por entender. — Sorri para ela, mas o desespero para obter uma resposta estava me corroendo. Passei as mãos pelo rosto e comecei a falar: — Jane, eu estou preocupada com seu primo.

— Por quê? — ela murmurou, com o cenho levemente franzido.

— Ele está muito distraído, não sei o que está acontecendo. — Eu me apoiei na parede e senti os olhos arderem. Não queria chorar, porém, minha debilidade era mais forte do que minha resistência. — Ultimamente, ele está de péssimo humor, não quer que eu me meta nas suas coisas, e eu não quero imaginar que seja porque o pai dele...

Eu parei no instante em que me dei conta do que estava a ponto de dizer, mas já era tarde demais.

— Porque meu tio bate nele — ela terminou a frase. Assenti com a cabeça, entristecida. Jane respirou fundo e continuou: — Você não sabe o quanto eu detesto que ele faça isso, mas não posso fazer nada. Luke não se esforça, fuma maconha sempre que algo não vai bem, como se aquilo fosse a solução. Quando eles discutem, ele se culpa pela morte de Zach e, apesar de todos termos dito que ele não tem culpa, ele não aceita, é um cabeça-dura de merda!

— Não sei o que eu posso fazer para ajudar — falei baixinho, olhando para o chão.

— Às vezes não podemos ajudar quem não quer ser ajudado — ela disse, fazendo com que eu mantivesse toda a minha atenção nela. — Luke vai ficar melhor com o Pol, acho que é a melhor decisão que eu já vi ele tomar.

— Pol? O irmão? — perguntei, confusa.

— Sim — ela afirmou. — Zachary era tudo para ele nesta vida, mas Pol também é, e ele ama muito o irmão. O que você acha? Acha que é o melhor?

Ela franziu os lábios e me fez lembrar do gesto tão característico de Luke.

— Bom... — Eu não sabia o que dizer, porque não tinha ideia do que ela estava falando, mas precisava saber mais sobre isso, podia intuir que era algo muito importante. — Pol é irmão dele, acho que é o melhor.

— Eu também acho. Ir embora da Austrália vai fazer bem ao Luke.

E, naquele momento, senti meu mundo cair.

O quê? Aquilo era verdade? Luke ia embora da Austrália? Ele ia me deixar? Eu não podia acreditar. Naquele momento, queria dizer a Jane para ela me explicar tudo, que era mentira, mas eu não podia ser egoísta: se essa era a solução para que o pai parasse de bater nele, eu aceitaria. O que eu mais queria para Luke era que parasse de sofrer e de recorrer àquelas substâncias tóxicas.

Tentei me recuperar do meu pequeno bloqueio mental e fingir que nada tinha acontecido.

— Espero que tudo corra bem, ele vai estar em boas mãos com o Pol. — Minha voz saiu um pouco frágil, por isso decidi mudar rapidamente de assunto. — Você poderia me dar o número do André?

— Claro — ela concordou, pegando o telefone para me dar.

— Obrigada, Jane.

Eu lhe dei um sorriso, guardando de novo o celular no bolso de trás da calça jeans.

Eu estava prestes a ir embora, quando ela falou:

— Hasley...

— Sim?

— O Luke te ama muito. Por favor, não parta o coração dele, porque ele confia muito em você.

***

Saí da aula e caminhei pelos corredores à procura do Luke. Eu estava preocupada com ele, que tinha faltado ao colégio nos últimos três dias. Sabia que costumava faltar às aulas, mas isso era antes: nos últimos meses, estava se esforçando por causa das suas notas, mesmo que fosse em algumas matérias, e tentava reprovar o menos possível. Paralisei ao vê-lo ao lado de uma garota. Baixa e ruiva natural. Apertei os lábios, com uma sensação desagradável.

No tempo em que estávamos juntos, eu não tinha visto ele perto de nenhuma outra garota que não fôssemos a prima ou eu. Não queria admitir que era ciúme o que eu estava sentindo naquele momento ao ver aquela cena na minha frente. Eles só estavam conversando, nada de outro mundo.

Decidi ignorá-los e ir ao meu armário buscar minhas coisas para a próxima aula. Eu me sentia animada em saber que o ano letivo já estava terminando. Algumas semanas mais e eu estaria livre.

Eu o abri e ali dentro estava uma bagunça. Meu Deus! Não tinha como eu aprender a ser mais organizada nem se dissesse a mim mesma que ter tudo em ordem me ajudaria muito no futuro.

— Acho que eu vou reprovar três matérias — sua voz áspera e rouca soou nas minhas costas.

Sem me apressar, fechei meu armário e me virei, querendo lhe perguntar sobre a garota. Não consegui. Meu peito encolheu ao ver sua imagem. Se antes eu o tinha visto com muitas olheiras, daquela vez era pior: sua pele estava muito pálida e seu cabelo, mais sujo; ele tinha um pouco mais de barba do que da outra vez, e notei seus olhos cansados e levemente vermelhos. Eu não sabia se era porque ele estava se drogando ou chorando.

Eu me dediquei a ignorar tudo para abraçá-lo. Com meus pequenos braços, eu envolvi seu torso, sentindo-o muito indefeso e frágil; mesmo assim, tentei lhe transmitir um pouco de proteção. Naquele curto espaço de tempo, pude confirmar que ele cheirava a maconha. E me senti muito inútil quando escutei seu primeiro soluço.

Engoli em seco e me afastei dele com dificuldade. Eu o olhei uma última vez antes de ir direto ao seu peito. Ele vestia um casaco cinza grande, suas mãos estavam escondidas debaixo dele. Sem avisá-lo, peguei seu braço, levantando a manga, e senti a raiva e impotência percorrerem todo o meu corpo.

— Seu pai tem que parar — eu disse relutantemente.

— Talvez, quando ele me matar, ele pare.

Soltei uma risada sem graça e lhe dirigi um olhar feroz.

— Fica calma — disse ele.

— Não é engraçado. E também não me peça para ficar calma sabendo que seu pai é um completo imbecil — murmurei, suavizando a expressão do meu rosto.

— Ei, algum dia tudo isso vai terminar, não se preocupa, pelo menos por enquanto, ok? — ele pediu, estalando a língua.

Ao ouvir aquilo, eu soube a que ele se referia e quis lhe dizer o que Jane tinha me contado sobre sua decisão de ir embora da Austrália, mas não consegui, não queria invadir seu espaço íntimo e privado. Eu tinha a esperança de que ele me dissesse em algum momento, porque eu sabia que ele faria isso. Eu confiava nele.

— Não foi ele — confessou depois de vários segundos em silêncio. Eu fiquei atordoada.

— Então, quem foi?

Luke ficou pensando com o olhar perdido e engoliu em seco, ao mesmo tempo que levou uma mão ao rosto, mostrando-o cheio de frustração.

— Fui eu.

Pisquei, assentindo. Passei a língua pelos lábios, mordendo o inferior. Ao contrário de outras vezes, eu o entendia perfeitamente. Eu sabia. Sabia desde aquela vez que eu vi aqueles hematomas desenhados sobre sua pele no dia que ele me deu seu moletom na festa.

Eu respirei fundo e exalei entre pausas.

— Podemos ignorar isso? — ele pediu.

— Não — eu me neguei.

— Por favor.

— Luke, eu não posso ignorar.

— Por favor, agora não — ele suplicou, me olhando com um meio sorriso. *Amor...*

— Está bem — aceitei, aborrecida.

Eu já não queria dizer mais nada a respeito daquilo nem sequer voltar a falar naquele momento. Porém, Luke falou:

— Quer fazer alguma coisa hoje? A verdade é que eu quero sair, estive trancado na minha casa durante vários dias.

— Claro que sim, Luke. — Coloquei a mão sobre a bochecha dele e a acariciei. — Mas, me diz, em quais matérias você vai reprovar?

Ele soltou um grunhido.

— Cálculo, Estudo Sociais e... — Ele parou, fez um beicinho e soltou uma risada boba. — História.

— História? — Eu ri. — Quem reprova em História?

— Luke Howland!

— Eu gosto do seu riso — confessei em voz alta.

— Eu gosto de você — ele murmurou e se aproximou do meu rosto para me dar um beijo. Diante daquele gesto, eu corei. — Ei, desculpa por eu ter me comportado como um completo imbecil há uma semana. Eu já te disse que você é muito irritante e faz muitas perguntas?

— Desde que nós nos conhecemos — eu respondi, me lembrando daquela vez que ele voltou a repetir quando fomos à loja de discos.

— Quando nos conhecemos — ele repetiu, e deu uma gargalhada alta —, você estava muito linda com aquela pasta de dentes na sua blusa.

— Ah, meu Deus! Fica quieto, Luke!

Cobri o rosto com as duas mãos.

— Ou quando você veio com ela do avesso.

— Para! — resmunguei, envergonhada.

— Eu te adoro por tudo isso e pelo seu péssimo gosto para combinar roupas.

— Isso é mentira! — eu me defendi.

— Ah, não é, não! Você já reparou nas cores que usa?

— Ops, desculpa-me por eu não me vestir totalmente de preto como você.

Cruzei os braços.

— Deveria.

— Eu tinha esquecido que você é um idiota — sussurrei.

— Quem é que me escolheu?

Revirei os olhos. O sinal indicando que a aula estava começando interrompeu nossa discussão. Apertei os lábios em uma linha e dei um suspiro.

Segurei com força a minha mochila, mas foi em vão, porque Luke fez uma careta e se aproximou de mim.

— O que você está fazendo? — eu lhe perguntei, confusa ao ver que ele tirava minha mochila de mim.

— Tentando ser um cavalheiro, não está vendo? — ele falou claramente.

— Não precisa! — eu ataquei.

— Tem certeza? — ele perguntou, arqueando uma sobrancelha.

— Tenho — afirmei, e ele deixou sair um pouco de ar.

— Que bom, porque isso me faz sentir muito ridículo — ele murmurou, e eu ri baixo, balançando a cabeça.

Luke passou o braço pelos meus ombros e me puxou para perto dele. Começamos a caminhar pelo corredor enquanto nos dirigíamos às nossas respectivas salas. Apesar de vê-lo sorrir, eu sabia que ele não estava bem, seus olhos não tinham o mesmo brilho de sempre.

Paramos em frente à minha sala, onde me esperava uma grande exposição sobre todas as células animais. Eu tinha certeza de que isso me entediaria.

— Você chegou ao seu destino, Weigel — disse ele, debochado. — Eu passo para te pegar às seis.

— Ei, fica tranquilo, as aulas mal estão começando — recordei.

— É que você se esquece das coisas muito rápido.

— Mas desta vez não.

— Quanto você quer apostar? — ele me desafiou.

— Nada! A gente se vê!

Eu virei para entrar na sala e ouvi como ele riu. As aulas passavam lentamente e era sempre assim: quando queríamos que passasse rápido, tudo se movia a uma velocidade de tartaruga. A última até que foi divertida, a professora Clara, de Idiomas, costumava realizar muitas dinâmicas para que nosso aprendizado fosse mais fácil, e, embora alguns dissessem que isso era para crianças do Fundamental I, funcionava muito bem. Na hora da saída, tentei achar Luke, mas não consegui. Ele já tinha ido embora.

Ao entrar em casa, senti um pouco de tristeza. Eu me perguntava como seria ter irmãos. Ouvia que muitos reclamavam deles, que eram chatos e muito fofoqueiros com a vida íntima do outro, mas depois eu me lembrava do caso de Luke e duvidava de tudo.

Eu avisei minha mãe pelo telefone que ia sair e, depois de algumas súplicas minhas, ela concordou, não sem antes perguntar aonde eu ia e com quem. Menti um pouco, e ela, com um suspiro, disse-me um suave:

— Está bem.

Eu sabia que tinha me comportado mal com ela durante minha crise e por isso lhe pedi muitas desculpas, mas tinha certeza de que não consertava tudo de modo algum. Ela tinha me pedido que eu lhe desse uma explicação por ter lhe respondido de maneira tão malcriada. Evidentemente, eu não ia falar a verdade, por isso contei outra história em que ela acreditou, ou simplesmente quis deixar o assunto um pouco esquecido.

No tempo que tinha, comi algo com queijo e depois fui tomar banho. A água estava muito fria, e eu, com preguiça demais para ir ligar o aquecedor, por isso me arrisquei morrer de hipotermia.

Eu estava no sofá da sala jogando um jogo idiota que tinha no meu celular, mas que eu não entendia. Por que raios eu tinha baixado aquilo? E foi bem naquele momento que senti uma tristeza entrar no meu coração. Eu o baixei porque Zev havia me obrigado a baixar.

Percebi que eu sentia falta dele em vários momentos e, embora Luke estivesse comigo agora, eu não podia negar que precisava daquele que antes chamava de meu melhor amigo. Vieram à minha mente memórias de momentos que passamos juntos entre risos e choros; eu achava que o conhecia, e ele a mim, mas hoje me dava conta de que nunca tinha sido assim. Ainda me machucava o jeito que ele falara comigo naquele dia, dando razão a Matthew e me descartando como uma porcaria qualquer.

Algumas lágrimas escorreram dos meus olhos e eu me odiei no instante em que aquilo aconteceu, porque estava triste por alguém que não merecia, por alguém que certamente não ligava para mim.

Escutei algumas batidas na porta de entrada e supus que fosse Luke. Levantando-me do sofá, sequei as lágrimas das bochechas e, antes de abrir, respirei fundo.

— Eu passei perto de uma loja que vende coisas de mar e tive curiosidade de entrar — mencionou Luke ao me ver. — Você disse que gostaria de mergulhar e eu, de nadar com golfinhos, por isso comprei um colar de couro sintético com um pingente de golfinho e outro que simboliza o mergulho. — Ele tirou uma bolsinha do bolso e a abriu. — Você vai carregar meu sonho e eu, o seu.

Não pude evitar de cobrir a boca, maravilhada por aquele gesto tão terno e bonito de sua parte, e sim, daquela vez chorei, mas foi de emoção e felicidade. Luke não era romântico, mas, às vezes, ele tinha seus momentos bregas e isso era suficiente para mim.

— Eu sei que é estranho, porque geralmente são corações ou alguma frase típica, mas esta é minha forma de... — Ele deixou a frase no ar e estalou os lábios. — Como se chama isso?

Eu abaixei as mãos e ri.

— Luke, isto significa muito para mim, obrigada.

— Não foi nada, eu fiz porque quis — disse ele, adotando agora uma postura de machão. — Isto não é brega, estamos de acordo? — indicou, levantando a sobrancelha. — Além do mais, eu gostei, são azuis, nossa cor preferida é o azul e tem um estilo meio hippie, eu acho... Você gosta do estilo hippie, né? Ah, e sobre a van... Eu pensei que poderíamos ir à cachoeira de...

Luke falava tão rápido que estava me fazendo rir. Ele parecia realmente curioso e adorável com suas bochechas levemente coradas. Antes que ele continuasse falando, eu me joguei sobre seu corpo, abraçando-o forte e enterrando a cabeça no seu peito.

— Obrigada — eu sussurrei. — Você é a coisa mais linda da minha vida.

— E você é a única coisa boa e bonita que eu tenho — ele disse, beijando minha cabeça. — Eu não quero te perder.

— Não vai — eu assegurei.

Eu estava completamente convencida de que não queria mais nada, porque eu tinha Luke. E tê-lo era como se eu tivesse tudo.

O que eu faria quando ele fosse embora da Austrália?

CAPÍTULO 34

Tinha começado o mês de dezembro, e eu estava no quarto de Luke. Havia alguns dias, visitara uma loja de vinis e decidira comprar três para ele. Não sabia que eles eram tão caros! Sobretudo se não fossem remasterizados! Eu tinha gastado todo o meu dinheiro da semana... e eu não tinha muito!

Luke e eu havíamos combinado que chegaríamos juntos à meta. Por isso, ele também comprou outros por sua parte... Só tínhamos um problema, ou, bom, eu tinha um problema. Meus discos não eram do tipo de música que ele costumava escutar.

— Quantos novos? — perguntei, me sentando na cama.

Ele se sentou também e pegou a caixa onde estavam os seus. Assim que a abriu, o cheiro de coisa nova chegou ao meu nariz. O papel estava em perfeito estado e não era preciso perguntar onde ele os comprara para saber que havia sido pela internet.

— Seis — ele respondeu, tirando um de cada vez.

Fiquei envergonhada ao ver que os dele tinham custado mais que os meus. E eu não tinha certeza se deveria mostrar os que eu...

— São novos? Quer dizer, são edições especiais?

A testa do Luke franziu.

— Não, são só... discos.

— Ah...

Ele tentou pegar a sacola onde estavam os que eu tinha comprado, e eu a coloquei de lado, envergonhada.

— O que foi?

— Eu não sei você vai gostar, são bandas que eu não tenho ideia se você vai curtir... E ainda por cima tem um em espanhol no meio!
— Quero ver.
— Não!
— Vai, Weigel!
— Promete não rir?

Ele fez que não e me estendeu a mão para que eu lhe desse a sacola. Concordando, me arrastei para trás sobre sua cama. Ele tirou o primeiro. Eu quis me esconder debaixo do lençol.

— Simon and Garfunkel, The Animals... — Sua testa se franziu. — Mocedades?
— Eu te disse!
— Por que você escolheu este?
— Não sei! — Eu estava envergonhada. Rapidamente, uma dúvida veio à minha cabeça. — Você escuta músicas em espanhol?
— Sim — ele assentiu. — Julio Iglesias?

Fiz que não.

— O que você escuta? Jonas Brothers?
— Os Jonas Brothers têm músicas boas.
— E filmes.

Eu contive um sorriso e apontei para ele.

— Três mais seis... nove — contei —, nove mais quinhentos e nove são... Quinhentos e dezoito?
— Quinhentos e dezoito — ele confirmou. — Vamos escutar um dos que eu comprei.

Luke escolheu um, eu mal pude ler que estava escrito Hoobastank. Ele ficou de pé e foi até a vitrola. O relógio que havia na sua escrivaninha indicava que eram oito da noite.

— Quero... que você escute uma música específica — ele murmurou, colocando o disco.

A melodia começou a soar, fechando-se no quarto de Luke. Meus olhos não se afastavam do corpo dele, do qual eu só podia ver o perfil. A letra começou com uma frase característica. Ele coçou o nariz e passou a dançar de um lado para o outro com uma mão no bolso da calça jeans.

Seu rosto estava sério, seus olhos me faziam sentir calor; entretanto, os meus começavam a coçar, eu ia chorar, estava prestes a chorar. Aumentei ainda mais meu sorriso, sentia as bochechas quentes, certamente estavam coradas. Tentei olhar para baixo, mas a mão de Luke no meu queixo me impediu. Seus lábios se juntaram com os meus, criando um beijo suave. Eu tinha me acostumado ao seu toque, ao modo como sua boca acariciava a minha, de uma forma singular e curiosa. Ele se afastou para olhar para mim de novo com carinho.

> *I've found a reason for me*
> *To change who I used to be*
> *A reason to start over new*
> *And the reason is you*

Ele começou a dançar comigo de um lado para o outro, e eu dei uma risadinha, pois achei engraçado. Veio à minha mente a lembrança da vez que dançamos "Wonderwall", como dois bobos, porque era o que nós éramos, uns bobos. Talvez dois bobos apaixonados.

Coloquei a cabeça no peito dele, ouvindo, com uma tranquilidade inacreditável, a música, pois cada palavra era uma possibilidade de estar no céu. Ou, bem, na companhia de Luke eu já estava. Senti como a respiração dele se chocou contra minha orelha e, depois, seus lábios acariciaram meu lóbulo.

Ele começou cantando em um murmúrio, fazendo com que eu fechasse os olhos. Deu um beijo inocente na parte de trás da minha orelha e continuou com seu cantarolar melodioso. A letra da música me fazia sentir especial, e o tratamento que Luke estava me dando apenas completava a cena.

Eu o amava muito. Eu o amava com cada partícula do meu corpo. Não queria que ele fosse embora, nunca.

Abri os olhos quando seus dedos frios tocaram minha bochecha, o toque foi suave e terno. Apesar da temperatura da sua pele, senti aquele gesto muito quente. Meus olhos se fixaram diretamente nos seus olhos azuis.

Ouvir a música com sua voz foi o suficiente para que meu coração doesse e as palavras, que ameaçavam sair da minha boca diante da simples lembrança de saber o que aconteceria dentro de pouco tempo, me traíssem.

— Não quero que você vá embora... — eu sussurrei, e a primeira lágrima escorreu, dando lugar às outras.

— Do que você está falando?

Ele me olhou, confuso.

— De você ir embora da Austrália, com seu irmão — solucei, e ele deu um suspiro.

— Como você ficou sabendo? — ele perguntou em um tom suave.

— Isso não importa, eu só não quero... — Umedeci os lábios e me dei conta de que estava sendo egoísta com ele porque, afinal de contas, Luke merecia estar longe. — Mas, se for para seu bem, eu não vou te impedir, só quero que esqueça tudo o que um dia te machucou e, se para isso você precisar ir embora, tenha a certeza de que eu vou estar de acordo só por você, porque quero que você seja feliz...

— Ei, escuta... — ele me interrompeu e estalou a língua várias vezes. — Para ser feliz, eu preciso de você, entende? Você é meu sorriso.

— Mas...

Mais uma vez, ele me interrompeu.

— E, sim, eu vou embora da Austrália — ele afirmou. — Mas não é para sempre, só vou a um centro de reabilitação, talvez seja apenas um ano, e depois eu volto.

— Vou sentir saudades suas.

— Eu não vou agora.

Ele deu uma risadinha.

— Mas só de pensar eu já fico triste.

— Eu quero que você saiba de uma coisa — ele sussurrou. — Eu estou indo embora daqui para um centro de reabilitação por você.

— O quê?

— Porque eu quero ser uma pessoa melhor para você, porque quero ter um futuro ao seu lado pelo resto da minha vida. — Ele inspirou fundo e depois expirou. — Weigel, eu quero ter algo sério com você. Eu disse que te amo, e sempre vou te amar, nesta vida e em mil mais. Hasley, eu te amo e não me arrependo e, se isso implicar dar minha vida por você, eu dou, dou sem pensar duas vezes, porque minha vida sempre vai ser sua, porque tudo sempre vai ser por você, sempre foi assim.

E, ao invés de sorrir, eu comecei a soluçar ainda mais. Luke me abraçou, fazendo carinho nas minhas costas para tentar me acalmar. Agora só existíamos nós dois. A distância entre nós diminuiu e eu me senti completa. Ele segurou meu rosto entre as mãos e beijou meus olhos para depois fazer o mesmo com as bochechas, eliminando assim as lágrimas que estavam ali.

— Eu jamais havia gostado tanto de alguém como gosto de você — Luke murmurou.

— Você sabe que eu te amo?

Acariciei a bochecha dele.

Ele não respondeu, apenas voltou a me beijar, mas agora de uma forma intensa. Ele segurou minha nuca, e eu levei as mãos ao seu cabelo, enrolando meus dedos e puxando-o. Sentei na beirada da cama e, quando percebi, Luke estava em cima de mim. Era incrível como as coisas podiam mudar em um curto espaço de tempo, de um momento melancólico a estar nos beijando em cima da cama dele. Seus lábios beijaram meu pescoço e baixaram até meu ombro, expondo a pele para deixar ali um beijo terno. Ele voltou ao meu pescoço e chupou, fazendo-me gemer.

Sua mão foi embaixo da minha blusa e a levantou aos poucos, e naquela noite eu não fiz nada para pará-lo. Prometi me entregar a ele da forma mais sincera, e ele me possuiu da forma mais bonita.

***

— Você tem certeza de que quer fazer isso? — Luke perguntou pela terceira vez, e eu ri e assenti.

— Estou muito nervosa, mas, sim, quero sim.

Ele deu um suspiro e olhou para baixo.

— Isso é seguro? — ele perguntou, virando-se para ver a cara do homem.

— Sim, garoto — ele afirmou.

— Ok. — Ele assentiu, olhando para mim de novo. Eu lhe dei um sorrisinho e ele fez o mesmo. — Não sei em que momento eu disse que queria fazer isto, eu estou louco.

— Você está com medo? — Eu ri.

— Estou — ele afirmou, mas continuou balançando a cabeça várias vezes. — Estou falando de você, Weigel. Não é por mim, só não quero que aconteça alguma coisa com você.

Alarguei o sorriso e tentei esconder as bochechas, que provavelmente já estavam coradas. Luke tinha dito que queria pular de um penhasco, estávamos a ponto de fazer isso, o vento naquela altura era muito forte e, apesar de estar calor, a sensação era um pouco de frio. A maré estava calma.

— Então... vocês vão pular ou não? — perguntou o homem, visivelmente sem esperança com relação a Luke.

— Espera um segundo! — Luke resmungou. — Ahhh, meu Deus! — ele gritou e deu uma forte gargalhada. Lançou-me um olhar fulminante para depois ir na direção do homem. — Cinco minutos. Deixa os próximos passarem na frente, e eu prometo pular depois, sem mais bobagens.

O homem suspirou e concordou com o pedido de Luke, que levantou o polegar e se afastou um pouco dali. Eu o segui, incrédula, pedindo com o olhar que ele me explicasse o que tinha acabado de acontecer.

— Eu prometo que vou pular — ele mencionou. Luke procurou na calça e tirou dali um rolo branco. — Só preciso relaxar um pouco.

Sem mais demora, ele o acendeu para dar uma tragada profunda.

— Luke, você não pode fazer isso em público! — repreendi.

— Fica quieta, Weigel — ele disse, soltando a fumaça no meu rosto.

Revirei os olhos e cruzei os braços. Luke, naquele momento, estava se comportando como um idiota. Mas todo o meu mau humor foi por água abaixo quando eu me dei conta de algo: ultimamente, ele me dizia essas três palavras com tanta frequência que achei engraçado.

— Por que você está rindo? — interrompeu Luke. Eu percebi o que estava fazendo e voltei a um semblante mais sério. — Depois você diz que eu sou bipolar.

— Acabo de perceber algo. É engraçado que você me diga mais vezes "Fica quieta, Weigel" do que "Eu te amo" — respondi, levantando uma sobrancelha.

— Bem, então meus "Fica quieta, Weigel" vão ser meus "Eu te amo" para você. É pegar ou largar — ele zombou, olhando de novo para seu baseado.

— Eu te odeio.

— Fica quieta, Weigel. — Ele sorriu.

— Cresce — eu murmurei.

— Olha — ele se aproximou de mim —, não sou eu quem chega com a roupa do avesso manchada.

Ele sorriu para mim mais uma vez e eu quis matá-lo naquele instante.

— Sabia que você está começando a me irritar?

— Mas mesmo assim você me ama e eu amo você. Eu tenho que admitir que minha vida se baseia nisso, e digo em um sentido literal.

— Agora você está tentando me convencer. Você é demais.

Eu ri.

— Não, não — ele negou —, obrigado por continuar aqui comigo. — Ele ficou em silêncio alguns segundos e revirou os olhos. — Muito romantismo em só um minuto, vamos logo.

— Ah... Você estraga os momentos! — eu o repreendi, e ele soltou uma gargalhada. — Já terminou? — Bufei, irritada.

— Acho que sim. — Ele deu uma última tragada e jogou o cigarro no mar. Eu estava a ponto de lhe dizer que aquilo era contaminação quando ele pegou minha mão e gritou: — Corre, Weigel!

— Não! Para!

Mas já era tarde demais, Luke já tinha pulado do penhasco comigo. A única coisa que consegui ouvir foi: "Não solta minha mão", antes de nossos corpos afundarem.

CAPÍTULO 35

Dei uns tapinhas de novo na bochecha e pestanejei em frente ao espelho. Ao me dar conta do quanto eu estava ridícula, soltei uma gargalhada. Cobri o rosto com as duas mãos e suspirei profundamente.

Eu me afastei do espelho e observei por completo meu corpo da cabeça aos pés. Nunca fui alguém que tivesse baixa autoestima ou que menosprezasse seu físico; como a maioria das pessoas, todas as vezes que eu escutava comentários negativos a meu respeito, não deixava de me perguntar se eles eram verdadeiros. Eu sabia que não tinha as melhores curvas: para ser sincera, meu corpo não tinha medidas perfeitas, e meu peso era muito baixo. A única coisa que me salvava era meu rosto.

Meu Deus, que triste!

Lembrei que Luke me disse havia alguns dias que eu tinha um péssimo gosto para combinar cores. Jeans azul, tênis branco e blusa de cores monocromáticas, o que havia de errado nisso?

Hoje, diferentemente de outros dias, eu estava usando um vestido azul-marinho, curto e de alcinha, que era mais cheinho sem exagero na parte de baixo e, na de cima, tinha um decote em "V" que lhe dava um toque elegante. Minha mãe insistiu muito que eu o usasse. Lembrei que o comprara havia um ano para usá-lo no casamento de Amy, a amiga dela. Desde aquela ocasião, não voltei a usar o vestido. Tinha sorte, porque ele ainda me servia.

— Diane, ele já chegou!

O grito da minha mãe do andar de baixo encerrou minha pequena batalha em frente ao espelho. Franzi o cenho e me virei para pegar minhas coisas e a caixa do presente.

Luke estava conversando com minha mãe ao pé da escada. Ele usava uma calça preta e uma camisa de botões aberta quase da mesma cor que meu vestido, além de sua característica jaqueta preta.

Os dois olharam para mim e dei um sorriso de orelha a orelha. A princípio, achei que o garoto faria algum comentário com o qual eu reviraria os olhos; no entanto, ele curvou os lábios ao mesmo tempo que virou a cabeça, fazendo-o parecer um garotinho.

Eu quis morrer de ternura.

— Aconteceu alguma coisa? — eu lhe perguntei.

Ele fez que não.

— Com todo o respeito à sua mãe aqui presente, não sei se é você ou sou eu, mas, cada vez que te vejo, me apaixono mais por você — ele confessou. — Você está perfeita.

E ali apareceu de novo aquele ardor no meu rosto e a revolução no meu estômago diante das suas palavras.

Não consegui seguir olhando para ele, porque me vi com a necessidade de olhar para os pés. Desde que estávamos juntos, ele só se incumbia de me elogiar, como se isso fosse algum desafio.

Ele subiu os degraus que me faltavam para descer e aproximou a boca do meu ouvido. O toque da sua pele contra a minha apenas aumentou o estado no qual eu me encontrava.

— Ah, vai, você sabe que eu gosto de ver esse efeito em você — ele murmurou.

Levantei o olhar, encontrando seus olhos azuis e escondendo um sorriso.

— Você só gosta porque é você quem cria.

— E me parece fantástico.

Fiquei em silêncio e ele olhou a caixa que eu carregava nas mãos.

— Você está levando uma pizza?

Neguei, divertida, e entreguei-a para ele.

— É toda sua. Eu te aconselho que você a abra quando já estivermos lá fora.

— Ok.

Ele me pegou pela mão, convidando-me para que eu o seguisse. Minha mãe nos olhava com doçura sem conseguir dissimular.

Eu ainda não entendia como aquela mulher tinha se tornado tão próxima de Luke, confiando tanto nele no curto espaço de tempo desde que nós tínhamos começado a sair, não como um casal oficial, mas tomando a iniciativa.

— Ela volta antes das nove da noite — o garoto lhe disse. — Prometo cuidar dela a cada instante.

— Ok — ela assentiu. — Eu confio em vocês dois, não vão quebrar minhas regras.

— Nunca — ele garantiu.

— Até mais, mãe.

— Eu fico te esperando, minha vida.

Ao sair de casa, meu campo de visão focou o carro prateado que estava na nossa frente. Não pude deixar de juntar as sobrancelhas e lançar um olhar interrogativo para Luke.

— É do Pol. Ele me emprestou para que eu pudesse te levar ao... nosso encontro?

— Sim, Luke, é um encontro.

— Bem, soa muito sentimental, mas você gosta, então vou me esforçar e chamar assim. — Ele mordeu o piercing e franziu os lábios. — Eu tenho que abrir a porta para você?

Suas bochechas coraram e não pude pedir aos céus que me dessem mais do que eu já tinha. Soltei uma risada por causa do seu comportamento e apertei com força nossas mãos.

— Eu não me importo se você quer abri-la ou não. Afinal, isso é apenas um gesto que não significa nada; eu duvido que fazer ou negar repercuta nos seus sentimentos por mim — expliquei. — Eu não quero que você veja esses gestos como uma obrigação.

— Que merda — ele xingou —, pode parar de dizer coisas que só aumentam o amor que eu sinto por você?

Luke me puxou pela mão, atraindo-me para junto do seu corpo e me envolvendo em um abraço. Meu rosto se chocou com o peito dele, meu nariz ficou arrebatado com o aroma do seu perfume e ali mesmo eu notei a diferença.

Eu já não sentia o cheiro do baseado, era apenas sua colônia, aquela viril que meses antes se perdia entre o cheiro da maconha ou da nicotina. No meu rosto, se desenhou um sorriso de orelha a orelha, enchendo-me completamente de felicidade.

— Posso abrir a caixa? — ele perguntou.

— Vai em frente — eu o animei.

Ele respirou fundo e a abriu, tirando o laço com cuidado. Ao ver do que se tratava, seus olhos se iluminaram. Virou-se para me olhar com um sorriso e balançou a cabeça, divertido.

— Quinhentos e dezenove. Foo Fighters — ele murmurou e olhou para mim. — Você já escutou alguma música deles?

— Não — admiti —, mas me lembro de ter visto esse nome na sua lista… ou talvez em algum disco. Você já tem, né?

— Eu não vou te dizer, porque sei que vai te desanimar; você tem um péssimo hábito de achar que está fazendo as coisas erradas, sendo que não está. O que eu posso te dizer é que os discos que você me deu ocupam uma parte especial da minha estante.

Meus lábios se curvaram em um sorriso, e eu apontei para o disco.

— Você me recomenda alguma música deles?

Ele pensou alguns segundos.

— "Walk", "This Will Be Our Year", também "Best of You" ou "Everlong", a maioria começa por essas duas últimas.

— Você vai ter que repetir para mim mais tarde porque eu, com certeza, vou esquecer os nomes.

— Pode deixar — ele assegurou e fechou a caixa. — O que você planeja fazer com o quinhentos e vinte?

Eu tinha algo em mente? Claro que sim.

— Vou te dar o último disco quando você me pedir em namoro.

Luke não conseguiu se segurar, e uma risada saiu da sua boca. Eu sabia que isso o deixava nervoso, algo que eu adorava, assim como ele também fazia cada vez que eu corava.

— Você está falando sério?

— Com certeza!

— Então você quer ser minha namorada?

— Esse é seu pedido?

— Eu quero que você seja minha namorada — ele declarou —, mas vou fazer isso direito, então vai se preparando.

Cobri o rosto com as duas mãos. Meu estômago ficava gelado cada vez que eu escutava a palavra "namorada" sendo pronunciada por Luke.

Ele afastou minhas mãos, e um sorriso inocente apareceu no meu rosto.

— Temos que ir — ele avisou em voz baixa.

Concordei e entrei no carro, Luke fez o mesmo e me olhou desconfiado. Levantei as sobrancelhas, esperando que ele falasse.

— Você gosta de comédias românticas?

— Por acaso você está me dando um spoiler do que vai ser nosso encontro?

— Você acha que eu vou fazer o mesmo que todo mundo faz? Não, Weigel. Se você chama isso de encontro, tem que ser diferente do que está acostumada, o suficiente para que nunca se esqueça e ninguém possa repetir.

— Vamos fazer algum ritual? — eu vacilei.

Sua testa franziu para ele então revirar os olhos.

— Você é patética — ele atacou.

— Então não é um ritual? — eu insisti.

Eu adorava irritá-lo daquele jeito, sobretudo quando se tratava de fazer perguntas desnecessárias uma depois da outra.

Eu sabia perfeitamente que isso o irritava e o conhecia tão bem que tinha certeza de que, depois de várias frases, ele diria:

— Fica quieta, Weigel.

Mas, para seu azar, eu já sabia o que aquilo significava.

— Eu também te amo, Luke.

O canto de seus lábios se curvou, e ele negou com a cabeça várias vezes. Optou por não me responder e arrancou, iniciando o trajeto com os olhos sobre a rua.

Iríamos ao cinema. Isso foi o que ele me deu a entender, embora seu destino parecesse ser outro. Apertei os dentes, dizendo ao meu subconsciente que não tentasse nem por um segundo soltar o que começava a planejar.

Meu olhar ia de um lado para o outro, observando pela janela os prédios e os lugares. A região onde nos encontrávamos era quase no centro da cidade. Estávamos muito longe do que eu supunha que fosse nosso destino.

Minutos depois, Luke parou o carro no maior estacionamento de Sydney, justamente naquele onde ficava o cassino, aquele lugar aonde nos finais de semana, como hoje, muitas pessoas vinham perder dinheiro ao invés de ganhar.

— Como é trabalhar para seu pai? — perguntei, olhando-o pelo canto do olho. — É um negócio familiar, né?

— Bem, é praticamente uma empresa — respondeu. Ele saiu do carro e abriu a porta para mim, algo que me surpreendeu porque, minutos antes, ele tinha dito que isso era antiquado. — É da família — ele explicou. Começamos a caminhar em direção à entrada. — Eu gosto de trabalhar lá. Parece que odeio por causa da minha cara toda vez que estou atrás do balcão, mas eu aprendi a gostar. Eu gosto e sei que minha mãe fica feliz que eu me interesse pela empresa, ela diz que sou parte da cadeia e que preciso aprender sobre gestão.

— Você já tem herança garantida, hein? — brinquei.

— Os vinis não se pagam sozinhos — ele me acompanhou na brincadeira. Ele me puxou para junto do seu corpo, abraçando-me. Nos dirigíamos para onde se encontrava o cinema, e eu me agarrei a Luke. A fila de pessoas era longa, normal para um sábado.

Luke passou direto, esquivando de algumas pessoas. Ele balançou a mão, fazendo-se notar diante de um garoto que estava de pé na entrada das portas de vidro que separavam a parte VIP da normal.

— Howland! — ele o cumprimentou.

— Ei! — Luke retribuiu o cumprimento, dando alguns tapinhas no seu ombro. — Já está tudo pronto?

— Do jeito que você pediu. Sala quatro.

Eles trocaram mais algumas palavras e seguimos nosso caminho.

Luke não se dirigiu de novo a mim, só percebi que ele escrevia algo no celular para em seguida me levar até a sala. Dentro, o lugar estava escuro e me agarrei ainda mais a ele.

De repente, as luzes se acenderam, dei alguns passos curtos e olhei ao redor. Lugar vazio. Tela acesa. Temperatura agradável. Dois assentos no meio com o abajur aceso e um carrinho com produtos ao lado.

Olhei para Luke.

— Por isso que você não queria chamar de encontro?
— Queria que fosse algo extraordinário.
— Você não vai ter problema com seu pai?
Ele sorriu para mim.
— Ele está sabendo.
— Você está falando a verdade?
— Meu Deus, é sério, você fala demais.
— É que eu me preocupo — admiti, dando de ombros. — Não tenho intenção de te irritar nem que você tenha problemas com...
— Weigel — ele me interrompeu, levando uma mão ao meu rosto —, está tudo bem. Eu te prometo. Eu só quero que você aproveite este momento, esta ocasião, que nos concentremos no que somos e em ninguém mais. Mesmo que o mundo esteja pegando fogo lá fora, quero que olhe para mim.
— E você para mim?
Sua expressão ficou séria, e ele permaneceu em silêncio por vários segundos.
— Isso você não precisa me pedir — ele murmurou, acariciando minha bochecha. — Eu só tenho olhos para você.
Encurtei a distância que nos separava e selei nossos lábios, fui eu quem tomou a iniciativa. Ele segurou minha cintura e me beijou com firmeza, levei as mãos à nuca dele e intensifiquei o beijo. A sensação que aquilo me transmitia era única e perfeita, tão agradável que eu podia beijá-lo durante todo o dia.
Aspirei um pouco seu cheiro e me afastei. Nós nos olhamos diretamente nos olhos.
— Você parou de fumar, não é?
— Estou tentando, estou fazendo o melhor que eu consigo.
— Eu estou orgulhosa de você — murmurei.
Luke franziu ligeiramente a testa, captando o significado das minhas palavras. Meu coração bombeou sangue a um ritmo acelerado no instante em que reparei que seus olhos umedeceram.
— Eu estou orgulhosa, muito, de tudo o que você está se propondo a fazer, e fico feliz por fazer parte do seu progresso.
— É difícil assimilar essas palavras quando a gente não as escuta há muito tempo.

Ele desviou o olhar para o chão durante um instante e depois voltou a olhar para mim.

— Só continue, você está indo bem.

— Eu estou me esforçando, mas não é fácil.

— Leva algum tempo, Luke. Não se apresse. Você vai conseguir — eu afirmei. — Vamos fazer isso juntos.

Ele deu um sorriso de lado.

— Você não vai me abandonar?

— Nunca.

Luke assentiu, passando a ponta da sua língua sobre o lábio inferior, e coçou a ponta do nariz.

Eu sabia que conseguiríamos.

Éramos jovens. Inexperientes. Duas crianças que talvez não soubessem o significado do que era amar. Os adultos sempre nos veriam dessa forma e nos julgariam.

— Então nós vamos conseguir?

Luke passou uma mecha do meu cabelo por trás da minha orelha.

— Nós vamos conseguir.

CAPÍTULO 36

Eu sempre quis que Luke estivesse bem, tentei muitas vezes manter os pés no chão. Minha mãe dizia que, para que alguém pudesse sair de um buraco negro no qual se sentia preso, primeiro, deveria querer fazê-lo e aceitar ajuda, tanto dos seus entes queridos como profissional.

Lembro que ela repetia para mim várias vezes: a dependência emocional não é amor, e as pessoas também não são centros de reabilitação. É preciso curar a partir da raiz para amar de verdade.

Eu nunca duvidei do carinho que Luke sentia por mim, mas... queria que ele se curasse. A princípio, a ideia de que ele fosse embora me aterrorizou. Como ele podia ir embora? Isso estava certo? E se tudo mudasse? E se não corresse como eu queria? E se o que ele sentia mudasse quando ele voltasse? Então, quando as perguntas começaram a se repetir várias vezes na minha cabeça, eu soube que eu estava sendo egoísta.

Se as coisas tomassem outro rumo, eu teria que aceitar. O importante era que a vida de Luke se organizasse de novo, que ele voltasse a se sentir livre.

Que ele soubesse que...

É certo sentir.

É certo amar.

É certo chorar.

É certo equivocar-se.

É certo aceitar.

Mas, sobretudo...

É certo seguir.

E isso eu também devia ter claro.

Não éramos perfeitos, nem a definição do casal exemplar; aliás, estávamos muito longe disso, mas não importava se tudo terminasse quando ele voltasse. Nós dois queríamos que aquilo fosse real, saudável e novo para nós dois.

E, se não conseguíssemos isso, eu ficaria feliz em saber que ele tinha se curado.

Agora, nós nos dedicávamos a observar o céu, deitados no gramado do jardim da sua casa. As nuvens eram cinza e ameaçavam soltar uma rajada de chuva sobre a cidade.

Olhei para Luke, que estava ao meu lado com os olhos fechados, e perguntei:

— Tem certeza de que seus pais não vão ficar bravos?

Apesar de Luke ter se esforçado em ocultar um sorriso, eu pude vê-lo.

— Fica tranquila, eles estão sabendo que você viria — ele admitiu. — Eles saíram com meu irmão, eles têm... um assunto para resolver, só eles três e ninguém mais. Eu prefiro passar a tarde com você, não me importa se ficamos só observando o céu deitados sobre o gramado, é melhor do que fingir ser a família feliz em algum restaurante da cidade enquanto eles discutem sobre a merda da situação em que eu me encontro.

Suas palavras sempre tiveram um peso sobre mim, ele não tinha tato para falar; na verdade, nem sabia o que era isso. Luke conhecia sua situação e gostava de falar sobre ela de maneira pejorativa, sem usar adjetivos delicados ou diminutivos.

Isso era um desafio para mim, porque não era fácil digerir.

— O Pol conversou com você? — Eu quis saber.

— Conversou sim, ele quer te conhecer. Eu disse que ainda não é o momento, minha ideia é que toda minha família te conheça no Natal.

— Eu fico muito nervosa só de pensar que a data está se aproximando. E se sua mãe não gostar de mim? E se o Pol me olhar estranho? Não, não...

Luke deu uma risadinha.

— Por que você sempre gosta de antecipar os fatos?

— Isso é se preparar para o golpe não ser grande. Eles não gostarem de mim é o de menos, mas me expulsarem é ainda pior.

— Weigel, Weigel! — ele gritou em zombaria. — Tudo vai correr bem, minha mãe quer que eu passe mais tempo com você, por isso ela permitiu que eu não fosse com eles hoje — ele continuou. Voltei a olhar para o céu, escutando-o. — Acho que ela gosta de me ver feliz, além do mais, ela me perguntou de você, eu contei um pouco e Pol escutou algumas coisas. Você não tem ideia de como foi bom, parece que tudo está começando a dar certo.

Eu sorri ao escutá-lo. No entanto, minhas mãos estavam ficando geladas só de pensar que o Natal se aproximava e eu teria que conhecer a família dele. Eu também estava animada porque sentia que isso era dar um passo adiante na nossa relação.

Relação.

Não era uma que tivesse rótulos, porque ainda não éramos namorados formalmente, mas tínhamos algo, e eu não queria pressioná-lo. Era melhor dar tempo ao tempo, e talvez fosse melhor sermos namorados quando:

Ele se perdoasse.

Ele se aceitasse por completo.

Ele tivesse a paz que tanto buscava.

Passei a língua pelos lábios, pensando no que dizer. Havia muito o que falar, claro, no entanto ele só precisava do necessário.

— Tudo vai ficar bem, Luke — eu o animei, pousando meu olhar nele e, diferente de antes, o seu cruzou com o meu. — Lembre que vamos conseguir, o caminho é difícil, as coisas que valem a pena não são alcançadas facilmente, temos que lutar por elas, e pode ser que soe ridículo, mas, se em um determinado momento acabarem suas forças, eu estarei aqui para te prover.

Ele deu um sorriso de orelha a orelha.

— Às vezes eu acho que não te mereço — ele admitiu e brincou com o piercing no lábio.

— Não fala isso.

Luke suspirou.

— Você sabe que não tem a obrigação de me esperar? — ele perguntou.

— Eu sei.

— Eu costumo acreditar nas promessas, mas meu objetivo não é deixar você infeliz enquanto espera pela minha chegada — ele murmurou. — Se algum dia você não quiser me esperar mais, porque se apaixonou por outra pessoa, não quero que hesite. Vá em frente, sua felicidade vai me fazer sentir o mesmo.

— Não pense que será tão fácil assim se livrar de mim — recriminei.

O meu som preferido apareceu, a gargalhada que ele soltou me contagiou por um segundo.

— Eu nunca quis me separar de você, mas tenho pensado muito a respeito disso. Manter uma pessoa amarrada por compromisso é a pior coisa que alguém pode fazer. Você não precisa da minha aprovação, embora saiba que eu estou totalmente consciente de que posso te perder, e seria uma decisão que você tomou, não eu, então só me restaria aceitar.

Era isso o que eu havia pensado minutos antes, confortava-me saber que ele tinha isso claro. Não como uma coisa certa, mas, sim, como uma possibilidade.

— Sabe de uma coisa? Não precisamos falar disso... Podemos... Podemos apenas continuar com o presente?

— Claro. — Rendido, Luke aceitou. — Mas, Weigel, você tem todo o direito de ser feliz.

— E você também, Luke.

Ele desviou os olhos para o céu e os fechou. O vento começou a soprar, era gelado e seco, apesar de estar ameaçando chover.

A ansiedade de Luke aumentava, e os sintomas da abstinência começavam a aparecer. Eu conseguia ver, apesar de ele tentar ocultá-los: seu apetite, suas olheiras delatando que ele não dormia bem, a inquietude das suas mãos, além da sua irritabilidade em alguns momentos ou sua fácil distração. A ansiedade estava aprontando uma com ele, e a combinação de ambas as coisas era algo que costumava acontecer.

Sua psicóloga tinha lhe dito que ele podia substituir suas necessidades de consumir substâncias químicas por outras coisas, como mascar chiclete ou tentar afastar-se dos motivos que o levavam a fumar. Parar era difícil, por isso ele acabava caindo em tentação e fumava um cigarro.

Escutei o barulho de isqueiro e olhei para Luke, que acendia um cigarro e evitava a todo custo meu olhar. Talvez pensasse que eu fosse dizer alguma coisa, mas não. Eu não ia.

Entendia que ele não conseguiria largar algo como aquilo da noite para o dia, pelo menos era o que minha mãe tinha me explicado. Isso exigia tempo, e eu não ia julgá-lo porque não entendia nem um pouco do que ele sentia, por isso fiquei em silêncio.

— Há um ano, eu me relacionei com uma garota — ele disse, sem ao menos me preparar para o que eu ia escutar —, parecia que tudo estava indo bem... mas era exatamente o contrário.

Meus lábios se entreabriram, surpresa pelo que ele estava dizendo. Era algo novo, Luke nunca tinha me falado de nenhuma namorada do passado, quase como se sua vida amorosa não existisse; inclusive, eu cheguei a acreditar nisso.

— Foi uma relação de onze meses. — Ele sorriu, deu uma tragada no seu cigarro e segurou a fumaça alguns segundos antes de soltar. — Ela me amou todos esses meses, mas eu, só os primeiros.

Minha testa franziu.

— Por que você diz isso?

— Porque não sei em que momento eu continuei com aquela relação apenas por comodidade. — Ele apertou os lábios, talvez se sentindo culpado. — Apenas por continuar com alguém que me fazia sentir bem, eu a idealizei durante muito tempo, temendo que ninguém mais me aceitasse.

Minha respiração ficou pesada, era difícil para mim escutá-lo falar de um assunto como aquele, por muitas razões. Medo, preocupação, tristeza. Por que ele estava me contando justo agora?

— Foi muito egoísmo da minha parte.

Pestanejei, não muito segura de lhe perguntar o seguinte:

— E por que você terminou?

Ele respondeu:

— Porque ela foi estudar em outro país, e tive que aceitar que já não era mais amor o que eu sentia por ela.

Luke virou-se na grama para olhar para mim, seus olhos estavam úmidos, e eu senti um pequeno aperto no peito.

— Eu estou te dizendo isso porque, embora não me importe mais com isso, pois já é coisa do passado, você tem que saber. Não quero repetir a mesma coisa. Ao longo da minha vida, fiz coisas das quais eu me arrependo e nas quais eu estava errado, mas tenho certeza de que quero algo com você, e minha relação passada é uma das razões pelas quais eu preciso ir embora.

Meus olhos arderam e um sorriso apareceu no meu rosto, tocada pelo que ele havia admitido.

Eu nunca tinha tido a experiência do que era amar uma pessoa, mas isso não era algo que te ensinariam no colégio, não existia nenhuma matéria que te dissesse como amar; só esse sentimento que chegava de uma hora para a outra.

Luke já havia gostado de outra pessoa, compartilhado uma parte da sua vida e tentado amar; ele tinha um exemplo do que não queria repetir comigo. Enquanto isso, não sabia se estava feliz por essa decisão dele ou triste pelo que havia acontecido no passado.

Disso tudo, eu entendi o que ele estava me explicando.

— Primeiro é preciso se amar para poder oferecer seu melhor aos outros.

Ele deu um sorriso.

— Toda vez que posso, eu te digo o tanto que te amo porque sei que é algo que estou sentindo de verdade, e sei que, quando eu voltar, esse sentimento vai ser igual.

CAPÍTULO 37

— Por que as plantas crescem melhor com adubo? — Neisan perguntou. — O adubo é um rejeito. Se eu jogasse lixo em cima de mim, eu seria mais bonito?

Franzi a testa diante de sua pergunta estranha e olhei feio para ele. Estava confusa. Continuava sem entender muitas coisas sobre ele, achava que o conhecia, porém percebia com o tempo que o Neisan era uma pessoa muito especial.

— Mais?

— Sim, não é por ser narcisista, mas feio eu não sou.

Revirei os olhos e suspirei.

— Tenta. Ao lado dos banheiros tem um pote grande, vai logo, você não vai querer que alguém chegue antes.

— Ótima estratégia — ele disse, piscando um olho para mim. — Não sou tão idiota quanto pareço.

Para de se enganar, pensei.

Sem dizer mais nada, decidi levar a cabeça sobre os braços, que descansavam em cima da mesa. Eu estava esperando Luke: de manhã, antes de entrar na aula de Literatura, ele tinha me dito que, assim que terminasse as aulas, eu o acompanharia a um lugar. Eu não fazia a menor ideia do que se tratava; no entanto, estava ali, na mesa do pátio dos fundos, na companhia de Neisan.

Por sua vez, o garoto não se importava em aceitar meu pedido de me fazer companhia durante meia hora. Ele tinha treino às três da tarde. Ambos estávamos lucrando.

Eu ainda estava triste com a notícia de que Luke iria embora da Austrália antes do final do ano. Apesar de eu querer conversar com alguém a respeito, preferi guardar aquilo apenas para mim e tentar enfrentar eu mesma aquele tormento que me consumia lentamente. Uma parte de mim estava sendo egoísta ao querer suplicar-lhe para que ele não fosse embora, enquanto a outra via de forma positiva aquela grande oportunidade dele.

É para o bem dele, Hasley, eu me repreendi.

Suspirei, cansada, e me virei na direção dele com a cabeça ainda entre os braços. Estava perplexa olhando o que ele estava fazendo. Uma folha branca de papel. Figuras.

— Origami?

Ele virou-se ao me ver e desenhou um sorriso no rosto.

— Mais ou menos. No origami não se usa tesoura.

— E você não está usando.

— Eu sei, mas normalmente costumo usar; desta vez não foi preciso. — Ele deu de ombros. — Pronto, já terminei.

— É um elefante?

Eu fiquei de pé. Neisan assentiu e me estendeu a figura de papel.

— Eu te dou de presente.

O cantinho do meu lábio se elevou. Peguei seu presente pequeno e especial, apreciando-o de todos os ângulos possíveis.

— Desde quando você sabe fazer isto?

— Humm... Treze anos? — hesitou. — Não sei, eu ficava vendo meu pai fazer barcos com o jornal depois que ele terminava de lê-lo e colocá-los no centro da mesa que havia na sala. Algumas vezes brincava com eles. Me chamava atenção como é peculiar transformar o papel em diferentes figuras.

— Qual outro talento você esconde? — perguntei, olhando-o com os olhos semicerrados.

Ele ficou pensando, tentando encontrar uma resposta, mas não conseguiu, porque a voz de uma terceira pessoa nos interrompeu.

— Desculpa te fazer esperar — Luke disse. — A professora Caitlin fala demais e, quando tocamos em assuntos de política, não tem absolutamente ninguém que a faça parar.

— Concordo — disse Neisan, zoando.

Howland levantou as sobrancelhas e assentiu, cumprimentando-o e ao mesmo tempo dando razão ao meu amigo.

— Não se preocupa, graças a isso, eu descobri que temos um atleta com o dom de fazer origami — falei, orgulhosa. — Ele me deu um elefante de papel.

— Que legal, origami.

— Não é origami — ele resmungou. — Tanto faz, melhor ir embora, a gente se vê depois, Hasley. Até mais, Luke.

Eu me despedi, balançando a mão. O dono dos olhos azuis franziu os lábios e o olhou de relance, certificando-se de que ele tinha desaparecido do nosso campo de visão. Depois, voltou-se para mim e sua expressão séria me atacou.

— Então... — ele começou, com a voz firme. E continuou: — Um elefante de papel.

— Hein?

— É feio — ele disse.

Meu rosto mostrou incredulidade.

— Não é não — defendi.

— Sim, é sim — ele insistiu. — Nem parece um elefante, parece uma bola que teve o azar de ser transformada em... ah, bom, em nada.

Abri a boca, indignada, e a fechei imediatamente. Tinha entendido. Eu conhecia aquele comportamento: sempre que ele sentia ciúme, lançava críticas duras ao seu oponente, quando sentia que era uma ameaça para nossa relação. Ele queria arruinar minha visão do presente que Neisan tinha me dado. Talvez isso não se comparasse com o que acontecera com Zev, quando ele nos deu as entradas de outro filme sem termos pedido, ou a vez que eu estava com Matthew e ele decidiu cancelar todas as sessões. Luke estava com ciúme.

— Por acaso isso cheira a...?

— Não, nem pense nisso — concluiu ele, sem me deixar terminar.

— Eu não pensei, é como você realmente está.

— Você está enganada.

— Claro — ironizei, alargando o "a".

Revirei os olhos, e ele passou a língua pelos lábios.

— Suponho que você não se importaria se eu convidasse a Annie para sair — ele atacou.

— Annie?

— A garota do pen drive — ele me lembrou. — Graças a ela não reprovei. Talvez eu devesse convidá-la como forma de agradecimento, não acha?

Claro! A garota ruiva da qual ele me falara dias antes.

— Isso é diferente! Eu conheço o Neisan há muito tempo! — Eu elevei a voz. — E você conhece ela há duas semanas.

— E isso é um problema?

— Você não faria isso.

— Me desafia.

Dei um grito e peguei minhas coisas.

— Faz, então. Você não quer me ver brava.

— Você está me ameaçando?

— Claro, Pushi.

— Eu vou embora desta merda — sussurrou ele. — Você vem comigo?

— Meu Deus, claro. Eu adoraria ir embora desta merda com você.

De mau humor, eu me levantei. Ele me pegou pela mão e caminhamos pelo colégio até o estacionamento. Naquele dia, ele tinha vindo de moto.

— Aonde a gente vai? — perguntei.

Luke colocou o capacete em mim e depois o dele.

— Você vai saber quando a gente chegar.

Sem dizer mais nada nem tentar protestar, subimos na moto.

Luke conduziu ao seu tempo, sem pressa e evitando soltar algum insulto aos motoristas que se colocavam no seu caminho. Eu o elogiei por isso. Ele estava melhorando a cada dia. Enquanto tive seu corpo a uma distância curta, senti o cheiro de nicotina na sua roupa, mas não de maconha.

Um sentimento de alegria me invadiu.

Depois de alguns minutos, Luke parou perto de uns prédios que ficavam em uma zona movimentada da cidade. Meus olhos observaram ao redor, tentando entender o motivo da sua parada.

Tirei o capacete, colocando-o no guidão da moto para então me virar na direção do garoto com uma sobrancelha elevada, dizendo-lhe:

— E aí?

Ele bagunçou o cabelo, passando a mão nele.

— Lembra que eu ia fazer uma outra tatuagem?

— E você vai fazer?

Ele deu uma risadinha, começando a caminhar. Eu o segui.

— Sim — ele afirmou —, e você vai me ajudar a escolher o desenho.

— É sério?

— Cacete, Weigel — ele murmurou. — Se você me fizer mais uma pergunta, eu juro que vou te deixar aqui do lado de fora. Não quero imaginar como você deve estar aí dentro questionando todas as coisas; por favor, não pergunte por que as tatuagens são feitas com agulhas.

Franzi o cenho, lançando-lhe um olhar furioso.

Entramos e a primeira coisa que reparei foi a estética do lugar: era limpo e havia vários desenhos pendurados na parede. Tudo muito bem organizado e a luz branca transmitia uma boa impressão. Eu não ia me tatuar, mas confiava no que via.

— Luke! — um homem com piercing e um braço completamente tatuado o cumprimentou.

— Ernest!

— Pensei que você fosse cancelar — ele confessou.

— Que nada, só tive que resolver uns assuntos e por isso precisei mudar a data — ele explicou. — Hoje estou livre.

— Legal. Só tem uma pessoa antes de você e em seguida começamos, está bem?

— Sem pressa, eu vou dar uma olhada nos desenhos.

— Ok, volto já.

Luke se virou para me olhar e esboçou um sorriso apático. Ele se aproximou de mim, envolvendo-me com os braços para dar um beijo em minha cabeça. Apoiei a bochecha direita sobre seu peito e respirei fundo.

— Você vai me ajudar? — ele pediu.

— Sim — aceitei.

Ele me levou a um balcão. Ali havia vários álbuns com rascunhos de tatuagens, peguei um e dei uma olhada. Eram muitas, de tamanhos e formas diferentes, algumas coloridas.

Inclinei a cabeça e tive uma ideia.

— Há alguns meses você me disse que a roleta no seu peito tinha um significado. E qual é?

Ele engoliu em seco e desviou o olhar até o meu. Ficou em silêncio, escolhendo as palavras corretas para me dizer. Diante disso, mordi os lábios, formando uma linha reta e prestando atenção nele.

— É um jogo de azar, ou seja, nunca sabemos o que vai acontecer, simplesmente acontece e pronto. Você pode ter sorte ou azar. Ganhar ou perder. A vida é assim, cruel e justa. Uma maldita roleta.

Agora que ele tinha me explicado, tudo na minha cabeça se organizava, entendia sua resposta e a maneira como isso parecia tão lógico. Eu me arrependi mil vezes de ter dito que ele enchia seu corpo de tinta sem sentido algum.

— Que interessante. Uma roleta… E a outra que você tem ao lado?

— É a data de nascimento da minha mãe em algarismos romanos.

— Que fofo! — Abri um sorriso.

— Algumas coisas são para sempre, Weigel — ele concluiu. — O passado e as tatuagens são exemplo disso. Eles te marcam e ficam.

Levei a mão à boca, roendo a unha do polegar, pensando.

Eles te marcam e ficam, repeti de novo dentro de mim.

Eu queria que Luke estivesse comigo para toda a vida das mil formas possíveis que existiam. Soaria louco e eu tinha conhecimento de que nós, jovens, cometíamos erros, mas pela primeira vez desejava algo de verdade.

Então, naquele pequeno local em que nos encontrávamos e com minha mente se conectando ao meu coração, deixei escapar o que estava na ponta da minha língua:

— Vamos fazer uma tatuagem juntos.

Senti o olhar de Luke sobre mim e enchi as bochechas de ar.

— O que você disse? — ele me perguntou, incrédulo.

Eu olhei para ele.

— Eu gostaria de fazer uma tatuagem com você. Algo para nós dois — falei em voz baixa. — Não quero nada que seja grande, só algo que simbolize… nossa relação.

Ele reprimiu um sorriso sem sucesso e seus lábios se curvaram para um lado. Sabia que possivelmente eu teria problemas com minha mãe. Se ela visse, eu poderia começar a pedir perdão antes que ela mencionasse uma palavra sequer. Ela me castigaria. Mas o que mais me preocupava era que ela culpasse o garoto da minha decisão, pensando que ele tinha sido uma má influência para que eu fizesse aquilo.

— Você tem algo em mente? — ele me perguntou. — Em que lugar você quer fazer a tatuagem?

— Nós queremos — corrigi.

— Legal.

Ele me olhou com cumplicidade e beijou meus lábios. Foi suave e meigo. Começamos a ver desenhos e trocar opiniões. Luke me explicava alguns desenhos enquanto eu tentava entender. Ele sabia que eu era indecisa, por isso vimos outros desenhos e ele foi paciente.

Quando pensamos ter um objetivo claro, percebemos que o que cada um de nós queria era diferente. Uma pena. Um ponto e vírgula. Grunhi, irritada, e deixei cair a cabeça sobre o peito dele. Escutei-o suspirar depois de alguns minutos em silêncio.

— Eu tenho uma ideia — ele murmurou e depois pegou uma folha branca e um lápis que estavam ao lado de uma pilha de álbuns. — Eu não sou bom em desenhar, mas o Ernest vai fazer melhor tendo pelo menos uma ideia.

Decidi não dizer nada e acompanhar seus movimentos. Não o ataquei com perguntas.

Ele levou todo o tempo necessário e finalmente largou o lápis. Franzi o nariz, tentando entender por que ele tinha escrito o nome das cores ao redor da silhueta.

— Você gosta? É uma fusão do que escolhemos, o fundo vai ser uma mancha de cores.

— Sim, eu gosto. — Sorri. — Eu gosto de você.

Luke escondeu o rosto. Ele estava corado. Ah, meu Deus. Isso quase nunca acontecia.

— Howland, sua vez — o garoto o chamou para entrar.

— Bem, vai ser uma tatuagem em conjunto — ele disse, apontando para mim com as bochechas ainda coradas.

— Então vamos começar. — Ele ficou animado. — Onde e o que vai ser?

Luke me pegou pela mão junto com o desenho e se aproximou do Ernest para lhe entregar.

No decorrer da preparação, ele explicou o que queria.

A tatuagem se tratava de um ponto e vírgula. No entanto, a vírgula era em forma de pena e, ao redor, teria uma mancha de cores, parecida com o arco-íris. Isso seria nosso "para sempre". Muito brega e açucarado, mas nosso.

— Vai ser na parte de dentro do tríceps. — Ele olhou para mim e acrescentou: — Assim fica mais escondida.

Concordei, sentando-me do outro lado para poder ver e não atrapalhar o procedimento.

O tatuador começou com a dele, que, com a mão entrelaçada à minha, fazia um carinho de leve. Observei o rosto de Luke, que não aparentava estar sentindo dor, com exceção das ruguinhas na ponta do seu nariz. Uma parte de mim tinha medo de sentir dor e a outra não queria voltar atrás.

— Dói muito? — eu perguntei.

— Nada — ele soltou com suavidade —, mas, se você sentir dor, pode apertar minha mão.

— Tem certeza?

— Você está arrependida, Weigel? — ele me desafiou.

— Não! — gritei.

Ele deu uma gargalhada e continuamos vendo o trabalho de Ernest.

Minutos depois, Luke cedia seu lugar para mim. Era minha vez. Eu não reclamei, já que, quanto antes fazemos as coisas difíceis, melhor. O nervosismo me consumia, a dúvida e o medo de que algo acontecesse me deixavam insegura.

— Tudo vai ficar bem — ele sussurrou.

E foi assim que eu me selei à pessoa que mais amei, sem culpa nem medo, sentindo-me livre e plena diante da minha decisão, aquele que me amava com toda a minha falta de jeito, minha insistência, minha necessidade e meus erros.

Éramos apenas ele e eu. Com a mesma intensidade que ele me desejava, eu também o amava. Gestos, palavras e sentimentos que nos envolviam tornavam-se um só.

— Que tal? — Luke me perguntou quando eu me levantei.

— Não foi tão insuportável como eu tinha imaginado — hesitei. Franzi a testa e continuei. — A propósito, o que significam as duas tatuagens combinadas?

Ele sorriu para mim e respondeu:

— É a continuação dos nossos sonhos, Hasley Weigel.

Desta vez, ao contrário de outras, preferi dizer algo mais:

— Errado, do nosso boulevard, Luke Howland.

CAPÍTULO 38

Peguei minhas coisas para guardá-las e sair da sala sem pressa, e, no momento que tentei passar a mochila para o outro lado, minha pulseira ficou agarrada em alguns fios que saíam dela. Fiquei brava com a situação. Eu me sentia tão estúpida.

— Aconteceu alguma coisa?

A voz de Luke me assustou, obrigando-me a levantar meu olhar para ele. Soltei um grunhido.

— Aconteceu isto — resmunguei, fazendo um movimento de cabeça para lhe mostrar meu problema.

Ele deu uma risadinha.

— Deixa eu ver — ele murmurou, aproximando-se mais de mim e se agachando para ver de uma posição melhor.

Luke observou durante vários segundos aquele desastre e o escutei murmurar algo, no entanto não consegui entender. Ele ficou assim por um tempo, tentando desembaraçar os fios presos. De pé novamente, ele tirou o isqueiro do bolso da sua jaqueta e eu lhe lancei um olhar assustado. Ele apenas fez que não com a cabeça, indicando que poderia ficar calma, se agachou de novo e começou a queimar os fios, com o cuidado de não machucar minha pele.

— Pronto — avisou e, erguendo-se com um sorriso, aproximou os lábios da minha testa e me deu um beijo. — Você está muito tensa. O que está acontecendo?

— Projetos finais — bufei. Olhei para seu pescoço e franzi a testa. — Cadê seu colar?

— Rompeu — ele disse e, tirando do bolso, o colocou na minha mão. Eu o olhei por alguns segundos.

Deixei a cabeça cair no peito dele, ainda observando o colar. Eu estava cansada e não tinha vontade de fazer absolutamente nada, talvez estivesse ficando doente. Ele acariciou meu cabelo com os dedos, enroscando-os e brincando com ele várias vezes.

Então, lembrei que Luke não tinha as últimas duas aulas, ou seja, estava esperando por mim havia cento e vinte minutos. Meu Deus, o tanto que ele odiava o colégio, ainda mais aos sábados; eu não o culpava, todos detestávamos estar ali.

— O que você fez durante duas horas? — perguntei.

Respirei fundo e olhei para ele, afastando-me um pouco do seu corpo.

Luke desviou os olhos para o teto, hesitante, e voltou a olhar para mim antes de me responder. Ele brincou com o piercing no lábio, prendendo-o entre os dentes.

— Você já sabe o que nós, meninos, fazemos quando temos o campo livre — ele começou —, flertar com outras garotas e tentar conseguir o número delas para marcar um encontro mais tarde.

Franzi a testa e empurrei o ombro dele.

— Isso não é engraçado.

— Eu sei, mas adoro te ver com ciúme — ele disse com descaramento.

Revirei os olhos.

— Eu não gosto de você — zombei.

Luke deu um sorriso apático.

— Você me ama. — Ele riu. — Eu estava com a Annie. No final das contas, eu a convidei para tomar um refrigerante em forma de agradecimento por ela ter me passado as tarefas. Se não fosse por ela, eu não teria passado.

Eu não a conhecia bem, ela e eu nem sequer tínhamos conversado e eu tinha um mau pressentimento pelo simples fato de que ela estava ajudando Luke. Quero dizer, o garoto estava solteiro havia vários anos, não me parecia certo que justamente agora ele estivesse procurando algum tipo de relação amistosa, mas também não queria me comportar como uma pessoa controladora. Ele também podia ter amigas.

Repeti a explicação dele na minha cabeça e escolhi as melhores palavras para não soar defensiva ou uma ciumenta compulsiva.

— Legal. Tudo bem.

Eu me convenci, assentindo e sorrindo com vontade.

Luke riu, percebendo que estava segurando a vontade de dizer algo mais. Ele não engolia de jeito nenhum a minha resposta.

— Você está com ciúme?

— Não ria.

— Sabe de uma coisa? É bobagem que você esteja. Não importa com quantas garotas eu fale ou quantas gostem de mim. Você acha que eu quero perder a única de que eu gosto desde os dez anos? Você não precisa sentir essa merda, eu amo você, é você que eu quero do meu lado para sempre. Nunca pense que eu te deixaria por outra pessoa — ele confessou. — Minha vida tem nome e sobrenome, e são os seus.

Eu o olhei perplexa, piscando.

Sabia que ele me conhecia havia anos, mas não que gostava de mim desde aquela época, então isso me pegou de surpresa. Fiquei assimilando o que ele tinha dito por alguns segundos antes de responder.

Em outras ocasiões, o rosto de Luke mostraria arrependimento, mas daquela vez não. Ao contrário, parecia que ele estava pensando em me dizer aquilo havia algum tempo.

— Dez anos? — murmurei.

— Sim. Você entendeu? Só te peço para não ficar pensando essas coisas, porque não é assim. Você não precisa se sentir insegura.

— Minha mente está só processando...

— Quer ficar sozinha? — ele hesitou.

— Não! — gritei, prolongando meu gemido. — O que eu quero é te beijar.

Antes de se aproximar do meu rosto, ele sorriu. Seus lábios tocaram os meus, envolvendo-nos em um beijo afetuoso e suave. Eu amava que ele me beijasse daquele jeito, porque sempre sentia seus beijos puros, um gesto muito íntimo, próximo e pessoal sem a necessidade de fazer outra coisa.

Ele se afastou, com o sorriso ainda presente.

— O que me faz lembrar que... Voltando à sua pergunta sobre o que eu fiz enquanto te esperava durante duas horas. — Ele passou a mochila para a frente e a abriu. — Antes de encontrar com a Annie, fui comprar uma coisa e vi isto.

Luke tirou uma rosa da sua mochila, que estava esmagada por ele tê-la guardado ali. Juntei as sobrancelhas e uma agitação de asas de borboletas apareceu na minha barriga.

— Caiu uma pétala — ele apontou, rindo —, acho que não foi inteligente da minha parte guardar na mochila.

— Ela continua linda — garanti.

Ele me entregou-a e eu a aceitei, encantada.

— Não é uma rosa qualquer, é a primeira das quinhentas e vinte. Eu sei que poderia te dar todas, mas... uma vez você disse que as coisas que valem a pena não são alcançadas facilmente. Bem, vou fazer a entrega de cada rosa ser muito melhor do que a anterior. — Luke coçou o nariz e riu. — Eu sei que seu plano era presentear a si mesma, mas não me contive em roubar sua ideia. Além do mais, você fez a mesma coisa.

O calor das minhas bochechas começou a se espalhar por todo o meu rosto e eu o escondi no peito dele. Rodeei seu corpo com os braços e apertei as bochechas contra sua camiseta.

Ok, eu precisava confessar que aquilo tinha me encantado, mais que outras coisas, porque eu sabia perfeitamente que ele não gostava de dar presentes típicos como ursos de pelúcia, chocolates e, sobretudo, rosas. No entanto, o que ele fez com aquele propósito tornou tudo mil vezes melhor.

— Você é o melhor — eu lhe disse.

— Você que é — ele devolveu o elogio. — Agora você tem que me dar o disco quinhentos e vinte.

Fiz um beicinho e me afastei, brincalhona.

— Eu já te disse quando vou fazer isso — eu o ameacei.

— Tá bom, tá bom! — Ele levantou as mãos, divertido. — Eu tenho uma proposta.

— Diga-me.

— Ah, não sei...

— Luke — sentenciei.

— Posso te pegar na sua casa esta noite? Eu estava pensando em pedir permissão à sua mãe. — Ele passou a mão pelo meu cabelo e segurou uma mecha. — Mas, se você tiver muitas tarefas do colégio, posso adiar tudo.

Eu o observei.

— Não, sair com você vai me fazer bem — eu confessei.

— Tem certeza disso? — ele perguntou, elevando uma sobrancelha. — Não quero ser o responsável pela sua reprovação...

— Tenho certeza, Luke — eu o interrompi. — Tudo vai dar certo nos meus projetos se eu estiver em dia, sério, não há com que se preocupar.

— Tá bom. — Ele suspirou.

Ele parou de brincar com meu cabelo e pegou meu queixo para atrair meus lábios na direção dos seus. Foi um beijo suave e calmo, tanto que senti a menor célula da sua pele mover-se sobre a minha, como se estivesse tentando gravar a textura dos meus lábios, o sabor e tudo o que havia neles. Ele se afastou alguns centímetros para me olhar e eu senti as pernas vacilarem, como se ele estivesse vendo tudo dentro de mim apenas observando meus olhos, detendo-se no meu olhar, na cor e na dilatação das minhas pupilas, e eu fiz o mesmo.

— Eu te amo — ele pronunciou. — De verdade, eu te amo, você não tem ideia de quanto nem do medo que eu sinto de me imaginar arruinando nossa relação.

— Eu também te amo, Luke Howland — confessei com um sorriso, abraçando-o com força. Ele me pegou pela cintura e deu uma pequena volta, me fazendo rir. — Para!

Ele me deu ouvidos e nos separamos. Luke tinha um sorriso tão grande no rosto que chegava até os olhos, que estavam semicerrados, mas o que eu mais gostava era da covinha que aparecia na sua bochecha. Eu adorava vê-la, adorava a maneira como seu nariz se movia e tudo mais que acontecia quando ele ria.

Seu sorriso era o mais lindo diante dos meus olhos.

Ele passou o braço pelos meus ombros e me puxou para junto dele, pressionando-me contra seu corpo para começar a caminhar pelos corredores entre a multidão de alunos que iam de um lado a outro para irem embora para casa; ele me abraçava com muita facilidade, me fazendo sentir tão pequena; é que Luke era duas cabeças maior do que eu. Luke Howland era muito alto.

Levantei o olhar em direção ao rosto dele, que olhava para a frente. Pude apreciar seu nariz, seu cabelo, seus cílios, que se moviam, e o piercing preso entre os dentes.

— Você quer ir para sua casa ou vamos para outro lugar? — ele perguntou, e seus dedos começaram a mover-se ritmicamente sobre meu ombro.

— Acho que seria melhor ir para casa. — Fiz uma careta. — Assim eu posso avisar minha mãe que vou sair mais tarde com você.

— Parece perfei... — Ele não conseguiu terminar porque seu celular começou a tocar. — Que droga, como eu odeio os celulares — ele murmurou, afastando o braço de mim para poder pegar o aparelho pequeno e ver a tela; ouvi como ele xingou e atendeu. — Vai valer a pena? Porque senão eu juro que vou te bater. — Ele riu com a outra pessoa, houve um breve silêncio, e ele franziu a testa. — Estou a caminho, por quê? — Ele revirou os olhos. — Me fala... Não, que merda, André!

Paramos em um degrau da escada. Luke deu um suspiro, mostrando-se irritado pelo que seu melhor amigo estava lhe dizendo.

— O que aconteceu? — perguntei, nervosa, mas não obtive nenhuma resposta porque ele apenas balançou a mão em sinal de espera.

— Quem? — Ele soou estável. — Apenas me diga! Então, por que merda você me ligou?! — ele vociferou, e tomei um susto pela forma com que ele falou. — André, se você não ia me dizer nada sobre...

E de repente ele ficou em silêncio, sua expressão tornou-se séria, mas todo o seu corpo ficou tenso. Eu conhecia Luke, pelo tempo que estávamos juntos, podia assegurar que ele estava completamente perturbado com aquela conversa.

— Você tem certeza disso?

Sua voz tremeu, ele fechou os olhos e respirou fundo.

— Querido — eu o chamei.

De forma abrupta, ele guardou o celular de novo e passou as duas mãos pelo cabelo, frustrado, irritado, tanto que eu podia ver a veia de seu pescoço inchada. Seu rosto ficou vermelho, e ele soltou alguns palavrões.

— Cadê aquele imbecil? — ele perguntou.

Seu telefone tocou de novo, mas desta vez ele o ignorou.

— De quem você está falando? — perguntei, ainda surpresa com sua mudança tão repentina.

Luke me ignorou completamente e começou a caminhar a passos largos até a saída do colégio, a uma velocidade muito rápida, por isso tive que apressar o passo para conseguir alcançá-lo e perguntar de novo sobre seu comportamento. Ele chegou à saída e passou a procurar alguém entre a multidão de alunos. E eu não entendia absolutamente nada do que estava acontecendo.

Que diabos André tinha lhe dito?

Guardei o colar dele dentro da minha mochila e, nervosa, tentei pegá-lo pelo braço, mas não consegui. Ele visualizou seu objetivo e foi na sua direção; tudo fez sentido quando avistei quem era a pessoa.

Ah, que merda!

Isso não era nada bom, de jeito nenhum.

— Luke, para! — ordenei inutilmente, tentando evitar qualquer agressão de sua parte, mas a raiva o controlava.

— Você! — ele gritou no meio de todos que estavam ali.

Matthew não teve nem sequer a chance de olhar bem para Luke antes que o punho dele acertasse diretamente no canto da boca do garoto ruivo, fazendo com que ele cambaleasse. Embora tenha conseguido manter o equilíbrio e não cair no chão, tocou a parte golpeada e olhou para Luke.

— Qual é o seu problema, idiota? — disse Matthew, incrédulo com o golpe.

— Você é um covarde!

Ele o empurrou com muita força, mas o garoto não caiu no chão.

— Do que você está falando? — ele gritou, agora igualmente furioso.

De repente, todos estavam ao redor deles assistindo à cena que tinha sido montada. Caminhei o suficiente para estar mais próxima e, assim, evitar que Luke desse outro soco no garoto.

Os olhos do garoto loiro desprendiam fogo ao olhar para Jones; quando ele tirou a mão da zona atingida, vi que um pouco de sangue escorria do seu lábio. Ofeguei, horrorizada.

— Como é que você pode ser tão filho da puta? — ele lhe disse entredentes e, agarrando-o pela camiseta, o empurrou contra a parede.

— Luke! — eu gritei. — Chega, chega!

— Você disse que a Hasley te traiu, mas você traiu ela primeiro.

Ao ouvir aquelas palavras, meus olhos se arregalaram e a incredulidade se plasmou no meu rosto. Eu não sabia se havia escutado direito. Matthew tinha me traído? Olhei para ele, incrédula diante da declaração de Luke. Ele olhou para mim.

— Não sei do que você está falando — ele respondeu, tentando tirar o garoto de cima dele.

— Não me venha com essa merda! Você estava ficando com minha prima Jane! Claro que você sabe, caralho! Você estava traindo a Hasley com minha prima! — Luke enfatizou as últimas palavras. — E mesmo assim teve o maldito descaramento de humilhar a garota que te amava!

Dei alguns passos para trás. Agora entendia por que Jane tinha agido tão estranha e tensa no dia que fui vê-la para falar sobre Luke. Por que Matthew havia feito isso comigo?

Eu o olhei decepcionada, porque sempre tinha me sentido mal em pensar que eu fora a única a fazer as coisas erradas, quando, aparentemente, ele planejara tudo. Eu achava que ele era um bom rapaz, mas na verdade não era.

E, claro, não era como se eu tivesse agido da melhor maneira, eu não era um exemplo nem justificava o que tinha acontecido, mas é horrível quando se cria expectativas sobre alguém e essa pessoa acaba sendo pior do que você, especialmente quando foi você que carregou todo o peso do término e sofreu todas as consequências.

— Hasley — ele falou.

— Não, nem pense em pronunciar de novo o nome dela — Luke o ameaçou.

— Para — eu pedi. — Não vale a pena, só solta ele e esquece tudo, por favor.

O garoto olhou para mim, e eu apertei os lábios, indicando que ele devia parar. Só queria que tudo ficasse para trás, que ele não levasse mais aquilo em consideração. As coisas acontecem por algum motivo e talvez fosse assim agora, talvez aquilo tivesse acontecido para eu me dar conta de quem Matthew realmente era e poder ter ao meu lado a pessoa que eu amava de verdade. Então, eu não me importava mais com o passado.

Luke assentiu e, a contragosto, soltou o garoto, olhando-o com asco e afastando-se dele. Quando pensei que tudo tinha terminado, o garoto de pele pálida falou:

— Sim, eu fiz isso — ele afirmou em voz alta, atraindo o olhar do loiro.
— E sabe de uma coisa, Luke? Você não imagina o quanto eu me diverti!

Por um segundo, pensei que ele se viraria e o ignoraria. Mas não foi o que aconteceu.

Com muita rapidez, ele lhe deu um soco forte. Desta vez, Matthew não ficou de braços cruzados, ele bateu de volta. De repente, os dois estavam brigando. Eu não sabia o que fazer, estava congelada diante de tudo aquilo, tinha que agir rápido antes que um deles se machucasse gravemente. Por que ninguém se metia para tentar separá-los? E os membros do time de basquete?

— Parem! Luke, já chega!
— Não se mete, Weigel! — ele soltou.
— Hasley!

Uma terceira voz. Pelo canto do olho, vi que se tratava do Neisan.

— Matthew, solta ele! — gemi. — Chega!
— Sai daqui!

Um deles me empurrou, fazendo com que eu caísse no chão ao lado. Bati a cabeça e fiquei tonta. Meu joelho doía da queda. Parei de ouvir os gritos e escutei muitos conselhos. Eu me levantei apesar da dor, certa de que a área atingida estava sangrando; minha mente ficou confusa, e eu escutei a voz desesperada de Luke perto de mim.

— Hasley!

E, quando olhei para cima, vi apenas o olhar do Luke com um terror indescritível, à beira do colapso e da loucura. Então, eu me lembrei de como eu gostava daquele azul.

Depois disso, tudo aconteceu muito rápido. Ele se moveu e eu senti seu corpo, então agarrei a roupa dele como se minha vida dependesse disso, como se o mundo estivesse acabando e ele fosse meu porto seguro.

Em um segundo, estava ali. E no seguinte, não mais.

A última coisa que senti foi uma grande onda de ar atravessar meu corpo no instante em que algo me golpeou. Eu estava consciente dos gritos por um breve instante e depois... tudo se congelou e ficou preto.

CAPÍTULO 39

Aos poucos, eu me sentei na cama e esfreguei o rosto, olhei ao meu redor e percebi que me encontrava em um quarto de hospital. Observei as palmas das minhas mãos, que tinham pequenos arranhões, tirei o lençol de cima de mim e pude ver que meu joelho estava enfaixado.

Eu quis descer da cama, mas a dor no corpo me impediu. Tudo girava e a verdade era que minha respiração estava ofegante. Eu sentia a cabeça explodir, e a luz do quarto me incomodava muito, chegando a me cegar cada vez que eu piscava.

Olhei para o teto e suspirei.

Observei de novo todo o quarto: de um lado tinha uma poltrona e, sobre ela, um moletom. Franzi a testa e lembrei a última coisa que eu tinha na minha memória.

Luke.

Um carro.

Gritos.

O som de uma ambulância.

Sua rosa.

A rosa que ele tinha me dado. Eu a havia perdido?

O meu peito doía e reclamei em voz baixa. Onde estava Luke? O que tinha acontecido com ele? Pelo menos ele estava bem? Alguém podia me responder?

E a porta do meu quarto abriu, como se tivessem escutado minhas perguntas. Minha mãe entrou junto com Zev. Senti um amargor na boca e não pude evitar franzir a testa com a presença dele. O que ele estava fazendo aqui? Nossa amizade não tinha terminado?

— Meu amor!

Minha mãe se alegrou ao me ver acordada.

Quando ela se aproximou, percebi que seus olhos estavam muito inchados e vermelhos. Ela tinha estado chorando.

— Há quanto tempo estou dormindo? Que horas são? — eu perguntei.

— Faz duas horas e meia, já são quase seis da tarde — ela respondeu. — Você está se sentindo bem?

— O que você está fazendo aqui? — perguntei devido à presença de Zev.

— Hasley... — ele começou.

— Não, fica quieto — eu disse, com má vontade. — Nem sei por que você está aqui. Mãe?

— Se Zev está aqui, é porque ele se preocupa com você — ela disse, ficando ao lado dele.

Olhei incrédula para ela e sacudi a cabeça várias vezes, causando ainda mais dor. Ela não sabia de nada sobre o que tinha acontecido nos últimos meses.

— Só quero saber se tudo está bem — pedi.

— Hasley... — Zev disse e deu um passo na minha direção. — Você se lembra do que aconteceu?

Pisquei os olhos.

— Sim, por quê?

— Houve um acidente, Luke e você...

Minha mandíbula tremeu, e as imagens voltaram à minha mente. Eu sabia exatamente o que tinha acontecido, mas seu tom de voz não me inspirava confiança, e o olhar da minha mãe muito menos.

— Como ele está? — murmurei com temor, levantando a cabeça, ignorando a dor que eu sentia por todo o corpo. Zev olhou para baixo, e meu corpo gelou. Olhei para minha mãe, que cobriu a boca imediatamente, e eu soube que isso não era nada bom. — O que aconteceu?

— Hasley... Ele chegou ao hospital em um estado muito grave — murmurou. — Ele não conseguiu...

— Não... — Sacudi a cabeça. — Não... O que você está dizendo não...

Desviei os olhos em direção à minha mãe, assustada e com a esperança de que estivesse interpretando tudo errado. Ela apertou os lábios por um instante, e eu vi como seus olhos se encheram de lágrimas.

Isso não é verdade... Não é...

— Ele faleceu há uma hora e meia — ela me explicou.

Meu corpo congelou naquele instante. Senti a impotência vindo, e tudo o que eu vivi com ele, como se fosse um caleidoscópio, passava pela minha mente em poucos segundos. Tudo, absolutamente tudo, veio à tona. Desde o dia que meus olhos e os dele se cruzaram quando eu caí na arquibancada, as vezes que corremos para o beco; eu sentia tão reais seu primeiro carinho e seu primeiro beijo, suas palavras sussurrando "eu te amo" perto do meu ouvido e seu toque.

O olhar dele foi a última coisa que vi antes de cair no chão. Minhas lágrimas não escorriam porque eu ainda estava em estado de choque, tudo parou diante de mim, eu já não escutava mais nada, já não via mais nada, nem sabia se ainda continuava respirando, a dor no peito me consumindo por dentro. Perdi a noção de tudo. Queria acreditar que era uma mentira, um sonho terrível e assustador, que estava apenas na minha cabeça, mas eu sabia que não. A dor aparecia para lembrar que eu me encontrava na Terra, que era verdade.

— Hasley. — Escutei a voz da minha mãe ao meu lado, enquanto ela me sacudia com uma das mãos. — Hasley, querida, olha para mim.

Lentamente, virei o rosto em sua direção, nas suas bochechas escorriam algumas lágrimas e minha visão embaçou. Em breve eu desmaiaria.

— Me diz que é mentira — sussurrei, ainda com esperanças, enquanto segurava meu coração entre os lábios.

— Meu amor — ela arrastou as palavras com muita tristeza —, sinceramente, eu sinto...

E foi ainda pior, foi muito pior escutar aquilo. O peso do meu corpo ficou ainda maior, minhas mãos estavam frias e a primeira lágrima escorreu.

— Não... Não, não, não — eu repetia entre balbucios. — Isso não é verdade...

Eu cairia antes de você para evitar sua dor.

Isso não era real, ele deveria estar aqui comigo ao meu lado.

Comecei a gritar o máximo que conseguia, chorei o suficiente para que minha alma parasse de doer, mas não deu certo, não parava. Eu continuava machucada no meu interior, estava queimando sem pegar fogo, era como tentar comer cacos de vidro. Machucava. Machucava tanto que eu queria arrancar o coração para acabar com aquela dor, e não tinha palavras para poder descrever com precisão o que estava sentindo naquele momento, porque não havia, eu não conseguia. Nem sequer a palavra mais feia ou dolorosa podia expressar o que eu sentia naquele momento.

— Ele prometeu ficar ao meu lado! Ele não está morto! — Senti a garganta arder ao pronunciar aquilo. — Não é verdade! Luke!

De repente, eu me vi de pé, puxando os objetos que estavam ao meu redor. Consegui perceber o cheiro metálico do sangue, sabia que tinha me machucado, no entanto, naquele momento, eu não me importava, porque, mesmo que eu tivesse feridas físicas, nada se comparava à ferida emocional e sentimental. Que merda! Tudo estava girando, minha cabeça doía, e eu continuava vendo as imagens de Luke percorrendo minha mente, seu sorriso desaparecendo com as minhas lágrimas. Escutava suas gargalhadas e como ele repetia meu sobrenome mil vezes. Aquilo era uma tortura, uma tortura linda e triste.

"Estamos nos destruindo da forma mais linda e bela que existe, percebeu? Estamos construindo nosso próprio boulevard, só que este vai ter um final para um de nós dois, e quero te dizer que eu não vou me arrepender."

Agora eu sabia qual era o final, comprovei por mim mesma a verdadeira dor da alma e percebi a destruição que ele estava me causando sem a menor das intenções.

Então, a lembrança mais linda e dolorosa que eu tinha na memória me atacou. Com o peito queimando, ouvi meu coração chiar.

"Eu disse que te amo, e sempre vou te amar, nesta vida e em mil mais. Hasley, eu te amo e não me arrependo e, se isso implicar dar minha vida por você, eu dou, dou sem pensar duas vezes, porque minha vida sempre vai ser sua, porque tudo sempre vai ser por você, sempre foi assim."

Foi como um balde de água fria, como se eu estivesse caminhando entre cacos e agulhas cortantes, penetrando de uma forma desumana e bestial nos meus sentimentos, no meu corpo e no meu coração. Comecei a respirar com dificuldade, meu hálito estava frio, e minha cabeça doía muito, uma dor invadiu minhas têmporas enquanto eu cobria a boca com a mão.

Dei alguns passos para trás até que a parede me deteve, eu caí no chão e ali, destroçada, passei as mãos pelo cabelo, puxando-o, tentando sentir alguma outra dor que não fosse aquela maldita merda. Eu não queria que ninguém me tocasse, muito menos que se atrevesse a me dizer que eu me acalmasse, porque não serviria de nada.

Eu não faria isso.

"Pode partir meu coração se quiser, mas não vá embora. Nunca faça isso."

Ele não o partiu, mas foi embora, me deixou, e para sempre.

— Luke! — gritei o mais alto que consegui.

Repeti seu nome muitas vezes com medo de que ele deixasse de existir.

Ele já não estava mais aqui. Não estava mais ao meu lado e nunca mais estaria. Eu nunca mais ia sentir seu cabelo áspero entre meus dedos, seu sorriso lupino quando ele dizia algo em que ele tinha razão e eu não, seus abraços me fazendo sentir protegida e tão pequena, brincando com o piercing de metal no seu lábio, eu nunca mais ia sentir sua barba rala de alguns dias por fazer roçando alguma parte do meu rosto, ele nunca mais brincaria com meus dedos ou os beijaria enquanto me fazia algum elogio, e muito menos voltaríamos a rir juntos.

Mas, sobretudo, o que mais doía era que eu nunca mais escutaria sua voz angelical pronunciando meu sobrenome de formas distintas.

— Eu preciso ver ele — implorei, passando pela minha cabeça a ideia de engatinhar pelo chão. — Quero estar com ele!

— Sim, sim, você vai ver, mas não neste estado, Hasley... — murmurou minha mãe.

— Eu quero ver ele! Caramba! O que eu tenho que fazer para poder ver a pessoa que eu amo?!

Ela me olhou com lágrimas nos olhos e concordou, pegou minha mão e saímos. Meu lábio inferior tremia, e meu coração batia rápido. Eu estava tão perdida naquela tragédia que não percebi que minha mãe estava conversando com algumas pessoas e um médico, então soube que eram os pais do Luke, era a primeira vez que eu os via, e minha alma doeu. Doeu ao lembrar que ele queria que eu os conhecesse.

— Este é o quarto.

Minha mãe apontou.

Com muito medo, entrei. Fui me acostumando, tomando meu tempo, com a luz tênue que iluminava o quarto.

Então eu o vi. Um corpo jazia sobre aquela cama, coberto por um lençol branco. Meu peito doeu ao saber que ele estava bem na minha frente. Trêmula, eu me aproximei e, com muito medo, baixei o tecido branco.

Meu mundo desabou.

Paralisei, e minha visão embaçou de novo. Não. Meu Deus, não...

Seu rosto. Seu rosto lindo que eu tanto amava, seus lábios que eu nunca mais voltaria a sentir, aquela covinha que aparecia cada vez que ele sorria ou a maneira como ele franzia e enrugava o nariz. Nunca mais.

Vi a imagem morta do amor da minha vida.

— Por favor, volta...

Eu tinha a esperança de que ele me respondesse qualquer coisa, mas sabia que ele não faria, nunca mais faria, e isso aumentou ainda mais a dor. Passei os dedos pelo seu cabelo, pelo seu cabelo perfeito, gravando sua espessura, tentando tatuá-lo em mim com o sentido do tato.

As pontas dos meus dedos roçaram sua pele fria, que estava muito pálida. Abracei seu corpo, relembrando todos os seus abraços e como eles me faziam sentir tão protegida. Seu peito não subia nem baixava ao respirar. Diferentemente de tantas outras vezes, naquela ocasião, eu não ouvia as batidas de seu coração.

— Não me abandone... Você prometeu estar sempre comigo.

Minhas lágrimas escorriam, e eu tinha a intuição de que elas estavam ficando impregnadas na pele nua do torso dele. Caralho, como doía. Eu tinha lhe repetido tantas vezes, mas isso nunca me preencheria nem me faria entender o tanto que estava doendo. O que eu estava vivendo naquele momento era um inferno. Eu morria em vida.

— Hasley... — A voz da minha mãe soou nas minhas costas.

Eu me levantei para vê-la e balancei a cabeça várias vezes, cerrando os dentes.

— Ele partiu... Ele me deixou.

Ela se aproximou de mim, colocando a mão na minha bochecha para me fazer carinho, me dirigiu um olhar sombrio e respirou fundo.

— Ele não vai mais sentir dor.

Depois de dizer isso, seus olhos encheram de lágrimas.

— Do que você está falando? — murmurei.

Ela formou uma linha tensa com os lábios, olhou para Luke e depois olhou para mim. Fiz o mesmo parando-me no corpo dele, para tentar guardar sua imagem. Eu não queria aceitar o pensamento que passava pela minha mente. Eu me negava. Não podia ser verdade.

Voltei a olhar para minha mãe, que acrescentou:

— Ele já não sofre mais.

E aí eu entendi.

Entendi perfeitamente. Eu perdi a força. Ela se referia à vida de Luke, a tudo o que ele tinha passado e sentido até seu último suspiro.

— Como você sabe... — eu quis formular, construir uma pergunta para a qual eu já sabia a resposta.

— Ele era meu paciente havia um ano — ela admitiu. — Ele me pediu para não te dizer nada.

Sufoquei um suspiro.

— Você é a Blodie.

Minha mãe assentiu, sua mão fez um punho e, com ele, ela cobriu a boca.

— Alguns segredos pesam mais que outros. Ele não queria te envolver nisso.

Eu não soube o que lhe dizer, por isso me joguei nos seus braços, chorando pelo que ela estava me contando, por muitas coisas, pelo que tinha acontecido, porque para mim era muito perceber que naquela mesma manhã ele tinha me beijado, tinha me abraçado, tinha me dito o tanto que me amava sem saber que seria a última vez, e agora... Agora eu estava chorando porque ele já não estava mais do meu lado. Pela sua ausência.

Naquela noite chorei, esperneei, gritei, fiz de tudo para eliminar qualquer tipo de dor e para que ele voltasse, mas foi em vão, porque ele não voltou mais.

CAPÍTULO 40

Os braços da minha mãe eram os que me confortavam, os que me mantinham de pé no enterro; ao meu lado estava Neisan, que chegou à minha casa no dia seguinte à minha alta do hospital, apenas ficou em silêncio e me abraçou, sussurrando para que eu chorasse o quanto quisesse, que a alma tinha que limpar tudo o que estava sentindo, mas não era suficiente.

No dia do velório, me sedaram. Eu não me encontrava no meu melhor estado e, para evitar que eu continuasse me machucando, disseram que seria a melhor opção para eu descansar um pouco.

Eu pude ver que do outro lado estavam os pais de Luke. Sua mãe emitia um pranto desmesurado, um garoto mais velho estava ao seu lado, eles eram parecidos e eu sabia que se tratava de Pol. Também vi Jane e, do lado dela, André com uma garota de cabelo castanho que eu não conhecia. O olhar dela cruzou com o meu e, rapidamente, ela o desviou. Eu não sentia rancor, ódio nem nada. E não me importava quantas vezes eu repetisse. A única coisa de que eu precisava era Luke.

Caminhei hesitante e observei atentamente o caixão. Eu ainda não podia acreditar, aquilo devia ser um pesadelo. Luke não iria desse jeito, ele não me deixaria naquele estado, ele sabia que sozinha eu não sobreviveria.

Tirei da minha bolsa o colar dele, o que ele tinha me dado antes do acidente, e o coloquei em cima de seu corpo, junto com uma rosa.

— Você disse que realizaria meu sonho — murmurei para ele. — Eu não pensei que fosse tão literal, porque está sendo, não apenas esse, mas também todos os outros. Não quero realizar nenhum se você não estiver comigo.

Eu queria que o caixão abrisse e ele saísse de lá com seu sorriso e aquela covinha de que eu tanto gostava. Eu não me importava com o quanto meu pensamento era doentio e idiota, mas não conseguia aceitar aquilo.

Levantei o olhar e encontrei o da prima dele. Olhei de volta para o caixão e suspirei:

— Até mais, Pushi.

Eu me despedi.

Sentiria saudade de que ele me olhasse torto e depois grunhisse me dizendo o quanto odiava aquilo.

Senti um ardor na garganta e voltei para junto da minha mãe. Vi como baixaram aquele caixão onde estava o amor da minha vida, onde enterravam meu maior sonho. Enterravam-no junto com meu coração, junto com meus murmúrios, meus suspiros, meus risos e minha alma também.

E, quando terminaram, quando eu já não podia mais ver o caixão, foi aí que desmoronei e caí no chão. Caí perdida na dor, no pranto e na impotência de não poder fazer nada. Tive que aceitar, Luke havia me deixado.

Escondi o rosto entre as mãos e suspirei, senti que me abraçavam, mas eu não me importava, nenhum abraço seria igual ao dele, nenhum me faria sentir tão protegida nem tão pequena ao seu lado.

— Hasley... — a voz de Neisan sussurrou ao meu ouvido.

— Eu preciso dele...

Ele não disse mais nada, apenas deixou que eu continuasse chorando.

Pensei que meus gritos estavam sendo escutados, mas, quando eu me dei conta de que não, entendi que apenas meu coração gritava em silêncio.

"Weigel, eu estou aqui, sempre vou estar aqui para evitar que você caia."

Mas era tarde demais, eu já caía na profundidade da dor, do desespero, da tristeza, e ele não estava mais aqui para evitar.

Senti a presença de alguém e, com os olhos ardendo, tentei decifrar de quem se tratava. O melhor amigo de Luke estava na minha frente, óculos escuros pretos escondiam seus olhos; eu me separei de Neisan devagar para dirigir-me a André. Calado, ele olhou para o chão durante alguns segundos.

— Hasley, ele ia te dar isto... — E ele me mostrou um disco de vinil na caixa. — Ele ia te dar na noite daquele dia... — Semicerrei os olhos e gemi ao lembrar que ele me perguntou se eu podia sair com ele naquela noite. Sua proposta. — Mas o destino não quis que fosse assim.

Eu o peguei entre as mãos e li o que dizia na pequena caixa: The Fray. O garoto apenas apertou meu ombro e virou-se para ir embora. Uma pergunta formou-se na minha mente, dando-me coragem para me levantar e correr atrás dele.

— André! — gritei para que ele parasse.

Ele me ouviu e virou-se, tirou os óculos escuros me deixando ver seus olhos cansados e inchados. Ele também estava sofrendo.

— O que foi? — ele perguntou, franzindo suavemente a testa.

— Você sabe aonde ele me levaria naquele dia? Sabe para quê?

Eu precisava que ele me respondesse, que me dissesse, eu realmente queria isso. Valeria a pena se isso continuava me afetando.

André passou a língua pelos lábios e assentiu.

— Ele queria te levar na cachoeira que fica fora da cidade. Ele me disse que ia te confessar muitas coisas porque não queria que tivesse nenhum segredo entre vocês dois, ele queria se abrir com você. — Suas palavras eram como punhaladas no meu peito, contive a vontade de chorar, passando as pontas dos dedos embaixo dos olhos. — Luke... Luke queria te pedir em namoro, porque... porque ele queria seu quinhentos e vinte e porque vocês estavam juntos havia muito tempo. Ele só queria formalizar o que vocês já tinham.

Quinhentos e vinte.

Quinhentos e vinte discos.

Quinhentas e vinte rosas.

Luke...

— É verdade?

Um soluço escapou dos meus lábios.

— Luke te amava, disso você pode ter certeza — ele disse em voz baixa, como se fosse um segredo. — Eu nunca tinha visto ele tão feliz e decidido com ninguém.

Queria lhe dizer para ficar quieto, porque ele estava me magoando. Por que não pude esperar alguns dias para lhe perguntar? Mas, bom, tinha sido eu quem havia decidido assim. Também ponderei se não era melhor ele me dizer tudo de uma vez só para que eu pudesse chorar, embora eu não soubesse se ainda me restavam lágrimas.

Eu não tinha parado desde que ficara sabendo da partida dele.

— Isso é culpa minha, eu não devia ter ligado para ele — André disse, e as lágrimas escorreram dos seus olhos.

— Não, não, André... Não é culpa sua...

— Eu perdi meu melhor amigo — ele murmurou. — Meu irmão de anos. No último dia que conversamos... eu senti que ele estava sendo tão sincero, mas jamais imaginei que ele estivesse se despedindo.

— A vida é curiosa — eu lamentei.

— A Martha está arrasada, é o segundo filho que ela perde, você sabe, né?

— Sim... — eu respondi. — Vejamos o lado bom das coisas, Zachary e Luke já estão juntos, talvez já estejam felizes.

— Não — ele negou. — Ele começou a se sentir feliz quando te conheceu.

Sorri com a declaração do garoto. Vi por cima do seu ombro alguém que sempre quis ver, e ele estava a poucos metros de mim, enchendo-me de dor e raiva.

— Mas o melhor de tudo isso é que ele não vai mais sentir a dor dos golpes.

Os olhos escuros do garoto me olharam de uma forma indescritível, e ele me seguiu na direção em que eu estava olhando. Eu não sabia o que estava prestes a fazer, apenas deixei que minhas pernas traçassem o percurso planejado. O homem que fez mal a Luke durante vários anos estava na minha frente. O sr. Jason olhou para mim, e sua testa se franziu quando ele me viu. Ao seu lado estavam Pol e a sra. Martha.

— Hasley? — minha mãe me chamou.

Mas não respondi.

— Você fez Luke viver um dos piores infernos quando ele só queria ser compreendido, ele não merecia seus maus-tratos, só queria ouvir a voz paternal de alguém, algo que você não foi — soltei com raiva. — Você não tentou se aproximar dele, você fez ele se sentir culpado, o pior filho do mundo. Ele estava se afogando, e você o afundou; Luke não merecia o tratamento que você dava a ele. Que necessidade tinha de procurar alguma anestesia para a dor? Que necessidade tinha de ele ir embora da Austrália? Nenhuma.

Os olhos do pai dele me observavam com atenção, sem se desprender dos meus. Eu queria lhe dizer tantas coisas, mas elas não saíam ou eu simplesmente não conseguia, porque algo me impedia, talvez fosse um mínimo de respeito porque, afinal, ele era o pai da pessoa que eu tanto amava.

— E sabe de uma coisa? Talvez você não tivesse levado ele a sério às vezes, mas ele ia me apresentar para vocês na ceia de Natal, porque, apesar de tudo, você é pai dele, e eu sei que, lá no fundo, Luke te amava. Esse vai ser seu pior remorso.

Ele derramou uma lágrima, e eu soube que era hora de ir embora. Apertando os lábios, me virei e caminhei de novo ao lugar onde agora Luke estava enterrado. Olhei uma última vez para o túmulo e sorri com nostalgia.

— Obrigada por aparecer na minha vida.

Eu estava cansada, seca e vazia, já não queria mais chorar. Havia algo no meu interior que já não aguentava mais e que desapareceu repentinamente. Eu não suportava mais. Queria ficar ali, sem ter que voltar para meu quarto frio, tentando assimilar a realidade, mas precisava seguir com a minha vida, mesmo tendo que carregar aquela dor que não se dissipava.

— Eu prometo que todas as manhãs vou acordar tentando acreditar que você estava sonhando comigo no nosso boulevard. Eu te amo...

EPÍLOGO

O QUE FOI E SERÁ É POR VOCÊ

Eu me sentei na cama e esfreguei o rosto para tentar aliviar a dor; havia desvantagens em acordar todos os dias, lembrar de Luke era uma delas.

Olhei para o lado e ele não estava lá.

Apertei os lábios, segurando a vontade de chorar. Fechei os olhos para aliviar o ardor que tinha começado a sentir neles. Eu ainda não me acostumara, tinha a necessidade de correr sem rumo à procura dele, ainda podia ouvir seus risos, seus grunhidos; ainda estavam na minha memória seu semblante sério, sua voz... e o cheiro da sua roupa. Nicotina misturada com o seu perfume.

Joguei todos os meus pensamentos no fundo da mente e tirei os lençóis que cobriam meu corpo para começar a me vestir. Eu não queria ir ao colégio, hoje começavam as aulas depois das férias de dezembro. Eu me recusava a estar em tantos lugares que me faziam lembrar de Luke, mas, sobretudo, na arquibancada. Lugar em que o conheci, onde meus olhos e os dele se encontraram pela primeira vez.

Eu tinha passado o Natal sem ele. Fiquei esperando que ele batesse na porta e detrás dela eu encontrasse o rosto angelical dele com um sorriso lânguido me dizendo algo bonito, mas isso não aconteceu. E, no Ano-Novo, também não. Eu passei trancada no meu quarto admirando o colar que ele tinha me dado.

Abri o armário, encontrei o moletom dele e não consegui me controlar, dei um suspiro. Eu o peguei entre as mãos e o apertei sobre o peito, soltando algumas lágrimas. Decidi que o melhor era secá-las e sair do quarto, pegando minhas coisas sem soltar o moletom de Luke.

Minha mãe estava na cozinha e, ao sentir minha presença, seu olhar voltou-se para mim. Ela me deu um sorriso acolhedor, colocou meu café da manhã sobre a mesa e continuou procurando algo na despensa; eu me sentei no banco sem muita vontade de comer e dei um suspiro profundo.

— Este ano Luke iria para a clínica de reabilitação — falei em um sussurro.

Doía-me dizer aquelas palavras, de fato, doía-me tudo o que vinha dele, porque não havia nada mais doloroso do que relembrar algo que já não existia mais, mas eu não queria esquecê-lo e tentar seguir a vida sem que sua lembrança me machucasse.

— E eu teria que ser forte por ele.

Minha mãe não disse nada, apenas ficou quieta, dando as costas para mim.

Ela tinha feito de tudo para que eu tentasse deixar Luke no passado. Neisan sempre procurava me tirar do meu quarto, incentivando-me a fazermos algo de que eu gostasse. Mas eles não entendiam. Eu não podia deixar cair no esquecimento alguém que tinha me marcado para sempre.

Ela queria que eu seguisse a vida como antes de conhecê-lo, mas ele tinha entrado nela e, sem se dar conta, se tornado indispensável para mim, segurado meu coração e o guardado para que ninguém mais o fizesse. Ele se encarregou de pegá-lo de uma maneira tão linda e inocente para se apoderar dele.

— E eu ia fazer isso por mim — murmurei.

Escutei como minha mãe suspirou antes de virar-se e fazer com que nossos olhares se encontrassem; os seus já estavam cheios de lágrimas. Ela me ofereceu uma expressão triste seguida de um suspiro e se aproximou de mim. Pegando-me pelas mãos, deu um beijo suave na minha testa fazendo eu me sentir fraca.

— Você não imagina o quanto me dói te ver assim — ela confessou em um pequeno gemido.

— Como é que alguém, apenas em alguns meses, pode se transformar no seu tudo? — perguntei à beira do pranto. — Como é que se começa a depender dessa pessoa? Mas como pode chegar a doer deste jeito?

Ela baixou o olhar e balançou a cabeça algumas vezes. Vi como uma lágrima escapou dos seus olhos, escorreu pela sua bochecha e caiu no chão.

— Não sei... Não sei — ela murmurou, virando-se. — Meu Deus, eu sou psicóloga e não consigo responder à minha filha — ela disse em um tom quase inaudível para eu não conseguir escutá-la, mas eu ouvi.

Afastei a comida, levantando-me do banco, caminhei alguns passos para sair da cozinha e, antes de cruzar a porta, voltei os olhos para minha mãe e a chamei.

— Eu sei — disse, atraindo seu olhar, umedeci os lábios e observei o moletom preto de Luke. — Agora eu sei que a droga mais forte de um ser humano é outro ser humano.

Depois daquela conversa, o passei pelos meus braços, lembrando a noite em que ele me deu, dizendo como eu parecia pequena usando-o, quando vi aqueles hematomas e, naquela mesma noite, senti a vibração nas suas costas quando ele riu. Tudo parecia tão real. Sorri com melancolia diante daquela lembrança e saí.

***

Neisan estava ao meu lado, me falando de algo a que eu não estava prestando atenção. Eu estava pensando em como tudo agora era sombrio, absolutamente todo mundo no colégio sabia da minha existência e da do Luke. Depois da morte dele, parei de ir às aulas, não fiz as provas finais e isso fez com que minhas notas caíssem.

Eu reprovaria em História.

"— Cálculo, Estudos Sociais e... História."

"— História? Quem reprova em História?"

"— Luke Howland!"

E não pude continuar fingindo que eu era forte, as lágrimas começaram a sair dos meus olhos, eu me senti tão fraca diante daquela lembrança, uma das últimas.

— Hasley? — soou a voz do garoto, pegando-me pelo ombro e obrigando-me a olhar para ele. — Não, por favor, fica calma.

— Eu quero ficar sozinha — pedi. — Só quero pensar, mas a sós.

Ele deu um suspiro.

— Tem certeza disso? — perguntou, e eu assenti. — Tudo bem, mas já te aviso que vou te levar para casa. E vai nas próximas aulas: vou perguntar aos professores se você esteve presente. Eu te vejo na saída, tá?

Eu concordei de novo e me virei.

Neisan era o único amigo que eu tinha no colégio, justamente como nos dias em que tudo aquilo aconteceu com Matthew. Antes que eu começasse a soluçar, caminhei até onde meus pés me levaram, mas aparentemente meu bom senso não estava funcionando naquele momento, porque eu estava indo em direção ao campo.

Passou muito pouco tempo até que tudo começasse a vir à minha mente, as lembranças vinham em longas e rápidas rajadas de imagens misturadas com sons. Meu olhar foi na direção da arquibancada e visualizei o dia em que eu o conheci, caindo desastradamente delas; ele me olhou, estendendo-me a mão, e aquele foi o primeiro toque que tive com sua pele. Doía, doía não voltar a senti-lo nunca mais.

Eu só queria saber o que aquele garoto tinha tirado do bolso.

Subi todos os degraus e me deixei cair em um onde havia sombra, me sentei com as pernas abertas, coloquei a mochila entre elas, tentei sentir o calor do seu moletom, mas não era a mesma coisa, não era igual, não me proporcionava o calor que seus braços me transmitiam.

Eu estava chorando, arrasada. Onde ele estava para me dizer que não me deixaria sozinha? Que não me deixaria cair? Chorei e não escutei o "estou aqui".

Puxei a mochila e subi os joelhos na altura do peito para me abraçar, porque de agora em diante seria assim. Eu não me importava se alguém me visse ou se tivesse pena de mim, eu mesma tinha, mas, como estava em horário de aula, o mais provável era que não houvesse quase ninguém pelo campo.

O tempo não parecia passar tão devagar quando estávamos juntos, mas agora, na sua ausência, era uma tortura, uma das mais difíceis.

Não conseguia continuar, mas sabia que também não conseguia voltar atrás. Apenas via a vida passando, as pessoas seguindo, e continuava mergulhada na sua lembrança.

Um soluço forte escapou de meus lábios, e eu limpei as bochechas. Eu não queria que doesse mais. Queria esquecer tudo, acordar um belo dia e não saber o que tinha acontecido no meu passado, mas eu não podia ser tão egoísta diante do meu pensamento. Eu não queria esquecê-lo. Não queria esquecer a pessoa que tinha me feito mais feliz, a pessoa que tinha me protegido, que tinha cuidado de mim e que tinha me amado apesar de tudo o que eu fiz.

— Hasley?

Virei a cabeça, encontrando com o olhar de André. O que ele fazia ali, no colégio? E justamente na arquibancada?

— André?

— Eu estava te procurando — ele murmurou, sentou-se em um dos degraus de baixo e ficou brincando com os dedos. — Sei que você não está bem, então não vou perguntar.

Ele ficou em silêncio durante vários segundos.

— Eu sinto muitas saudades dele — confessei, e passei o dorso da mão pelas bochechas.

— Eu também — ele admitiu. — Todo mundo sente saudades dele.

— Se ao menos eu tivesse deixado que...

— Hasley, não, não. Ele simplesmente salvou sua vida — ele começou a falar e eu fiquei confusa. — Se Luke estava de pé era por você, você era praticamente a vida, o mundo dele. Ele só fez o que você teria feito.

Meu coração não aguentava mais. Tudo tinha desmoronado, já não restava mais nada de mim.

A mão de André pousou sobre meus ombros, acariciando-me de leve.

— Vou sentir falta principalmente de fumar e falar mal de todo mundo com ele, ou de quando eu ia ao cinema nos meus encontros e implorava para que ele me desse tudo de graça.

Ele riu e eu fiz o mesmo. Lembrei do dia em que Luke desejou que sua próxima camisinha viesse com defeito.

Sequei algumas lágrimas que vagavam pelo meu rosto e respirei fundo.

— Por que você estava me procurando? — eu me atrevi a perguntar ao garoto.

André tirou da sua jaqueta um envelope branco, e eu franzi a testa.

— Eu estava limpando meu quarto hoje de manhã e encontrei isso... — Ele fez uma careta. — É uma carta do Luke, ela deveria estar dentro do disco de vinil, mas aparentemente eu me distraí e não coloquei lá dentro — ele admitiu, e senti uma pressão no peito. — Ele ia te pedir para você ler quando ele estivesse longe da Austrália, mas já não importa mais que você leia agora.

André me estendeu-a. Com medo e dor no coração, eu a peguei. Meus olhos não desgrudaram da carta: na frente, pude ver a letra horrível de Luke, e meus olhos voltaram a se encher de lágrimas.

Eu não conseguia.

— Obrigada — murmurei.

— Eu tenho que ir — ele avisou. — Não quero ser pego aqui e que te castiguem. — Ele fez uma careta com os lábios. — Até mais, Hasley.

Ele começou a descer os degraus, mas, antes que chegasse ao último, eu o chamei:

— André! — Ele se virou. O que diria a seguir seria muito estranho, mas não me importei: — Você poderia conseguir para mim uma roupa do Luke?

— Uma roupa? — ele perguntou, incrédulo.

— Sim, por favor — supliquei.

— Ok, eu levo para você de noite.

Ele sorriu e se afastou, eu o deixei ir embora.

Isso não curaria da noite para o dia. Nem em um abrir e fechar de olhos. Esse tipo de coisa não funciona assim, a dor ficaria para sempre. Eu viveria com ela até que pudesse superá-la, seguir adiante e curar meu coração, curar suas feridas e evitar machucá-lo de novo.

As horas passavam e a culpa emanava de mim.

Decepcionei Neisan, não entrei em nenhuma aula, ele se zangaria comigo e me passaria seu sermão cheio de positividade, explicando que meu comportamento não ajudaria em nada. Que ele não me deixaria jogar a toalha sem antes lutar.

Meus pensamentos se eclipsaram quando vi Zev olhando para mim de longe. Engoli em seco com dificuldade e cerrei os dentes.

Aconteceu.

Zev Nguyen subia os degraus, um por um, calmamente. Chegou ao meu lado e se sentou, embora houvesse uma distância considerável entre nós dois. Minhas pálpebras pesaram, e um ar gelado entrou dentro dos meus lábios.

— Desculpa — ele disse com um fio de voz.

Ele não olhou para mim. E eu também não olhei para ele.

— Não importa mais.

— Eu sei, talvez não faça diferença, mas normalmente uma pessoa pede desculpas para mostrar à outra que se arrepende de verdade. Eu estou arrependido. Errei da pior maneira, perdi a única pessoa que nunca me virou as costas... E eu fiz isso quando você mais precisava de mim.

— Geralmente percebemos as coisas quando perdemos essa pessoa. — Eu olhei para ele e ele olhou para mim. — A vida é assim, Zevie. Uma roleta que não conseguimos controlar.

— Hasy. — Arrastou o apelido que havia muito tempo tinha deixado de usar.

Algo que minha mãe me ensinou desde pequena foi perdoar quem me fizesse mal, pois o rancor e o ódio não são bons para nosso coração. Viver com ressentimentos faz da gente uma pessoa miserável.

— Eu te perdoo — disse.

— Obrigado, eu não quero te perder.

Ele segurou minha mão, esboçando um sorriso. Suas covinhas.

— Não. — Fiz que não com a cabeça. — Eu te disse que aceito suas desculpas, só por causa da amizade que tivemos, porque passamos muitas coisas juntos, e eu não gostaria que fossem lembranças frias, mas te perdoar não significa que a gente vai voltar a ser amigo.

Soltei minha mão da sua e me levantei.

— Hasley, não faz isso.

— Zev, não se trai quem se conhece há tantos anos — falei. — Possivelmente, você ainda tenha clara a definição do que seja a amizade incondicional. Eu te desejo toda a sorte do mundo.

Terminei, fechando uma de tantas feridas, dizendo adeus a outra pessoa.

***

Por volta das oito da noite, André tocou a campainha da minha casa. Minha mãe estava em casa, por isso tivemos que subir ao meu quarto, e pude ver um pouco de felicidade nos seus olhos, talvez ela estivesse imaginando que eu estava começando a me sentir melhor, mas na realidade era porque eu tinha pedido a roupa do meu... de Luke, porque na verdade ele nunca foi meu namorado.

Mas Luke e eu fomos o claro exemplo de que não é preciso ter um rótulo idiota para amar diante dos olhos das outras pessoas.

— E não trouxe cueca — ele murmurou, saindo do meu quarto. — Achei que seria meio doentio.

— É claro. — Eu ri baixo. — Obrigada, de verdade.

— De nada — ele sussurrou —, e eu também te trouxe alguns discos do Luke, escolhi os que ele mais escutava.

Meu coração se apertou ao ouvir aquilo.

— Você é uma pessoa maravilhosa. Muito obrigada — repeti quando chegamos à porta de entrada.

— Ei, não me agradeça, foi muito legal fazer isso, senti a adrenalina correr pelas minhas veias. — Ele simulou a emoção, e eu lhe dei um sorriso.

— Fica bem — ele me pediu. — Eu moro a algumas quadras daqui se você precisar de mais alguma coisa.

Antes de ele ir embora, eu lhe dei um abraço forte. Fechei a porta atrás de mim, fui até a cozinha e me apoiei no batente da porta. Minha mãe estava preparando um suco e, ao me ver, sorriu para mim.

— Vou sair durante algumas horas, tudo bem? — eu lhe pedi permissão.

— Claro, mas aonde você vai? — ela perguntou, franzindo o cenho.

— Ei, eu vou ficar bem, prometo. Só vou a um lugar...

Virei-me para ir ao meu quarto. Tirei a blusa e remexi na mochila que André tinha trazido, havia muitas coisas. Por favor, por favor... E, sim, estava ali.

A camiseta com a qual tudo tinha começado.

Peguei a roupa entre as mãos, inspirando. Que merda, o cheiro dele estava ali. Apesar de sentir o aroma do sabão, eu também sentia seu perfume e o cheiro da nicotina. Eu não ia chorar, agora não.

Vesti a camiseta de Luke e peguei minhas coisas junto com o moletom preto. Antes de sair, abri a mochila para pegar a carta que André tinha me entregado. Gritei para minha mãe que eu já estava saindo; ela disse algo, mas não consegui entender. Comecei a correr sem me importar que eu pudesse me cansar, que àquela hora fosse perigoso, eu simplesmente não me importava com mais nada.

Atravessei a cerca de madeira como Luke tinha me ensinado naquela primeira vez. O beco continuava exatamente igual, a lua estava no seu ponto, e o arco do espelho com o grafite fazia a semelhança da iridescência.

Eu me deixei cair, apoiando-me naquele tronco de árvore onde tínhamos conversado sobre tantas coisas que hoje já eram lembranças que se desvaneciam com o vento.

— Ainda consigo sentir sua presença — eu murmurei, agarrando-me ao seu moletom.

Olhei a carta entre minhas mãos. *Meu Deus, dá-me forças.* Senti que, na hora que eu a abrisse, choraria e me machucaria ainda mais do que já estava machucada.

No entanto, eu respirei fundo e a abri.

A sua letra era horrível. E, ao ler as primeiras palavras, meus olhos se inundaram.

> *Weigel:*
>
> *Eu já te disse o quanto me fascina dizer seu sobrenome? É como um prazer, a facilidade com que posso arrastar cada letra na minha boca é surpreendente e isso só você faz.*
>
> *Weigel, prometa que, depois de ler isto, você vai tentar ser forte por nós dois e não vai atrás de mim, combinado? Prometa!*
>
> *Saiba que, se eu estou indo, é por você, porque quero ser alguém melhor para você. Estou preparado para te oferecer um futuro comigo, mas primeiro eu preciso me curar. Quero andar de mãos dadas com você na frente de todo mundo, caminhar até o altar e esperar que você entre com um vestido branco lindo; ter filhos e, quando formos velhos, lembrar que você foi o amor da minha vida.*
>
> *Eu te confesso que, antes de te conhecer, eu não sabia que você ia ser minha vida e, embora eu ainda sofra por tudo, estou me colocando de pé ao seu lado. Alguma vez você já sentiu como se o mundo estivesse caindo em cima de você? Como se todos se virassem contra você? Eu me sentia assim, até que você apareceu.*
>
> *E talvez você tenha chegado um pouco tarde. Que droga, Weigel! Onde você estava? Por que você demorou tanto?*
>
> *Mas estamos bem? Eu me sinto bem agora. É por isso que eu vou para a clínica de reabilitação, porque quero provar que estou errado, que você não chegou um pouco tarde, não é verdade?*

Eu já estou chorando e não tenho ideia do porquê. Eu decidi te escrever isto dois dias antes de te pedir em namoro. Claro, quando você chegar até aqui, já vai poder dizer: "Luke Howland é meu namorado".

Eu te amo demais. Você é a razão da minha existência.

Você se lembra de como nos conhecemos? Confesso que eu já te conhecia desde antes.

Você se lembra de quando eu te zoei porque você tomava aquela bebida de gengibre? Continuo achando que ela é nojenta.

Você se lembra de quando me perguntou sobre minha camiseta? Eu tive vontade de te prender na guarita do zelador. Qual era o seu problema? Eu fiquei ofendido.

Você se lembra de quando eu fiz com que você subisse na arquibancada comigo e o professor te pegou com o cigarro? Fiquei em pânico de pensar que te mandariam para a direção por minha culpa.

Você se lembra de quando Matthew te convidou para sair? Eu sabia que não daria certo, que merda, senti raiva.

Você se lembra de quando fomos comprar os discos? Eu fiquei feliz, mas tudo desapareceu quando nós brigamos. Eu te confesso que chorei naquela noite por ter arruinado nosso momento.

Você se lembra de quando nos beijamos pela primeira vez? Meu Deus, eu queria morrer de felicidade, era a pessoa mais feliz do mundo e principalmente porque aconteceu enquanto tocava "Wonderwall".

Você se lembra de quando você disse sim para Matthew? Você fez isso porque eu te disse com os lábios e partiu meu coração, mas você não foi embora, cumpriu com sua promessa, e isso recompensa tudo.

Você se lembra daquela vez que dirigimos a van sem rumo algum? André me subornou. Mas valeu a pena por você; além disso, eu comprovei que você tinha ciúme de mim, caralho! Daliaah era paquera do meu melhor amigo.

Você se lembra de quando eu te acordei às três da manhã, nós subimos na moto e dirigimos até que ela parou de funcionar? A verdade é que eu fiz aquilo para estar mais tempo junto de você, porque me disseram que a madrugada revela segredos e faz com que você se apaixone pela pessoa. E sabe de uma coisa? Eu me apaixonei, ainda mais do que eu já estava apaixonado.

O dia que eu te peguei pela mão e te olhei nos olhos, eu te dei meu coração com eles.

Acho que vivemos muitas coisas juntos e ainda viveremos muitas mais.

Concluindo, eu te peço que, enquanto eu estou fora, tente se cuidar durante um tempo, porque, se você me ligar de noite chorando, eu juro que vou enlouquecer e pegar o primeiro voo para a Austrália para te abraçar. Mas provavelmente isso não vai ser possível, o Pol me impediria. Por isso, faça-me o favor de se cuidar, eu sei que você consegue, você é muito forte, meu anjinho, sobreviva um ano sem mim, por favor.

Eu vou te amar até que você pare de se lembrar de mim, até que eu me transforme em pó e até que minha alma deixe de existir.

Porque meu sonho tem que estar completo, e para isso você tem que estar nele.

Weigel, por acaso a mancha de pasta de dentes é sua forma de paquerar? Porque funcionou muito bem.

Cuide-se e não sinta muitas saudades de mim.

Para sempre seu,

Luke Howland

Minha respiração estava entrecortada. Se antes eu sentia dor, agora isso estava me queimando e me destruindo por dentro. Parei de escutar todos os barulhos e me concentrei na lembrança dos olhos dele, tentando me manter calma e não cair na tentação.

A brisa gelada batia contra meu rosto. Eu tinha que ser forte. A carta foi uma despedida, mas não sabíamos que era para sempre.

Tentei engolir as palavras, mas tudo estava girando, minha cabeça doía, eu estava chorando muito, porque agora éramos eu e a lembrança de

Luke contra todos. Eu tinha que ser forte por nós dois, porque eu havia lhe prometido.

E, naquela noite, o céu estava tão nostálgico por causa da nossa história que ele chorou comigo e se tingiu de outras cores.

***

Fomos perfeitamente imperfeitos, mas ao mesmo tempo fomos ambos negativos.

As leis da física dizem que dois polos iguais se repelem, mas as regras da matemática dizem que negativo com negativo dá positivo. Então, o que fomos Luke e eu?

Ele tinha se afastado de mim levando consigo meus gritos; ele arrasou, como o pior dos furacões, levando consigo meus sonhos, deixando-me com uma amarga melancolia; ele foi o maior incentivo da minha vida e só me deixou cinzas.

Luke se tornou aquela forma de vida que é linda e triste ao mesmo tempo, dizendo-me que não se pode ter tudo. Essa parte que se vê quando duas pessoas se conhecem, mas não estão destinadas a estar juntas.

Já havia se passado dez meses desde que ele tinha ido embora e ainda doía, doía como no primeiro dia.

No decorrer do tempo, eu entendi muitas coisas, tantas das que ele me dizia e nas quais eu nunca tinha procurado algum sentido, porque não me interessava, não sabia que eu precisaria, como aquele dia que ele me mostrou o boulevard pela primeira vez e disse algo que eu só entendi quando ele se foi.

"Quando um sonho morre, alimenta o boulevard. Quando um dos seus sonhos for destruído, você entenderá."

Ele foi o meu. Entendi que, quanto mais bonito fosse o sonho, mais bonito seria o boulevard, que era o lugar dos apaixonados e do inominável, porque os sonhos se compõem de algo suficientemente belo e com tantas desilusões que só ficavam ali, decorando-o para que fossem uma lembrança do que queriam ser, mas nunca puderam.

Luke se transformou em água e fogo, em verão e inverno, em cristal e pedra. Foi a estrela que sempre brilhou entre todas as outras, a que parava justo na linha da maldade e do bem-estar. Luke era tanto e deixou tão pouco.

Ele ficou tatuado em mim.

Foi tão injusto que apenas o destino soubesse que aquele seria nosso último abraço.

Luke não se despediu da melhor maneira, mas eu sabia que seu amor foi real, é por isso que eu o deixava ir para longe de mim, mesmo que meu coração doesse.

Eu olhei para a lápide e dei um sorriso.

— Estou usando sua camiseta — eu disse. — Em menos de dois meses, completa um ano da sua morte, e nesses dois meses você deveria estar voltando da clínica de reabilitação — murmurei. — Eu tentei ser forte como você me pediu na sua carta, mas não tem uma noite sequer em que eu não sussurre para que você volte para mim. Mas você nunca volta.

Seu nome estava escrito ao lado da sua data de nascimento, de falecimento e de uma frase bíblica. Dezenove anos.

— Luke Howland Murphy, quinze de junho de 1996 a cinco de dezembro de 2015 — li, segurando uma rosa sobre meu peito. — Se eu soubesse que aquele "eu te amo" seria o último a sair de sua boca, teria gravado dentro de mim cada parte do seu rosto enquanto você dizia.

Eu deslizei o dorso da mão por debaixo do nariz e respirei fundo.

— Eu confesso que escuto todos os dias aquele disco que você me deu, que o André me entregou. Você não imagina como dói escutar, porque você tinha razão, eu cheguei tarde e sinto muito por isso. De verdade, eu sinto muito.

Eu engoli as lágrimas.

André tinha entrado na faculdade da nossa cidade, nós nos falávamos pelo telefone de vez em quando por causa das lembranças que Luke tinha deixado entre nós. O garoto me contou que Jane estava arrependida, eu lhe confessei que não sentia rancor algum, ou seja, não me interessava o que tinha acontecido; de fato, tudo o que viesse de Matthew já não tinha mais importância alguma para mim.

Zev seguiu a vida. E eu estava feliz por ele apesar de tudo, mesmo que já não conversássemos mais. Aparentemente, ele tinha uma namorada que se chamava Alisson e, pelo que Neisan tinha me contado, era um namoro muito estável e sério.

Jones tinha ido embora da cidade, seus pais decidiram que ele continuaria seus estudos fora de Sydney. Depois daquele dia do acidente, nunca mais voltamos a nos falar.

Dei uma olhada por cima do meu ombro, percebendo que minha mãe conversava com Neisan. Olhei de novo para a lápide e suspirei.

— Neisan esteve todo este tempo cada vez mais perto de mim — eu confessei. — Ele é um grande amigo. Eu estou aguentando firme, não é nada fácil, mas... uma vez eu disse que as coisas que valem a pena custam a ser alcançadas, quero acreditar que isto é igual.

Olhei para o celular e vi as horas, já estava ficando tarde. Eu não queria ir embora, mas tinha que ir.

— Acho que está na hora de eu me despedir — avisei. — Eu vou para a Universidade de Perth, eles me aceitaram lá, era para a gente estudar juntos... Finalmente, vou começar a faculdade, mas eu prometo vir te visitar sempre que puder, você e o boulevard. Não se esqueça de mim onde quer que você esteja, porque eu não vou me esquecer de você.

— Hasley! — minha mãe gritou.

Olhei a lápide antes de me levantar, fechei os olhos, tentando me lembrar dos seus, do seu sorriso angelical mostrando aquela covinha na sua bochecha, seu cabelo sedoso, a maneira como ele brincava com o piercing e sua voz pronunciando meu sobrenome.

— Eu te amo, Luke, nesta vida e em mil mais. — Coloquei a rosa vermelha sobre sua lápide e minha visão embaçou. — Não importa que seja a primeira, você sempre vai ser meu quinhentos e vinte, e esta conta como o último disco que eu te daria.

Ainda lembro quando eu peguei a mão dele, o toque perfeito de duas almas unindo-se de um jeito maravilhoso, o toque da pele dele queimando a minha, pairando entre as profundezas da minha alma e me fazendo sentir tão viva; o nervosismo me ganhava, mas a vergonha era maior. Eu tinha lhe agradecido, e ele apenas tinha bufado um gemido insípido.

Eu ainda podia ouvir sua voz como uma sinfonia melodiosa, abafando todos os barulhos ao nosso redor, concentrando-se em nossas almas, repetindo muitas vezes meu sobrenome. Sua lembrança ainda arrepiava minha pele. Nas ruas escuras, eu ainda avistava seus olhos.

Azul-celeste e elétrico. Uma perfeita combinação. Eles ainda olhavam para mim nas imagens cheias de nossas lembranças melancólicas. Cintilavam paixão, mas ao mesmo tempo ternura e nostalgia.

Seu sorriso, espontâneo e deslumbrante. A covinha característica afundava na sua bochecha, eu ainda podia ver como ele franzia os lábios, era algo que ele fazia sempre que não gostava de alguma coisa ou estava pensando. Seu piercing continuava ali, lembrei que na última vez ele não o estava usando.

Mas era só uma lembrança, daquelas que se desvanecem com o tempo.

Abrindo os olhos, eu me virei e me afastei de onde estava o amor da minha vida. Caminhei com um nó na garganta, minha mãe estava zombando de Neisan, eu franzi a testa sem entender.

— Mexam-se — ela disse.

— Que droga — xingou o garoto, sacudindo a calça.

— O que aconteceu?

— Eu caí... — Ele revirou os olhos, sem achar engraçado. — E todo mundo riu.

Neisan fingiu uma careta, envergonhado, e abriu a porta de trás do carro para que eu pudesse entrar. Antes de entrar, eu lhe dei um meio sorriso, transmitindo-lhe confiança.

— Sabe de uma coisa? Deixe que riam do quanto acham que você é patético, porque, no final das contas, todos acabamos do mesmo jeito — eu dei de ombros e, com a voz firme, concluí: —, no boulevard dos sonhos despedaçados.

***

Com seu último cigarro na mão, ele perguntou: "O que você fez este tempo todo?".

Sorridente, eu lhe respondi: "Eu cumpri a promessa que te fiz".

"Todos terminamos do mesmo jeito,
no boulevard dos sonhos despedaçados."

Editora Planeta
Brasil | 20 ANOS

Acreditamos nos livros

Este livro foi composto em Adobe Garamond Pro e impresso pela Santa Marta para a Editora Planeta do Brasil em agosto de 2023.